Le marié maudit

Du même auteur
aux Éditions J'ai lu

Le Voleur de Fiancées, *J'ai lu* 6564
Le bijou mystérieux, *J'ai lu* 6772

Jacquie D'Alessandro

Le marié maudit

Traduit de l'américain
par Vassoula Galangau

J'AI LU

Titre original :

WHO WILL TAKE THIS MAN ?
Avon Books, New York

Je dédie ce livre, avec toute mon affection,
à Jenni Grizzle avec laquelle, quand tout allait mal,
on faisait la fête, et à Wendy Etherington,
qui apportait des chocolats et du champagne
à la fête en question. Je ne sais pas ce que j'ai fait
pour mériter des amies aussi formidables,
mais j'en suis ravie.
Et, comme toujours, à mon merveilleux mari, Joe,
l'homme qui n'a pas eu besoin de demander
ma main deux fois, ainsi qu'à mon fils
Christopher, l'autre homme de ma vie,
dont je suis très fière.

Remerciements

Je voudrais remercier mes éditeurs, Carrie Feron et Erika Tsang, mes agents, Damaris Rowland et Steve Axelrode, mon mari, Joe, Kay et Jim Johnson, ma mère et mon père, ma sœur, Kathy Guse, mes beaux-parents Lea et Art D'Alessandro, ma belle-sœur Brenda. Melissa Beaty, ainsi que Belinda Allen et Ann Wonycott, Kathy Baker, Dee Ann Kline et George Scott. Bisous cybernétiques à Connie Brockway, Marsha Canham, Virginia Henley, Jill Gregory, Sandy Hingston, Julia London, Kathleen Givens, Sherri Browning et Julie Ortolon. Merci également à Debbie Beazley, Angie Bowman, Linda Chambers, Dana Grindstaff, Alison Kane, Paula Mullin, Jennifer Murray, Jeannie Perannunzi, Sharon Ramsey, Lauren Ronco et Lori Snow.

Un merci très spécial aux membres des Écrivains de Géorgie et à tous mes merveilleux lecteurs qui se sont donné la peine de m'écrire.

Prologue

Cher Philip,

Suite à tes refus répétés d'honorer tes engagements, je t'écris pour t'informer que ton mariage est enfin sur le point d'aboutir. Le nom de ta future épouse n'est pas encore officiel, mais sois assuré que la cérémonie sera célébrée le 1er septembre à Londres.

Contrairement à ton précédent mariage raté – arrangé par mes soins – je caresse l'espoir que cette fois-ci tu ne nous feras pas faux bond.

Je te le demande expressément, Philip.

Tandis que tu parcourais l'Égypte en quête de vestiges, ma santé a décliné. Selon le Dr Gibbens, il me reste moins d'un an à vivre. Dès lors, quoi de plus normal que de souhaiter te voir marié conformément à ta position sociale et, pourquoi pas, père d'un héritier, pendant que je suis encore de ce monde.

Étant donné que tu n'auras guère le temps de courtiser ta promise avant de procéder à la demande officielle de sa main, je propose que nous passions outre cette étape. À cet effet, j'ai chargé Mlle Chilton-Grizedale, la marieuse la plus en vogue de la capitale, de trouver pour toi une épouse convenable. Naturellement, le scandale qui a éclaté, voilà trois ans, lorsque tu ne t'es pas présenté devant le pasteur, ne lui facilitera pas la tâche. Je craignais d'ailleurs qu'elle refuse de nous rendre ce service. Par chance, non seulement Mlle Chilton-Grizedale a accepté de relever le défi mais elle m'a promis de découvrir la perle rare qui méritera le titre de vicomtesse. Elle s'est également engagée à superviser la marche à suivre jusqu'au moindre détail. Ainsi, tu n'auras plus qu'à te montrer à l'église à la date et à l'heure convenues. Fais en sorte de ne pas me décevoir.

Meilleurs souvenirs,

Ton père

1

La bouche arrondie et l'œil inquisiteur, Meredith Chilton-Grizedale contourna lentement lady Sarah Markham, qui était juchée sur un escabeau. Se frottant le menton, elle passa en revue la silhouette filiforme élégamment drapée dans une robe de mariée bleu pâle, notant au passage le sage décolleté carré et les ruchés élaborés des manches.

« Magnifique », songea-t-elle en retenant un petit sourire de satisfaction. Le moindre signe d'enthousiasme, si modéré fût-il, risquait d'encourager Madame Renée, la couturière la plus réputée d'Oxford Street, à augmenter ses prix déjà exorbitants.

— Lady Sarah, vous êtes ravissante, dit-elle. Lord Greybourne tombera amoureux de vous au premier regard.

Meredith avait toutes les raisons du monde de jubiler. Elle avait réussi à concocter une union brillante entre deux grandes familles. Lady Sarah était douce, innocente, aimable, d'un caractère accommodant, tout à fait capable de tenir une conversation mondaine. Elle chantait à faire pâlir les anges et possédait un incontestable talent pour le piano. Autrement dit, la perfection.

Meredith avait subtilement mené les négociations entre le père de lady Sarah, le duc de Hedington, et celui de lord Greybourne, le comte de Ravensly. Négociations aussi compliquées que délicates, même pour une marieuse aussi expérimentée qu'elle. En effet, au scandale provoqué trois ans plus tôt par Greybourne, qui avait laissé sa fiancée en plan sur les marches de l'église, s'ajoutait son inexplicable passion pour les contrées sauvages, au mépris du confort et de la civilisation. Sans son titre, sa fortune et les relations de sa famille, lord Greybourne serait l'homme le plus difficile à marier de la terre. Meredith avait dû faire appel à toute son habileté, toute sa diplomatie, pour convaincre le duc que le fils du comte de Ravensly ferait le gendre idéal... Une tâche d'autant plus ardue que lady Sarah ne manquait pas de prétendants.

Désormais, c'était chose faite. Le duc s'était rallié à sa cause. Un soupir soulagé franchit les lèvres de Meredith. Grâce à ses initiatives hautement inspirées, le plus grand mariage de la Saison aurait lieu dans deux jours, à la cathédrale Saint-Paul. Après quoi, sa réputation de marieuse la plus douée du royaume serait définitivement établie.

Déjà, depuis l'annonce des fiançailles, sa clientèle avait singulièrement augmenté. Des parents soucieux de l'avenir de leur progéniture s'efforçaient de s'attirer ses bonnes grâces. Après ce mariage – qui serait son plus éclatant succès – Meredith n'aurait plus que l'embarras du choix... Si toutefois Greybourne se montrait à la hauteur de ses attentes.

Quel homme bizarre, ce Greybourne ! Pour la énième fois, Meredith se posa la même question : pourquoi un membre de la noblesse britannique, héritier d'une fortune considérable et d'un comté, avait-il vécu pendant une bonne décennie dans des conditions déplorables, sous prétexte d'étudier des vieilleries ayant appartenu à des *morts* ? À cette pensée, son solide bon sens se hérissait. À l'évidence, le futur marié se complaisait dans l'inhabituel. Son éducation, trop longtemps négligée, aurait sûrement besoin d'un sérieux coup de brosse. Du moins, son propre père l'avait-il laissé entendre...

Nul doute que Meredith parviendrait à combler ces lacunes, de telle sorte que son « client » produise un effet impérissable sur la haute société. Ensuite, elle n'aurait plus qu'à espérer qu'il deviendrait un époux tendre et attentionné parce que, si l'on se fiait au portrait encadré d'or accroché dans le salon de la demeure familiale, les fées ne s'étaient pas montrées particulièrement tendres avec lord Greybourne.

Le tableau lui revint en mémoire. Greybourne arborait un visage plutôt rond et mou manquant cruellement de charme. De grosses loupes de myopie agrandissaient des yeux bruns tout ce qu'il y avait de plus ordinaires. Certes, le portrait avait été exécuté quatorze ans plus tôt – le modèle n'ayant alors qu'une quinzaine d'années.

« Pourvu qu'il se soit bonifié avec l'âge ! » pria-t-elle en jetant un coup d'œil à la jeune promise qui n'avait encore jamais vu son fiancé et en se demandant s'il lui plairait. De toute façon, cela ne prêtait guère à conséquence. Comme encore beaucoup de jeunes filles de son âge, lady Sarah ne nourrissait aucun rêve romantique quant au mariage. Meredith bénit le ciel : contrairement aux femmes modernes qui commençaient à prôner le mariage d'amour, Sarah se plierait aux diktats paternels. Et tant mieux car, après tout, l'amour n'avait rien à voir avec une union stable.

Dieu merci, parce que le cher ange épousera le vilain crapaud plutôt que le prince Charmant...

Meredith leva les yeux sur sa cliente. Lui trouvant une mine renfrognée, elle la gronda doucement :

— Allons, milady, ne froncez pas les sourcils. Vous allez attraper des rides sur le front. Quelque chose vous déplaît ? La robe n'est-elle pas à votre goût ?

— Oh si ! mademoiselle Chilton-Grizedale, la robe est très belle, répondit lady Sarah.

Ses immenses yeux lavande cherchèrent ceux de Meredith dans le miroir.

— Je pensais simplement à la remarque que vous avez faite au sujet de mon futur mari. Croyez-vous vraiment qu'il tombera amoureux de moi ?

— Ma chère enfant, c'est l'évidence même. J'en suis si sûre que j'ai prévu de me tenir auprès de vous avec un flacon de sels pour le ranimer quand il s'écroulera à vos pieds.

Sarah écarquilla les yeux.

— Oh non ! s'écria-t-elle, horrifiée. Je ne veux pas d'un mari qui s'évanouit à tout bout de champ !

Meredith se retint de lever les yeux au ciel. Indéniablement, l'humour ne faisait pas partie des innombrables qualités de la future mariée, mais on ne pouvait tout avoir.

— Je parlais au figuré, ma chère. Lord Greybourne n'est pas enclin à ce genre de faiblesse. Pensez, un grand voyageur, un explorateur tel que lui doit être un homme robuste et courageux.

Ce disant, Meredith s'empara des petites mains glacées de la jeune fille.

— N'ayez crainte. L'anxiété est un sentiment parfaitement normal, dans ces circonstances. Toutefois, souvenez-vous d'une chose : vous serez la plus éblouissante des jeunes mariées. Votre époux est un homme fascinant et votre mariage constituera l'événement dont on parlera encore dans dix ans.

Et qui assurera mon avenir.

L'avenir en question, Meredith l'imaginait sans peine. Un joli cottage à Bath, peut-être à Cardiff, où elle profiterait de l'air marin tout en jouissant de l'admiration et de l'estime de ses concitoyens. Son passé sordide serait enfin enterré si profondément que plus rien ne pourrait le ressusciter. Ce mariage représentait la consécration de sa carrière, le fruit d'efforts acharnés pour se faire une place au soleil. Une place respectable qu'elle avait bien méritée.

Meredith adorait son métier et pas seulement pour les avantages financiers qu'il lui rapportait. Elle estimait que chaque femme avait le droit de trouver un mari décent. Sa propre vie aurait été complètement différente si sa mère avait rencontré un tel homme. Malheureusement, ce n'avait pas été le cas.

La voix flûtée de Sarah la tira de ses réflexions.

— Père a reçu un message disant que le bateau de lord Greybourne doit accoster ce matin. Il lui a envoyé une invitation à dîner ce soir à la maison. J'ai hâte de faire sa connaissance, vous savez !

Meredith lui sourit.

— Il doit être très impatient lui aussi, j'en suis convaincue.

Plus que deux jours pour redonner au fiancé son ancien vernis, selon les vœux de son père, calcula-t-elle. Après tout, c'était faisable. Lord Greybourne était un diamant brut qui ne demandait qu'à briller de mille feux, pas une vulgaire boulette de charbon sortant du fond d'une cave. Meredith comptait le prendre en charge jusqu'à la cérémonie. Ensuite, cette corvée, euh… mission, incomberait à lady Sarah.

Soudain, un vacarme se produisit dans la rue.

— Qu'est-ce ? s'enquit lady Sarah en étirant son long cou gracieux pour essayer de regarder à travers l'interstice des rideaux de velours émeraude séparant la salle d'essayage de la boutique proprement dite de Madame Renée.

— Ne bougez pas, dit Meredith. Je vais voir.

Elle traversa le magasin, jeta un coup d'œil par la vitrine et vit des carrosses arrêtés au milieu d'une foule de badauds. En se hissant sur la pointe des pieds, elle aperçut un chariot immobilisé en travers de la chaussée, qui bloquait le passage – visiblement la source de l'incident. Meredith allait rebrousser chemin quand une espèce de géant, muni d'une cravache, bondit du chariot. Quelle horreur ! Il s'apprêtait à frapper un autre homme, qui serrait un chiot tremblant dans ses bras. Meredith pressa la main sur sa bouche. À ce moment-là, un troisième homme entra en scène. Jouant des coudes, il se fraya un passage parmi la cohue bigarrée puis, levant le bras, abattit une canne à pommeau d'argent sur le crâne de la brute qui s'écroula comme une masse. Tout était allé très vite ! Le sauveur jeta une pièce de monnaie à l'homme au chien avant de se fondre à nouveau dans la foule.

Meredith en resta bouche bée. Elle n'avait vu le héros que de dos, mais quelle souplesse ! Quelle force ! Il semblait animé d'une puissance hors du commun et se déplaçait rapidement d'une démarche féline, comme un prédateur. Qui était-il ? Un bandit, assurément, vu qu'il savait se servir de sa canne comme d'une arme. Réprimant un frisson, elle retourna vers la salle d'essayage. Que lui importait l'identité de cet homme ? L'important, c'était lady Sarah et le mariage. Meredith longea rapidement les longues tables encombrées d'étoffes luxueuses, satins, lainages, mousselines. Elle écarta le rideau vert… pour découvrir la jeune fille par terre.

Meredith se rua vers elle.

— Lady Sarah ! Qu'est-il arrivé ?

Tandis qu'on l'aidait à se relever, une grimace de douleur déforma le joli visage de Sarah.

— Je voulais voir ce qui se passait dehors. Je me suis pris les pieds dans ma robe, l'escabeau a basculé et je suis tombée.

— Êtes-vous blessée ?

— Je ne crois pas… Non, rien de cassé, à part ma fierté mais…

Sarah porta les doigts à sa tempe. Son autre main agrippa la manche de sa compagne.

— J'ai mal à la tête, gémit-elle.

— Vous êtes-vous cogné la tête en tombant ?

— Je ne m'en souviens pas. Ô doux Jésus, comme je souffre ! murmura-t-elle en fermant les yeux. Puis-je m'allonger, s'il vous plaît ?

Meredith l'entraîna vers un vaste fauteuil en chinz garni de coussins, où Sarah se laissa tomber en soupirant.

— Mon Dieu ! fit la voix de Madame Renée en provenance de la porte d'entrée. Que se passe-t-il ?

— Lady Sarah ne se sent pas bien. Elle a la migraine.

La couturière eut un sourire connaisseur.

— Ah ! la nervosité des jeunes fiancées ! Mais ne vous faites pas de souci, mademoiselle Meredith. Je m'en vais de ce pas lui préparer ma tisane spéciale ; dans quelques minutes, il n'y paraîtra plus.

Meredith contempla le visage cireux de Sarah.

« Pourvu que Madame Renée ait vu juste ! » pria-t-elle.

Bah ! le mariage n'aurait lieu que dans deux jours. D'ici là, lady Sarah serait parfaitement rétablie.

2

Philip Whitmore, vicomte de Greybourne, arpentait nerveusement la petite pièce contiguë à la sacristie de Saint-Paul.

Pourvu qu'elle ne vienne pas !

L'estomac noué, il tira une montre de gousset en or et y jeta un coup d'œil rapide. Quelques minutes seulement le séparaient de l'instant fatidique. Enfin... tout dépendait de lady Sarah.

Que Dieu nous protège, si elle a décidé de venir !

Philip s'était fourré dans une situation inextricable. Avait-il bien fait comprendre à Sarah le danger qui la menaçait ? Il n'avait disposé que d'une seule et unique opportunité pour lui parler, deux jours plus tôt, lors d'un dîner chez son futur beau-père. Philip ferma les yeux.

D'abord la chute, et ensuite le mal de tête.

Enfer et damnation ! Toutes ses craintes étaient en train de se réaliser. Il se remémora la brève entrevue avec la jeune fille qu'il était censé « garder, chérir et protéger jusqu'à ce que la mort les sépare ». Après avoir brillé par son absence à cause d'une migraine tenace, lady Sarah avait fait une apparition dans la salle à manger à la fin du repas. À l'issue d'une conversation à bâtons rompus, Philip avait exprimé le désir de visiter la galerie. Elle avait obtempéré et il avait sauté sur l'occasion pour tout lui révéler et pour la mettre en garde. Elle l'avait écouté avec un intérêt poli, après quoi elle avait murmuré :

— Je vais y réfléchir.

Peu après, elle s'était excusée.

Dès le lendemain, Philip était revenu à la charge. Un majordome guindé l'avait informé que « Mademoiselle » ne recevait pas parce qu'elle souffrait encore de son mal de tête. Philip avait alors demandé à voir le duc. Celui-ci était sorti, lui fut-il répondu. En désespoir de cause, il avait laissé un mot à Sa Grâce mais manifestement le père de Sarah était rentré trop tard pour lui répondre.

Philip avait passé le reste de la journée à l'entrepôt, à fureter frénétiquement dans plusieurs caisses dans l'espoir de mettre la main sur l'objet qui le sauverait. En vain. À présent, il redoutait le pire.

Dans quelques instants, Sarah arriverait... ou pas. Il se passa les doigts dans les cheveux puis lissa sa cravate blanche. Quoi qu'il advienne, il se trouvait dans de sales draps. L'honneur lui commandait d'unir sa destinée à celle de Sarah devant Dieu et les hommes et, en même temps, ce même honneur exigeait qu'il renonce au mariage. L'image radieuse de sa fiancée fulgura dans sa mémoire. Une si jolie jeune fille ! Dans des circonstances normales, la perspective de l'épouser l'aurait comblé d'aise ; en l'occurrence, elle l'emplissait d'effroi.

Un coup retentit à la porte, puis son père entra et repoussa le battant qui se referma avec un bruit sec. Les signes de la maladie se lisaient nettement sur le visage du comte de Ravensly. Il avait terriblement maigri depuis que Philip avait quitté l'Angleterre et des rides profondes encadraient sa bouche. Son teint était pâle, presque jaune, et des cernes bistre ombraient son regard.

Seuls ses yeux demeuraient inchangés. Des prunelles bleu glacé, un regard perçant comme une lame, qui avait le pouvoir de vous clouer sur place, comme Philip ne le savait que trop. Des mèches grisonnantes striaient l'ébène des cheveux encore abondants du comte. Il n'était plus que l'ombre de l'homme que Philip avait laissé dix ans auparavant, celui avec lequel il n'avait partagé que froideur, silence et hostilité depuis la mort de sa mère. Pourtant, autrefois, père et fils avaient entretenu des rapports chaleureux. Malgré tout, son père avait consenti à lui procurer les moyens de réaliser ses rêves en ne lui demandant qu'une chose : la seule que Philip ne pouvait lui donner.

Son père s'avança sans le quitter des yeux, faisant jaillir un flot de souvenirs dans l'esprit de Philip qui crut réentendre l'écho du verdict qui, naguère, l'avait condamné sans appel.

Un homme ne vaut que par sa parole, Philip. Si tu avais respecté la tienne, ta mère n'aurait pas...

— La cérémonie devrait commencer, dit le comte, le visage fermé.

— Je sais.

— Et ta fiancée n'est pas encore là.

Dieu merci !

— Je vois.

— Tu lui as tout dit, n'est-ce pas ?

C'était une constatation brutale, pas une question.

— Oui, mais...

— Nous étions convenus de ne rien ébruiter.

— Non, Père. *Vous* m'avez intimé de garder le silence et je n'étais pas d'accord. Il fallait bien que je le lui dise ; elle avait le droit de savoir.

— L'as-tu raconté à lord Hedington aussi ?

— Lady Sarah m'a prié de ne pas mettre son père au courant, jusqu'à ce qu'elle prenne une décision.

— Eh bien, chaque minute qui passe nous éclaire sur le fruit de ses réflexions.

Meredith se tenait dans l'ombre de la colonnade qui ceignait le vestibule. Un long défilé de carrosses glissait en direction de la cathédrale, déversant un flot d'invités. Toute la fine fleur de la noblesse se pressait pour assister au mariage tant attendu de lady Sarah Markham avec le vicomte de Greybourne. Un brouhaha de chuchotements excités agitait la foule, assourdi par la musique de l'orgue. Nul besoin toutefois d'entendre pour deviner le sujet des conversations : « Épousera-t-il, cette fois-ci, ou n'épousera-t-il pas ? » Les invités affluaient, de plus en plus nombreux, franchissaient l'entrée monumentale puis longeaient la vaste nef surmontée du dôme splendide. Bientôt, les bancs furent bondés. Cinq cents personnes emplissaient l'église. Il n'en manquait qu'une, que Meredith voulait absolument y voir.

Où était donc passée la mariée ?

Mon Dieu ! pourvu qu'elle ne soit pas malade !

Mais non ; si tel avait été le cas, Meredith aurait été la première informée. La veille, elle avait vainement tenté de joindre Sarah, ne serait-ce que pour lui demander comment s'était passée sa première rencontre avec son prétendant. Lord Hedington l'avait informée que sa fille ne pouvait recevoir personne à cause de sa migraine. Meredith s'était alarmée mais le père de la jeune fille l'avait rassurée : lady Sarah avait absorbé une tisane calmante et, après une bonne nuit de sommeil, elle serait sur pied. Il avait ajouté que Sarah et son fiancé « s'étaient fort bien entendus ».

Eh bien, tant mieux ! Si Meredith n'avait pas eu l'occasion de rencontrer le futur marié, ce n'était pourtant pas faute d'avoir essayé. L'homme semblait aussi insaisissable que le brouillard. À trois reprises, elle s'était rendue à son domicile et à chaque fois on lui avait répondu que « Monsieur était occupé ». Occupé à quoi, bonté divine ?

L'horloge de la cathédrale sonna l'heure. Normalement, la cérémonie aurait dû commencer… mais il n'y avait toujours aucun signe de la mariée.

Un frisson parcourut l'échine de Meredith. Lord Hedington apparut à ce moment-là dans le vestibule.

Il fronçait les sourcils et arborait une expression sévère. Meredith émergea de l'ombre.

— Votre Grâce, comment va lady Sarah ?

— Elle se sentait mieux ce matin, mais je suis inquiet. Ma fille n'est jamais en retard et elle tire une grande fierté de sa ponctualité qui, comme chacun sait, n'est pas une vertu typiquement féminine. Je n'aurais pas dû accepter de venir à l'église sans elle, mais elle a tellement insisté que…

S'interrompant net, il s'élança vers la sortie en poussant un grand soupir de soulagement.

— Enfin ! Voilà le carrosse.

Meredith aperçut un élégant landau noir, tiré par quatre chevaux. Le cocher immobilisa la voiture sur le parvis mais, au lieu de la mariée, ce fut un valet en livrée qui en émergea et monta prestement la volée de marches.

— Votre Grâce, voici un message pour lord Greybourne, dit-il en tendant au duc une missive cachetée de cire rouge. Lady Sarah m'a recommandé de vous le remettre en main propre.

— C… comment ça ? balbutia le duc. Où est-elle ?

— Je ne sais pas, Monsieur. Elle devrait être là, pourtant, vu qu'elle est partie quelques minutes après vous.

— Mais si vous avez le carrosse, quelle voiture a-t-elle prise ?

— Celle du baron de Weycroft, Monsieur. Il est passé chercher lady Sarah et sa femme de chambre.

— Weycroft ? Je ne l'ai pas vu non plus… Ô Seigneur ! j'espère qu'ils n'ont pas eu un accident.

— Dans ce cas, nous les aurions rencontrés sur la route, Votre Grâce, dit le valet qui paraissait à présent aussi inquiet que son maître. Mais nous n'avons vu personne.

— Le message… suggéra Meredith dans un murmure. Apportons-le tout de suite à lord Greybourne. Il contient sûrement les réponses aux questions que nous nous posons.

En entendant frapper à la porte, Philip et son père échangèrent un long regard.

— Entrez ! cria Philip.

Le battant s'écarta sur un lord Hedington raide comme la justice. Avec ses sourcils broussailleux, ses grandes oreilles, ses poches sous les yeux et ses joues flasques, il faisait irrésistiblement penser à un cocker en manque d'affection. Une femme vêtue d'une élégante robe de taffetas bleu nuit le suivait ; elle resta sur le pas de la porte et son regard balaya la pièce comme si elle cherchait quelqu'un. Leurs yeux se rencontrèrent et Philip crut déceler une lueur de surprise dans les prunelles de l'inconnue. « Elle se sera trompée de direction », songea-t-il, avant de s'enquérir :

— Que puis-je pour vous, mademoiselle... ?

— Meredith Chilton-Grizedale, milord, dit-elle en rougissant et en ébauchant une révérence. Je suis...

— L'organisatrice de votre mariage avec ma fille, coupa Hedington d'une voix cassante.

C'était donc elle, la célèbre marieuse ! Philip la regarda sans chercher à dissimuler son étonnement. Il se l'était imaginée sous les traits d'une aimable grand-mère aux cheveux gris alors que... Il repoussa ses lunettes sur son nez. En fait, elle était jeune et... Oh ! on ne pouvait la qualifier de jolie ! Ses traits, trop irréguliers, ne correspondaient pas exactement aux canons de la beauté classique, mais elle avait du charme, de la distinction. Se reprenant, Philip s'inclina.

— Ravi de vous connaître.

Elle entra. Philip referma la porte derrière elle puis se tourna vers le duc.

— Est-ce que lady Sarah est arrivée ?

Hedington ajusta un monocle à son œil droit, ce qui lui donna l'air d'un cocker borgne, puis lança une œillade exaspérée à son futur gendre.

— Non, pas encore. Cela fait pourtant plus d'une heure qu'elle est partie de la maison ! Elle vous envoie ce message que je vous prie d'ouvrir sans plus tarder, afin que nous sachions enfin de quoi il retourne.

Philip prit l'enveloppe. Trois paires d'yeux le scrutaient avec différentes expressions de désarroi. Ceux du duc trahissaient une terrible inquiétude ; son père affichait un air suspicieux ; quant à Mlle Chilton-Grizedale, elle paraissait au bord des larmes.

Il brisa le cachet de cire. Le crissement du vélin fut le seul bruit dans le silence pesant. Après avoir pris une profonde inspiration, Philip baissa le regard sur la feuille blanche couverte d'une fine écriture.

Lord Greybourne,

J'ai longuement réfléchi au problème que nous avons évoqué lors de notre entrevue. Compte tenu de la preuve que vous m'avez apportée concernant l'épouse de votre ami, de vos connaissances en la matière et de votre inébranlable croyance au pouvoir de la malédiction, je ne puis nier l'évidence. Après tout, j'ai effectivement souffert d'une forte migraine consécutive à une chute. En conséquence, j'ai peur que si nous nous mariions, la troisième prédiction ne se réalise.

Je suis donc au regret de vous informer que je ne vous épouserai pas. Pour ma propre sécurité, j'ai d'ailleurs pris des mesures pour que l'on ne puisse m'y contraindre. Je suis navrée de vous mettre dans l'embarras et vous demande de me le pardonner, mais comme vous me l'avez si bien démontré, c'est la meilleure solution.

Je vous prie de faire savoir à mon père que je me porte bien et que je lui ai laissé une lettre à la maison, dans laquelle je lui explique tout.

Lady Sarah Markham

À peine Philip eut-il terminé sa lecture que lord Hedington tapota le feuillet de son monocle.

— Au nom du ciel, qu'a-t-elle écrit ? s'exclama-t-il. Est-ce qu'elle va bien ?

Philip leva les yeux.

— Oui, Votre Grâce.

— Alors pourquoi n'est-elle pas là ? Où est-elle passée ?

Un calme étrange, qu'il n'avait pas éprouvé depuis ce qui lui semblait être des mois, envahit Philip.

— J'ignore où elle est, Monsieur, mais elle ne viendra pas.

— Balivernes ! s'écria le duc. Bien sûr qu'elle viendra ! Elle se marie ici. Avec vous. Aujourd'hui. (Il extirpa une montre de gousset de la poche intérieure de sa redingote et l'ouvrit rageusement.) Depuis cinq minutes.

— Je crains que non, Monsieur.

Il tendit le feuillet au duc qui le parcourut, puis releva la tête, effaré.

— À quoi rime cette histoire de malédiction ? hurla-t-il en passant le papier au père de Philip.

Blanche comme un linge, Mlle Chilton-Grizedale se rapprocha du comte de Ravensly. Ils lurent la lettre ensemble, après quoi Philip sentit le regard glacial de son père le transpercer. Cela faisait plus mal qu'il ne l'aurait imaginé. Bon sang ! il n'était plus un gamin en quête de l'approbation paternelle, pensa-t-il, furieux.

Un bref silence suivit. Toutefois, au lieu de s'en prendre à son fils, le comte choisit une autre cible.

— C'est inadmissible ! Votre fille n'est qu'une mal élevée, Hedington. Une écervelée, une capricieuse. Quelle audace de nous signifier par écrit qu'elle a changé d'avis ! Quant à vous…

Il pointa un index accusateur sur Meredith.

— Je vous ai chargée de trouver à mon fils une épouse convenable, pas une toquée qui disparaît le jour de son mariage sous des prétextes fallacieux.

Un éclair de colère brilla dans les yeux clairs de Meredith. Elle ouvrit la bouche mais le duc lui coupa la parole.

— Mal élevée ? Écervelée ? Toquée ? fulmina-t-il en arrachant la lettre à Ravensly. Je ne vous permets pas ! C'est votre imbécile de fils qui lui a fait peur.

Il lança à son tour un regard outré à Meredith.

— Tout est votre faute ! Comment avez-vous osé proposer à ma Sarah cet individu mal fagoté ? Il n'y a qu'à voir sa cravate. Un pur désastre !

Rouge comme une pivoine, la jeune femme haussa le menton.

— Messieurs, avant de prononcer des mots que vous regretterez par la suite, je suggère que nous entendions ce que lord Greybourne a à nous dire à ce sujet.

Philip ne put s'empêcher d'admirer son sang-froid. Peu d'hommes s'en seraient sortis avec une telle aisance. À présent, les deux pères outragés étaient tournés vers lui. Il s'éclaircit la gorge, repoussa ses lunettes sur l'arrête fine de son nez et se lança :

— Quelque chose est arrivé en Égypte. Un événement qui m'interdit d'épouser lady Sarah. Ou qui que ce soit d'autre.

— Foutaises ! grommela Hedington. Dites plutôt que vous êtes tombé amoureux d'une autre femme.

— Cela n'a rien à voir avec une femme, monsieur le duc. Disons que… que je suis maudit.

Hedington secoua la tête, puis dit à mi-voix :

— Mon cher Greybourne, je ne vous comprends pas. Beaucoup d'hommes sont atteints par cette… ce genre d'infirmité. Mais la beauté de ma fille vous aidera à surmonter votre handicap, j'en suis persuadé.

Un son étouffé échappa à Meredith, tandis que le père de Philip blêmissait. Philip eut un sourire involontaire.

— Vous vous méprenez, Votre Grâce. Je ne suis *pas* impuissant. Je parle d'une vraie malédiction, gravée sur une pierre que j'ai découverte juste avant mon départ d'Égypte.

Il se revit sous le soleil ardent d'Alexandrie, dans l'air

brûlant et poussiéreux. Le lendemain, il devait partir pour son pays natal, afin de tenir une promesse faite à son père dix ans plus tôt. Une promesse impossible à différer davantage, maintenant que son père était mourant. Il avait passé cette ultime journée sur le site de fouilles. Et ce fut ce jour-là…

— J'ai fait une découverte : une boîte en albâtre contenant une étrange pierre gravée de caractères anciens. J'ai embarqué à bord du *Dream Keeper* avec la boîte et me suis retiré dans ma cabine. Quand j'ai déchiffré le texte, j'ai compris qu'il s'agissait d'une malédiction.

— Et vous croyez à ces sornettes ? demanda Hedington.

— Des « sornettes » très courantes dans l'Antiquité, monsieur le duc. De nombreuses cultures les pratiquent encore de nos jours. D'après la tournure des hiéroglyphes et l'estimation de l'âge de la tablette, qui s'appelle la Pierre des Larmes, la formule magique remonte au Ier siècle avant J.C. Elle fut rédigée par un homme trompé par sa fiancée quelques jours avant leur mariage. C'est pourquoi la malédiction concerne les couples, les fiancés en premier lieu.

— Vraiment ?

— Oui. Deux jours avant la cérémonie, la future mariée fait une chute, puis elle souffre de maux de tête. Symboliquement, ces épreuves représentent la chute morale et la peine qu'elle infligera à son époux. Et deux jours après le mariage, la jeune femme… euh… meurt subitement.

Le duc rajusta son pince-nez.

— Si j'ai bien compris, vous prétendez que, d'après cet infâme gribouillage sur un vieux caillou, ma fille mourra dans deux jours si elle vous épouse ?

— Exactement. L'auteur spécifie que quiconque aura lu l'imprécation met la vie de sa fiancée en péril – ou celle de son épouse, s'il est déjà marié. Je l'ai *lue*. J'avais espéré que la formule était devenue inefficace, après tant de siècles. Malheureusement, les événements de ces deux derniers jours m'ont détrompé. Souvenez-vous : avant-hier, lady Sarah est tombée. Ensuite, une migraine tenace l'a clouée au lit. Exactement comme dans...

— Pure coïncidence !

— Oh non, Votre Grâce ! Je détiens une preuve incontestable : une missive que j'ai reçue quelques heures après mon retour en Angleterre.

— Une autre missive ?

— Oui. Pendant la première semaine du voyage, j'ai étudié la pierre sous toutes les coutures. Quand je sortais de ma cabine, je la cachais en lieu sûr. Un jour, une tempête a éclaté et, peu après, un bruit m'a attiré sur le pont. Lorsque j'ai regagné mes appartements, Edward Binsmore, l'un de mes collègues, était là. Il avait vu la pierre sur mon bureau... Comme moi, il connaît les langues anciennes et il avait traduit le texte. Mon ami était marié, sa femme l'attendait en Angleterre.

Philip regarda tour à tour ses auditeurs avant de poursuivre :

— Nous avons prié durant tout le voyage. Lorsque notre bateau a accosté, Edward s'est rendu immédiatement chez lui, dans les environs de Londres. Peu après, j'ai reçu cette lettre.

La gorge serrée, Philip tira une feuille de papier de sa poche et la remit au duc.

— Mary, son épouse, était morte subitement. Son décès était survenu exactement deux jours après qu'Edward eut traduit la Pierre des Larmes.

Pendant que le duc parcourait la lettre, il reprit :

— Comme vous pouvez le constater, le même schéma se répète : Mary a fait une chute puis elle a souffert de maux de tête pendant deux jours avant de rendre l'âme. Cela m'a convaincu que la malédiction reste valable. Edward peut témoigner de son pouvoir, ainsi qu'Andrew Stanton, mon ami américain, qui se trouve parmi les invités aujourd'hui. Je sais qu'il est difficile de l'admettre, mais je ne crois pas aux coïncidences.

La figure du duc avait viré au cramoisi.

— Et moi, je ne crois pas à ces billevesées.

— C'est votre droit. Néanmoins, Mme Binsmore est bel et bien décédée.

Hedington balaya cet argument d'un indolent revers de la main.

— Je sais que Sarah est tombée d'un escabeau chez sa couturière. Elle a dû se cogner la tête et si vous ne lui aviez pas raconté cette fable, elle serait là.

— Je ne voulais pas endosser la responsabilité de sa mort. J'étais persuadé que si le mariage avait lieu, il lui arriverait malheur. Vous ne croyez peut-être pas à la malédiction, ajouta Philip d'une voix posée, mais au vu des faits, pouvez-vous affirmer que vous auriez mis la vie de votre fille en danger, sous prétexte que je pourrais me tromper?

Hedington pinça les lèvres. Une lueur d'incertitude dansait maintenant dans ses yeux.

— J'ai dit à lady Sarah que si elle changeait d'avis, je comprendrais, dit Philip. En fait, je l'ai même encouragée à le faire.

— Et si elle ne vous avait pas écouté?

— Je ne l'aurais pas épousée. Pas aujourd'hui, en tout cas. Non, pas avant de découvrir le moyen de neutraliser le mauvais sort.

— Alors que diable faites-vous ici aujourd'hui?

— J'ignorais quelle décision prendrait votre fille. J'ai tenté de la voir hier, mais elle était indisposée. Si elle avait choisi de venir, j'aurais essayé de la convaincre de remettre le mariage à une date ultérieure. Je ne voulais pas lui faire l'affront de l'abandonner devant l'autel.

— Comme il y a trois ans, jeta Ravensly d'une voix grinçante. Philip, tu m'as déçu. Quand j'ai accepté de financer tes études d'archéologie, puis tes expéditions à l'étranger, j'aurais dû fixer une date limite, qui t'obligerait à revenir pour te marier. J'ai été trop naïf. J'étais loin de me douter qu'à près de trente ans, tu préférerais courir le monde plutôt que de fonder une famille. J'ai respecté ma part du marché alors que toi, tu te déshonores en refusant de tenir tes engagements.

— Il n'y a pas de déshonneur à sauver une vie, père.

— Désolé, Philip, mais ton raisonnement repose sur la superstition et cela ressemble fortement à une nouvelle et pitoyable tentative de te dérober à tes devoirs. Cela dit, je n'en suis pas surpris. Tu as déjà agi avec la même désinvolture il y a trois ans, sans te soucier de l'embarras que tu causais à ta famille.

— Il y a trois ans, vous aviez arrangé une union sans mon consentement, sans même me consulter. Je suis rentré à seule fin de respecter nos accords, père.

— Parce que je suis condamné par la science.

— En effet, votre mauvaise santé a précipité mon retour mais j'ai toujours eu l'intention de vous obéir.

— Et la première chose que tu trouves à me dire, c'est que tu es dans l'incapacité de te marier à cause d'une stupide pierre.

Philip serra les poings. Le duc de Hedington, tout comme Mlle Chilton-Grizedale, ne perdaient pas une miette de l'échange.

« Bah, qu'ils aillent au diable ! » songea-t-il. Ils ne seraient pas les premiers à le blâmer.

— Enfin, père, dit-il de guerre lasse, réfléchissez. Si je n'étais pas intègre, j'aurais épousé lady Sarah aujourd'hui sans rien dire. Ensuite, après son décès, j'aurais repris mon ancienne vie. Je serais reparti en Égypte, en Grèce ou à Rome, content d'avoir tenu parole.

Pendant un moment, l'on n'entendit plus que le tictac d'une pendule égrenant les secondes. Puis Mlle Chilton-Grizedale s'éclaircit la gorge.

— Vous avez dit que vous alliez essayer de savoir s'il y avait un moyen de neutraliser le sort que l'on vous a jeté, milord. Pensez-vous que ce soit possible ?

Philip se tourna vers la jeune femme qui le scrutait attentivement de ses yeux aigue-marine. Il ne pouvait qu'approuver son attitude calme. En dépit d'une apparente fragilité, elle semblait être une forte tête, conclut-il, comprenant mieux pourquoi son père avait tant vanté ses mérites.

— Je n'en sais rien, admit-il. De tels remèdes existent souvent. Malheureusement, la Pierre des Larmes est cassée. Il manque un morceau du texte. J'espère le retrouver dans les caisses que j'ai rapportées avec moi ou dans celles qui ont été chargées sur un autre cargo, le *Sea Raven*, qui devrait accoster bientôt. En attendant, il y a des douzaines de caisses dans un entrepôt. Je compte les ouvrir pour en examiner le contenu.

— Vous rappelez-vous ce bout de pierre manquant ? demanda-t-elle.

— Non, mais ça ne veut pas dire qu'il ne se trouve pas parmi les objets anciens que j'ai rapportés d'Égypte. Je ne les ai pas tous en tête. Il se peut aussi qu'il soit déjà au British Museum parmi d'autres trésors attendant d'être répertoriés. Je me consacrerai à sa recherche, je vous le promets, mais entre-temps nous devons faire face aux circonstances.

— C'est-à-dire à l'absence de votre fiancée, murmura-t-elle.

— Et à ton refus de te marier, ponctua le comte de Ravensly d'un ton désapprobateur.

Philip soutint le regard réfrigérant de son père.

— Et je continuerai à refuser tant que je n'aurai pas mis fin à la malédiction. Si j'y parviens, je n'hésiterai pas à épouser lady Sarah…

— Sinon ?

— Sinon, je ne peux pas me marier. Avec personne. Jamais.

Les lèvres du comte ne formaient plus qu'un trait mince.

— Philip, tu m'as donné ta parole.

— C'était avant les évén…

— C'était avant rien du tout ! Nous avons fait des promesses, pris des engagements. Je frémis à l'idée des conséquences sociales et financières si tu n'épouses pas lady Sarah.

— Je peux vous assurer que les conséquences financières seront énormes, lança Hedington d'un air menaçant.

— Mon pauvre garçon, si cette histoire ridicule venait à se répandre, le scandale nous ruinerait ! Tu passeras pour un dément.

— Pensez-vous vraiment que je suis fou, père ?

— Je ne sais plus quoi penser, Philip. Je persiste à dire que tu as inventé ces excuses extravagantes à seule fin de t'esquiver une fois de plus.

— Vous m'avez dit autrefois qu'un homme ne vaut que par sa parole, père. J'ai retenu la leçon.

Ils échangèrent un regard chargé du souvenir de cette journée sombre et pluvieuse où tous deux se tenaient devant le cercueil de la mère de Philip.

— J'ai pris ce conseil à cœur, père. Mes excuses n'ont aucun rapport avec vos soupçons, je vous en donne ma parole d'honneur.

Le comte détourna un instant les yeux, avant de le fixer de nouveau.

— Tu sembles croire dur comme fer à cette prétendue malédiction, mais ce n'est qu'une illusion, Philip. Chasse donc ces idées absurdes de ton esprit et tâche plutôt d'éviter le scandale. Tu as vécu trop longtemps loin de la civilisation. Peut-être t'es-tu laissé imprégner de coutumes ancestrales, totalement étrangères à notre monde moderne…

— Non, père. Ces mots gravés sur la pierre…

— Ce ne sont que des *mots*, Philip ! Des mots et rien de plus. Les élucubrations d'un être trompé et jaloux. Ils n'ont que le pouvoir que tu leur donnes.

Philip secoua la tête.

— Je ne peux rien faire d'autre que chercher le morceau manquant de la pierre.

Lord Hedington leva la main.

— J'ignore où tout cela nous mènera, mais je suis d'accord avec vous, Ravensly. Rien ne doit transpirer. Tout ce que nous nous sommes dit ne doit pas franchir le seuil de cette pièce.

Comme chacun acquiesçait, il ajouta :

— Et je veux retrouver ma fille.

— Vous avez raison, Votre Grâce, approuva Philip. Toutefois, pour l'instant, il y a un problème plus urgent. Je veux parler des centaines de personnes qui attendent dans l'église. Puisque nous ne voulons pas mentionner la malédiction, il va falloir trouver une autre excuse pour annoncer aux invités que le mariage n'aura pas lieu aujourd'hui.

Le visage assombri, les deux pères déçus se dirigèrent vers la porte. Alors que Philip leur emboîtait le pas, un gémissement ténu et un bruit mat le firent se retourner.

Mlle Chilton-Grizedale gisait par terre, inconsciente.

Meredith revenait tout doucement à elle. On lui massait gentiment la main, une sensation agréable. Elle fit l'effort de soulever ses paupières lourdes et rencontra les yeux bruns de lord Greybourne qui l'étudiaient à travers les verres de ses lunettes. Dès l'instant où leurs regards s'accrochèrent, il parut soulagé. Meredith cligna des yeux. À vrai dire, il ne ressemblait guère à un crapaud. Au contraire, c'était un homme viril, bien bâti, qui sentait bon le bois de santal et le linge propre, séché au grand soleil.

— Calmez-vous, dit-il à mi-voix. Il n'y a aucun crapaud ici.

Miséricorde ! Avait-elle parlé à voix haute ? Un vague bourdonnement lui emplissait les oreilles. Elle regarda le vicomte de plus près ; il n'avait l'air ni fou ni malhonnête et pourtant il venait d'annoncer que le mariage n'aurait pas lieu aujourd'hui, détruisant du même coup, sans le savoir, la vie de Meredith.

— Je suis content que vous soyez remise. Je vous aurais crue plus forte, mais je me suis trompé.

Elle fronça les sourcils.

— Remise ? Que voulez-vous dire ?

— Vous vous êtes évanouie.

— Moi ? Impossible. Je ne suis pas sujette aux... aux vapeurs.

Pourquoi sa langue lui paraissait-elle si épaisse, si pâteuse, comme un corps étranger dans sa bouche ? Philip esquissa un sourire qui creusa une fossette sur sa joue.

— Peut-être, mais vous avez sombré comme un rouleau de papyrus jeté dans le Nil. Vous sentez-vous assez bien pour vous asseoir ?

S'asseoir ? Meredith jeta un regard anxieux alentour et s'aperçut qu'elle était allongée sur une banquette capitonnée. Assis à son côté, hanche contre hanche, lord Greybourne lui pressait les mains entre les siennes. La chaleur de ses larges paumes se propageait dans les bras de la jeune femme, irradiant son corps tout entier.

Elle s'était vraiment évanouie, pour la première fois en vingt-huit ans d'existence, pensa-t-elle, consternée. La raison de cette faiblesse traversa aussitôt son esprit enfiévré : lady Sarah... pas de mariée... pas de mariage... un fiancé maudit... qui, soit dit en passant, produisait sur elle un effet des plus déconcertants.

Dégageant brusquement sa main, Meredith releva la tête. Le mouvement ne fit qu'accentuer l'impression de vertige, de flottement, et un soupir lui échappa.

— Inspirez et expirez lentement ! intima lord Greybourne en procédant à une démonstration rapide et en exhalant longuement son souffle qui vint caresser les frisons sur le front de Meredith.

— Vous croyez que je ne sais pas respirer ? s'offusqua-t-elle un peu plus sèchement qu'elle ne l'aurait voulu.

Le dernier désastre, combiné à la proximité de cet homme, l'avait décidément bouleversée d'une drôle de manière.

— En tout cas, vous savez vous évanouir, répondit-il en souriant.

Cet homme était franchement insupportable ! Aux prises avec d'inextricables difficultés, menacé de l'opprobre social, il trouvait le moyen de plaisanter. Meredith prit une profonde inspiration et tenta de s'asseoir. En vain.

— Milord, vous êtes assis sur ma robe.

— Oh ! pardon !

Il se redressa, la saisit aux épaules et, sans autre forme de procès, la remit sur son séant. Une boucle échappa de la coiffure de Meredith et glissa sur son front. Elle la balaya d'une main impatiente et s'aperçut qu'elle ne portait plus son bonnet.

— Je me suis permis de le retirer, dit-il, devançant ses questions. La bride sous le menton vous comprimait. Vous devriez aussi arranger votre robe.

De mieux en mieux ! Quelques boutons de son corsage avaient été défaits, remarqua-t-elle, exposant une partie de sa poitrine qui, normalement, n'aurait jamais dû voir le jour. Elle lança une œillade ulcérée à Philip dont les lèvres ébauchèrent un sourire espiègle.

— Je ne voulais pas me retrouver avec une femme étouffée sur les bras.

— Je n'étouffais pas. J'ai simplement eu un vertige.

— Heureux de vous l'entendre dire.

— Il n'était donc pas nécessaire de prendre ce genre de libertés avec… avec mes habits.

— Ah… Je suppose que j'ai eu tort de rajuster vos jarretelles.

Devant son air stupéfait, il lui adressa un clin d'œil.

— Je plaisante. J'essayais de ramener quelques couleurs sur vos joues pâles. Je n'aurais probablement jamais touché à vos jarretelles sans votre permission.

— Une permission que vous n'aurez jamais, rétorqua-t-elle en s'empourprant. Un gentleman ne doit jamais se permettre de telles insinuations.

La fossette se creusa sur la joue de Philip.

— Je vous prie de m'excuser.

Avant qu'elle ne puisse répondre, il traversa la pièce, prit un pichet de faïence et versa un peu d'eau dans un gobelet de cristal. Il se déplaçait avec grâce mais l'idée que cet individu qu'elle ne connaissait ni d'Ève ni d'Adam l'avait débarrassée de son bonnet et avait déboutonné son corsage fit grincer des dents à Meredith.

— Tenez, buvez ça, ordonna-t-il en lui tendant le verre.

Elle se retint pour ne pas le lui jeter à la figure et but quelques gorgées. L'eau fraîche humecta sa gorge, qu'elle avait sèche comme de l'étoupe. Tout à fait remise, Meredith fit un bilan succinct de la situation qui pouvait se résumer en un seul mot : catastrophe. Le mariage le plus attendu de la Saison, sa plus belle œuvre, tombait à l'eau. Les gens ne manqueraient pas de l'accabler, elle, à l'instar de lord Ravensly et de lord Hedington.

Ses projets d'avenir s'évaporèrent comme un ruban de vapeur s'échappant d'une théière chaude. Sa réputation, son talent, ses compétences étaient sérieusement compromis, sinon anéantis. Et tout cela, par la faute de cet homme !

Laissant errer son regard alentour, elle constata qu'ils étaient seuls. Encore un détail qui ferait jaser les gens bien pensants.

— Où sont votre père et lord Hedington ?

— Partis annoncer aux invités que lady Sarah est malade et que nous sommes dans l'obligation de reporter la date du mariage. Bizarre, comme la même déclaration peut être à la fois vraie et fausse...

Meredith remit son bonnet de gaze et lissa sa jupe bleu nuit.

— Ce n'est pas un mensonge. Une omission, tout au plus.

— C'est la même chose.

— Pas du tout ! objecta-t-elle avec véhémence. Un mensonge constitue une déformation de la vérité. Alors que ne pas dévoiler exactement tout ce que l'on sait...

— Est un mensonge par omission.

— Vous avez une conscience trop tourmentée, lord Greybourne.

— J'aime bien que les choses soient claires.

— Sans doute un trait de caractère propre aux scientifiques.

Une rumeur leur parvint d'à-côté.

— Les gens sont en train de quitter l'église, dit Philip. Écoutez, mademoiselle Chilton-Grizedale, ajouta-t-il en la regardant droit dans les yeux, je sais que cet incident portera préjudice à votre activité professionnelle...

Meredith retint un rire amer.

— Préjudice n'est qu'un doux euphémisme, monsieur ! Ce sera carrément la ruine...

Inutile de lui rappeler qu'elle le tenait pour le seul et unique responsable de la débâcle. Mais pourquoi « débâcle » ? s'interrogea-t-elle tout à coup. Elle avait perdu une bataille mais pas la guerre. Une nouvelle idée venait de germer dans son esprit.

— ... Si toutefois lady Sarah et vous choisissez une autre date, les ragots seraient étouffés dans l'œuf et vous éviteriez, de votre côté, un nouveau scandale.

— Je suis tout à fait d'accord avec vous, mais vous oubliez la malédiction.

Nous y revoilà !

Le scepticisme de Meredith devait se voir comme le nez au milieu de la figure, car Philip reprit d'un ton radouci :

— Lorsque l'on ne peut pas voir ou toucher une chose, cela ne signifie pas qu'elle n'existe pas. Les religions évoquent une infinie variété de mondes invisibles à l'œil humain. Je ne peux ni voir ni toucher l'air, mais le fait que je le respire prouve son existence.

Du coup, Meredith inspira une large goulée d'air – qu'elle ne pouvait ni voir ni toucher mais qui sentait, comme lord Greybourne, un parfum frais, masculin, et terriblement dérangeant.

— Vous êtes sûrement capable de trouver une solution, milord, insista-t-elle. Vous êtes intelligent.

— Merci, mais...

— Bien que vos manières et votre apparence laissent à désirer... D'ailleurs, nous nous appliquerons à y remédier.

Il haussa les sourcils.

— Ah bon ? Qu'est-ce qui ne va pas ?

— Cheveux trop longs et mal coiffés. Cravate affreuse. Redingote partiellement déboutonnée. Plastron chiffonné, manchettes trop longues. Boutons dépolis, culottes trop serrées, bottes mal cirées... Vous n'avez donc pas de valet ?

— Je n'ai pas eu le temps d'embaucher des domestiques. J'ai passé ces deux derniers jours à chercher la pièce manquante que vous savez. Et je vous promets que je la trouverai.

— J'en suis convaincue. Il faut annoncer la nouvelle date de vos noces le plus vite possible. Au fait, que pensez-vous de lady Sarah ?

Philip haussa les épaules.

— Elle est, ma foi, acceptable.

Meredith manqua de s'étrangler.

— *Acceptable* ? Elle est magnifique ! Une jeune fille qui fera une excellente maîtresse de maison. Sans oublier que financièrement, votre union est très avantageuse.

— Je n'accorde aucune importance aux choses matérielles, mademoiselle Chilton-Grizedale.

— Non ?

— Non. Les réunions mondaines ne m'intéressent pas, pas plus que les réceptions, les soirées, ou la Saison. Quant à l'aspect financier de l'affaire, j'ai de quoi vivre jusqu'à la fin de mes jours et n'éprouve pas le besoin d'agrandir mon domaine.

Elle le scruta, incrédule. Ou il la prenait pour une idiote ou les nombreuses années passées à déterrer des vieilleries avaient sérieusement perturbé ses facultés mentales.

Philip repoussa ses lunettes et elle remarqua ses mains, grandes, fortes, bien faites – les mains qui avaient massé les siennes quelques minutes plus tôt.

— L'honneur voudrait que je me marie avant que mon père ne succombe à sa maladie, dit-il, arrachant Meredith à sa rêverie. Alors, vous voyez, en ce qui me concerne j'étais prêt à accepter votre choix, pourvu que la fiancée ne soit pas franchement un laideron. Dans ce sens, lady Sarah est tout à fait acceptable.

Meredith hocha la tête. Étant elle-même adepte du pragmatisme, elle saisissait parfaitement ce point de vue.

— Et si vous n'arrivez pas à neutraliser la malédiction ?

— L'échec est une option que je refuse d'envisager.

— À votre avis, combien de temps vous faudra-t-il pour examiner le contenu de toutes les caisses ?

— Une quinzaine, répondit-il après s'être livré à un rapide calcul.

Meredith redressa le buste. Les rouages de son cerveau s'étaient remis en marche.

— Cela nous donnerait l'occasion de préparer un nouveau plan.

— Quelle sorte de plan ? Je suis ouvert à toutes les suggestions. Malheureusement, les faits sont là, irréfutables. Si je ne brise pas la malédiction, je ne peux pas me marier. Et en même temps, je me dois de le faire… Bon Dieu ! avec cette épée de Damoclès suspendue au-dessus de ma tête, comment voulez-vous que je prenne une décision ? Je ne puis imaginer qu'une femme, quelle qu'elle soit, accepterait de m'épouser sachant qu'elle risque de mourir deux jours plus tard.

Malgré cela, Meredith connaissait un tas de parents qui n'hésiteraient pas à accorder la main de leur fille à l'héritier du comté...

— Dites-moi franchement, mademoiselle Chilton-Grizedale. Qu'auriez-vous fait à la place de lady Sarah ? M'épouseriez-vous, sachant que vous allez y laisser votre vie ?

Une bouffée de chaleur embrasa les joues de Meredith, qui s'abstint toutefois de se servir de son éventail.

— En fait, je ne crois pas aux malédictions, répondit-elle en pesant chaque mot. Malgré vos théories, assez convaincantes au demeurant, je continue à penser qu'il s'agit d'une série de coïncidences malheureuses. Mais de toute façon, la question ne se pose pas, car je n'ai aucun désir de me marier.

— Vraiment ? Cela vous place dans une catégorie de femmes dont vous devez être la seule représentante.

— Je ne crains pas la solitude, déclara-t-elle la tête haute. Est-ce que vous rangez toujours les gens dans des « catégories » ?

— Oui, c'est presque une manie. Je classe les gens presque instantanément, comme les objets. Depuis toujours. C'est un hobby très commun parmi les hommes de science.

— Je procède de la même manière, bien que je ne sois pas une scientifique.

— Très intéressant. Et dans quelle catégorie m'avez-vous classé ?

— Dans celle à laquelle on ne s'attend pas, répliqua-t-elle sans réfléchir.

Meredith regretta aussitôt ses paroles. Pourvu qu'il n'aille pas demander de précisions, espéra-t-elle, car elle n'avait nulle envie d'avouer qu'elle s'était attendue à une version plus âgée de l'adolescent gauche et joufflu du portrait.

Philip la dévisagea avec une intensité qui lui donna envie de prendre ses jambes à son cou.

— De plus en plus intéressant... Je vous ai classée exactement dans la même catégorie.

Déboussolée, elle ébaucha un pas en arrière puis adopta un ton faussement enjoué :

— Eh bien, maintenant que nous sommes catalogués, revenons à nos moutons. Aujourd'hui, nous sommes le 1er septembre. Je vous propose de fixer le mariage au... disons au 22. Cela vous donnera le temps de fouiller dans vos caisses.

Et à moi de sauver ma réputation de marieuse.

— Cette fois-ci, nous donnerons une réception plus modeste, plus privée, peut-être dans le salon de votre père...

Elle se figura l'emplacement des fleurs, ainsi que l'annonce dans le *Times* du lendemain.

— Il ne nous restera plus qu'à convaincre lady Sarah, poursuivit-elle, d'une voix pleine d'entrain. Pensez-vous que d'ici là vous serez venu à bout de la malédiction ?

— J'en ai l'intention en tout cas.

Une faible lueur d'espoir traversa soudain les ténèbres dans lesquelles Meredith avait l'impression d'errer. Tout n'était pas perdu. Ce serait trop injuste. Elle avait travaillé d'arrache-pied sur ce projet et ne pouvait se permettre de laisser passer sa chance une fois de plus. Elle se refusait de revivre les épreuves du passé, le mensonge, la tromperie, le vol. Oh non ! plus jamais, songea-t-elle en fermant brièvement les yeux. Greybourne réussirait à s'en sortir et tout irait bien. Il le fallait. Il le fallait absolument.

On frappa à la porte et Hedington apparut sur le seuil. On aurait dit un volcan au bord de l'éruption.

— Avez-vous prévenu les invités ? demanda Philip.

— Je leur ai dit que Sarah était souffrante, mais déjà les rumeurs font rage. Nul doute que cette lamentable histoire fera demain la une des gazettes.

Meredith toussota.

— Lord Greybourne et moi-même étions en train d'envisager différentes solutions à notre problème, Votre Grâce. Il a bon espoir de retrouver l'autre morceau de pierre qui lui permettra d'échapper au mauvais sort. Compte tenu de cela, je reprogrammerai la cérémonie pour le 22. J'enverrai une annonce au *Times*, de manière à couper l'herbe sous le pied aux colporteurs de ragots.

Le duc inclina la tête.

— Entendu… À condition d'être rassuré sur l'avenir de ma fille. Si j'estime qu'elle court le moindre risque, il n'y aura pas de mariage et tant pis pour le scandale. Maintenant, je vais rentrer chez moi afin de prendre connaissance de la lettre que Sarah m'a laissée.

Il quitta la pièce sans un mot de plus. Meredith regarda Philip.

— Je vous aiderai à retrouver la pierre.

— Je vous en remercie… Est-ce que par hasard vous seriez fermière ?

— Euh… non… Pourquoi ?

— Parce que nous allons chercher une aiguille dans une botte de foin.

L'ombre était penchée sur la collection d'objets égyptiens qui reposaient sur un lit de velours rouge, dans une vitrine du British Museum. Comme ce velours couleur sang les mettait en valeur ! Le sang déjà répandu. Et qui se serait répandu de nouveau.

Ton sang, Greybourne. Bientôt, tu paieras le mal que tu as fait. Très bientôt.

3

Meredith remontait à pas lents l'allée menant à son modeste pavillon situé sur Hadlow Street. Sans être huppé, son quartier était parfaitement respectable et elle l'aimait avec l'ardeur de ceux qui ont travaillé durement pour obtenir quelque chose. Meredith avait désiré désespérément une *vraie* maison.

Certes, elle ne deviendrait jamais un membre de la haute société, elle le savait. Toutefois, grâce à sa profession, elle côtoyait la noblesse et cela lui procurait un peu de cette respectabilité à laquelle elle aspirait depuis sa plus tendre enfance.

Elle redoutait le moment où elle pousserait la porte pour annoncer aux trois personnes auxquelles elle tenait le plus au monde son échec et que la façade si soigneusement bâtie était en passe de s'écrouler comme un château de cartes. À moins qu'Albert, Charlotte et Hope fussent déjà au courant... Les rumeurs se répandaient si vite !

Le lourd battant de chêne s'ouvrit sur le sourire plein d'expectative d'Albert Goddard. Derrière lui, Charlotte Carlyle attendait, les yeux brillant d'excitation, un tablier immaculé autour de sa taille mince. La petite Hope, accrochée à la jupe vert sombre de sa mère, fut la première à briser l'immobilité de ce charmant tableau vivant en s'élançant vers Meredith.

— Tante Merrie, tante Merrie ! gazouilla-t-elle joyeusement en lui enlaçant les jambes de ses petits bras potelés.

Meredith posa un affectueux baiser sur les boucles dorées de l'enfant.

— Tu m'as *masqué*, tante Merrie ! proclama Hope du haut de ses quatre ans en levant sur l'arrivante ses yeux d'un gris lumineux identiques à ceux de Charlotte.

— Toi aussi tu m'as manqué, ma poupée, murmura Meredith le cœur serré.

Son avenir lui parut tout à coup sérieusement compromis. Qu'adviendrait-il de Hope, de Charlotte et d'Albert si l'échec se concrétisait ? Elle fit de son mieux pour paraître détendue mais son regard croisa celui d'Albert dont le sourire s'évanouit.

Sapristi ! Il la connaissait trop bien, après onze ans de vie commune. Âgé d'à peine vingt ans, Albert en avait vu plus que la plupart des garçons de son âge et s'en était sorti avec une certaine expérience de la vie. Charlotte aussi, bien qu'elle n'eût rejoint la « famille » que cinq ans plus tôt, peu avant la naissance de Hope… Inutile donc de les faire attendre davantage et encore moins de leur mentir.

Meredith retira son bonnet et son manteau et les tendit à Albert.

— Il faut que nous parlions.

En tenant Hope par la main, elle se dirigea vers le salon. Tandis que la fillette s'installait à sa petite table pour dessiner dans son cahier de coloriage, Meredith fit face à ses deux meilleurs amis.

— Je crains d'avoir de mauvaises nouvelles.

Elle leur narra brièvement les événements de la matinée.

— Soyons pratiques, conclut-elle. J'ai beau n'être pour rien dans cette débâcle, j'y joue pourtant ma réputation. Mes chances sont minces : ou la cérémonie est simplement remise au 22, auquel cas je survivrai mais il me faudra des mois pour remonter la pente, ou elle est purement et simplement annulée et alors, c'est la ruine. Mon gagne-pain ne sera plus qu'un lointain souvenir.

Ce disant, elle passa la main sur son front douloureux. Les professions réservées aux femmes se comptaient sur les doigts d'une main, elle ne le savait que trop bien.

Non, je n'y retournerai pas. Jamais.

— Moi, je trouve cette malédiction louche, dit Albert. Ce Greybourne l'a sûrement inventée parce que ça l'arrange de pas se marier.

Meredith secoua la tête.

— Je ne crois pas.

— Vous êtes trop crédule, objecta-t-il.

— Je n'ai pas dit que je crois en cette malédiction, mais je dois en tenir compte parce que Greybourne, lui, y croit dur comme fer.

— Alors, ce type est cinglé ! déclara Albert en vissant son index sur sa tempe. Restez à l'écart, mademoiselle Merrie. À votre place, je ne lui ferais pas confiance. En attendant, ne vous en faites pas pour l'argent. Je travaillerai la nuit comme docker. Ou alors, on pourrait déménager quelque part, loin de la rumeur. Près de la mer, pourquoi pas ? On s'en sortira, comme toujours.

— Oui, on s'en sortira, affirma Charlotte. Je sais coudre et...

— Je ne veux pas simplement m'en sortir, coupa Meredith en sentant une vague de panique la submerger. Nous avons travaillé beaucoup et trop dur. Je ne peux pas et ne veux pas laisser cette histoire ruiner mon nom et ma réputation. Je veux assurer notre avenir et celui de Hope. Le seul moyen d'y arriver est de faire en sorte que lord Greybourne épouse lady Sarah.

— Alors c'est parti ! s'exclama Albert avec conviction, comme s'il s'agissait de la chose la plus simple du monde. On aide le lord à trouver son caillou et le tour est joué !

Cher Albert... Un sourire las étira les lèvres de Meredith. Sans qu'elle s'en aperçoive, le gosse brisé, laissé pour mort qu'elle avait ramassé dans le caniveau, était devenu un solide gaillard. Il boitilla vers elle et lui entoura les épaules d'un bras protecteur.

— On en a vu d'autres, mademoiselle Merrie ! Ne vous inquiétez pas. S'il le faut, je m'habillerai en mariée et traînerai ce gars à l'église.

Avec un petit rire, Meredith se tourna vers Charlotte.

— Quelle charmante mariée ! s'esclaffa-t-elle en pinçant la joue du jeune homme. C'est vrai qu'il est plutôt mignon.

— Sauf que, à un moment donné, lord Greybourne réalisera que quelque chose cloche avec sa tendre moitié, dit Charlotte en riant. À ton avis combien de temps mettra ta barbe pour repousser ?

Albert frotta sa joue glabre, rasée de près, en pouffant. Redevenu sérieux, il s'empara des mains de Meredith.

— Inutile de vouloir changer ce qui ne peut l'être, dit-il avec sagesse. On essaiera de trouver cette pierre. Si on y arrive, votre lord et lady Sarah se marieront. Sinon…

— Je serai ruinée.

Une flamme farouche flamboya dans les prunelles d'Albert.

— En tout cas, rien ne pourra vous diminuer à mes yeux.

— Ni aux miens, ajouta doucement Charlotte. Ni à ceux de Hope.

Elle s'approcha à son tour et serra Meredith dans ses bras.

— Albert a raison. Ça va marcher. Sinon, nous quitterons Londres, nous nous installerons ailleurs et recommencerons à zéro.

Meredith entoura ses amis de ses bras. Elle souriait mais son cœur était lourd. Combien de fois encore allait-elle devoir s'établir ailleurs et repartir de zéro ?

Le lendemain matin, Meredith déplia le *Times* sur la table du petit déjeuner. La manchette la frappa de plein fouet : *Lord Greybourne, le maudit, est-il l'homme le plus difficile à marier d'Angleterre ?*

Le mince espoir que l'annonce de la nouvelle date du mariage, qu'elle avait envoyée au même journal, arrangerait les choses, s'évanouit instantanément. Les caractères d'imprimerie se mirent à danser sous ses yeux. Trois pages entières, sans mentionner la colonne de gauche de la une, étaient consacrées à l'histoire.

Meredith avait la sensation que chaque lettre lui brûlait la rétine. Tout était relaté : de la malédiction au marché que Greybourne avait passé avec son père. S'y ajoutaient différentes spéculations quant à la « mystérieuse maladie » de lady Sarah. À croire que ce satané chroniqueur, caché derrière les rideaux, avait assisté aux confessions de lord Greybourne ! Le souffle court, Meredith parcourut les deux derniers paragraphes.

Malédiction réelle, ou stratagème pour échapper au mariage mis en scène par lord Greybourne ou lady Sarah, ou peut-être même tous les deux ? La jeune et jolie fiancée est-elle réellement souffrante, comme l'a affirmé son père, ou a-t-elle préféré prendre la fuite afin d'éviter une union qui la condamnerait à une mort certaine, deux jours plus tard ?

Nous l'ignorons. La cérémonie est remise au 22 du mois, mais aura-t-elle lieu ? À moins qu'il ne s'agisse d'une manœuvre orchestrée par lord Greybourne et Mlle Chilton-Grizedale pour sauver la face... car si la fameuse malédiction existe, comment lord Greybourne pourra-t-il honorer son engagement ? Et quelle femme voudrait épouser cet homme ? D'ailleurs, à supposer que la malédiction soit brisée, lady Sarah souhaitera-t-elle toujours se marier ? Dans ce cas, le lord demandera-t-il à Mlle Chilton-Grizedale de lui trouver une autre épouse ? Nul doute qu'après un tel fiasco, plus personne ne songera à recourir aux services de cette marieuse.

Chaque mot sonnait comme un glas. Meredith ferma les yeux afin de contenir un brûlant flot de larmes. Elle ne voulait pas pleurer : les larmes sont signe de faiblesse et elle se considérait comme une femme forte. La voix de sa mère résonna à ses oreilles.

« Cesse donc de courir, Meredith, tu ne peux pas échapper à ton passé.

— Si, je le peux, maman. Le passé ne me rattrapera pas. Tout ce que j'ai, je l'ai obtenu à la force du poignet. »

Avais. Tout ce que j'avais, rectifia-t-elle.

Elle prit une profonde inspiration. Non, tout n'était pas fini. Pas encore. Elle ne baisserait pas les bras sans livrer l'ultime bataille.

— Ça va, mademoiselle Merrie ?

Meredith sursauta. Debout devant la cheminée, Albert l'observait d'un air soucieux. Il tenait un plateau chargé de plusieurs missives.

— Je vais bien… Juste un peu fatiguée…

— On dirait que vous avez vu un fantôme, marmonna-t-il en fronçant ses sourcils noirs.

Il indiqua du menton le journal déplié.

— Je l'ai lu, moi aussi. Et je paierais cher pour dire deux mots à ce journaliste. Il a écouté aux portes ou quoi ?

— Je n'en sais rien et ça n'a plus d'importance, répondit-elle en indiquant le plateau. Encore des lettres ? Sûrement pas des invitations à prendre le thé…

— J'ai pas arrêté d'ouvrir la porte depuis ce matin.

Comme par un fait exprès, le lourd heurtoir de bronze de la porte d'entrée se fit entendre.

Albert posa le plateau, puis boita en direction du couloir. Son pied gauche raclait le parquet. La façon dont il traînait la jambe ce matin dénotait soit une nuit blanche, soit un temps humide. Peut-être une combinaison des deux. Sur le seuil de la salle à manger, il se retourna.

— Vous en faites pas. Albert laissera personne vous faire du mal.

Puis il quitta la pièce et le raclement s'éloigna.

Meredith baissa les yeux sur la pile d'enveloppes. Sans en avoir brisé les cachets de cire, elle devinait parfaitement le contenu de chaque lettre. Il devait être plus ou moins identique à celle qu'elle avait lue un peu plus tôt.

Nous n'avons plus besoin de vos services. Aussi souhaitons-nous mettre fin à notre collaboration.

La formulation importait peu. Chaque missive, chaque feuille de vélin, retirait une pierre à l'édifice qu'elle avait si laborieusement érigé.

Elle devait agir, et vite.

Mais comment ?

Écœuré, Philip reposa le journal.

— Comment diable ce reporter a-t-il eu vent de la malédiction ?

Andrew Stanton, son ami et collègue américain, leva les yeux de son petit déjeuner.

— Je me le demande. Si je ne m'abuse, tous les intéressés ont promis de ne rien ébruiter.

— Exact, convint Philip avec un soupir frustré. Mais ces journalistes sont comme des chiens qui courent après leur os. Londres est une ville décevante, Andrew. Je t'avais prévenu.

— Tu m'as dépeint l'Angleterre comme un pays terne, voire ennuyeux. Je ne suis pas d'accord. À peine arrivés, nous avons eu droit à une intéressante bagarre de rue qui t'a valu un charmant petit chien…

— C'est exactement ce qui me manquait !

— Toi et ta canne, vous avez fait des merveilles. Ensuite, il y a eu la dispute avec ton père, suivie d'un superbe suspense à Saint-Paul. Je ne me suis pas ennuyé une seconde. Et j'attends la suite avec impatience.

— Ayez donc des amis ! grommela Philip, ce qui arracha un sourire radieux à Andrew. (Puis il reprit :) J'ai reçu un mot d'Edward, ce matin.

Aussitôt, l'expression amusée de l'Américain s'estompa.

— Comment va-t-il ?

— Il prétend qu'il va mieux mais je n'en crois rien. Il est allé sur la tombe de sa femme, alors...

Écrasé par un énorme sentiment de culpabilité, il laissa sa phrase en suspens. Pauvre Mary ! Et pauvre Edward qui vouait, depuis vingt ans, une véritable adoration à son épouse ! Philip prit mentalement note de consulter son avoué pour établir un fidéicommis au nom d'Edward ; non que l'argent pût ressusciter Mary, mais il se sentait obligé de se racheter.

Sans moi, Mary Binsmore serait encore en vie.

— ... Il propose de nous aider dans nos recherches, poursuivit-il, chassant de son esprit cette pensée dérangeante. Je lui ai répondu que, naturellement, j'acceptais. Dieu sait que nous avons besoin de bonnes volontés, et l'occupation lui sera bénéfique. Je lui ai suggéré de te rejoindre au British Museum pour que vous commenciez à fouiller les caisses que j'ai fait livrer là-bas. Pendant ce temps, je continuerai mes investigations à l'entrepôt.

— On fait comme ça, approuva Edward en vidant sa tasse en porcelaine et en dépliant son grand corps musclé. Je file au musée. Je te préviendrai immédiatement si nous trouvons quelque chose.

— Moi aussi.

Quelques instants après le départ d'Andrew, Bakari entra dans la salle à manger. Son visage à la peau sombre était indéchiffrable. Avec ses chemises amples en soie, ses pantalons bouffants, ses babouches et son turban agrémenté d'une plume, il avait provoqué à son arrivée en Angleterre une vive émotion parmi les autres domestiques.

Philip jeta à son fidèle serviteur un coup d'œil anxieux ; on ne savait jamais si Bakari s'apprêtait à annoncer de bonnes ou de mauvaises nouvelles.

— Votre père.

Ah ! Mauvaises nouvelles…

— Faites-le entrer.

Le comte entra d'une démarche alerte qui contrastait étrangement avec sa pâleur maladive. Philip se leva pour l'accueillir. Les regrets, la culpabilité, les remords peut-être, rejaillirent aussitôt du tréfonds de son âme où ils se tapissaient comme des monstres mais il fut heureux de voir son père en bonne forme. Les choses s'étaient déroulées de la même manière pour sa mère durant sa maladie : les jours difficiles avaient alterné avec des jours de rémission, jusqu'à la fin.

Le comte prit place en face de son fils. Il accepta une tasse de café et laissa errer un regard réprobateur sur la tenue quelque peu débraillée de son vis-à-vis – manches retroussées, pas de cravate. Enfin, ses yeux froids se posèrent sur le journal.

— Drôle d'histoire, dit-il. On pourrait penser que ce journaliste était présent pendant que nous parlions. Je trouve cela plutôt curieux, pas toi ?

— Est-ce que vous insinuez que j'ai envoyé cette information au *Times* ?

— L'as-tu fait ?

Une fois de plus, Philip frémit intérieurement. Le manque de confiance de son père le blessait profondément.

— Non. Il a dû écouter aux portes. Nous ne chuchotions pas précisément, et il aura entendu. Finalement, ce n'est pas plus mal ; cela coupera court aux spéculations.

Son père eut un rire sans joie.

— Tu as vécu trop longtemps à l'étranger, mon garçon. C'est justement le genre d'histoire qui alimente les pires ragots. Dieu merci, Catherine n'est pas à Londres ; elle n'aura pas à subir tous ces désagréments.

À la mention de sa sœur, le cœur de Philip se serra. Elle était la seule personne qui lui avait réellement manqué pendant sa longue absence, la seule qu'il eût hâte de revoir. Malheureusement, le fils de Catherine s'était mis à souffrir de maux d'estomac et elle avait dû différer son arrivée.

— Elle y sera vite confrontée. J'ai reçu un mot ce matin. Spencer est guéri et elle doit arriver dans l'après-midi, répondit-il.

— Mon Dieu, il faudra la préparer… dit le comte. Les mauvaises langues vont se jeter sur nous comme une meute sur un renard. La rumeur n'a pas cessé d'enfler ; elle a même gagné nos domestiques.

— Comment le savez-vous ?

— Par Evans. C'est le majordome le mieux informé du pays. Veux-tu entendre la dernière ?

Philip n'en avait guère envie, mais il s'entendit répondre :

— Oui, bien sûr.

— D'après Evans, lady Sarah a pris la fuite pour deux raisons. Premièrement, elle ne voulait pas mourir de ta malédiction et deuxièmement, elle ne souhaitait pas épouser un homme… euh… incapable d'accomplir le devoir conjugal.

Philip tressaillit.

— Je vois. Les gens ne comprennent pas qu'une femme puisse refuser d'épouser l'héritier d'un comté, à moins d'avoir une raison vraiment terre à terre. Dès lors, ils préfèrent penser que je ne pourrai pas consommer mon mariage.

— Oui, j'en ai peur, dit le comte en ajoutant du sucre dans son café. As-tu eu des nouvelles de lady Sarah ?

Philip s'essuya la bouche avec une serviette de lin qu'il reposa à côté de son assiette.

— Pas encore. Je lui ai écrit pour l'avertir que je lui rendrais visite aujourd'hui. En attendant, je vais aller à l'entrepôt pour finir de déballer les caisses, dit-il en se levant.

— Pour l'amour du ciel, comment es-tu attifé ? s'exclama le comte.

Philip jeta un regard à son ample pantalon retenu à la taille par un lacet.

— Je porte des vêtements confortables. C'est pour travailler dans un hangar, père, pas pour aller au bal, répondit-il en sortant de la salle à manger.

Alors qu'il se dirigeait vers le vestibule, le heurtoir de bronze retentit. Bakari alla ouvrir et Philip entendit une voix de gorge qu'il reconnut aussitôt. La voix de la marieuse. Il réalisa avec un peu d'agacement qu'il était en train de presser le pas.

— Moi, voir si lord Greybourne disponible, baragouina le serviteur en faisant tourner une carte de visite blanche entre ses doigts bruns.

— Je suis disponible, Bakari.

Il contourna Bakari pour se trouver face à Mlle Chilton-Grizedale. D'un seul regard, il nota jusqu'au moindre détail de sa mise : robe de mousseline bleu paon, spencer assorti, chapeau de paille dont les volants de gaze entouraient son visage comme des pétales. Meredith lui rappelait irrésistiblement les fleurs, s'aperçut-il, étonné. Peut-être était-ce son parfum ? Se penchant un peu, il s'autorisa à humer la fragrance capiteuse. Non. En fait, elle sentait bon comme... un gâteau fraîchement sorti du four. Ce devait être sa complexion, alors, qui évoquait les roses ; sa peau douce, ses pommettes couleur de pêche et ses lèvres finement ourlées, d'un rose délicat.

— Vous, inviter la dame entrer, chuchota Bakari dans son dos. Vous pas la regarder bouche ouverte.

Bon sang ! Ses manières laissaient vraiment à désirer. Philip s'effaça aussitôt.

— Je vous en prie, mademoiselle Chilton-Grizedale.

Elle inclina la tête avec élégance et entra.

— Merci, lord Greybourne. Veuillez excuser une visite aussi matinale, mais je pense qu'il est essentiel de ne pas perdre de temps. Je suis prête à y aller dès que vous le voudrez, dit-elle en lançant un regard stupéfait aux vêtements de Philip.

— Y aller ? Mais... vous venez juste d'arriver !

— Je suis venue pour vous aider à chercher le morceau manquant de la pierre... Où sont les caisses ?

— Dans un entrepôt, sur les quais. Je ne puis vous demander de m'y accompagner, mademoiselle Chilton-Grizedale. Il s'agit d'un travail fastidieux, salissant et épuisant.

Elle leva son nez mutin et réussit à le toiser, bien qu'il la dépassât d'une bonne quinzaine de centimètres.

— *Primo*, vous n'avez pas à me le demander, milord. Je vous ai offert mon assistance. *Secundo*, je suis habituée au travail et je ne me fatigue pas facilement. Quant aux quais, vous n'aurez pas besoin d'assurer ma protection, je suis armée. *Tertio*...

— Armée ?

— Bien sûr, dit-elle en brandissant son réticule. Il est plein de galets. Un coup sur la tête assommerait n'importe quel brigand.

Philip contempla un instant le petit sac incrusté de strass accroché au poignet de Meredith avec un ruban de velours. Quelle sorte d'éducation avait-elle reçue ?

— Avez-vous l'habitude de... euh... d'assommer les gens ?

Une lueur espiègle passa fugitivement dans les yeux aigue-marine.

— Pas vraiment. À moins qu'un gentleman n'essaie de me détourner d'un but que je me suis fixé.

— Je vois. Et dans ce cas...

— Je cogne d'abord et je pose des questions ensuite... *Tertio*, reprit-elle, imperturbable, j'ai vraiment hâte de mettre fin à ce mauvais sort. Avez-vous lu le *Times* ?

— Oui. J'ignore comment ils se sont procuré l'information mais...

— Des crapules ! coupa-t-elle. La presse a ses informateurs. Ceux-ci gagnent leur vie aux dépens de leurs concitoyens.

— Et comment obtiennent-ils ces informations ?

— Ils interceptent le courrier, écoutent aux portes, soudoient les domestiques... L'un d'eux a dû nous espionner pendant que nous discutions.

— C'est incroyable, murmura Philip.

— Pas du tout. C'est au contraire très courant. Vous semblez trouver ces pratiques étonnantes. Pardonnez-moi de vous le dire, milord, mais je trouve que pour un homme qui a tant voyagé, vous avez une vision du monde bien naïve.

— Naïve ? répéta-t-il avec un rire incrédule. Détrompez-vous, chère mademoiselle. Je ne me fais aucune illusion sur les hommes ni sur leurs motivations. Mes nombreux séjours à l'étranger m'ont tout de même permis de me réconcilier avec le genre humain. Toute réflexion faite, vous avez raison, bien que je préférerais parler d'inexpérience que de naïveté. Comme j'ai consacré le plus clair de mon temps aux choses et aux peuples anciens, j'ai un peu oublié d'observer mes contemporains...

— Je ne pense pas que le comportement des hommes d'aujourd'hui soit très différent de ce qu'il était il y a cent ans ou mille ans, déclara Meredith d'une voix posée.

Philip la scruta, intrigué. Avant qu'il n'ouvre la bouche, Bakari intervint :

— Milady rester déjeuner ? Prendre thé ?

Une vague d'agacement gagna Philip. De deux choses l'une, songea-t-il. Ou il avait vraiment oublié jusqu'aux rudiments de son éducation, ou alors le charme de Mlle Chilton-Grizedale agissait sur lui comme un sortilège.

— Excusez-moi, dit-il. Voudriez-vous manger quelque chose ? Boire une tasse de thé ?

— Non, merci.

De nouveau, elle lui jeta un regard en coin avant d'ajouter :

— Combien de temps vous faut-il pour vous préparer à partir ?

Partir ? Ah oui ! Les caisses. La pierre. La malédiction. Sa vie avec lady Sarah...

— Le temps de rassembler mes carnets.

— Et de changer de vêtements, je suppose.

Il croisa les bras sur sa poitrine.

— Pardonnez-moi, très chère, mais ces commentaires répétés sur ma tenue commencent à m'agacer. Je ne suis vraiment pas d'humeur à recevoir des ordres aussi péremptoires.

Elle arqua les sourcils.

— Des ordres péremptoires ? Je dirais plutôt des conseils avisés.

— Appelez cela comme vous voudrez, mais je porte exactement ce qu'il faut pour ce que j'ai à faire.

— Peut-être serait-ce le cas si nous devions traverser le désert ou descendre le Nil en felouque. Admettez que votre connaissance du genre humain comporte des lacunes. Alors, quand je vous dis que vos vêtements sont inadéquats, je vous prie de me croire sur parole.

Philip prit une profonde inspiration.

— Je refuse de me déguiser en dandy pour vous faire plaisir.

— Il ne s'agit pas de moi, milord, mais de vos pairs. Bien vous vêtir est une façon de leur montrer votre déférence. Je ne comprends pas que vous puissiez prendre cela à la légère.

— Et moi je ne comprends pas que vous preniez cela tant au sérieux.

Meredith releva fièrement la tête.

— Parce que je suis une femme. En tant que telle, je tiens à ma respectabilité... Pensez à lady Sarah. Ou à votre sœur, dont j'ai tellement entendu parler.

— Catherine ne me ferait pas de reproches sous prétexte que je ne suis pas habillé comme une gravure de mode.

— Que vous le vouliez ou non, votre comportement rejaillira sur votre sœur, votre fiancée, votre père. Si votre réputation vous indiffère, pensez au moins à la leur. À moins que vous ne soyez trop égoïste pour vous préoccuper de votre entourage ?

« Quelle peste ! » se dit Philip, dépité. En tout cas, elle n'avait pas tout à fait tort. Maintenant qu'il était de retour dans des contrées dites « civilisées », ses actes se retourneraient immanquablement contre les membres de sa famille. Or, il ne voudrait pas que ceux-ci, Catherine en particulier, en souffrent.

— C'est bon, grommela-t-il. Je vais me changer.

Sa reddition lui valut un sourire triomphal qui semblait dire « bien évidemment » et qui eut le don de l'irriter davantage.

Philip remonta dans sa chambre et réapparut quelques minutes plus tard dans une tenue un peu moins négligée : culottes de peau et, par-dessus sa chemise ample, jaquette passablement froissée dont il n'avait délibérément pas fermé les boutons.

Meredith laissa échapper un soupir désespéré mais il devança ses commentaires.

— Écoutez, je ne vais pas poser pour faire faire mon portrait. C'est ça ou je ne porterai rien du tout.

— Vous n'oseriez pas ! répondit-elle, piquée au vif.

Il s'approcha d'elle.

— Savez-vous que la température en Égypte et en Syrie est parfois tellement élevée que l'on peut voir la chaleur irradier du sol ? J'ai l'habitude de porter un minimum de vêtements. Ou aucun. Alors, je vous conseille de ne pas me mettre au défi.

Les joues de Meredith s'embrasèrent et ses lèvres esquissèrent une mimique de désapprobation.

— Si vous essayez de me choquer, lord Greybourne, c'est raté. Et si vous souhaitez faire honte à votre fiancée et à votre famille, libre à vous. Je ne peux qu'espérer que vous saurez faire montre de galanterie.

Philip poussa un soupir exagéré.

— Je suppose que cela veut dire que je ne dois pas me déshabiller dans mon vestibule. Dommage !

Il la regarda au fond des yeux, notant l'extraordinaire couleur de ses iris, d'un bleu translucide comme la mer Égée. Des yeux étincelants de détermination, d'obstination et d'un autre sentiment indéfinissable. S'il ne se trompait pas, la très convenable Mlle Chilton-Grizedale dissimulait quelques secrets, qui ne pouvaient être que fascinants. Cela, ajouté à son penchant pour les réticules bourrés de galets, attisa la curiosité de Philip. La jeune et belle marieuse s'entourait de mystère et il avait toujours été irrésistiblement attiré par les mystères.

4

Confortablement installée sur la banquette capitonnée de velours gris, Meredith regarda un instant défiler les façades cossues, tandis que le carrosse remontait Oxford Street. Son regard glissa subrepticement vers son compagnon de voyage plongé dans l'étude d'un gros carnet relié en cuir, ouvert sur ses genoux.

Lord Greybourne adulte incarnait l'antithèse même de l'adolescent terne et grassouillet dont le portrait ornait le salon de son père. Sa peau avait une riche teinte hâlée et des mèches mordorées striaient son épaisse chevelure brune ondulée. Comme à l'accoutumée, il était mal peigné.

À croire qu'il se contentait de passer les doigts dans ses cheveux, songea-t-elle.

Meredith s'autorisa à regarder franchement son vis-à-vis. Rien, chez lui, ne pouvait être décrit comme doux ou arrondi. Il était mince, viril, bâti en athlète. Sa redingote bleu sombre, en dépit d'innombrables faux plis, drapait ses larges épaules, tandis que ses culottes de peau fauve mettaient en valeur ses longues jambes musclées d'une façon presque provocante... N'importe quelle femme serait tombée sous le charme. Dieu merci, Meredith n'était pas du genre à soupirer en secret. Contrairement au garçon du portrait, Greybourne ne sacrifiait pas aux apparences, d'où sa cravate lâche et les mèches soyeuses qui lui tombaient sur le front... N'importe quelle femme aurait été tentée de les balayer en arrière mais là encore, grâce à Dieu, Meredith n'était pas de celles qui succombaient à la tentation.

Il releva la tête et leurs yeux se croisèrent. Autre constat : malgré ses lunettes rondes cerclées de métal, les prunelles de lord Greybourne n'étaient pas d'un marron ordinaire comme sur le tableau. L'artiste qui, quinze ans auparavant, avait peint son portrait s'était montré incapable de capter la lueur d'intelligence, la flamme ardente de son regard. Tout comme le corps, le visage avait changé. La douceur avait été remplacée par des angles aigus, taillés à la serpe, une mâchoire ferme, des pommettes hautes. Son nez était resté le même – fort et droit. Quant à sa bouche…

— Vous allez bien, mademoiselle Chilton-Grizedale ? Vous êtes toute rouge.

Bonté divine ! Meredith s'empressa de détourner la tête.

— Je vais bien, merci, dit-elle en adoptant son expression la plus neutre. Il fait un peu chaud, c'est tout.

Résistant à l'envie de s'éventer, elle indiqua le carnet.

— Qu'est-ce que vous lisez ?

— Mes notes de voyages. J'espère y trouver une annotation qui pourrait nous mettre sur une piste.

— Avez-vous trouvé quelque chose ?

— Non. J'ai une centaine de carnets comme celui-ci. Je les ai relus sur le bateau qui me ramenait en Angleterre sans résultat.

— Que contiennent-ils ?

— Des croquis d'objets, de hiéroglyphes, des descriptions ayant trait au folklore des différents pays que j'ai visités, des anecdotes qu'on m'a racontées, des observations personnelles…

— Vous en avez appris suffisamment pour remplir cent carnets ? s'exclama-t-elle, incrédule. J'aurais été incapable de remplir une seule page.

— En fait, j'ai expérimenté plus de choses que je ne pourrai jamais en consigner, répondit-il, tandis qu'une lueur passionnée traversait ses prunelles. L'Égypte, l'Asie Mineure, la Grèce, le Maroc… autant d'endroits impossibles à décrire bien qu'ils soient gravés dans ma mémoire. Quand je ferme les yeux, j'ai l'impression de me trouver encore là-bas.

— Vous avez aimé ces pays.

— Oui.

— Et vous ne vouliez pas en partir.

Il l'étudia un instant avant de répondre.

— C'est vrai. L'Angleterre a beau être mon pays natal, je ne m'y sens plus chez moi. J'ai du mal à me comprendre moi-même…

— Je ne suis jamais allée en Égypte ou en Grèce, mais je sais qu'il est important, sinon nécessaire, de se sentir chez soi. Autrement, on n'est pas dans son assiette.

Il opina de la tête, sans la quitter des yeux.

— C'est exactement le sentiment que j'ai.

Sous le regard intense qui la scrutait, Meredith se sentit rougir. Pourquoi cet homme avait-il le don de lui faire perdre son aplomb ?

Avec un effort surhumain pour s'arracher à l'envoûtement, elle détourna les yeux et changea de sujet.

— Un de mes amis a offert de nous aider dans nos recherches, si jamais nous avons besoin de ses services.

Albert et Charlotte avaient voulu l'accompagner aujourd'hui, mais Meredith avait estimé préférable d'attendre un jour ou deux. À présent qu'elle savait qu'ils se rendaient sur les quais, elle se félicitait de sa décision car Charlotte détestait les quais.

— Ses services ? Est-il archéologue ?

— Non. Albert est en fait mon majordome et aussi mon meilleur ami.

Si Philip fut surpris par les relations amicales entre Meredith et son majordome, il n'en laissa rien paraître.

— Excellent. Andrew Stanton, mon ami et collègue américain, est déjà au British Museum. Un autre ami et archéologue, Edward Binsmore, a également offert de nous aider.

Le nom lui parut familier et Meredith se rappela immédiatement où elle l'avait entendu.

— Le gentleman dont l'épouse est décédée ?

— Oui. Il cherche à s'occuper.

— Et il a raison. Le chagrin est souvent plus dur à supporter dans la solitude et le désœuvrement.

— Vous semblez parler d'expérience.

De nouveau leurs yeux se rencontrèrent. Meredith ravala péniblement la boule qui, soudain, lui obstruait la gorge.

— Je crois que la plupart des gens ont eu des chagrins de toutes sortes.

Philip parut sur le point de lui poser des questions mais, peu désireuse de répondre, elle reprit la parole.

— Pourriez-vous me montrer la pierre sur laquelle la malédiction a été écrite et me la traduire ? Cela m'aiderait à mieux savoir ce que nous cherchons.

— Je l'ai cachée, afin de protéger ceux qui pourraient tomber dessus. Toutefois, j'ai copié la traduction dans mon journal.

Il ouvrit le carnet de cuir élimé et le passa à Meredith.

— Il n'y a pas de danger à vous la montrer, compte tenu que vous n'aurez jamais de « fiancée ».

Meredith posa le carnet sur ses genoux, puis parcourut les lignes rédigées d'une écriture nette et précise qui couraient sur la page jaunie.

Comme ma promise m'a trompé avec un autre
La tienne connaîtra le même sort.
Jusqu'aux confins de la terre
Tu es le maudit
Condamné aux flammes de l'enfer.
Le souffle de l'amour
Est conçu pour s'éteindre.
Elle trébuchera, tombera,

Puis un mal de tête infernal elle aura.
Si vous êtes déjà mariés
Elle trépassera avant que vous vous embrassiez.
Sinon, deux jours après les noces,
Ta fiancée, maudite, mourra.
Car après que ta promise sera aim
Rien ne peut la sauver de
Une seule clé
Peut la
Une b
Prou
Et

Un frisson involontaire parcourut Meredith et elle dut lutter contre l'impérieuse envie de refermer le journal. Philip se pencha et posa son doigt sur les derniers vers.

— C'est là que la pierre est brisée. Voyez, il n'y a plus que des bribes de mots ou de phrases.

La vue de la large main qui pesait sur ses genoux par-dessus le carnet fit naître un nouveau frisson, d'une nature totalement différente. Meredith humecta ses lèvres sèches.

— Elle est large comment cette pierre ?

Philip ouvrit la main, exhiba sa paume.

— À peu près de cette taille et d'environ cinq centimètres d'épaisseur. La pièce manquante ne doit pas être plus grande que ça, ajouta-t-il, en repliant les doigts pour former un poing.

On eût dit que sa chaleur rayonnait à travers l'épaisseur du livre. La familiarité de ce geste semblait échapper à Philip. Dieu merci, le cocher ralentit alors et lord Greybourne se redressa pour regarder par la fenêtre, ce qui permit à Meredith d'exhaler le souffle qu'elle avait retenu sans s'en apercevoir.

— Nous y sommes, annonça-t-il.

Quelques minutes plus tard, Meredith entra à la suite de Philip dans l'édifice chichement éclairé. Ses yeux s'écarquillèrent. Des douzaines de caisses étaient empilées contre les parois. Des centaines peut-être. Des caisses énormes.

— Bonté divine ! Combien sont à vous ?

— Un bon tiers. Toutes celles qui sont réunies à l'arrière du bâtiment.

Meredith se tourna vers lui.

— Vous plaisantez.

— Je crains que non.

— Vous n'avez donc rien laissé derrière vous ?

Il émit un rire profond qui emplit l'espace.

— Je n'ai pas rapporté que des objets. Certaines caisses contiennent des étoffes, des épices, ainsi que des meubles que j'ai achetés pour l'entreprise que père et moi voudrions créer.

— Je vois, murmura-t-elle en contemplant l'interminable rangée de caisses. Par où commençons-nous ?

— Suivez-moi.

Il longea l'aile étroite, ses bottes martelant le plancher rugueux ; Meredith lui emboîta le pas. Enfin, ils arrivèrent devant un cagibi vitré qui faisait office de bureau. Philip sortit une clé de sa poche, ouvrit la porte et s'effaça pour la laisser passer. La pièce était exiguë, presque entièrement occupée par un bureau en hêtre. Lord Greybourne ouvrit le tiroir du haut et en extirpa deux gros cahiers.

— Voilà les listes des objets, expliqua-t-il. Le travail consiste à ouvrir une caisse, à vérifier chaque objet répertorié dans les registres, puis à le remettre à sa place.

— Pourquoi ne pas examiner les cahiers, au cas où « une demi-pierre maléfique » y serait consignée ?

— Parce qu'il est possible que la description de l'objet, si toutefois il figure dans la liste, soit insuffisante. Je ne suis pas le seul à avoir répertorié le contenu des caisses. Dès lors, des erreurs ont pu s'y glisser. Par exemple, quand j'ai trouvé la Pierre des Larmes, elle était dans une boîte en albâtre...

— Je vois. La liste aurait pu stipuler « boîte en albâtre » sans mentionner ce qu'elle contenait.

— Exactement.

Il traversa le bureau vers un coin où des couvertures s'entassaient. Il en prit plusieurs.

— Je les étendrai par terre pour protéger les objets, dit-il. Je propose que nous défassions ensemble la première caisse afin de vous familiariser avec ce genre de travail. Êtes-vous prête ?

Plus vite ils commenceraient, plus vite ils trouveraient la pièce manquante. Ensuite, le mariage de lord Greybourne aurait lieu, la réputation de Meredith serait réhabilitée et elle pourrait enfin oublier cet homme.

— Oui, allons-y.

Deux heures plus tard, Philip leva les yeux du bordereau sur lequel il venait de cocher un vase d'argile qu'il avait découvert en Turquie. Non loin de lui, Mlle Chilton-Grizedale était penchée sur une autre caisse dont elle retirait délicatement chaque objet avant de le déposer sur la couverture. La chaleur régnant dans l'entrepôt avait empourpré ses pommettes et elle avait ôté son fichu de dentelle crème. Le tissu satiné de sa robe se collait à l'admirable courbe de son postérieur, remarqua-t-il.

Pendant le trajet en carrosse, Philip avait été étrangement conscient de sa présence, en face de lui. Sans doute à cause de son parfum... cette délicieuse fragrance qui évoquait un gâteau tout juste sorti du four et qui aiguisait singulièrement son appétit. Bon Dieu ! les femmes n'étaient pas censées sentir comme des pâtisseries ! Ni inciter un honnête homme à vouloir en avaler une bouchée.

Un rai de lumière dorée auréolait Meredith. Indéniablement, quelque chose de *vibrant* chez cette femme le bouleversait. Sous son apparence calme, sous sa politesse et ses manières suaves, il devinait une sorte d'énergie rentrée. De la vitalité. De la passion, aussi.

Philip laissa errer son regard sur les boucles de jais, soyeuses et brillantes, qui soulignaient sa peau de porcelaine, une peau naturellement pâle, excepté les deux plaques couleur de pêche sur ses joues. Ses yeux magnifiques aux iris bleu vert rappelaient la nuance turquoise de la mer Égée. Et ses lèvres... si pleines et si roses...

Elle faisait penser à une tache de couleur vive sur une toile blanche ; à un crépuscule dans le désert, les riches nuances pourpres du couchant contrastant avec le beige doré du sable.

Meredith changea de position et une image inattendue fulgura dans l'esprit de Philip. Il se vit debout derrière elle, posant les lèvres sur la peau douce de sa nuque, pressant son corps contre les formes féminines de son corps.

Il secoua si vigoureusement la tête pour chasser cette image sensuelle que ses lunettes glissèrent sur son nez. Nom d'un chien, que lui arrivait-il ? Il n'avait jamais été enclin aux rêveries lascives, surtout lorsqu'il s'adonnait à sa passion de l'archéologie ! Cela dit, il n'avait jamais travaillé aux côtés d'une femme... Une femme dont la jupe bruissait langoureusement à chacun de ses mouvements et dont le parfum éveillait des désirs insoupçonnés.

Une femme qui n'était pas sa fiancée.

Cette pensée lui remit les idées en place. Mlle Chilton-Grizedale n'était pas sa fiancée. Voilà. Il était revenu dans le droit chemin... De plus, c'était une personne obstinée, voire ennuyeuse, qui n'avait qu'un but : le transformer en homme du monde, en dandy enrubanné. Ah ! Voilà qui était mieux. Elle était l'ennemie.

Cependant, chaque fois qu'il essayait de faire abstraction des attraits de cette *ennemie*, un échec cinglant couronnait ses efforts. Elle avait le nez petit, un rien trop large, et le menton entêté. Lorsqu'elle fronçait les sourcils, signe qu'elle s'inquiétait, ses yeux s'assombrissaient. Parfois, aussi, elle se mordait les lèvres qu'elle avait pleines, bien dessinées, en un mot… délectables.

À nouveau, il se sentit submergé d'images sensuelles et s'imagina en train d'embrasser ces lèvres roses, douces et chaudes.

— Quelque chose ne va pas, lord Greybourne ?

Philip rouvrit les yeux. Meredith le scrutait d'un air préoccupé.

— Non. Pourquoi ?

— Vous avez grogné. Vous vous êtes fait mal ?

— Non.

Grand Dieu ! Ce n'était pas le moment de se laisser rattraper par des mois et des mois d'abstinence, se dit-il tout en faisant semblant d'examiner un nouvel objet. Mais la voilà, l'explication ! Cela faisait longtemps qu'il n'avait pas touché une femme. Philip s'accrocha à cette pensée comme un naufragé à sa bouée de sauvetage ; son corps réagissait tout simplement aux exigences de la nature. Et le fait que cette… *mégère* ait pu lui inspirer du désir confirmait parfaitement cette théorie.

Philip se sentit mieux… jusqu'à ce qu'une voix intérieure résonne dans sa tête. *Tu as passé plus d'une heure seul avec lady Sarah – ta fiancée – dans une galerie mal éclairée et tu n'as rien éprouvé de tel…*

— Avez-vous découvert quelque chose ? demanda Meredith.

Oui. J'ai découvert que vous me faites un effet des plus incongrus. Et je n'aime pas cela !

— Toujours pas, répondit-il en s'efforçant de sourire. À force d'être accroupi, j'en ai des crampes. Et vous ? Avez-vous trouvé quelque chose d'intéressant ?

— Oh ! tout est fascinant ! Malheureusement, il n'y a rien qui ressemble de près ou de loin à ce que nous recherchons.

Elle se tut un instant et contempla les objets étalés par terre.

— C'est étonnant que vous ayez trouvé toutes ces choses qui appartenaient à des gens qui ont vécu des siècles avant nous... Vous avez dû éprouver un pur émerveillement chaque fois que vous avez fait une découverte.

— Émerveillement est le mot juste.

— Avez-vous déterré tout cela ?

— Pas tout, non. J'ai acheté certains objets avec mon propre argent et j'en ai aussi acquis grâce à des fonds provenant du musée. D'autres encore ont été troqués contre des produits anglais.

Meredith s'agenouilla pour ramasser un petit bol.

— Qui peut bien troquer quelque chose d'aussi beau ?

— Quelqu'un qui devait avoir faim. Ou qui l'avait volé. En tout cas un être désespéré.

Il s'était avancé vers elle, comme pour se prouver que sa rêverie érotique, quelques instants plus tôt, relevait de l'aberration.

— Le désespoir pousse souvent les gens à des actes qu'ils n'auraient pas accomplis en temps normal, ajouta-t-il.

Un éclair passa dans les yeux aigue-marine, un éclair sombre, empreint de chagrin. Il s'éteignit presque aussitôt et s'il n'avait pas été aussi aigu, aussi vif, Philip aurait pensé l'avoir imaginé.

— Vous avez raison, dit-elle doucement.

Elle regarda le bol qu'elle tenait toujours et l'effleura du doigt.

— Je n'ai jamais vu quelque chose comme cela. On dirait des perles aplaties. Comment s'appelle ce matériau ?

— C'est de la nacre. J'ai situé cette pièce approximativement au XVIe siècle. Elle devait appartenir à une dame de la noblesse.

— Comment le savez-vous ?

— La nacre est une substance qui tapisse la coquille de certains mollusques. On l'associe à la lune et à l'eau, deux éléments féminins. Moins onéreuse que les perles, la nacre coûtait néanmoins assez cher. Seuls les riches pouvaient se l'offrir.

— Il émane des perles une sorte de magie, murmura Meredith, les yeux dans le vague, en continuant de caresser le fond du bol. Quand j'étais petite, j'ai vu un tableau représentant une femme parée de longs rangs de perles dans ses cheveux noirs. Je me suis dit qu'elle était la plus belle femme du monde. Comme elle souriait, j'ai pensé qu'elle était heureuse grâce aux perles… et je me suis juré qu'un jour, moi aussi, j'en aurais dans les cheveux.

— Et… vous en avez eu ?

— Oh non ! D'ailleurs, je n'y ai plus pensé. C'était un rêve de petite fille.

— Ma mère adorait les perles, dit Philip. Jadis, elles étaient considérées comme les larmes des dieux ; aussi sont-elles le symbole de l'innocence. On disait qu'un tel talisman protégeait les enfants.

— Ce serait merveilleux si chaque enfant possédait une perle en guise de porte-bonheur.

— Oui… Les anciens Grecs et Romains croyaient que les perles naissaient dans les huîtres, lorsqu'une goutte de rosée ou de pluie tombait dans leur coquille.

Elle devait s'ennuyer ferme, songea-t-il tout à coup. Pour autant qu'il s'en souvînt, les dames ne prisaient guère les sujets historiques. À sa surprise, une lueur d'intérêt éclaira le visage de Meredith.

— Vraiment ?

— Oui. Les anciens Chinois, par contre, avaient recours à une théorie encore plus étrange. Selon eux, les perles étaient conçues dans le cerveau des dragons. Il s'agissait de joyaux très rares et, pour se les procurer, il fallait tuer le dragon.

— Qui n'était pas forcément d'accord, pauvre bête !

Les yeux de Meredith pétillaient de malice. Philip ne put s'empêcher de sourire. En vérité, elle n'avait rien d'une « mégère », avec ses mèches noires veloutées de poussière. Il ne se rappelait pas la dernière fois qu'il s'était senti aussi à l'aise en présence d'une Anglaise. Jeune homme, avant de quitter l'Angleterre, il n'avait pas su apprécier leur charme et leur finesse, portés aux nues par ses contemporains. Depuis, il s'était largement rattrapé et, durant toutes ces années à l'étranger où il avait été confronté à d'autres cultures, il avait surmonté sa timidité.

Du regard, il embrassa le visage de Meredith. Une traînée noire maculait sa pommette ; sans réfléchir, il tendit la main pour l'essuyer. Dès l'instant où ses doigts touchèrent sa joue, il réalisa son erreur. Elle avait une peau incroyablement douce, plus soyeuse que le velours. Et si blanche... La main de Philip paraissait foncée et calleuse à côté.

Il laissa tomber sa main en maudissant sa maladresse.

— Vous aviez une saleté sur le visage, s'excusa-t-il.

Elle cligna des paupières, comme si elle se réveillait d'une transe, tandis qu'une vague de chaleur lui brûlait les joues.

Eh bien, ce... cette espèce d'attirance n'avait rien d'une aberration, songea-t-il, étonné. Ou alors, le diable en personne s'en était mêlé. Il chercha désespérément quelque chose à dire, mais une seule phrase lui vint à l'esprit : *Puis-je vous toucher de nouveau ?*

Au moment où le silence commençait à devenir pesant, le claquement d'une porte le fit sursauter. Une voix de basse appela :

— Êtes-vous là, Greybourne ?

Philip prit une profonde inspiration.

— Ce doit être lord Hedington, dit-il.

Il haussa le ton pour ajouter :

— Oui, je suis là. À l'arrière.

— Peut-être vous apporte-t-il un mot de lady Sarah, suggéra Meredith pleine d'espoir.

Oui, lady Sarah, sa fiancée. La mère de ses futurs enfants. La femme qui devrait occuper ses pensées.

De son côté, Meredith réfléchissait intensément. Elle espérait sincèrement que lord Hedington apportait de bonnes nouvelles. Ce mariage représentait à présent non seulement un défi mais aussi une délivrance. Lord Greybourne produisait sur elle un effet dérangeant. À peine ses doigts lui avaient-ils effleuré la joue qu'elle avait senti son visage s'enflammer. Elle avait une conscience aiguë de sa présence, de ses moindres gestes. Au lieu de discuter avec lui de la future cérémonie, elle n'avait fait que l'observer. Entre sa fascination pour les objets anciens et son attirance pour lui, elle en avait oublié son but.

À quatre reprises, leurs regards s'étaient croisés et, à chaque fois, elle avait eu l'impression que l'air désertait ses poumons. Il avait souri quatre fois, faisant apparaître la charmante petite fossette sur sa joue, avant de lui demander si elle se sentait bien. Elle avait répondu quatre fois « oui » et menti chaque fois. Meredith ne se sentait pas bien ; cet homme éveillait en elle des sentiments bizarres, une nostalgie, une langueur qui l'effrayaient. En dépit de sa mise négligée et ses manières directes, elle le trouvait intelligent, amusant, et fâcheusement séduisant.

— Ah ! vous voilà, dit le duc en contournant un amoncellement de caisses. (Il paraissait furieux.) Je... (En découvrant la présence de Meredith, il s'arrêta net, ajusta son monocle et la regarda d'un air mécontent.) Vous !

— Mlle Chilton-Grizedale m'aide à rechercher le morceau manquant de la pierre, Votre Grâce, expliqua Philip. Avez-vous des nouvelles ?

— Pour avoir des nouvelles, j'en ai ! répondit Hedington en s'approchant de Meredith et en pointant sur elle un index accusateur. Tout cela est entièrement votre faute.

— Peut-être voudriez-vous nous expliquer, dit Philip avant que Meredith puisse placer un mot.

Il avait parlé d'une voix douce où vibrait néanmoins une note impérieuse. La figure canine de lord Hedington vira au cramoisi et, l'espace d'un instant, il parut sur le point d'exploser.

— Vous aussi, vous êtes à blâmer, Greybourne, lança-t-il en tirant de la poche de sa veste en brocart une feuille pliée. Ceci est arrivé il y a une heure. C'est une lettre signée par ma fille… la nouvelle baronne de Weycroft. Dans sa hâte d'échapper à votre prétendue malédiction, elle a épousé lord Weycroft hier, après avoir obtenu une licence spéciale.

Les mots résonnèrent dans l'entrepôt silencieux. Meredith eut la curieuse impression que son cœur s'arrêtait tout en sentant ses pulsations lui marteler les tempes. Du coin de l'œil, elle vit Greybourne se figer comme une statue.

— L'idée lui est venue après votre petite conversation dans la galerie, reprit le duc. Il semble que Sarah nourrissait de tendres sentiments pour Weycroft depuis des années. Mais sachant que son devoir lui dictait de se conformer à mes souhaits, elle avait accepté de vous épouser.

Il fusilla Meredith du regard avant de poursuivre :

— Un mariage que *vous* avez arrangé. Vous m'aviez assuré qu'il s'agissait d'une union bénéfique pour ma fille et ma famille.

Meredith déglutit laborieusement mais, avant qu'elle puisse répondre, le duc se tourna vers Philip.

— Selon ses propres mots, lors de votre première rencontre, elle ne fut guère attirée par vous. Cela lui aurait fait comprendre combien elle tenait à Weycroft. De plus, vos histoires de malédiction, de chute, de migraine et que sais-je encore, lui ont fait peur. Sarah a fini par se convaincre que si elle se mariait avec vous, elle mourrait. Elle savait aussi que je n'accepterais pas de dissoudre vos fiançailles. Bref, elle a écrit à Weycroft qui partageait ses sentiments et lui a tout expliqué. Afin de l'aider à conjurer le mauvais sort, il s'est procuré une licence spéciale. Hier, il est arrivé à la maison soi-disant pour la conduire à Saint-Paul. En fait, il l'a enlevée. Maintenant ils sont mariés et en route vers le continent pour une lune de miel prolongée.

Une fois de plus, le duc reporta son attention sur Meredith qu'il toisa d'un air dégoûté.

— Ce scandale va entacher mon nom, et je vous tiens pour personnellement responsable, mademoiselle Chilton-Grizedale. Je peux vous assurer que je veillerai à ce que vous n'exerciez plus vos « compétences » au détriment de personne ! Vous pouvez dire adieu à votre clientèle.

Il se tourna de nouveau vers Philip.

— Le seul aspect positif de l'affaire, c'est que ma fille n'a pas épousé un imbécile tel que vous. Grâce à Dieu, elle ne donnera pas naissance à d'autres imbéciles de votre espèce ! Encore que, d'après la rumeur, elle ne risquait pas d'avoir des enfants…

Meredith retint difficilement une exclamation choquée. Elle risqua un coup d'œil vers Greybourne dont les lèvres serrées et le muscle qui tressautait sur sa mâchoire en disaient long.

— Vous pouvez me dire tout ce que vous voulez, monsieur, mais vous oubliez que vous êtes en présence d'une dame. Il y a des limites à ne pas dépasser et vous êtes sur le point de les franchir, ce que vous pourriez regretter.

— Vous me menacez ? hurla le duc qui toutefois recula d'un pas.

— Je vous avertis simplement que ma patience est à bout. Maintenant, à moins que vous n'ayez autre chose à me dire…. La sortie est par là, ajouta-t-il en indiquant la porte de la tête.

Le duc les foudroya d'un ultime regard et tourna les talons. Le bruit de ses bottes sur le plancher décrut, une porte claqua furieusement, puis le silence retomba.

Meredith se força à respirer régulièrement. Un sanglot monta dans sa gorge et elle pressa les mains sur sa bouche pour le contenir. Dieu du ciel ! Elle avait eu du mal à imaginer que la situation pouvait empirer, mais maintenant que lady Sarah était mariée à un autre homme, elle pouvait dire adieu à sa carrière.

Lord Greybourne vint se planter devant Meredith et posa ses grandes mains sur ses épaules dans un geste réconfortant.

— Je suis désolé que vous ayez eu à subir les grossièretés de ce mufle, murmura-t-il. Est-ce que ça va ?

Pendant les secondes qui suivirent, elle se sentit aspirée par ce regard brun. Lord Greybourne n'avait aucune idée de son charme ; il ignorait aussi que Meredith, compte tenu de son passé, n'en était pas à une grossièreté près. Elle toussota pour s'éclaircir la voix.

— Je vais bien.

— Pas moi ! Vous pouvez me classer dans la catégorie des « hommes furieux », s'exclama-t-il en accentuant la pression de ses doigts. Vous n'allez pas vous évanouir, au moins ?

— Certainement pas, dit-elle en se dégageant. Vous pouvez me classer dans la catégorie des « femmes qui n'ont pas de vapeurs ».

Il haussa les sourcils.

— Mais je sais que ce n'est pas totalement vrai…

— L'épisode à Saint-Paul n'était qu'une pure absurdité.

— Content de vous l'entendre dire, répondit-il sans conviction.

— Vous m'avez défendue d'une manière très chevaleresque. Je vous en remercie.

— Vous avez l'air surprise.

Surprise, elle l'était, en effet. Ébahie, même. Elle ne s'était pas attendue qu'il vole à son secours. Bah ! elle réfléchirait à cela plus tard. Pour le moment, d'autres problèmes, bien plus urgents, l'accaparaient. Incapable de rester plus longtemps immobile, Meredith se mit à faire les cent pas.

— Nous voilà forcés de reconsidérer la situation. De mauvaise, elle est devenue absolument catastrophique. La cérémonie prévue pour le 22 du mois tombe à l'eau, puisque votre fiancée est mariée. Ma réputation de marieuse est ruinée et à cause de la maladie de votre père, le temps nous est compté. Il faut agir vite, milord. Il doit y avoir un moyen de nous en sortir, mais lequel ?

— Je n'en sais rien. Même si nous parvenons à trouver la pierre manquante, un mariage sans mariée est impossible.

Un soupir lui échappa.

— Entre la malédiction, l'article peu flatteur du journal et la rumeur à propos de mes performances sexuelles ratées, la réponse à la question du *Times* est oui : je suis l'homme le plus difficile à marier d'Angleterre.

Meredith se retourna pour lui faire face. Une nouvelle idée venait de germer dans son imagination fertile.

— Le plus difficile à marier ! s'écria-t-elle. Oui, c'est tout à fait la vérité.

Philip pencha la tête sur le côté.

— Puis-je savoir pourquoi vous semblez aussi enthousiaste ?

— Parce que si vous êtes en effet l'homme le plus difficile à marier de ce pays, la marieuse qui réussira à vous caser méritera les palmes du mariage arrangé. Si je parviens à vous trouver une nouvelle épouse, ma réputation est sauvée.

— Certes. Cependant, je ne puis me marier avant d'avoir mis un terme à la malédiction.

— Un homme aussi intelligent que vous n'aura aucun mal à le faire.

— À condition de retrouver la pièce manquante de la Pierre de Larmes. Et, à supposer que nous mettions la main dessus, qui voudra m'épouser, selon vous ?

— Mmm, fit Meredith en se remettant à arpenter le plancher. Voilà la question. Cela dit, il doit bien exister une jeune fille pas superstitieuse et qui acceptera de se faire courtiser par un vicomte maudit, présumé impuissant et porté sur les vieilles reliques.

— Arrêtez ! Vous me démoralisez.

Ignorant ses protestations, elle poursuivit :

— Naturellement, pour rétablir ma réputation, il faudra que je vous déniche l'épouse parfaite. Pas n'importe quelle femme.

— Merci.

— Oui, mais qui ?

Elle s'immobilisa soudain et fit claquer ses doigts.

— Mais bien sûr ! L'épouse idéale pour l'homme le plus difficile à marier d'Angleterre ne peut être que la femme la plus difficile à marier d'Angleterre !

— Formidable.

De nouveau, elle l'ignora et se remit à faire les cent pas.

— Les journaux feront l'éloge de Meredith Chilton-Grizedale qui aura accompli un tel exploit... Reste à trouver qui est la femme la plus difficile à marier d'Angleterre...

Philip s'éclaircit la gorge.

— Je crois que je sais.

Meredith s'immobilisa et se tourna vers lui.

— Excellent ! De qui s'agit-il, selon vous ?

— Vous, ma chère. Demain, quand les membres de la haute société auront lu le *Times*, vous serez devenue la femme la plus difficile à marier d'Angleterre.

5

Philip vit la couleur se retirer du visage de Meredith dont les yeux évoquaient maintenant deux morceaux de glace bleutée. Finalement, elle grimaça un sourire.

— Très amusant, milord, mais vous oubliez l'essentiel. Je ne peux pas être cataloguée parmi les « difficiles à marier » parce que je n'ai jamais eu l'intention de me marier.

Elle avait adopté un ton léger mais son regard démentait ses paroles. Qu'exprimait-il ? De la peur ? De la tristesse ? La curiosité de Philip était à présent en éveil. Pourquoi ne voulait-elle pas se marier ? D'ailleurs, un homme voudrait-il de ce dictateur en jupons ? Sitôt formulée, cette pensée s'estompa. Il y avait sûrement un brave garçon, quelque part, qui saurait deviner ce qui se cachait sous la carapace de Meredith.

Ou alors avait-elle donné son cœur à quelqu'un qui ne l'aimait pas en retour ? Était-elle éperdument amoureuse d'un homme qui ne voulait pas ou ne pouvait pas l'épouser ? Cette hypothèse emplit Philip d'une sensation déplaisante qui ressemblait étrangement à de la jalousie.

— Je croyais que toutes les femmes voulaient se marier, dit-il.

— Je ne suis pas comme toutes les femmes, lord Greybourne.

Elle était différente, en effet, et cet aspect de son caractère intriguait Philip au plus haut point.

— D'ailleurs, une femme comme moi ne correspond pas à un homme comme vous, ajouta-t-elle d'un ton brusque.

— Que voulez-vous dire ?

Les joues pâles de Meredith s'embrasèrent.

— Je n'appartiens pas à la noblesse. Vous êtes vicomte, fils de comte. Vous devez épouser quelqu'un de votre milieu.

Il la regarda intensément, comme pour déchiffrer ses pensées. Bien que son explication fût parfaitement cohérente, Philip subodorait qu'elle avait failli révéler un secret : *Une femme comme moi...*

— Oui, je suppose que vous avez raison. Mais jusqu'à ce que je sois délivré du mauvais sort, sans parler de tous ces potins malveillants à mon sujet, je ne puis imaginer qu'une jeune fille accepterait de m'accorder sa main.

— Vous pouvez aisément dissiper les ragots. Prenez une maîtresse, montrez-vous avec elle à l'opéra, au théâtre.

Excellente suggestion. Une maîtresse clouerait le bec aux bavards ; plus personne ne songerait à mettre en doute sa virilité. Pourtant, l'idée lui déplaisait. Peut-être, tout compte fait, avait-il vraiment un problème, songea-t-il. Or, un seul coup d'œil à Meredith suffisait à lui échauffer le sang... Eh bien, non, il n'avait aucun problème de ce côté-là, à part son désir inexplicable pour cette femme « qui ne lui correspondait pas » selon ses propres mots.

— Je vous promets de réfléchir à votre suggestion, dit-il froidement. En attendant, nous avons toujours le problème de la malédiction ainsi que la jeune fille à trouver.

Meredith fronça les sourcils.

— Réflexion faite, mieux vaut jeter notre dévolu sur une personne convenable. Nous ferons d'une pierre deux coups : je sauve ma réputation et vous aurez une fiancée qui n'aura rien à envier à lady Sarah.

— Comme la Belle et la Bête, murmura-t-il.

Meredith se raidit.

— Je ferai de mon mieux pour choisir une jolie fille, milord.

— Dans ma mauvaise plaisanterie, la Bête c'était moi, mademoiselle.

Le fait qu'elle n'ait pas saisi son allusion le confortait dans l'idée qu'elle ne le considérait pas comme un monstre et qu'elle se sentait peut-être, elle aussi, attirée par lui.

— Euh... oui, je... comprends, bredouilla-t-elle. En tout cas, j'ai l'intention de vous présenter des jeunes filles qui vous plairont. En fait... je crois que j'ai un plan.

— Ah.

— Voilà : bien que la malédiction vous rende momentanément indisponible je pense qu'en même temps elle provoque une grande curiosité à votre égard. Nous devons en tirer parti. Par exemple, faire courir le bruit que vous êtes sur le point de conjurer le mauvais sort. Entre-temps, nous pourrions organiser une soirée durant laquelle je m'appliquerais à découvrir votre nouvelle promise. Vous êtes peut-être maudit, mais je connais beaucoup de mères qui n'hésiteraient pas à mettre le grappin sur un gendre aussi fortuné que vous.

— Mais si je n'arrive pas à br...

Dans un geste inattendu, elle lui scella les lèvres de ses doigts minces, lui coupant à la fois la parole et le souffle.

— Ne dites pas cela ! Vous y arriverez. Il le faut. Pour votre intégrité, pour tenir la promesse que vous avez faite à votre père et pour sauver ma réputation.

Il aurait voulu protester, crier qu'il ne découvrirait peut-être jamais le morceau manquant de la pierre, qu'il ne serait peut-être jamais en mesure de se marier, mais le contact des doigts parfumés sur sa bouche l'avait paralysé. Il sentit soudain le désir monter en lui. Cela dut se voir sur son visage car Meredith écarquilla les yeux tandis que sa bouche formait un « Oh » muet de surprise. Elle retira sa main, comme si elle avait été mordue par un serpent, et recula précipitamment.

— Je vous demande pardon, milord.

Ses lèvres le picotaient mais il résista à l'envie d'y passer sa langue.

— Ce n'est pas grave, dit-il d'un ton léger. N'en parlons plus.

Parce que si nous en parlons, je finirai par vous avouer que je vous trouve fascinante. Que j'aime la façon claire et précise dont vous exprimez vos idées. Que vous produisez sur moi un effet pour le moins inconvenant. Et que j'aimerais mieux vous connaître.

Philip s'éclaircit la gorge, avant de poursuivre :

— Votre plan m'a l'air parfait. Étant donné que je n'y connais rien en soirées, je vous conseille d'enrôler ma sœur Catherine, qui sera à Londres cet après-midi.

— Brillante idée, milord. Un carton d'invitation de lady Bickley aura certainement plus de valeur aux yeux des personnes conviées que s'il émanait de moi. Pensez-vous qu'elle acceptera de jouer le rôle de maîtresse de maison ?

— Elle en sera très heureuse. Je lui enverrai un mot pour l'inviter à dîner ce soir, afin d'en discuter les détails... si vous êtes libre de vous joindre à nous.

— Oui, merci. Autant ne pas perdre de temps pour mettre notre projet à exécution.

Philip tira sa montre de gousset de sa poche.

— Il se fait tard, constata-t-il. Compte tenu que je dois inviter Christine et mettre mon père au courant de la défection de lady Sarah, je suggère que nous en finissions avec ces caisses et que nous partions.

Meredith acquiesça et retourna à sa tâche. Philip s'efforça de l'imiter. Il lui tourna le dos et frotta sa bouche du bout de l'index, là où elle l'avait touchée.

Ce soir, il la reverrait. Chez lui. À cette perspective, son cœur se mit à battre d'une manière incongrue. Il ne pouvait plus ignorer ses sentiments, mais une question se posait : comment comptait-il les affronter ?

Albert referma la porte avec plus de force que nécessaire. Marmonnant dans sa barbe, il traversa le vestibule en boitillant et laissa tomber la missive qu'il venait juste de recevoir sur la table du salon, parmi la douzaine de messages qui s'y trouvaient déjà.

— Encore une lettre ? fit la voix douce de Charlotte dans son dos.

Il se figea. Bon Dieu ! il devait cesser de réagir ainsi chaque fois qu'ils se trouvaient dans la même pièce, mais comment ? Il n'avait que quinze ans quand Mlle Merrie avait ramené à la maison une Charlotte couverte de bleus et enceinte jusqu'aux dents, comme elle l'avait ramené, lui aussi, des années plus tôt. Cependant, il n'était plus un petit garçon et ses sentiments vis-à-vis de Charlotte n'avaient rien de fraternel.

Après avoir pris une profonde inspiration, il se retourna lentement en s'efforçant de bouger normalement… et ne réussit qu'à trébucher sur son mauvais pied. Il bascula en avant. Charlotte le rattrapa par l'épaule. Dans son mouvement de rotation, Albert lui saisit les bras. Son équilibre rétabli, il resta immobile. La chaleur de Charlotte irradiait en lui, ses bras semblaient fragiles sous les mains d'Albert. S'il l'attirait plus près, le haut de sa tête viendrait se nicher sous son menton.

Elle leva sur lui ses yeux gris, l'air soucieux. *Soucieux*, sans plus, nota-t-il avec un pincement au cœur. Aucune autre émotion ne transparaissait dans son regard. Rien qui permette de conclure qu'elle éprouvait pour lui autre chose que du respect, de l'affection et de l'amitié.

Albert retint un soupir. Lui aussi avait commencé par la considérer comme une sœur puis, au fil des ans, ses sentiments avaient évolué vers quelque chose de plus profond. Quelque chose qui le paralysait quand il était en sa présence. Quelque chose qui le rendait terriblement sensible au passage du temps, faisait battre son cœur au son de sa voix et crispait chaque muscle de son corps chaque fois qu'il la croisait. Oui, quelque chose qui lui faisait passer des nuits blanches, à se retourner dans son lit et à se languir d'elle.

À la pensée que Charlotte pourrait deviner ce qu'il éprouvait, Albert sentit son estomac se nouer. Oh ! elle ne se serait pas moquée de lui, elle était trop gentille pour cela, mais il n'aurait pas supporté de voir la pitié dans ses yeux.

— Tu vas bien ?

Les dents serrées, il lui lâcha les bras.

— Oui, répondit-il plus brusquement qu'il ne l'aurait voulu.

Il reporta son poids sur sa bonne jambe, esquissa un pas en avant et rajusta sa jaquette.

Charlotte regarda la pile des lettres.

— Encore des annulations, murmura-t-elle.

Albert hocha la tête.

— Pauvre Meredith ! soupira Charlotte. Elle ne méritait pas ça. Mais les gens sont méchants.... Ils se servent de vous, puis vous jettent aux ordures. Toi et moi le savons mieux que quiconque, n'est-ce pas, Albert ?

— Oui. Mais tout le monde n'est pas pareil, Charlotte. Mlle Merrie, par exemple, est bonne.

— Si toutes les personnes étaient comme elle...

— Oh ! Charlotte, on ne peut pas demander à tout un chacun d'être gentil, répondit-il doucement.

Elle baissa le regard en se tordant les mains.

— Oui mais parfois, ça fait du bien de souhaiter des choses impossibles.

Albert lui prit gentiment le menton, l'obligeant à lever la tête. Leurs yeux se croisèrent et le cœur d'Albert s'emballa.

— Que pouvons-nous souhaiter, Charlotte ?

Elle garda le silence un long moment et il resta là à éprouver sous ses doigts la douceur de sa peau et à contempler ses yeux gris si profonds, si pleins d'ombres de chagrins passés. Le désir impérieux de l'aider à réaliser ses rêves, de la protéger, de détruire quiconque voudrait la blesser, fulgura en lui. Il laissa errer un regard attendri sur le visage de Charlotte, la petite cicatrice qui lui barrait le sourcil gauche, l'infime bosse sur l'arête fine de son nez. L'image de la jeune fille battue et couverte d'ecchymoses traversa sa mémoire.

Plus jamais ! Plus jamais il ne permettrait à qui que ce soit de lui faire du mal. La côtoyer sans pouvoir l'aimer représentait un supplice de tous les instants, mais Albert s'était depuis longtemps résigné à se taire. Elle méritait beaucoup mieux qu'un raté comme lui.

Même s'il n'y avait eu sa jambe endommagée et ses autres infirmités physiques, ce qu'il lui avait entendu dire à Mlle Merrie, lorsqu'elle avait rejoint leur « famille », le hantait. *Je ne laisserai plus jamais un homme me toucher !* s'était-elle écriée à travers ses lèvres tuméfiées. *Jamais plus. Je me tuerai d'abord ou je le tuerai avant.* Albert avait alors compris qu'il n'y aurait pas d'avenir pour eux.

Charlotte avait mis très longtemps avant de lui accorder sa confiance et il n'avait pas l'intention de prendre le risque de perdre son amitié. Il s'en contenterait, se répétait-il. Mais, que Dieu lui pardonne, il en voulait beaucoup plus !

— Ce que je souhaite ? demanda-t-elle. Tous mes vœux sont pour Hope. Je voudrais qu'elle ait une belle vie, une vie respectable. Je ne veux pas qu'elle soit obligée de faire les choses... que j'ai dû faire.

Sa voix était parfaitement calme, comme son regard. Le cœur d'Albert se serra.

— Hope aura une vie heureuse, Charlotte. Toi, moi et Mlle Merrie veillerons sur elle.

L'ombre d'un sourire apparut sur les lèvres de Charlotte.

— Merci, Albert. Tu es un gentil garçon. Un merveilleux ami.

Il s'efforça de ne pas montrer sa déception. Il n'était plus un garçon mais un homme. Bientôt, il aurait vingt ans. Il le lui aurait bien rappelé, mais à quoi bon ?

— De rien, murmura-t-il. C'est un honneur d'être ton ami.

Le bruit d'un attelage qui s'approchait attira son attention. Il se dirigea vers la fenêtre la plus proche et écarta le rideau.

— Un carrosse. Il s'est arrêté devant la maison. Sans doute une autre missive d'une de ces grandes dames qui…

Sa phrase resta en suspens : un valet de pied ouvrit la portière et Mlle Merrie descendit de la voiture, suivie d'un gentleman de haute taille qui portait des lunettes. Ils empruntèrent l'allée étroite et Albert les suivit du regard en plissant les yeux. Le gentleman emboîtait le pas à Mlle Merrie en détaillant le dos de celle-ci d'une manière qui fit grincer des dents à Albert. Sans attendre plus longtemps, il courut ouvrir la porte d'entrée.

— Tout va bien, mademoiselle Merrie ? demanda-t-il en lançant un regard noir à l'homme.

— Oui, merci, Albert.

Meredith monta rapidement la volée de marches et fit de rapides présentations. À la grande surprise d'Albert, le dénommé Greybourne lui tendit la main. Il la serra à contrecœur.

— Ravi de vous connaître, Goddard.

— Je vous remercie de m'avoir raccompagnée, milord. Voudriez-vous un rafraîchissement avant de repartir ?

— Non, merci. Je vous attends ce soir. Est-ce que je vous envoie mon carrosse ? À 20 heures ?

— Oui, ce sera parfait. Bonne fin d'après-midi, dit-elle en esquissant une gracieuse révérence.

Lord Greybourne inclina la tête et fit demi-tour. Depuis le perron, Albert suivit le carrosse du regard, jusqu'à ce qu'il soit hors de vue. Il retourna alors dans le vestibule où Mlle Merrie remettait son châle à Charlotte.

— C'est donc lui, le fameux lord, dit-il.

Meredith défit le ruban de son chapeau avant de se tourner vers Albert, étonnée par le ton acerbe de sa voix.

— Oui, c'est lui.

— Et vous le reverrez ce soir ?

— Oui. Je dînerai chez lui, avec sa sœur et un autre gentleman, qui est archéologue.

Albert se renfrogna davantage.

— J'ai observé vot'lord, mademoiselle Merrie, grommela-t-il. Cet énergumène a des vues sur vous.

Une bouffée de chaleur enflamma le visage de Meredith.

— Mon Dieu ! Albert, quelle drôle d'idée ! Le vicomte n'a absolument aucune vue sur moi. J'essaie de lui trouver une épouse, l'as-tu oublié ?

— Vous lui en avez déjà trouvé une. Mais vu la façon dont il vous lorgnait, il y pense plus.

Meredith se retint de porter la main à son cœur qui cognait sourdement dans sa poitrine. Albert avait-il raison ? Est-ce que lord Greybourne l'avait « lorgnée » ? Un demi-sourire releva un coin de sa bouche. Si tel était le cas, il ne fallait surtout pas se sentir flattée, se tança-t-elle.

— Qu'entends-tu par « lorgner » ?

— Vous savez bien… Il vous regardait comme un gosse qui bave devant un gâteau dans la vitrine d'une pâtisserie.

Un absurde frisson de plaisir parcourut Meredith. Seigneur ! voilà ce qui arrive quand on ne se repose pas suffisamment, songea-t-elle. Ce soir, après le dîner chez lord Greybourne, elle rentrerait et monterait aussitôt se coucher. À la réflexion, elle s'accorderait même une grasse matinée.

— Tu t'es trompé, Albert, affirma-t-elle d'un ton léger. Les lunettes dénaturent souvent l'expression des yeux… J'ai des nouvelles ! ajouta-t-elle pour détourner la conversation.

Elle brossa à ses amis un tableau net et concis des événements de la journée. Les recherches dans l'entrepôt, le mariage de lady Sarah, sa décision de trouver une autre fiancée au lord.

— Nous mettrons au point un nouveau plan ce soir, dit-elle en jetant un coup d'œil vers le courrier sur la table. Je suis sûre que tout ira bien, acheva-t-elle courageusement.

Elle ne les avait pas convaincus, elle le savait, mais comment pourrait-elle les convaincre alors qu'elle-même doutait ?

6

Philip arpentait la bibliothèque. Devant la cheminée, il ralentit l'allure et jeta un regard à la pendule.

— Nerveux ? demanda Andrew d'un ton amusé.

— Non... Je suis dans l'expectative. Je n'ai pas vu Catherine depuis dix ans...

Il remarqua que son ami tirait sur sa redingote bleu sombre.

— En parlant de nervosité, voilà une bonne douzaine de fois que tu rajustes tes habits !

— Je ne voudrais pas que ta sœur pense que tu fréquentes des mauvais garçons.

— Je vois... Dans ce cas, tu ferais aussi bien de partir avant qu'elle n'arrive.

Ce disant, Philip contempla les flammes qui dansaient dans l'âtre. Un flot de souvenirs le submergea.

— Catherine avait l'air d'un ange mais, bon Dieu, c'était un vrai diable. Elle envoyait notre majordome faire des emplettes dont elle n'avait pas besoin, pour que nous puissions en toute quiétude glisser le long de la rampe d'escalier à Ravensly Manor. Et combien de fois ne m'a-t-elle pas entraîné dans des razzias de biscuits dans la cuisine...

Catherine, durant leur enfance, avait été l'opposé de son frère : drôle, boute-en-train, malicieuse. D'un an sa cadette, elle lui avait appris à rire, à sourire et à faire la fête. Elle avait toujours accepté Philip tel qu'il était : timide, maladroit, sans aucune grâce ; un garçon grassouillet, affublé de grosses lunettes, trop sérieux pour son âge.

— Tu m'as tellement parlé d'elle que j'ai l'impression de la connaître, dit Andrew. Vous avez de la chance d'être aussi proches.

— Elle était ma meilleure amie, répondit Philip simplement. Quand je suis parti, j'ai vraiment eu du mal à me séparer d'elle. Comme elle venait de se marier et attendait un enfant, je pensais qu'elle était heureuse et puis…

Un muscle se contracta dans sa mâchoire et il poursuivit :

— … ses lettres, comme tu sais, m'ont détrompé. Ses rapports avec son époux ont complètement changé du jour où elle lui a donné un héritier physiquement diminué.

— Ce n'est pas la faute de l'enfant s'il est né avec un pied bot, protesta Andrew d'un ton cassant. Quel mufle !

Philip grimaça un sourire.

— Je ne te le fais pas dire. Crois-moi, j'ai hâte d'avoir une petite conversation privée avec mon cher beau-frère.

— Si tu as besoin d'un coup de main, je me ferai un plaisir d'assister à votre entretien.

On frappa à la porte et Bakari fit son apparition.

— Lady Bickley, annonça-t-il.

Catherine entra et, à sa vue, une boule se forma dans la gorge de Philip. Vêtue d'une robe de mousseline vert pâle, son joli visage encadré de boucles châtaines brillantes, elle était encore plus belle, plus mince, plus élégante que dans son souvenir. Une aura de sérénité l'enveloppait et ses yeux noisette piquetés de paillettes dorées avaient conservé cette lueur espiègle si chère à son cœur.

Avec un sourire chaleureux, elle courut spontanément vers lui. Philip l'attrapa dans ses bras et la fit tournoyer en riant et en humant son parfum fleuri si familier. Catherine avait toujours senti bon, comme si elle revenait tout juste du jardin. Après une ultime pirouette, il la relâcha et tous deux, enlacés, échangèrent un long regard scrutateur.

— Tu es toujours la même, si ce n'est que je te trouve encore plus jolie qu'avant ! s'exclama Philip.

Elle émit un rire, un son mélodieux, qui emplit son frère de nostalgie.

— Toi, par contre, tu as complètement changé !

— En mieux, j'espère.

— En *beaucoup* mieux.

— Est-ce que tu insinues que mon apparence laissait à désirer quand je suis parti ?

— Pas du tout. Il y a dix ans, tu étais un garçon charmant. Maintenant, tu es...

— Un homme charmant ?

— Exactement, répondit-elle en l'étreignant. Et si fort... Les conditions de vie rustiques t'ont fait le plus grand bien.

Son sourire s'effaça et ses yeux s'embuèrent. Une myriade d'émotions passa dans son regard, tandis qu'elle posait sa main fine sur la joue de son frère.

— Oh ! Philip, je suis si heureuse de te revoir ! Tu m'as terriblement manqué, tu sais.

Sa voix se fêla et, en la regardant plus attentivement, Philip nota de subtiles transformations. Catherine n'était plus la jeune fille insouciante de naguère. Un spectateur occasionnel ne l'aurait pas remarqué mais lui, si. La maladie de leur père et son union malheureuse avaient terni son ancienne joie de vivre.

— Tu m'as manqué à moi aussi, Imp, répondit-il en l'appelant par le sobriquet de leur enfance.

Il lui fit un baisemain, avant de lui offrir son bras.

— Viens, il faut que tu fasses la connaissance d'Andrew.

Ils se dirigèrent vers la cheminée devant laquelle Andrew se tenait. Philip fit semblant de chuchoter, assez fort, toutefois, pour que son ami puisse l'entendre :

— Ne le prends surtout pas au sérieux. C'est un Casanova de bas étage doublé d'un trouble-fête.

Puis il haussa le ton pour ajouter :

— Voici mon ami et collègue Andrew Stanton. Andrew, je te présente ma sœur, Catherine Ashfield, lady Bickley.

Catherine sourit et lui tendit la main.

— Je suis ravie de vous rencontrer, monsieur Stanton, bien que j'aie l'impression de vous connaître déjà à travers les lettres de Philip.

Andrew s'inclina galamment sur la main offerte.

— Mes hommages, milady. Comme Philip m'a fait l'honneur de partager avec moi certains passages de vos lettres, tout en me régalant d'anecdotes de votre enfance, j'ai moi aussi l'impression de vous connaître. Votre portrait miniature qu'il portait toujours sur lui ne vous rend pas justice.

— Merci, dit-elle en lançant un regard aigu à son frère. Des anecdotes de notre enfance ? Mon Dieu ! J'espère que vous ne les avez pas prises pour argent comptant, monsieur Stanton.

— Je vous assure qu'il vous dépeignait sous un jour flatteur… en général, assura Andrew avec un sourire en coin.

— Asseyons-nous, proposa Philip. Mlle Chilton-Grizedale ne sera pas là avant une heure ; cela nous laisse le temps de bavarder un peu.

— Oh oui ! s'exclama Catherine. Je veux tout savoir.

Lorsqu'ils furent installés, Philip demanda :

— Comme Spencer et Bickley ne dîneront pas avec nous ce soir, j'en déduis que tu es venue seule à Londres ?

Une ombre de souffrance passa dans les yeux mordorés de Catherine, si vite que Philip aurait pu l'avoir imaginée.

— Oui. Bertrand est débordé. J'ai laissé Spencer à Little Longstone avec Mme Carlton, sa gouvernante. Les voyages le fatiguent et Londres ne semble pas l'intéresser particulièrement.

Son visage arbora une rayonnante expression d'amour maternel quand elle poursuivit :

— Par contre, il a hâte de rencontrer son aventurier d'oncle et m'a priée de t'extorquer la promesse de venir nous voir à Little Longstone dès que tu seras revenu de ton voyage de noces. J'ai rendu visite à père, qui m'a raconté tes déboires. Je suis désolée que tu aies été obligé d'annuler ton mariage, Philip. Mais ne t'inquiète pas. L'idée d'organiser une soirée, dont tu m'as parlé dans ta lettre, est tout simplement excellente. J'aiderai de mon mieux Mlle Chilton-Grizedale à te trouver une jolie fiancée au plus vite.

Adossé au manteau de la cheminée en marbre de son bureau, chevilles croisées et sourire aux lèvres, Philip faisait tourner entre ses doigts un verre de cognac. Il savait qu'il paraissait calme et détendu mais la tension grouillait en lui comme un nid de serpents au fond d'un puits. Pendant le dîner, il s'était efforcé de participer – sans succès d'ailleurs – à l'interminable conversation entre Mlle Chilton-Grizedale et Catherine. Son esprit ne coopérait pas. Il était trop accaparé par *elle*, cette marieuse agaçante. Sa contrariété n'avait cessé de croître de minute en minute, et pas seulement parce que Meredith semblait plus autoritaire que jamais. En fait, c'était cette satanée attirance qui constituait la source principale de son irritation.

Le repas avait été un pur délice mais Philip n'avait guère prêté attention à ce qu'on lui servait, tant il se démenait pour arracher son regard de Mlle Chilton-Grizedale. Une entreprise ardue qui avait échoué lamentablement. Elle était assise à sa gauche, lui offrant une vue imprenable sur son profil. Ses cheveux sombres, ramassés en un chignon grec retenu par un ruban de couleur bronze assorti à sa robe, exaltaient la blancheur de sa peau.

Philip ne pouvait s'empêcher d'admirer la ligne élégante de son cou, l'épaisseur de ses cils. Chaque gorgée qu'elle buvait attirait son regard vers sa bouche sensuelle. Et chaque fois qu'elle se penchait vers Catherine, il essayait désespérément de ne pas regarder les courbes épanouies de ses seins, sous l'étoffe satinée du corsage. Le son de sa voix, lorsqu'elle évoquait avec une précision militaire l'organisation de la réception, résonnait agréablement à ses oreilles.

Les deux femmes, à présent installées sur le canapé de brocart à ramages argentés, poursuivaient leur papotage sans fin. Une flamme d'intérêt faisait briller les yeux de Meredith qui parlait en soulignant ses arguments de gestes de la main. Sa voix chaude, un peu rauque, évoquait celle d'une femme qui vient de se réveiller. Qui sort du lit.

Mon lit, songea-t-il soudain. Aussitôt, une image se forma dans son esprit : leurs corps nus enlacés, bras et jambes emmêlés, tandis que la voix suggestive de Meredith murmurait : *Philip, Philip, s'il te plaît…*

— S'il te plaît, Philip… Qu'en penses-tu ?

La voix de Catherine le ramena sur terre aussi brutalement qu'une morsure de cobra. Trois paires d'yeux le scrutaient avec différentes expressions interrogatrices. Andrew, assis dans un fauteuil à oreillettes en face des dames, affichait même un air franchement amusé.

Une chaleur insidieuse rampa sur la nuque de Philip. Il rajusta ses lunettes puis, au mépris des conventions, défit le nœud de sa cravate.

— Excusez-moi, mais je pensais à autre chose. Que disiez-vous ?

Catherine arqua les sourcils. Son regard papillonna d'Andrew à Mlle Chilton-Grizedale puis elle dit d'un ton taquin :

— Mon frère n'a guère changé, à ce que je vois. Il avait presque toujours la tête à ses chères études. Je me souviens d'un jour où je lui décrivais une merveilleuse soirée musicale à laquelle j'avais assisté. Comme d'habitude, il était dans la lune. Alors j'ai dit : « J'ai sauté dans la Tamise et nagé vers Vauxhall » ! Eh bien, il s'est contenté de hocher la tête. Il a fallu que j'affirme : « Les pyramides de Gizeh ont été construites par sir Christopher Wren » pour réussir à obtenir une réaction. N'oubliez jamais que l'esprit de Philip vagabonde constamment !

— Merci pour le conseil, lady Bickley, dit Andrew avant de se tourner vers son ami : Eh bien, mon cher, est-ce la beauté des pyramides que tu contemplais ?

Philip le fusilla d'un regard noir. En temps normal, il appréciait son sens de l'humour mais pas maintenant.

— Non. J'étais simplement préoccupé.

Évitant soigneusement de regarder Meredith, il focalisa son attention sur Catherine.

— Qu'est-ce que je pense... à quel propos ?

— À propos de la réunion qui aura lieu ici même, après-demain soir, et où je jouerai le rôle de la maîtresse de maison. Mlle Chilton-Grizedale, que j"approuve entièrement, pense qu'un dîner dansant servirait à merveille nos projets.

— Pouvez-vous arranger ce genre de soirée aussi vite ?

— Avec de la méthode et le personnel adéquat, on peut mettre sur pied un couronnement en vingt-quatre heures. Et le temps est précieux, compte tenu de la maladie de père.

— Afin de mieux orienter mes recherches, milord, j'aurais besoin de savoir quelles sont pour vous les qualités d'une bonne épouse, intervint Meredith.

Un son qui ressemblait étrangement à un ricanement échappa à Andrew qui se mit à toussoter.

— J'ai avalé de travers, s'excusa-t-il en tendant la main vers son verre de cognac.

Après avoir siroté une gorgée, il dédia un large sourire à son ami.

— Oui, quelles sont les qualités que tu admires le plus chez une femme ? demanda-t-il.

Tous les regards se tournèrent vers Philip. Comme il ne soufflait mot, Meredith poursuivit :

— Je ne vous promets pas que votre fiancée correspondra à tous vos critères, d'autant que nous disposons de très peu de temps. Toutefois, il faut que je sache quels traits de caractère vous semblent indispensables et lesquels sont carrément rédhibitoires. Si vous vouliez me donner de quoi écrire, j'aimerais prendre des notes.

Philip retint un soupir. La conversation prenait une tournure déplaisante, mais il ne pouvait refuser. Il tira une feuille de vélin ivoirin du tiroir de son bureau, la tendit à Meredith et avança une chaise de cuir brun pour elle.

— Merci, murmura-t-elle en prenant place avec une grâce fluide.

Sa jupe de taffetas frôla dans un bruissement les culottes de Philip et son parfum délicieux lui monta à la tête.

Des scones, songea-t-il. Ce soir, elle sentait les scones chauds et beurrés, une friandise dont il raffolait.

— Philip a un faible pour les blondes délicates, déclara Andrew en se levant pour aller se planter devant la cheminée. En un mot, les beautés classiques… Dommage que lady Sarah se soit retirée de la compétition ! Physiquement, elle était exactement son type de femme.

— Des beautés blondes classiques, répéta Meredith d'une voix posée en écrivant. Quoi d'autre, monsieur le vicomte ?

Philip fronça les sourcils. « Que le diable m'emporte, se dit-il, il y a deux jours, j'aurais été d'accord avec Andrew. Mais dorénavant… »

— Mon frère aime la musique, ajouta Catherine. Il lui faut quelqu'un qui joue avec talent du piano ou qui chante bien... N'est-ce pas Philip ?

— Euh... oui... Le talent musical me plairait assez.

— Un intérêt pour l'archéologie lui conviendrait également, reprit Catherine. Ne serait-ce que pour alimenter leurs conversations...

— En effet, approuva Andrew qui, décidément, paraissait s'amuser comme un fou. En tant que scientifique et intellectuel, Philip préfère les femmes capables de parler d'autre chose que de la mode ou de la météo. Il faudrait aussi que sa future épouse soit une femme pratique, qui ne s'attende pas à des grandes envolées lyriques.

— C'est vrai, dit Catherine avant que Philip ne puisse répondre. La romance n'est pas sa tasse de thé... (Elle agita un doigt en direction de son frère.) Ne prends pas cet air affligé, Philip. La plupart des hommes sont affreusement réalistes.

— Je ne suis ni affligé, ni réal...

— Tss, tss ! coupa Meredith. Comme c'est ennuyeux ! D'après ce qui vient d'être dit, j'aurais eu la partenaire idéale pour Votre Seigneurie, lord Greybourne.

— Je ne me suis pas mis exprès sous le coup de la malédiction, mademoiselle Chilton-Grizedale !

— Vous n'en êtes pas moins maudit pour autant, milord.

— C'est très gentil à vous de me le faire remarquer. Avez-vous toujours éprouvé ce besoin d'enfoncer des portes ouvertes ?

— Je préfère dire « tenir compte de faits irréfutables ».

— Je n'en doute pas.

— En vérité, il s'agit d'une méthode que j'emploie lorsque certaines personnes ne voient pas la réalité.

Elle se tourna vers Catherine sans donner à Philip le temps de répondre.

— Où en étions-nous ? Ah oui ! Les qualités de la future mariée. Quoi d'autre ?

Catherine, qui avait pris un air médusé pendant l'aparté entre la marieuse et son frère, toussota :

— Elle devra, naturellement, savoir diriger une maison.

Meredith nota sur le vélin. Catherine se frotta le menton.

— Et puis, il serait bon qu'elle s'intéresse aux antiquités.

— Du moins qu'elle ne les abhorre pas, rectifia Andrew. Aucune femme n'éprouve un penchant pour les vieux trucs poussiéreux.

— Exact, approuva Catherine. Quoi d'autre, Philip ?

— Je m'étonne que tu songes à me le demander. Je voudrais…

— Les animaux ! coupa Andrew. Elle doit aimer les grandes bêtes. Philip a un chiot qui, si l'on en juge d'après la taille de ses pattes, risque de devenir aussi grand qu'un poney.

— Un chien ? s'enquit Catherine. Tu l'as ramené d'Égypte ?

— Non, je l'ai trouvé sur les quais. Abandonné.

— Où est-il, maintenant ?

— Avec Bakari. L'animal était blessé et Bakari le soigne.

Catherine lui adressa un sourire affectueux.

— Tu as toujours eu un faible pour les créatures abandonnées.

Meredith, dont la plume courait sur le vélin, leva les yeux.

— Ce sera tout ?

— Je pense que ma future belle-sœur doit être une danseuse accomplie, dit Catherine, ce qui arracha un gloussement à Andrew.

— Oui. Ainsi, elle pourra apprendre à Philip à danser.

— Si j'ai bonne mémoire, Philip a toujours été assez bon danseur.

Andrew éclata de rire.

— Ma chère lady Bickley, la dernière fois que j'ai vu votre frère danser, il a soulevé un vacarme de tous les diables comme si un troupeau d'éléphants fonçait sur nous.

— Des chameaux, corrigea Philip. Un groupe de chameaux s'était libéré de ses entraves lors d'une soirée à Alexandrie et a causé un énorme remue-ménage dans la rue. Je n'étais pour rien dans ce vacarme, précisa-t-il à l'intention d'Andrew.

Catherine masqua son rire par un toussotement discret.

— Je suis soulagée de l'apprendre, dit-elle. Mais revenons à notre projet. Il serait bon que ta future épouse possède de solides notions de français. Et qu'elle sache broder. Déjà petit, tu aimais avoir tes initiales brodées sur tes mouchoirs.

— C'est vrai... Mettez donc cela sur votre liste, mademoiselle Chilton-Grizedale. Je ne peux pas envisager d'épouser une femme qui ne sache pas manier l'aiguille.

Si Meredith avait perçu le ton ironique de sa voix, elle n'en laissa rien paraître. Elle leva les yeux et leurs regards s'accrochèrent. Un coin de sa bouche se releva et une lueur amusée dansa dans ses prunelles aigue-marine.

— C'est noté, milord. J'ai même mis un astérisque à côté, afin de souligner l'importance de cette qualité.

Elle lui dédia un sourire qui fit accélérer les battements de son cœur. Sentant son irritation s'évaporer, il lui sourit en retour. Andrew renifla alors et Philip réalisa qu'il regardait la marieuse avec un sourire béat, comme un écolier au temps de ses premières amours.

Meredith battit des cils comme si, elle aussi, avait oublié la présence des autres.

— Y a-t-il autre chose à inscrire sur la liste ? demanda-t-elle. Peut-être quelque chose que vous détestez tout particulièrement ?

— Philip déteste les menteurs, intervint Andrew. Les menteurs et les voleurs. Nous en avons rencontré une ribambelle et, Dieu merci, Philip a un flair infaillible pour détecter la supercherie.

Philip hocha la tête.

— Il est vrai que je hais le mensonge.

— C'est noté, dit Meredith d'une voix un peu tendue. Eh bien, puisque cette liste semble terminée, voulez-vous que nous commencions maintenant celle des invités, lady Bickley ?

— Bien sûr. Comme cela, je pourrai envoyer les invitations demain, à la première heure.

Tandis que les deux femmes, assises côte à côte, se mettaient à l'ouvrage, Philip et Andrew s'installèrent à l'autre bout de la pièce et entamèrent une partie d'échecs. Ils jouèrent un moment en silence, puis Andrew murmura :

— Edward est venu au musée, aujourd'hui.

Écrasé par un sentiment de culpabilité, Philip passa les doigts dans ses cheveux.

— Comment était son moral ?

Il ne mentionna pas le fait qu'il avait envoyé un mot à son avoué pour lui demander d'ouvrir un compte au nom d'Edward.

— Pas trop mauvais. Il a dit qu'il reviendrait demain.

— Tant mieux. S'il parvient à se concentrer sur autre chose que la mort de Mary, son état va s'améliorer.

— Je suis d'accord. Il porte le deuil de sa femme, mais il est difficile de savoir exactement à quoi il pense. Edward n'est pas quelqu'un dont on peut deviner facilement les pensées. Contrairement à d'autres…

Délaissant l'échiquier, Philip dévisagea son ami.

— Ce qui veut dire ?

Andrew se pencha et baissa le ton.

— Que tu es transparent, mon cher.

Philip se raidit.

— Je ne vois pas de quoi tu parles.

— Mais d'*elle*, bien sûr ! chuchota Andrew en jetant un coup d'œil significatif vers l'autre extrémité de la pièce. Votre petit échange, tout à l'heure, était on ne peut plus clair. Sans parler du fait que tu la dévorais des yeux à la façon dont un homme assoiffé regarde une oasis.

Enfer et damnation ! Était-ce donc aussi évident ? Le regard d'Andrew dévia vers les deux femmes, puis revint se poser sur Philip.

— Facile de comprendre ton engouement…

— Mmm, fit Philip d'un ton qui se voulait décontracté. Elle est assez jolie.

— Je ne crois pas que « jolie » convienne à Mlle Chilton-Grizedale. Elle est distinguée, originale, éblouissante… Mais pas « jolie ».

— Vraiment ? Je n'avais pas remarqué…

— Je vois. Et je suppose que ses autres attributs ne t'ont pas frappé non plus…

— Comme quoi ?

— Comme le cercle plus foncé autour de ses iris, qui donne une profondeur insondable à ses yeux. Ou la façon dont ses joues se colorent délicatement lorsque quelque chose la passionne. Ou encore ses cheveux si brillants… Ah ! une femme bien carrossée avec des cheveux très longs, dit-il avec un long soupir. Mais je suppose que tu n'as pas remarqué non plus ses courbes affriolantes…

Philip cessa de faire semblant d'étudier l'échiquier. La jalousie, mêlée à un autre sentiment qui pourrait être de la colère, l'envahit d'un seul coup.

— Nous avons regagné le monde civilisé, Andrew. Ce n'est pas une façon convenable de décrire une dame.

Andrew prit un air innocent.

— Je n'avais pas l'intention de lui manquer de respect. J'essayais simplement d'attirer ton attention sur ses charmes que tout homme aurait immanquablement remarqués du premier coup d'œil. À part toi, semble-t-il. Très intéressant. D'habitude, tu es plus observateur.

Oh ! Philip avait longuement observé la beauté aux grands yeux bleus, aux cheveux de jais et à la peau de pêche. Et, plus encore, les courbes d'un corps délectable qui se dessinaient sous la robe en taffetas bronze. Toutefois, cela l'ennuyait qu'Andrew paraisse aussi subjugué que lui.

— Dommage qu'elle ne soit pas l'une de ces blondes délicates que tu aimes ! Enfin, peu importe, reprit Andrew. D'après ce que j'ai cru comprendre, tu es censé épouser une aristocrate, pas une simple roturière.

— C'est ce qui est prévu.

— Prévu, oui. Mais j'ai eu à plusieurs reprises l'occasion de constater que tu n'as pas toujours fait ce qui était prévu, Philip.

— C'était en Égypte. En Turquie. Ou en Grèce. Nous sommes en Angleterre, mon vieux. Je suis revenu pour me marier selon les vœux de mon père.

— À une femme que tu ne connais même pas. Vas-tu renoncer à la vie que tu aimes ? À tes expéditions ? À ta liberté ?

C'était une discussion qu'ils avaient abordée maintes fois.

— Je dois honorer un engagement grâce auquel j'ai joui d'une liberté totale pendant dix ans, répondit Philip. Entre le British Museum et le musée privé que nous allons fonder ensemble, je serai largement occupé.

— Il n'empêche ; tu fais trop de concessions. Je serais incapable d'épouser une femme sans l'aimer vraiment.

— J'ai du mal à t'imaginer en amoureux transi, Andrew ! lança Philip avec un rire moqueur. Ce n'est pas faute de t'avoir vu en compagnie de différentes sirènes pendant toutes ces années, mais aucune ne m'a paru avoir conquis ton cœur.

— Peut-être parce qu'il est déjà pris.

Philip le scruta, stupéfait. Son ami ne paraissait pas plaisanter. Ils se connaissaient depuis cinq ans, avaient vécu ensemble des expériences passionnantes, mais c'était la première fois qu'Andrew faisait allusion à un amour secret.

— Est-ce que ton cœur *est* déjà pris ?

Une expression fugitive de chagrin passa dans les yeux sombres d'Andrew. Puis un sourire espiègle étira ses lèvres.

— Complètement, oui.

Incapable de dissimuler son étonnement, Philip demanda :

— Est-elle américaine ?

— Non. Je l'ai rencontrée il y a des années. Pendant mes voyages.

— Et tu es tombé amoureux d'elle.

— Oui. Mon destin fut scellé dès que je l'ai aperçue.

— Eh bien, pourquoi ne l'as-tu pas épousée ?

— Malheureusement, elle était déjà mariée.

— Je vois, murmura Philip en s'efforçant d'assimiler la nouvelle. L'aimes-tu encore ?

— Je l'aimerai toujours.

— Et... est-ce qu'elle t'aime en retour ?

— Non, répondit Andrew dans un murmure rauque. Elle était fidèle à son mari. Elle ignorait mes sentiments et, de toute façon, elle n'aurait rien fait pour les encourager. C'est sans espoir.

Philip tenta de contenir sa pitié et son étonnement. Il n'avait jamais vu Andrew aussi grave, aussi triste. Allongeant le bras, il serra l'épaule de son ami dans un élan de sympathie.

— Je suis désolé, Andrew. Je ne savais pas...

— Je sais. Et si je t'en parle aujourd'hui...

Il secoua la tête, comme s'il cherchait les mots adéquats, puis reprit à mi-voix :

— Tu es un homme intègre, Philip. Un homme de parole. Et j'espère que tu choisiras ta future épouse avec attention. Écoute ton cœur. Je n'ai pas pu vivre avec l'amour de ma vie et ce déchirement, je ne le souhaite à personne, surtout pas à mon meilleur ami.

Peut-être que la défection de ta fiancée était voulue par la fatalité. Peut-être est-ce signe que tu es destiné à une autre femme.

Avant que Philip trouve une réponse, l'expression d'Andrew changea. Un sourire en coin remplaça son air mélancolique. Il pencha la tête vers l'échiquier et bougea sa reine.

— Échec et mat!

Philip lui serra la main avant de se tourner vers Catherine et Meredith qui traversaient la pièce dans leur direction.

— Avez-vous terminé la liste des invités?

— Oui. J'enverrai les cartons demain. Mlle Chilton-Grizedale et moi-même avons établi une liste de candidates qui, je pense, te plairont.

— Très bien, dit-il, l'estomac noué. Il ne reste plus qu'à espérer que je triompherai de la malédiction. Sinon, je serai dans l'incapacité de me marier, vous le savez.

Le silence tomba sur le petit groupe comme une chape de plomb. Finalement, Meredith déclara de son ton pragmatique :

— Restons optimistes. Le pessimisme porte malheur. Oh! mon Dieu! s'exclama-t-elle après avoir jeté un coup d'œil à la pendule. Il est vraiment tard. Il faut que je rentre.

— Moi aussi, dit Catherine.

Ils sortirent tous dans le vestibule tandis que Bakari appelait les cochers.

Après avoir remis son chapeau, Catherine serra son frère dans ses bras.

— Merci pour cette merveilleuse soirée. Nos dîners m'ont manqué.

— Merci pour ton aide, Imp. Si je peux faire quelque chose…

— Continue à chercher la pièce manquante de la pierre, de manière que le mariage puisse se faire.

Elle se tourna vers Andrew.

— Ce fut un plaisir, monsieur Stanton.

Andrew se pencha sur sa petite main gantée.

— Tout le plaisir était pour moi, lady Bickley.

Philip accompagna sa sœur jusqu'à son landau. Une fois qu'elle y eut pris place, il regagna le vestibule. Meredith et Andrew riaient, sans doute à une plaisanterie de ce dernier. Une déplaisante sensation de jalousie suffoqua Philip. Il s'efforça néanmoins de sourire tout en prenant sa canne.

— Tu sors ? demanda Andrew.

— Je vais raccompagner Mlle Chilton-Grizedale chez elle.

Les joues de Meredith s'enflammèrent.

— Oh non... Cela ne sera pas nécessaire. Je ne voudrais pas vous déranger.

— J'insiste. Ma sœur habite à deux pas d'ici et deux valets veillent sur sa sécurité. Votre domicile est situé à l'autre bout de la ville et je ne voudrais pas que vous fassiez de mauvaises rencontres en route.

Il haussa les sourcils puis ajouta :

— Vous commencez par fustiger mes mauvaises manières et dès que j'ébauche un geste galant, vous protestez !

— Fustiger n'est pas le terme approprié. Je préfère « rappeler ».

— Inutile de discuter, mademoiselle Chilton-Grizedale, intervint Andrew. Lord Greybourne est un entêté. Je suggère que vous ajoutiez à votre fameuse liste de qualités « capable de supporter les têtes de mule ».

Meredith rit tandis que Philip se renfrognait. Il ne trouvait pas la repartie d'Andrew si drôle que cela. Le radieux sourire qu'elle adressa à Andrew acheva de le dépiter.

— Je le ferai dès mon retour chez moi, dit-elle en tendant la main à Andrew. Bonne nuit, monsieur Stanton.

Andrew prit la main gantée et déposa sur les phalanges de Meredith un baiser... plus long que ne l'exigeaient les convenances, de l'avis du maître de maison.

— J'ai été enchanté, ma chère. Cela faisait longtemps que je n'avais pas passé une soirée en si charmante compagnie. J'espère que nous nous reverrons bientôt… À demain, Philip, ajouta-t-il avant de prendre le couloir menant à sa chambre.

Philip escorta Meredith jusqu'au carrosse qui attendait. Il l'aida à monter et prit place sur la banquette moelleuse, face à elle.

Dès l'instant où la porte du carrosse fut refermée, Meredith se demanda si elle avait bien fait d'autoriser lord Greybourne à la raccompagner. Quelques heures plus tôt, la voiture lui avait paru spacieuse. À présent, il lui semblait qu'il n'y avait pas assez d'air. Elle baissa les yeux et nota que le bas de sa jupe frôlait les pieds bottés de son compagnon.

Il était difficile de distinguer ses traits dans la semi-obscurité mais elle sentait sur elle le poids du regard de Philip. L'intimité dans ce lieu sombre fit accélérer les battements de son cœur d'une manière qu'elle jugea indigne. Elle ferma les yeux dans l'espoir d'effacer l'image de l'homme assis en face d'elle mais sans parvenir à oublier sa présence. Sa fragrance masculine chatouillait ses narines, une odeur agréable de linge propre, de bois de santal, à laquelle s'ajoutait un parfum plus musqué qu'elle ne put identifier.

— Je vous remercie pour votre aide précieuse, dit-il de sa voix grave.

— De rien, répondit-elle avec un sourire un peu forcé. Mais c'est à votre sœur que reviennent tous les compliments. Vu ma réputation actuelle, l'issue de la réception aurait été pour le moins incertaine si j'en avais été officiellement l'organisatrice. J'espère sincèrement que vous retrouverez une fiancée qui vous conviendra tout autant que lady Sarah.

— Sans vouloir vous chagriner, mademoiselle Chilton-Grizedale, lady Sarah et moi n'étions pas faits l'un pour l'autre. Du moins, de son point de vue à elle. Vous avez entendu son père : elle ne me trouvait guère à son goût.

— Lady Sarah est vraiment trop bête.

Seigneur ! elle n'avait pas eu l'intention de faire ce commentaire à voix haute. Meredith crispa ses mains l'une sur l'autre.

— En… tout cas, socialement parlant, vous formiez un beau couple, bredouilla-t-elle.

— De ce point de vue, certainement. Mais à l'évidence, le cœur de lady Sarah appartenait à lord Weycroft, et ce détail restait le point noir sur le tableau idyllique d'une telle union.

Meredith leva le menton.

— Un détail, comme vous dites, milord, s'obstina-t-elle. L'affection de lady Sarah pour le baron se serait estompée lorsqu'elle aurait été mariée avec vous. L'esprit domine toujours le cœur. Comme chacun le sait, le cœur est futile et capricieux. Il ne sait pas distinguer le vrai du faux et nous entraîne souvent sur des chemins tortueux. L'esprit, par contre, est méthodique et précis ; à la fois pragmatique et sensible. Quand le cœur et la raison s'opposent, il faut toujours écouter la raison.

— Mon Dieu ! Une déclaration aussi peu romantique venant d'une dame dont le métier consiste à organiser des mariages est pour le moins inattendue.

— Un mariage réussi n'a rien à voir avec le romantisme, milord. Vous devriez le savoir. Ce qui compte, dans une union durable, c'est la combinaison de deux fortunes, des aspirations politiques de chaque famille, des titres de noblesse… Avec le temps, les conjoints développent des sentiments affectueux l'un pour l'autre.

— Et si cela n'arrive pas ?

— Alors, ils sacrifient aux convenances et à leurs intérêts communs.

— Mes intérêts reposent sur l'étude des antiquités, l'apprentissage des peuples et des civilisations. Je projette de me dévouer au British Museum et de créer mon propre musée. Je suis un passionné et un solitaire. Mon travail à l'étranger consistait à découvrir des trésors enfouis, oubliés. J'aurais préféré m'associer à une personne avec laquelle j'aurais pu partager tout cela.

Meredith humecta ses lèvres sèches.

— Êtes-vous en train de me dire que vous voudriez un mariage d'amour ? Parce que, si vous vous souvenez bien, la maladie de votre père ne nous laisse guère de temps.

— D'après Andrew, il ne faut pas longtemps pour tomber amoureux.

Elle arqua un sourcil.

— Est-il expert en la matière ?

— Je n'en sais rien, mais il est bel et bien amoureux.

Comme le carrosse passait sous un réverbère, Meredith vit que Philip la scrutait attentivement.

— Cette nouvelle semble vous décevoir, dit-il.

— Elle me déçoit en effet, lord Greybourne.

— Puis-je vous demander pourquoi ?

Elle eut un haussement d'épaules.

— J'espérais offrir à M. Stanton mes services de marieuse.

L'espace de quelques secondes, seuls les grincements du carrosse en mouvement meublèrent le silence. Puis, à sa surprise, Philip renversa la tête et partit d'un grand éclat de rire. Une bouffée de colère embrasa le front de Meredith, une émotion qui, en fait, la combla d'aise.

Bien. Il est clair que je ne peux pas trouver d'attraits à un individu aussi sarcastique.

— Je ne vois pas ce qu'il y a d'amusant là-dedans, milord. Aussi étonnant que cela puisse vous paraître, avant le désastre dû à votre malédiction, je passais pour la meilleure marieuse de Londres. Rien que l'année dernière, j'ai été à l'origine de sept unions parfaitement réussies. La plus notable étant celle de Mlle Lydia Weymouth et sir Percy Carmenster, qui incita d'ailleurs votre père à m'engager.

Le rire de Philip s'éteignit et il secoua la tête.

— Pardonnez-moi. Je ne me moquais pas de vous, ma chère, mais de moi-même. Plus précisément, j'ai ri parce que vos paroles m'ont rendu heureux.

Meredith fronça les sourcils. Heureux ? Qu'avait-elle dit qui ait pu le rendre *heureux* ? Alors qu'elle cherchait frénétiquement la signification de ces paroles sibyllines, il reprit :

— Puisque Andrew est amoureux, vous devrez vous consacrer à moi seul.

Meredith se dit qu'il ne serait guère difficile de se consacrer à lord Greybourne...

Et cela lui faisait peur.

De retour chez lui, Philip entra dans le vestibule vide.

— Il y a quelqu'un ? demanda-t-il en ôtant son chapeau.

Un marmonnement dans son dos le fit sursauter. Il se retourna pour se trouver face à Bakari. Ce n'était pas la première fois que cet homme le surprenait par ses apparitions soudaines ; il se déplaçait comme un chat, sans faire le moindre bruit. Ce talent s'était souvent avéré utile par le passé, notamment la fois où son majordome avait volé à son secours, alors qu'il était aux prises avec une bande de pilleurs d'antiquités.

Philip remarqua que Bakari paraissait un peu essoufflé.

— Tout va bien ?

— Chien, grommela Bakari.

— Je vois, dit Philip en retenant un sourire.

Apparemment, le petit animal avait recouvré la santé, grâce aux soins de Bakari. Un bruit de pas venant de l'escalier attira ensuite leur attention. Andrew, toujours vêtu du costume qu'il portait au dîner, descendait les marches.

Philip haussa les sourcils.

— Je croyais que tu t'étais retiré dans tes appartements.

— J'ai décidé de t'attendre afin de savoir comment le trajet en carrosse avec Mlle Chilton-Grizedale s'est passé.

Philip esquissa une moue.

— C'est bien ce que je pensais, dit Andrew.

— Quoi ?

— Votre tête-à-tête ne s'est pas déroulé comme tu espérais.

— C'est-à-dire ?

— Tu ne l'as pas embrassée.

Bakari émit un vague marmonnement, tandis que Philip sentait courir un frisson le long de sa colonne vertébrale.

— Pour commencer, tu n'en sais rien et ensuite, comment as-tu pu penser à une chose pareille ? Nous sommes en Angleterre, mon vieux. Ici, on n'embrasse pas les dames comme ça. Il y a des règles à respecter. Des priorités.

Le visage d'Andrew exprimait le scepticisme le plus total.

— Et depuis quand tu te plies aux règles et aux priorités ? Dois-je te rappeler ce qui est arrivé la dernière fois que tu as observé strictement les règles ?

Bakari prit une profonde inspiration avant d'agiter la main.

— Mal. Très mal.

Philip se passa les doigts dans les cheveux.

— Non, inutile de me le rappeler. Cela s'est mal passé, je m'en souviens.

— Trè*s* mal, répéta Bakari.

— J'ai failli me noyer parce que tu voulais absolument traverser la rivière comme les anciens, dans une fichue coquille de noix, dit Andrew avec un petit rire moqueur.

— Bon sang, tu n'avais qu'à me dire que tu ne savais pas nager ! *Avant* que nous ne quittions le rivage. Cela dit, ne t'ai-je pas ramené sain et sauf sur la terre ferme, malgré les coups de pied que tu as flanqués dans les parties les plus tendres de mon anatomie ?

— Tu les avais amplement mérités, assura Andrew. Cet incident m'a fait vieillir de dix ans.

— Ça ne serait pas arrivé si tu m'avais dit la vérité.

— Ne pas savoir nager n'est pas digne d'un aventurier, déclara Andrew. Ce ne serait pas arrivé, tout simplement, si tu n'avais pas eu cette brillante idée. Mais ce n'est pas la peine de changer de sujet. Je sais que tu ne l'as pas embrassée parce que, comme je te l'ai déjà dit, je lis en toi comme dans un livre. Et tu en es tellement frustré que la moindre remarque te met en colère.

La mâchoire de Philip se contracta. Bon Dieu ! ce que ça pouvait l'agacer, quand Andrew avait raison. Oh oui, il aurait voulu embrasser Meredith. Désespérément, même. Il n'avait pas osé, non par timidité, mais parce qu'il sentait d'instinct qu'un baiser, si bref fût-il, le plongerait dans une situation encore plus inextricable.

— Ha ! Je suppose que tu l'aurais embrassée, toi ! dit-il à Andrew qui ne parut pas remarquer son ton acerbe.

— Si j'étais attiré par une femme et que l'occasion se présentait, alors oui, je l'embrasserais.

— Sauf que bientôt, enfin je l'espère, je serai marié à une autre.

Andrew haussa les épaules.

— Tu n'es pas encore marié, vieux frère. Et ce n'est pas ça qui t'a empêché de la prendre dans tes bras, nous le savons tous les deux.

Philip plissa les yeux.

— Il doit bien y avoir un bateau en partance pour l'Amérique dans l'heure qui vient… grommela-t-il.

— Si fille vous plaît, il faut embrasser fille, dit doucement Bakari. Fille peut-être d'accord.

Sur ces mots, le majordome s'inclina avant de s'éclipser silencieusement.

Fille peut-être d'accord. Bon Dieu ! Normalement, Bakari ne prononçait pas plus d'une douzaine de mots par mois. Il venait de dépasser son quota mensuel en cinq minutes. Tant mieux. Philip n'avait pas envie d'en entendre davantage. Il regarda Andrew dont le visage arborait une expression innocente suspecte.

— Surtout ne dis rien, l'avertit-il.

— Je n'en avais pas l'intention. Bakari a parfaitement résumé la situation en peu de mots. Un talent redoutable, tu n'es pas d'accord ?

Philip bougonna quelque chose d'incompréhensible.

— Bon. Sur ces bonnes paroles, je vais aller me coucher, conclut Andrew en remontant l'escalier.

Arrivé sur le palier, il se retourna et dédia à Philip une révérence moqueuse.

— Fais de beaux rêves, mon ami.

De beaux rêves… Avec ses muscles tendus, ses pensées désordonnées et son esprit en déroute, le sommeil ne risquait pas de venir tout de suite. Ayant décidé qu'un peu de cognac le calmerait, Philip longea le couloir en direction de sa salle de travail. Il entra dans la pièce, se dirigea vers la desserte où se trouvaient bouteilles et carafes et se versa une généreuse rasade. Alors qu'il portait le verre à ses lèvres, son regard tomba sur son bureau et il interrompit son geste.

Un de ses carnets de voyage était ouvert et d'autres volumes gisaient pêle-mêle autour de l'encrier. Il ne se rappelait pas avoir laissé un tel désordre. Posant son verre, il s'approcha de son bureau.

Le carnet était ouvert sur une page représentant des hiéroglyphes, ainsi que le plan d'une tombe près d'Alexandrie. À première vue, rien n'avait été endommagé, mais qui avait pu fouiller dans ses affaires ? Un domestique trop curieux ou épris d'aventures ? Sans doute, car ni Andrew ni Bakari ne se seraient permis de parcourir ses notes sans sa permission. Il se promit de découvrir le coupable dès le lendemain. Avec un soupir excédé, il referma le carnet. En le soulevant pour le remettre à sa place sur un rayonnage de la bibliothèque, il aperçut un bout de papier. Une écriture hachée qu'il ne reconnut pas courait sur la feuille. Surpris, il prit la note et l'approcha d'une lampe à huile.

Tu vas souffrir.

Les sourcils froncés, Philip passa le doigt sur les caractères. L'encre s'étala légèrement. Cela avait été écrit récemment. Très récemment. Mais par qui ? Quelqu'un de la maisonnée ? Ou alors un étranger se serait-il introduit chez lui ? Il alla vérifier les fenêtres qui étaient bien fermées. Bizarre… d'autant que ni Andrew, ni Bakari, ni aucun des serviteurs ne lui avait signalé le moindre bruit.

Il se rappela que tout à l'heure, à son retour à la maison, Bakari n'était pas dans le vestibule parce qu'il soignait le chien. Et la porte d'entrée n'était pas verrouillée. Combien de temps Bakari avait-il été absent ? À l'idée qu'un intrus se soit introduit chez lui par la porte d'entrée, Philip sentit ses cheveux se dresser sur sa tête. À moins que cet intrus se trouvât déjà sur place…

De nouveau, il regarda la note.

Tu vas souffrir.

Qui diable avait écrit cela ? Et pourquoi ?

Une main incertaine leva le verre de brandy vers une bouche tremblante.

Je l'ai échappé belle ! Il va falloir faire plus attention à l'avenir. Une gorgée rapide lui procura un peu de chaleur bénéfique. Encore deux ou trois lampées et le verre fut reposé. Une main à présent nettement plus ferme brandit un poignard dont la lame acérée refléta la flamme de la bougie.

Tu es rentré trop vite, Greybourne. Tu m'as obligé à abandonner ma quête, mais je trouverai ce que je cherche. Et quand je l'aurai, ta vie sera terminée.

7

London Times

Le mariage entre lady Sarah Markham et lord Greybourne, fixé au 22 de ce mois, n'aura pas lieu comme prévu, en raison du mariage de lady Sarah avec le baron de Weycroft, hier. Pourquoi a-t-elle eu recours à une action aussi inattendue ? Certes, il existe toujours la prétendue malédiction à prendre en considération, mais il est difficile d'accorder quelque crédit à cet imbroglio. La malédiction en question n'aurait-elle pas été imaginée par lord Greybourne, à seule fin d'échapper au joug conjugal ? Il serait alors bien le premier homme à vouloir rester célibataire à tout prix, car pourquoi aurait-il inventé une telle histoire si ce n'est pour mettre un terme à ses engagements envers la jeune fille la plus courtisée de la Saison ? Et quelles sont les motivations de lady Sarah ? Il est certain que la malédiction ne constitue pas la seule raison l'ayant incitée à rejeter Greybourne. Après tout, pourquoi choisirait-elle d'épouser un simple baron plutôt que l'héritier d'un comté ? Peut-être y a-t-il une certaine vérité dans la rumeur selon laquelle toutes ces années passées à l'étranger auraient affecté les facultés mentales de Greybourne. Et l'on peut se demander ce que Mlle Chilton-Grizedale avait en tête lorsqu'elle a entrepris d'organiser ce désastre.

Meredith enfouit son visage dans ses mains. Elle savait que les rumeurs se déchaîneraient après l'annonce du mariage de lady Sarah, mais c'était pire que tout ce qu'elle avait imaginé. Ce n'était pas tant ce qu'avait fait lady Sarah ou les critiques sur son activité de marieuse qui l'agaçaient tant – après tout, c'était la stricte vérité.

Ce qui la faisait sortir de ses gonds, c'étaient les allusions malveillantes concernant les raisons de la défection de lady Sarah. Bon sang, n'importe quel crétin pouvait s'apercevoir que lord Greybourne ne souffrait d'aucune affection, qu'elle soit physique ou mentale ! Nul doute que ces insinuations cruelles devaient le plonger dans un profond embarras, songea-t-elle en éprouvant à son égard un élan de sympathie.

— Vous avez lu le *Times* ? demanda Albert à partir de la porte.

Meredith hocha la tête.

— Oui, hélas !

— J'aime pas vous voir dans cet état, mademoiselle Merrie. On dirait que vous avez les yeux au beurre noir.

Au beurre noir. Voilà qui résumait en peu de mots la triste réalité. Malgré son intention de passer une bonne nuit, Meredith n'avait pu fermer l'œil. Pas à cause des ragots, mais à cause de lord Greybourne qui avait hanté ses pensées. Elle s'était posé mille questions sur la façon qu'il avait de la perturber, de l'irriter et de la fasciner en même temps. Elle redoutait et espérait tout à la fois un nouveau tête-à-tête avec lui.

Que de contradictions ! pensa-t-elle avec agacement. Son esprit pratique avait fini par l'emporter sur ses égarements de cœur. La bataille en elle avait fait rage toute la nuit mais, au petit matin, la raison avait triomphé des sentiments. D'une certaine manière, Meredith avait toujours réussi à repousser ses désirs de femme mais, cette fois-ci, elle avait eu un mal de chien à les réduire au silence.

Elle se leva, les épaules raides.

— Tout ça donne une mauvaise image en surface, mais je suis sûre que nous pouvons retourner la situation à notre avantage. La nature humaine étant ce qu'elle est, il n'y aura pas une seule dame à Londres qui ne voudra pas vérifier si les rumeurs concernant lord Greybourne sont véridiques. Ces dames se presseront dans le salon du lord lors de la réception présidée par lady Bickley et... hop ! fit-elle en claquant des doigts. Nous aurons une fiancée en deux temps trois mouvements.

— J'espère que vous avez raison, mademoiselle Merrie.

— Bien sûr que j'ai raison. Maintenant, j'ai une faveur à te demander, Albert. Je sais que tu devais emmener Charlotte et Hope au parc ce matin, mais pourrais-tu remettre la promenade à cet après-midi et m'accompagner à l'entrepôt ?

— Pour vous aider à retrouver ce fichu morceau de pierre ?

— Oui.

— Oui, sûr. Mais vous ne voulez pas que j'y aille seulement pour chercher un bout de caillou, hein ? demanda-t-il, l'œil attisé. Est-ce que ce Greybourne a eu une parole ou un geste déplacé ? Je vous avais pourtant mise en garde. Méfiez-vous de lui.

Comment expliquer à Albert que c'était d'elle-même qu'elle se méfiait ?

— L'attitude de lord Greybourne est irréprochable. Toutefois, il vaut mieux que je ne reste pas seule avec lui dans l'entrepôt afin de ne pas alimenter les ragots.

Albert parut se détendre.

— Vous voulez que je sois votre chaperon, pas vrai ?

— Exactement. Cela ne t'empêchera pas de nous donner un coup de main. Nous passerons la matinée là-bas. Demande à Charlotte de préparer un panier avec du fromage et des biscuits, et dis-lui que nous irons tous les quatre au parc cet après-midi.

— Entendu, répondit Albert. Je préviens Charlotte et je m'occupe du cabriolet.

Il fit demi-tour. Meredith poussa un soupir de soulagement. Ainsi, elle n'aurait pas à côtoyer lord Greybourne pendant des heures. Son cœur tenta de protester mais son esprit le fit taire fermement. C'était mieux ainsi. Oui, elle avait pris la bonne décision. Tout autre choix était impossible.

Philip replia le journal et le jeta sur la table du petit déjeuner avec une exclamation de dégoût.

— C'est si mauvais que ça ? demanda Andrew en entrant.

— Pas tant que je ne m'opposerai pas publiquement aux calomnies dont je suis la cible : menteur, malade mental et... incapable d'accomplir mon devoir conjugal.

— Oh, oh ! il est particulièrement méchant, ce dernier point.

— Oui.

Les yeux noirs d'Andrew lancèrent un éclair malicieux.

— Voilà qui explique pourquoi tu n'as pas embrassé l'objet de tes désirs...

— Tu es vraiment une plaie, Andrew.

En gloussant, Andrew se servit de quelques fines tranches de bacon et d'œufs brouillés puis s'assit en face de son ami.

— Pourrais-tu m'accompagner à l'entrepôt, ce matin ? demanda Philip d'une voix unie.

— Au lieu d'aller au musée ? Pourquoi ?

— Puisque Edward y sera, tu pourras m'aider.

— Mlle Chilton-Grizedale n'ira pas ?

— Je n'en suis pas sûr. Nous n'avons pas parlé de ses projets pour aujourd'hui.

— Mais il se pourrait qu'elle vienne.

— Possible, mais elle ne pourra pas m'aider pour les caisses les plus lourdes et, par ailleurs, elle manque d'expérience en matière d'antiquités.

Andrew avala pensivement sa bouchée et porta sa serviette à ses lèvres.

— Je vois. Tu ne veux pas prendre le risque de rester seul avec elle.

Diable ! Était-il donc devenu aussi transparent ? se demanda Philip.

— C'est à peu près ça, admit-il en renonçant à tergiverser.

Andrew s'adossa à sa chaise et sourit.

— Je suis heureux de t'accompagner, dit-il. J'ai l'impression que la matinée va être intéressante.

Aidé par Andrew, Philip venait d'ôter le couvercle de deux caisses, quand le grincement de la porte annonça l'arrivée de quelqu'un. Les battements de cœur de Philip s'accélérèrent follement quand Meredith cria :

— Lord Greybourne, vous êtes là ?

— Je suis là, répondit-il d'une voix affreusement enrouée. Au même endroit qu'hier, ajouta-t-il après s'être éclairci la gorge.

Peu après, Mlle Chilton-Grizedale suivie d'Albert Goddard apparut entre les caisses. Elle portait aujourd'hui une robe brune très simple, adaptée à la tâche ingrate qui l'attendait. Quant à Goddard, nota Philip, il se tenait derrière elle, bras croisés sur la poitrine, comme une sentinelle qui garderait jalousement les joyaux de la Couronne.

— Bonjour, lord Greybourne, dit-elle.

Elle se tourna vers Andrew et, au grand dam de Philip, son visage s'illumina.

— Monsieur Stanton, quel plaisir de vous revoir !

— Le plaisir est partagé, mademoiselle Chilton-Grizedale.

Meredith s'effaça pour laisser passer Albert. Celui-ci s'avança en traînant la jambe.

— Puis-je vous présenter mon ami, M. Albert Goddard, qui, comme je vous l'ai dit hier, s'est proposé de nous aider dans nos recherches. Albert, voici l'ami et collègue de lord Greybourne, M. Stanton. Tu as rencontré lord Greybourne hier.

— Je suis ravi de vous revoir, Goddard, dit Philip avec un sourire qu'Albert ignora.

— Bonjour, milord, grommela-t-il en lui serrant la main.

Albert réserva un accueil nettement plus chaleureux à Andrew, remarqua Philip.

— Je suggère qu'Albert et moi travaillions sur la même caisse, de manière que je puisse lui montrer notre système, milord, dit Meredith. Si vous êtes d'accord, bien sûr.

— Naturellement.

Excellente idée. Ainsi, il pourrait garder ses distances. Grâce à Goddard *et* Andrew, les recherches avanceraient plus vite et il n'aurait pas à affronter un tête-à-tête qu'il redoutait. Il aurait dû être ravi, alors pourquoi diable ne l'était-il pas ?

Les deux groupes se séparèrent et chacun se mit au travail. Philip réalisa alors qu'il n'arriverait pas à se concentrer. Son regard se tournait constamment vers Meredith qui donnait des explications à Goddard. De temps à autre, son rire suave emplissait l'espace. Au bout d'un moment, en tournant la tête, il se trouva nez à nez avec Andrew.

— Hé ! tu m'espionnes ? demanda-t-il.

— Moi ? Ça fait une bonne minute que j'essaie d'attirer ton attention ! Tu étais encore dans la lune.

— Si on veut... marmonna Philip en se penchant sur la caisse.

— Qui est exactement *l'ami* ? chuchota Andrew.

Philip fit semblant d'examiner une lampe à huile en bronze.

— Il est son majordome, murmura-t-il.

— Son ami *et* son majordome, dit Andrew, amusé. Et il l'aime.

— Pardon ?

— Il l'aime. Tu ne le vois pas ?

Une nouvelle fois, Philip jeta un coup d'œil vers Goddard et Meredith. Impossible de réfuter l'argument d'Andrew, songea-t-il, la gorge sèche. La façon dont Goddard couvait la jeune femme des yeux ne laissait aucun doute sur ses sentiments pour elle. Ces sentiments, il les portait comme un insigne honorifique qui proclamerait : *J'aime cette femme et je ferai tout pour la protéger et la défendre.*

— Oui, je vois, répondit-il calmement. Elle aussi semble lui vouer une profonde affection.

Andrew lui lança une œillade complice.

— Oui et cependant, j'ai l'impression qu'il est ici pour la même raison que moi...

Philip se figea. Peut-être Andrew avait-il raison. Peut-être avait-elle amené son ami à l'entrepôt pour éviter de se trouver seule avec lui. Si tel était le cas, elle aussi devait éprouver ce... cette sensation troublante qui le tourmentait chaque fois qu'il était en sa présence. Serait-il possible qu'elle se sente attirée par lui, elle aussi ?

Avec un « ouf ! » de soulagement, Philip rentra chez lui en début d'après-midi. Andrew était allé au musée, mais Philip ne l'avait pas accompagné. Il avait besoin de solitude.

Ils avaient examiné le contenu d'une demi-douzaine de caisses sans résultat. Le pire avait été d'éviter de regarder Meredith, de rester à l'écart, le plus loin possible, afin de ne pas respirer le parfum délicieux – aujourd'hui elle sentait les muffins – qui l'enveloppait comme un halo enchanteur. Et ce Goddard qui n'avait pas cessé de surveiller sa protégée !

Si ses yeux avaient été des lames de poignard, Philip se serait vidé de son sang sur le sol rugueux de l'entrepôt.

Malgré le délicieux poisson poché aux petits pois qu'on lui servit, son humeur resta sombre.

Bakari entra dans la salle à manger avec son habituelle discrétion.

— Comment va le chien ? demanda Philip.

— Mieux. Lui pas tenir en place.

Oh ! je sais exactement ce qu'il ressent !

— Tu crois que je pourrais l'emmener faire un tour au parc ?

Bakari étudia son maître un instant, l'air solennel. Enfin il inclina sa tête enturbannée.

— Tour dans parc bon pour chien et pour vous aussi.

Vingt minutes plus tard, Philip entra dans Hyde Park ou, plutôt, il se laissa entraîner par une boule d'énergie aux oreilles pendantes et à la fourrure dorée qui reniflait frénétiquement les buissons et les massifs.

— Hé ! c'est moi le maître ! dit-il en tirant sur la laisse. Tu es supposé m'obéir, mon vieux.

Le chien aperçut un papillon coloré sur une fleur. Il se lança à sa poursuite, la langue pendante, en jappant de joie. Avec un rire, Philip se mit à courir à sa suite.

— Montrons à ce papillon que nous sommes les plus rapides !

Le chien – il n'avait pas encore de nom – ne se le fit pas dire deux fois.

— C'est la journée idéale pour une promenade, dit Meredith à Charlotte.

Elles longeaient un sentier ombragé. Hope, serrant sa poupée favorite dans ses bras, les précédait.

— Idéale, approuva Charlotte.

C'était un bel après-midi d'automne. Une brise légère tempérait la chaleur du soleil, faisant bruire les feuilles des chênes et charriant le parfum des fleurs dans Hyde Park. Meredith poursuivit sa flânerie en s'efforçant d'oublier ses soucis... Son souci principal, en fait, qui avait pour nom lord Greybourne.

Pendant toute la matinée, elle avait eu toutes les peines du monde à faire abstraction de sa présence. En vain, car elle avait passé le plus clair de son temps à essayer de capter des bribes de conversation entre M. Stanton et Philip. Le timbre profond de sa voix faisait naître en elle des émotions incompréhensibles... Comment le simple son d'une voix pouvait-il provoquer des frissons de plaisir ?

— Je suis désolée qu'Albert n'ait pas pu se joindre à nous, dit-elle, résolue à penser à autre chose. Le travail debout à l'entrepôt a fatigué sa jambe. Je me sens coupable de l'avoir privé de cette promenade ; il s'en faisait une telle joie.

— Il était ravi de t'accompagner, Meredith.

— Oh ! je sais ! C'est un si gentil garçon... Un *homme* si gentil, rectifia-t-elle en riant.

Charlotte hocha la tête.

— Oui, c'est vrai.

— Dire que dans quelques mois il aura vingt et un ans ! Je n'arrive pas à m'y faire. Nous devrions préparer une fête spéciale pour son anniversaire.

— À propos de fête, où en sont les projets pour la soirée de demain ? Que dit lady Bickley dans la lettre qu'elle t'a envoyée ce matin ?

Meredith eut la vague impression que Charlotte préférait ne pas parler d'Albert, mais elle repoussa cette idée. Pourquoi Charlotte se serait-elle comportée ainsi ?

— Lady Bickley m'a écrit que toutes les invitations ont été délivrées de bon matin et qu'elle avait déjà reçu deux réponses positives. Je suis certaine que je découvrirai enfin une fiancée convenable pour lord Greybourne et qu'il fera un mariage heureux.

Une image fulgura : Philip en costume de marié, embrassant son épouse, les yeux brillants de désir. Une pointe de jalousie lui égratigna le cœur. Incroyable ! Meredith ferma les yeux et compta lentement jusqu'à cinq, en attendant que l'image s'efface. Lorsqu'elle rouvrit les yeux, elle aperçut un homme qui courait vers elle derrière un petit chien jaune.

Elle s'arrêta net, comme si elle venait d'entrer en collision avec un mur. Doux Jésus ! comment pouvait-elle espérer oublier un homme qu'elle voyait partout !

De son côté, Philip avait tenté de ralentir le pas, mais c'était sans compter avec l'impatience du chien. Il n'y avait plus moyen de s'éviter, réalisa Meredith, effarée. Elle redressa les épaules et afficha un sourire mondain.

— Bon après-midi, lord Greybourne.

Elle aurait bien continué à marcher si Hope, qui adorait les animaux, n'avait fait demi-tour en poussant un piaillement enthousiaste. La petite fille s'accroupit devant le chien qui se mit à lui donner de grands coups de langue sur le visage.

— Heureusement que je vous ai rencontrée ! s'exclama lord Greybourne. Autrement, cette bête m'aurait fait courir jusqu'en Écosse. Je commence à me demander s'il n'aurait pas du sang de cheval dans les veines.

Il était échevelé et sa redingote bleu roi, en plus des innombrables faux plis, était couverte de poils de chien, comme ses culottes. Nul doute que sa cravate aurait été relâchée s'il en avait porté une. Sa chemise froissée bâillait sur son torse. Décidément, il n'avait pas l'allure d'un dandy mais d'un… d'un homme puissant et viril, ne put-elle s'empêcher de penser.

— Est-ce que le vent a emporté votre cravate, lord Greybourne ? demanda-t-elle d'une voix sévère, dans un effort désespéré de se ressaisir.

— Oh non ! répondit-il en souriant sans le moindre repentir. Je n'en avais pas.

Meredith baissa les yeux sur Hope, qui gloussait, tout en jouant avec le petit chien frétillant. Notant le bandage sur sa patte arrière, Meredith lui trouva un air familier. Son regard se reporta sur la canne de Philip. Le pommeau en argent arborait un dessin inhabituel. Soudain, les pièces du puzzle se remirent en place. Elle regarda le lord, médusée.

— Vous avez secouru ce chien... à Oxford Street, murmura-t-elle.

Elle revit la scène qu'elle avait observée depuis la boutique de Madame Renée et se souvint de son admiration pour l'inconnu qui avait assommé le géant, comme elle l'avait trouvé gracieux, fort et héroïque, et comme elle aurait voulu voir son visage. Eh bien, c'était fait. Le héros se tenait devant elle, en chair et en os.

Philip repoussa ses lunettes sur son nez.

— Vous étiez là ?

— J'étais dans une boutique de mode, avec lady Sarah. J'ai entendu le vacarme et j'ai regardé par la vitrine. J'ai vu quelqu'un assener un coup de canne sur la tête d'une brute, mais j'ignorais que c'était vous.

— N'importe qui aurait agi de même dans ces circonstances.

Meredith n'était pas d'accord mais elle garda le silence. Cela l'aurait étonnée de voir un membre de l'aristocratie risquer sa vie pour sauver celle d'un petit chien sans collier. D'ailleurs, personne n'avait bougé un doigt jusqu'à ce que lord Greybourne intervienne. Malgré elle, elle lui dédia un regard plein d'admiration auquel Philip répondit par un sourire juvénile.

— Mademoiselle Chilton-Grizedale, j'ai l'impression que cette fois-ci, c'est vous qui manquez à tous vos devoirs. Vous ne m'avez pas présenté à vos amies.

— Oh ! mon Dieu ! Je vous demande pardon. Voici ma très chère amie Mme Charlotte Carlyle.

Charlotte se fendit d'une révérence plutôt maladroite.

— Enchantée, milord.

— Et le petit lutin qui joue avec votre chien est Hope, la fille de Charlotte.

Philip se laissa tomber sans façon sur l'herbe, à côté de la petite fille. Celle-ci tenait dans une main sa poupée et caressait de l'autre le pelage doré du chien. L'animal, comblé par ces démonstrations d'affection, s'était mis à somnoler.

— Salut, Hope, dit-il avec un sourire. J'ai l'impression que mon chien t'adore.

— Et moi aussi, répondit l'enfant. Il est très gentil. Il m'a fait plein de bisous et à princesse Darymple aussi, confia-t-elle en indiquant la poupée.

— Je sais. Il a un faible pour les jolies demoiselles et les princesses, il me l'a dit.

Charlotte se pencha et posa la main sur les boucles blondes de Hope.

— Ce gentleman est lord Greybourne, mon ange.

— En... chantée. Vous êtes un ami de maman ou de tante Merrie ?

— Je suis l'ami de tante Merrie.

Hope hocha la tête d'un air solennel.

— Est-ce qu'elle va vous marier ?

— Pardon ? dit Philip, pris de court.

— Eh bien, c'est le travail de ma tante. Elle marie les gens.

— Ah ! je vois. En ce cas, oui, elle va me marier... Je l'espère, ajouta-t-il doucement.

Les yeux gris de l'enfant s'arrondirent comme des soucoupes.

— Vous êtes le gentleman maudit ? demanda-t-elle.

— Oui, j'en ai peur.

De sa menotte, Hope lui tapota le bras.

— Ne vous inquiétez pas. Tante Merrie va vous aider. Oncle Albert a dit qu'au pire, il mettrait une robe de mariée et vous épouserait lui-même.

Philip se sentit partagé entre l'horreur et le fou rire. Ce dernier l'emporta.

— J'espère qu'oncle Albert n'aura pas à se sacrifier pour la bonne cause.

— Oh oui ! Parce que, moi, je voudrais qu'il épouse…

Charlotte posa à nouveau la main sur la tête blonde de sa fille pour l'empêcher de finir sa phrase. Qu'allait-elle dire ? « Tante Merrie » ? Charlotte s'accroupit près de la fillette.

— Hope, te rappelles-tu ce que maman t'a dit à propos des conversations des grandes personnes ?

L'enfant hocha vigoureusement la tête.

— Oui, maman. Faut pas essayer de les écouter.

— Et si par hasard tu entendais quelque chose ?

— Faut pas le répéter.

— Bravo, mon ange.

Satisfaite, Charlotte effleura d'un baiser le nez minuscule de sa fille, puis se releva. Philip se leva aussi. Cette Mme Carlyle était assez jolie, si l'on prenait la peine de l'observer. Une cicatrice lui barrait l'arcade sourcilière et disparaissait dans ses cheveux, sur la tempe gauche. Elle s'exprimait correctement avec un reste d'accent cockney.

— Comment s'appelle votre chien ? demanda Hope.

— Il n'a pas encore de nom, admit Philip. En fait, c'est aujourd'hui sa première sortie depuis qu'il a été blessé. Auriez-vous un nom à proposer ? s'enquit-il en s'adressant à la fois à la fillette, à sa mère et à Meredith.

Cette dernière jeta un regard au chien qui somnolait, les pattes en l'air, sur les genoux de Hope.

— Il devrait apprendre à se détendre, dit-elle avec un sourire espiègle.

Philip gloussa.

— Il m'a tellement fait courir qu'il est épuisé. Mais je crois que le sommeil n'est pas son état normal.

— Donc, « Dormeur » ne ferait pas l'affaire, dit Meredith.

— J'ai peur que non.
— Il faut un joli nom ! s'écria Hope. Comme « Princesse ».
— Ta suggestion est fort intéressante, mais elle conviendrait mieux à une petite chienne.
— Prince, alors ! s'exclama Hope.
Après une brève réflexion, Philip acquiesça.
— Pourquoi pas. Ce nom est à la fois grandiose et masculin. (Il sourit à l'enfant qui jubilait.) Va pour Prince. Merci, mademoiselle Carlyle, pour votre aide précieuse.
— De rien. Je suis très intelligente, vous savez. J'ai presque cinq ans.
— C'est un âge très important, admit-il d'un ton sérieux.
— Tante Merrie va faire un gâteau, pour mon anniversaire. Elle nous fait toujours de bons gâteaux.
Et elle sent aussi bon que ses pâtisseries.
— Vous donnerez une fête, à cette occasion ?
L'enfant acquiesça faisant danser ses anglaises.
— Oui, à la maison.
— Ah ! Tu vis près de tante Merrie ?
— Oui. Ma chambre est à deux portes de la sienne.
— Mme Carlyle et Hope vivent avec moi, intervint Meredith.
— Et oncle Albert et princesse Darymple, gazouilla Hope.
Philip digéra les nouvelles aussi calmement qu'il le put. Sa curiosité était piquée au vif. La petite Hope appelait Meredith « tante Merrie ». Quels étaient les rapports entre Mlle Chilton-Grizedale et Mme Carlyle ? se demanda-t-il. Elles n'avaient aucun air de famille… Et « l'oncle » Albert ? Son nom, Goddard, prouvait qu'il n'était pas le mari de Charlotte. Étrange…
Se tournant vers Meredith, il tenta le tout pour le tout.
— Votre nièce est adorable, dit-il, tandis que son regard passait d'une femme à l'autre. Vous êtes sœurs ?

— Pas dans le sens des liens de sang, répondit Meredith. Charlotte est ma meilleure amie. Elle vit chez moi depuis le décès de son mari, survenu quelques semaines avant la naissance de Hope.

Elle s'était exprimée d'une voix égale, comme si elle récitait un texte appris par cœur. Son expression restait indéchiffrable, tandis que celle de Mme Carlyle trahissait un vif émoi : joues embrasées, mains serrées l'une contre l'autre, regard troublé, lèvres pincées. Se remémorait-elle la perte de son époux? Peut-être, mais sa détresse tenait davantage de l'embarras que du chagrin.

— Mes condoléances, madame Carlyle.

— M... merci, bredouilla Charlotte sans le regarder.

— Veuillez me pardonner d'avoir interrompu votre promenade, mesdames. Il est grand temps que je ramène notre petit ami à la maison.

Se penchant, il prit doucement le petit chien endormi dans ses bras, comme un bébé.

— Je suis ravi d'avoir fait votre connaissance, madame Carlyle. Merci à toi, Hope, de m'avoir aidé à trouver un nom à Prince.

— Il n'y a pas de quoi, s'écria l'enfant en sautant sur ses pieds. Est-ce que je pourrai le revoir?

— Très certainement. Je me promènerai souvent avec lui au parc. Nous avons toutes les chances de nous rencontrer.

Il sourit à Hope, puis se tourna vers Meredith. Leurs yeux s'accrochèrent et Philip ressentit le pincement familier au cœur. Il aimait la regarder...

« Bon, levons l'ancre sans plus tarder », songea-t-il. À la place, il s'entendit demander :

— Voudriez-vous visiter Vauxhall avec moi ce soir?

Comme elle hésitait, il s'empressa d'ajouter :

— M. Stanton et ma sœur Catherine m'y accompagneront. Vous joindre à nous vous donnera l'occasion de me haranguer sur mon manque d'éducation.

— Vous haranguer ? Comme vous y allez ! Vous « reprendre gentiment », je dirais.

— Je n'en doute pas. Vous pourrez également proposer vos services de marieuse à M. Stanton.

Elle n'y avait pas pensé car ses yeux flamboyèrent.

— Oh ! mais oui ! s'exclama-t-elle avec enthousiasme. Dans ce cas, je serais ravie d'être des vôtres.

Philip sourit, chassant de toutes ses forces la pensée agaçante que seule la mention d'Andrew, ainsi que le fait qu'il était toujours célibataire, semblait avoir décidé Meredith à participer à cette sortie.

— Parfait. Nous passerons vous chercher à 21 heures.

— Je serai prête.

Il salua les deux femmes et Hope agita sa petite main. Philip les suivit du regard jusqu'à ce qu'elles disparaissent derrière les arbres. Prince rouvrit alors les yeux avec un bâillement de fauve. Philip le reposa doucement par terre.

— Si tu es sage, tu auras un os de bœuf.

Hélas ! le chien ne se laissa pas soudoyer. Il s'élança en avant, les oreilles au vent, la truffe frémissante. Philip se résigna à le suivre. De toute façon, autant rentrer rapidement. Il allait devoir prévenir Catherine et passer au musée pour informer Andrew que, ce soir, ils se rendraient à Vauxhall Gardens.

8

Meredith longeait South Walk, une allée gravillonnée de Vauxhall Gardens, en tentant l'impossible : ignorer l'homme qui marchait à son côté.

Grand Dieu ! autant feindre la cécité devant quelque chose qui vous crève les yeux ou l'absence d'odorat alors qu'une senteur masculine vous entoure comme un nuage. Lady Bickley et M. Stanton, qui les précédaient, avaient pris de l'avance. Meredith focalisa son attention sur eux avec le zèle du pirate lorgnant un butin fabuleux hors de sa portée. Lord Greybourne, lui, était suffisamment près pour troubler ses sens et son esprit.

Elle se félicitait de ne plus être confinée dans l'élégant carrosse noir laqué où le lord s'était assis sur la banquette d'en face. Leurs pieds s'étaient frôlés à plusieurs reprises et Meredith, étourdie par le balancement de la voiture, avait dû combattre l'envie d'enfouir son visage dans le cou de son compagnon pour en respirer l'odeur. Chaque fois que le carrosse bondissait sur une ornière, ils tressautaient, leurs genoux se heurtaient et ce contact involontaire faisait courir de brûlantes sensations à travers le corps de Meredith. Et cela lui posait un sérieux problème.

L'inconfort qu'elle éprouvait, ajouté à la proximité de cet homme, l'avait rendue muette. Heureusement, pendant le trajet, lady Bickley avait fait les frais de la conversation en évoquant la réception du lendemain.

Et, Dieu merci, la pénombre dans l'habitacle avait dissimulé la rougeur de ses joues.

Hélas ! il lui fallait à présent faire face à la perspective de se promener avec lord Greybourne dans l'atmosphère enchanteresse de Vauxhall, dont les paysages prédisposaient à la romance. Jardins embaumés, luxuriants, allées mal éclairées, bordées d'ormes majestueux, chemins étroits menant vers de sombres esplanades propices aux ébats amoureux...

Le cœur de Meredith cognait sourdement dans sa poitrine. Une fois de plus, elle avait perdu l'usage de la parole. Elle aurait dû, en ce moment même, évoquer des sujets anodins, mais elle en était incapable. Et pourquoi ne disait-il rien, lui ? Pourquoi n'engageait-il pas une conversation quelconque ?

Leurs épaules se touchèrent et elle prit une profonde inspiration. Se tournant vers Philip, elle s'aperçut qu'il la scrutait avec une telle intensité qu'elle manqua un pas. Il tendit la main et la saisit par le bras pour l'aider à retrouver son équilibre.

— Vous allez bien, mademoiselle Chilton-Grizedale ?

Meredith regarda le beau visage de Philip et sentit son estomac se nouer.

Non, je vais mal et c'est entièrement votre faute. Vous m'obligez à éprouver des émotions dont je n'ai pas envie. De vouloir des choses auxquelles je n'ai jamais pensé. De vous désirer avec une force qui ne peut que me mener à ma perte !

La chaleur de la large paume masculine traversait la manche de sa robe, irradiait sa peau, l'incitant à se blottir contre lui. Terrifiée à cette pensée, elle obéit à son esprit qui lui intimait de reculer – un ordre dont ses pieds semblaient se moquer éperdument.

Elle avala péniblement sa salive et parvint à bredouiller :

— Je... vais bien... merci.

— Ces graviers sont glissants. Vous êtes-vous foulé la cheville ?

— Non, j'ai simplement trébuché.

— Bien, dit-il en relâchant son bras avec un manque d'empressement qui frisait la réticence. Voulez-vous continuer la promenade ? Andrew et ma sœur nous ont faussé compagnie.

En effet, ils étaient hors de vue. D'autres promeneurs peuplaient le jardin mais, sans la présence rassurante de lady Bickley et M. Stanton, Meredith se sentait la proie d'étranges désirs. Elle pressa le pas.

— Sommes-nous engagés dans une course ? demanda-t-il, visiblement amusé.

— Il vaut mieux rattraper M. Stanton et lady Bickley. Sinon, nous risquons de les perdre.

— N'ayez crainte. Connaissant Catherine, elle doit être en train de réserver une bonne table dans l'une des petites auberges des environs, tandis qu'Andrew commande le vin. Il n'est pas vraiment connaisseur, mais les Gardens sont réputés pour leurs excellents crus.

Un peu plus détendue, Meredith indiqua les arcades en bordure du chemin.

— Vu d'ici, on dirait que les ruines de Palmyre ont été transplantées là.

Philip y jeta un regard et secoua la tête.

— L'imitation est raisonnablement réussie mais ne souffrirait pas la comparaison avec les arches authentiques.

— J'ignorais que vos voyages vous avaient conduit jusqu'au désert de Syrie, milord.

Impressionné par ses connaissances géographiques, il répondit :

— La Syrie fut l'un des nombreux pays que j'ai visités pendant les dix dernières années.

— J'imagine que les ruines sont magnifiques.

— Elles le sont, confirma-t-il d'une voix émue. Parmi tous les monuments anciens que j'ai étudiés, ceux de Palmyre frappent par leur aspect spectaculaire. Le contraste des couleurs est indescriptible. Pendant la journée, les ruines, très blanches sous le soleil, se profilent sur un ciel d'un bleu si brillant qu'il en est aveuglant. Au crépuscule, les ombres strient les stèles funéraires et le sanctuaire de Bêl, tandis que le ciel passe du bleu vif au jaune, à l'orange puis au rouge sang. Et peu à peu, les ténèbres engloutissent la cité, jusqu'à l'aube suivante.

Meredith affichait un air rêveur, comme si elle aussi pouvait apercevoir Palmyre, tel un mirage dans la nuit.

— Incroyable, murmura-t-elle. Extraordinaire.

Il la regarda, émerveillé par l'émotion reflétée dans ses yeux. Il aurait voulu la serrer, l'embrasser avec fougue, avec une passion qu'il ne pouvait plus ignorer. S'arrachant à sa contemplation, il jeta un coup d'œil alentour.

— Venez, dit-il en lui prenant le coude et en l'entraînant loin des pavillons de chasse et de l'arcade. Marchons encore un peu, il fait si beau ce soir... Nous rejoindrons Catherine et Stanton plus tard, si vous voulez bien. Je me pose certaines questions. Peut-être pourriez-vous satisfaire ma curiosité.

Elle cligna des yeux et son air rêveur s'estompa.

— Oui, bien sûr. J'essaierai. Qu'est-ce qui vous tracasse ?

— *Vous*, mademoiselle Chilton-Grizedale. Comment en êtes-vous venue à exercer le métier de marieuse ?

— Oh ! de la manière la plus conventionnelle ! répondit-elle après une infime hésitation. Dès mon plus jeune âge, je regardais les dames et les messieurs que ma famille fréquentait et me disais : un tel irait bien avec une telle. Bizarrement, la plupart de mes prédictions tombaient juste. En grandissant, je lisais les rubriques mondaines et imaginais des unions entre les membres de la noblesse. Parfois, en prenant connaissance des annonces de mariage, je pensais : oh non ! pas *elle* ; il aurait mieux fait d'épouser telle autre. Bientôt, les mères de famille du village m'ont demandé conseil pour leurs filles. Ensuite, je me suis établie à Londres et, peu à peu, je me suis fait connaître.

Comme dans le parc cet après-midi, il sentit qu'elle ne disait pas la vérité. Ses phrases sonnaient juste, mais la façon dont elle les formulait n'était guère convaincante. On eût dit qu'elle récitait un texte qu'elle avait mémorisé. Il eut l'impression que s'il lui posait à nouveau la question dans deux mois, il obtiendrait exactement la même réponse, mot pour mot. De plus, contrairement aux autres femmes qu'il avait rencontrées, il sentait chez elle une réticence à parler d'elle-même.

— Le fait que votre père ait sollicité mes services constitue mon plus prestigieux contrat, acheva-t-elle.

— À condition que je parvienne à surmonter la malédiction...

— Je refuse d'adopter un point de vue pessimiste sur cette affaire. Et je ne puis imaginer qu'une femme, quelle qu'elle soit, ne soit pas heureuse de vous épouser.

— Ah oui ? dit-il en ralentissant l'allure. Comment ça ?

— Mais parce que... commença-t-elle en agitant la main. Parce que vous êtes titré. Fortuné.

Une vague de déception envahit Philip. C'était donc tout ce qu'elle voyait en lui ? Son titre et sa fortune ?

— Ce sont les seuls critères qui comptent, selon vous ?

— Certainement pas. Vous avez encore tous vos cheveux et toutes vos dents. Cela aide.

— Mais encore ?

— Est-ce que, par le plus grand des hasards, vous cherchez des compliments ?

Eh bien... oui. Il était loin d'être beau, il le savait. Comme il savait que ses voyages avaient terni le vernis de son éducation. Ou que ses passions auraient fait périr d'ennui n'importe quelle dame de la bonne société. Pourtant, il avait envie de l'entendre démentir ses convictions. Or, elle s'efforçait de conserver un ton léger alors qu'il manœuvrait pour l'attirer dans un coin sombre.

— Auriez-vous des compliments à me faire ?

Meredith émit un soupir exagéré.

— Je veux bien, si cela peut vous rassurer.

— Laissez-moi deviner. Je n'ai pas des oreilles en feuilles de chou.

Elle éclata de rire.

— Exact ! Et vous n'avez pas de verrues sur le nez.

— Attention. Trop d'éloges pourraient me monter à la tête.

— Je parie que vous n'avez pas une once de graisse, poursuivit-elle. Et vos yeux… vos yeux…

— Comment sont mes yeux ?

Après quelques secondes d'hésitation, elle murmura :

— Doux. Oui, pleins de douceur.

Des mots simples, gentils, qui n'auraient pas dû le bouleverser à ce point. Meredith lui jeta un coup d'œil. Il la scrutait avec une intensité troublante. Détournant les yeux, elle avala sa salive, avant de s'exclamer :

— À votre tour, milord.

— De vous faire des compliments ? Très bien. Je vous trouve…

— Non, coupa-t-elle avec un rire nerveux. À votre tour de me dire comment vous êtes tombé amoureux de l'archéologie.

— Ah bon. « Tombé » est le mot exact. Figurez-vous que j'avais cinq ans lorsque je suis *tombé* accidentellement dans un puits, à Ravensly Manor, la propriété de mes parents dans le Kent.

— Oh ! mon Dieu ! Avez-vous été blessé ?

— Seule ma fierté a souffert. Le puits n'était pas profond mais, à l'époque, j'étais un gosse empoté. Une de mes gouvernantes m'appelait « le bateau en péril ». Elle disait cela à voix basse, naturellement, mais je n'étais pas sourd.

Meredith se rappela le portrait, dans le salon du comte de Ravensly. Il est vrai qu'en ce temps-là, Philip se présentait sous l'aspect d'un garçon maladroit, avec des loupes à monture noire, mais son physique ingrat ne donnait pas pour autant le droit à cette gouvernante de l'affubler de sobriquets dégradants.

— J'espère que votre père l'a mise à la porte, s'exclama-t-elle dans un élan de sympathie.

— C'est ce que vous auriez fait ?

— Sans hésitation. Je ne supporte pas les gens qui se moquent de ceux qui dépendent d'eux. Il n'existe pas pire trahison que de se moquer des plus faibles, dit-elle avec ferveur. Ainsi, vous étiez au fond du puits...

— Oui. Je pataugeais dans la boue qui avait amorti ma chute. En me relevant, j'ai réalisé que j'avais perdu une chaussure. Comme la boue n'était profonde que d'une trentaine de centimètres, j'ai tâtonné pour la retrouver. Le fond du puits était en pierre. À un moment donné, j'ai senti sous mes doigts quelque chose de petit et rond que j'ai extirpé de la mélasse. C'était une pièce de monnaie. En cherchant encore, j'en ai trouvé trois autres. Le soir même, je les ai montrées à mon père. Elles étaient en or et semblaient très anciennes. Le lendemain matin, nous sommes allés au British Museum. Le conservateur, stupéfié par la découverte, nous apprit que ces pièces dataient de l'invasion romaine, en 43 après J.-C. À partir de ce jour, mon imagination s'est enflammée. Au cours des années qui ont suivi, j'ai creusé d'innombrables trous un peu partout sur le domaine. Alors que les autres familles se rendaient à Bath pour prendre les eaux, mon père m'emmenait à Salisbury Plain pour visiter Stonehenge, puis dans le Northumberland où nous avons exploré le mur d'Hadrien. Comme pour vous, ma vocation a été précoce.

— Je sais que cela ne me regarde pas, lord Greybourne, dit-elle prudemment après un silence, mais vous semblez avoir été très proche de votre père lorsque vous étiez enfant. Aujourd'hui, vos rapports sont... plutôt tendus.

Comme il restait silencieux, Meredith se demanda si elle l'avait offensé. Enfin, il répondit :

— Nos rapports ont changé après la mort de ma mère.

— Je vois, murmura-t-elle, bien qu'elle ne comprît pas. Je suis désolée.

— Moi aussi.

— J'espère que vous résoudrez vos différends avant qu'il ne soit trop tard.

— Je l'espère également, mais je n'en suis pas convaincu. Certaines blessures ne cicatrisent jamais.

— Oui, je sais. Et je ne puis que vous inciter à améliorer vos relations avec monsieur le comte. Vous ne vous rendez pas compte de votre chance d'avoir un père.

— Le vôtre est mort ?

La question frappa Meredith comme une gifle. Comment avait-elle pu laisser la conversation s'engager sur une pente aussi glissante ?

— Oui, dit-elle laconiquement avant de changer de sujet : Que sont devenues les pièces d'or que vous avez découvertes dans le puits ?

— J'en ai offert trois au Museum et j'ai gardé la quatrième.

— L'avez-vous toujours ?

— Bien sûr ! Voulez-vous la voir ?

— Volontiers.

À sa surprise, il commença à défaire sa cravate.

— Mais... Qu'est-ce que vous faites ?

— Je vous montre la pièce en question.

Il ouvrit sa chemise blanche et en écarta les bords, exposant son cou. Puis il plongea la main à l'intérieur de l'ouverture et en retira une chaîne à laquelle était suspendu un petit objet rond. S'avançant, il montra le petit disque en or.

Meredith se figea. Ils se trouvaient au milieu d'un sentier étroit, à peine éclairé par quelques rayons de lune qui filtraient à travers le dôme touffu des arbres. Le bruit, la musique, les lueurs des lampes en provenance des bosquets et des petites auberges paraissaient à présent très lointains. Ils étaient comme enfermés dans un cocon. La brise embaumée faisait bruire les feuillages. Ils se tenaient face à face, à moins d'un mètre l'un de l'autre. S'il faisait un pas en avant... Elle entendait sa respiration. Et lui, pouvait-il entendre les battements désordonnés de son cœur ?

Les yeux rivés sur la pièce montée en médaillon, Meredith leva une main tremblante. Philip lui mit la pièce dans la paume et ses doigts frôlèrent sa main. Chaud. L'or était chaud d'avoir séjourné contre la poitrine de Philip. Elle referma un instant les doigts autour puis les rouvrit.

— Je ne la vois pas très bien...

Il se rapprocha jusqu'à n'être plus séparé d'elle que par quelques centimètres seulement.

— Là, est-ce mieux ?

— Euh... oui.

Elle mentait. C'était pire ! Maintenant, elle percevait clairement son odeur, sentait la chaleur qui émanait de lui et voyait sa peau dénudée. Son esprit lui ordonna de battre en retraite, mais ses pieds refusèrent de bouger. Tenant toujours la pièce au creux de sa paume, elle leva les yeux sur lui.

Philip retint un soupir. Ses larges mains encadrèrent le visage de Meredith, ses pouces lui caressèrent les joues.

— Si douce, murmura-t-il. Si incroyablement douce.

Il se pencha vers elle lentement, comme pour lui donner l'occasion de reculer, de mettre fin à cette folie, mais Meredith ferma les yeux et attendit...

Philip effleura ses lèvres d'un baiser. Il brûlait de la broyer dans ses bras, de la dévorer, mais se contenta de la presser doucement contre lui. Sa langue suivit les contours de la bouche pulpeuse qui s'entrouvrit, l'invitant à poursuivre son exploration.

Délicieux. Elle avait un goût délicieux, semblable à son odeur : sucré, parfumé, appétissant. Un feu liquide se déversa dans les veines de Philip et Meredith émit un long soupir lorsqu'il l'étreignit plus fort.

Elle relâcha le médaillon et posa la main sur le torse de lord Greybourne. Elle percevait les battements de son cœur, sentait son désir à travers leurs vêtements. Il goûta avidement les lèvres de Meredith et le contact de leurs langues lui arracha un gémissement.

Plus. Il voulait plus. Sans cesser de l'embrasser, il défit le ruban de son chapeau, exposant sa chevelure, puis plongea les doigts dans les boucles épaisses. Elle avait des cheveux magnifiques.

Tout doucement, il l'obligea à renverser la tête pour lui donner accès à la courbe délicate de son cou. Il nota avec satisfaction que son pouls pulsait frénétiquement contre ses lèvres lorsqu'il embrassa passionnément sa chair délicate. L'une des mains de Meredith se nicha sur sa nuque tandis que l'autre se glissait à l'intérieur de sa chemise entrebâillée. Le contact de ses doigts sur sa poitrine le brûla. Il lui reprit les lèvres. Elle répondait à ses baisers avec une fougue qui le consuma. Ses mains, d'habitude si calmes et posées, si minutieuses lorsqu'elles rassemblaient des fragments de poteries anciennes, s'affolèrent. Ses gestes devinrent plus brusques, plus fébriles tandis que Meredith se pressait contre lui.

Un frisson le parcourut. Il devait arrêter. Maintenant. Pendant qu'il lui restait une chance infime de se contrôler. Au prix d'un effort surhumain, il leva la tête et regarda Meredith.

Immobile, les yeux clos, elle respirait par saccades. Ses cheveux défaits ruisselaient sur ses épaules. Elle était adorable, ainsi abandonnée, et il dut se faire violence pour ne pas recommencer à l'embrasser. Au bout de quelques instants, ses cils frémirent et elle ouvrit les yeux. Leurs regards s'accrochèrent.

Philip maudit l'obscurité qui dissimulait l'expression de ce visage levé vers lui. Il voulait voir ses yeux. Avait-elle les pupilles dilatées par le désir ? Ses joues étaient-elles rouges d'excitation ?

Ils étaient toujours enlacés et Philip se sentait au bord du gouffre. Il désirait cette femme avec une férocité qu'il ne se connaissait pas. Devait-il cet état de manque à ses longs mois d'abstinence ? Il essaya sans succès de s'imaginer dans les bras d'une autre femme et comprit alors avec une acuité pénible que seule Meredith pourrait éteindre le brasier qui le consumait.

Dans le silence, il chercha quelque chose à dire. Mais quoi ? Un véritable gentleman se serait confondu en excuses. Il l'aurait implorée de lui pardonner de l'avoir entraînée dans les sombres recoins de Vauxhall dans le but de la séduire. Mais comment demander pardon pour quelque chose qu'il ne regrettait pas ?

Enfin, comme s'il sortait d'un rêve profond, il repoussa une bouclette emmêlée du front lisse de la jeune femme.

— Meredith… murmura-t-il.

Son nom, chuchoté par cette voix rauque, tira Meredith de sa rêverie sensuelle. La réalité s'abattit sur elle comme un couperet et elle cligna des yeux, étonnée. Ses nerfs étaient à vif et une fleur brûlante entrouvrait ses pétales à l'intérieur de son corps. La dure érection qu'elle sentait pressée contre son ventre démentait toutes les rumeurs – non qu'elle y ait cru une seconde. Quant à ses baisers…

Seigneur ! il l'avait embrassée sans retenue. Combien de fois ne s'était-elle pas demandé ce qu'elle éprouverait si un homme l'embrassait ainsi, en s'efforçant de repousser sa curiosité et ses désirs les plus secrets ? Oh ! elle savait parfaitement où ce genre de fantaisie pouvait mener et avait toujours refusé de s'engager dans ce chemin de perdition. Pourtant, elle avait permis à lord Greybourne de l'entraîner dans l'obscurité complice des sous-bois, sachant pertinemment ce qui suivrait ; mais elle l'avait voulu, elle aussi, désespérément.

Elle n'avait pas prévu, cependant, qu'elle réagirait ainsi, qu'elle se sentirait… comme cela. Aussi vivante. Aussi douloureuse. Aussi alanguie… et aussi frustrée, lorsqu'il avait cessé de l'embrasser. Elle avait voulu connaître le goût de ses baisers. Maintenant, elle savait et elle voulait plus, ce qui était absolument impossible.

Il était hors de question de le blâmer, de jouer les outragées. Elle aurait pu – aurait dû – l'arrêter mais n'en avait rien fait. À présent, elle allait devoir vivre avec les conséquences de ses actes. Au nom du ciel, pourquoi avait-elle ainsi risqué sa réputation et son honneur pour un baiser ?

Avec toute la dignité dont elle était encore capable, elle recula et sortit du cercle de ses bras. Après avoir rassemblé tant bien que mal ses cheveux en chignon, elle remit son chapeau et renoua les rubans sous son menton.

— Nous devons revenir en arrière, murmura-t-elle.

— Je ne crois pas que ce soit possible.

— Lady Bickley et M. Stanton s'étonneront de notre absence prolongée.

— Ce n'est pas ce que j'ai voulu dire, répondit-il en lui touchant la joue du bout des doigts. Vous savez aussi bien que moi que nous ne pouvons pas effacer ce qui vient de se passer entre nous… Nous venons de tracer une ligne de démarcation, Meredith. Avant et après.

Sa voix basse la fit frissonner et ses jambes flageolèrent. Elle recula davantage, hors de sa portée, et assura d'une voix ferme :

— Balivernes ! Nous pouvons et nous devons oublier.

— Je n'oublierai pas, Meredith. Même si je devais vivre cent ans.

Elle non plus, mais il fallait que l'un d'eux se montre raisonnable.

— Écoutez, dit-elle, j'accepte ma part de responsabilité. (Elle émit un rire étonnamment léger.) L'atmosphère romantique de cet endroit a influé sur notre jugement. Il est inutile de faire tout un plat pour un baiser sans importance.

— Vous croyez vraiment ce que vous dites ? Que l'atmosphère y est pour quelque chose ? Que rien d'important ne s'est passé ? Et que cela ne se reproduira plus ?

— Oui, répondit-elle, moins fermement toutefois qu'elle ne l'aurait voulu. Une fois n'est pas coutume. Deux fois…

— … serait une erreur monumentale.

— Contente que vous soyez d'accord… Il est grand temps de rejoindre les autres, maintenant.

Il inclina la tête et ils rebroussèrent chemin en silence. Meredith gardait ses distances, en faisant attention à ce que leurs bras ou leurs épaules ne se frôlent pas. Cette attirance était une pure aberration. Ils appartenaient à deux mondes différents. Philip avait été élevé pour épouser une femme de son rang – à condition de briser la malédiction. S'il échouait, il devrait rester célibataire. De toute manière, elle ne pourrait être pour lui qu'une passade, un jouet qu'il délaisserait quand le jeu serait terminé. Meredith ne permettrait jamais à un homme de se servir d'elle. Le visage de sa mère lui revint en mémoire et elle ferma un instant les yeux. Non. Elle ne commettrait pas les mêmes erreurs. Elle ne ferait jamais ce que maman avait fait.

Charlotte sortit de sa chambre et jeta un coup d'œil dans le couloir. Un rai de lumière sous la porte d'Albert indiquait qu'il s'était retiré pour la nuit. Sûre qu'elle serait seule, elle se dirigea vers la cuisine pour se préparer la tasse de thé bien chaud dont elle avait envie. Elle poussa la porte et se figea sur le seuil. Albert était accoudé sur le comptoir en bois, un biscuit dans une main, une tasse fumante dans l'autre. Aussi déconcerté qu'elle, il suspendit son geste.

Le cœur de Charlotte cessa de battre. Les cheveux châtain clair d'Albert étaient ébouriffés. La lueur du feu qui brûlait en permanence dans le fourneau auréolait d'un liseré lumineux ses traits réguliers. Une barbe naissante lui veloutait les joues.

Il portait une robe de chambre en flanelle bleu foncé, un cadeau qu'elle lui avait fait pour son anniversaire, l'an passé. À l'époque, elle avait longuement réfléchi avant d'acheter quelque chose d'aussi personnel mais il s'agissait d'Albert, son ami. Sa seule famille. Il avait défait le paquet, puis pris Charlotte dans ses bras pour l'embrasser sur le front. Un simple geste de gratitude, mais elle avait chancelé comme si on lui avait donné un coup sur la tête. Jusqu'alors, Albert ne l'avait jamais touchée, comme s'il avait deviné son aversion pour les hommes.

Or, ce chaste baiser avait provoqué chez Charlotte une réaction inattendue. C'était la première fois qu'un homme la touchait avec douceur, avec tendresse et amitié. Sans rien attendre en retour. Ce fut comme une révélation qui lui avait inspiré pour Albert des sentiments destructeurs, inavouables.

Elle regarda son ami, la bouche sèche. La robe de chambre, ouverte sur sa poitrine, dévoilait un morceau de peau ombrée de poils sombres… qu'elle eut envie de goûter. Le vêtement descendait jusqu'à ses genoux, découvrant ses mollets, le gauche plus musclé et puissant que le droit. Il était nu-pieds. Une longue flamme consuma Charlotte et elle se mordit la lèvre pour contenir un petit gémissement de désir. Oh ! elle aurait été la première à en rire, si elle en avait été capable.

Lorsqu'elle était arrivée chez Meredith, cinq ans plus tôt, couverte de bleus, hagarde, enceinte d'un enfant dont elle ignorait qui était exactement le père, elle s'était juré que plus jamais un homme ne la toucherait. Et elle avait tenu parole, jusqu'au jour où elle avait offert cette maudite robe de chambre à Albert.

Grand Dieu ! Il fallait chasser ces sentiments, mais comment ? Albert était gentil, attentionné et décent. Il méritait une épouse aimante et pure. Pas une ancienne prostituée, de cinq ans son aînée. Il savait tout d'elle et de son passé mais n'avait jamais prononcé le moindre mot blessant. Elle ne l'en aimait que plus pour cela.

— Je croyais que tu dormais, dirent-ils simultanément.

Charlotte s'efforça de sourire en faisant de son mieux pour dissimuler sa nervosité.

— Je ne pouvais pas. J'ai pensé qu'un peu de thé m'aiderait à trouver le sommeil.

Sans la quitter des yeux, il indiqua la bouilloire.

— J'en ai fait. Sers-toi.

Elle se tourna vers le poêle à charbon noir et massif, heureuse d'occuper ses mains, mais toujours consciente de la présence d'Albert derrière elle.

— Pourquoi tu ne pouvais pas dormir ? demanda-t-il.

Il s'était légèrement déplacé vers elle et il fallut à Charlotte une volonté de fer pour ne pas se rapprocher de lui.

— Je… réfléchissais. Je me demandais ce que pouvait bien faire Meredith à Vauxhall. Et toi ?

Dès l'instant où elle posa la question, elle le regretta. Et si le sommeil le fuyait parce qu'il pensait à une jolie fille dont il était amoureux ? Albert restait très discret sur sa vie privée, mais Charlotte connaissait les hommes de cet âge et les pulsions qui les tourmentaient.

— Eh bien, je réfléchissais aussi, répondit-il.

Elle prit une profonde inspiration avant de se tourner vers lui.

— Tu te fais du souci pour Meredith ?

— Si elle était partie seule avec le dénommé Greybourne, je me serais inquiété, oui. Ce type la regarde comme un chien qui flaire une escalope... En fait, c'est pour toi que je m'inquiète.

— Pour moi ? Mais pourquoi ?

— Tu as changé, depuis quelque temps.

Doux Jésus, s'était-elle trahie ?

— Comment ça ?

Albert fronça les sourcils.

— Je saurais pas le dire... On dirait que tu m'en veux. Ai-je fait ou dit quelque chose qui t'a offensée ?

— Non. Je suis fatiguée ces temps-ci, c'est tout.

— Ça se voit. Tu as les yeux cernés.

Avant qu'elle ne puisse réagir, il allongea la main et, du bout du doigt, effleura sa pommette, juste sous l'œil. Effarée par la chaleur que cet attouchement léger comme une aile de papillon fit se répandre en elle, Charlotte retint son souffle. Elle renversa la tête, pour l'éloigner de la main tendue d'Albert, et s'adossa à la cloison de bois.

Il baissa lentement la main, avec un regard triste.

— Charlotte... désolé... J'aurais pas dû... Mais je ne te ferai jamais de mal, tu le sais.

Honteuse, elle se cantonna dans le silence. Comment lui expliquer que c'était à elle-même qu'elle ne faisait pas confiance ? Une boule se forma dans sa gorge. Incapable de prononcer un mot, elle se contenta d'acquiescer.

— Je suis content que tu le saches. Et je laisserai personne te faire du mal. Jamais.

Charlotte sentit son cœur – ou ce qu'il en restait – fondre. Il avait la fière allure d'un seigneur en robe de chambre, s'apprêtant à défendre son château assiégé.

— Merci, Albert.

Elle n'avait nulle intention de le toucher mais, sans s'en rendre compte, elle posa la main sur la joue du jeune homme. Aussitôt, elle réalisa qu'elle commettait une grave erreur. Il avait la peau chaude et sa barbe piquante lui embrasa la paume. Une envie impérieuse d'explorer les méplats de son visage la submergea... Elle allait céder à la tentation quand elle s'aperçut qu'Albert s'était raidi. Un muscle jouait sur sa mâchoire, sous les doigts de Charlotte. Il avait fermé les yeux avec une expression de souffrance, comme quelqu'un qui ne supporte pas d'être caressé par une personne qu'il ne désire pas.

Une sensation de honte et d'humiliation poignarda Charlotte. Elle retira sa main comme si elle venait de se brûler tandis qu'un flot de larmes voilait ses yeux.

— Je... je crois que j'ai entendu Hope, murmura-t-elle en s'accrochant à la première excuse qui lui vint à l'esprit. Il faut que j'y aille. Bonne nuit.

Puis elle s'en fut en courant vers sa chambre.

Elle referma la porte et s'adossa au battant. Cela ne pouvait plus durer ! La seule solution consistait à éviter Albert, ce qui était impossible, puisqu'ils vivaient sous le même toit. Si elle restait, elle finirait par se trahir. Or, elle n'avait nulle part où aller. Son cœur saignait à la perspective de quitter cette maison, la seule qu'elle ait jamais eue, et d'arracher Hope à Meredith et à Albert.

« Oh ! mon Dieu ! Que faire ? » pria-t-elle.

Après avoir raccompagné Meredith, puis Catherine, à 1 heure du matin, Philip écarta enfin les rideaux en velours vert de son bureau. Il défit sa cravate, retira ses lunettes et se frotta le visage. Un coup contre la porte lui arracha un soupir résigné. Il n'avait aucune envie d'évoquer la soirée mais savait qu'il pourrait difficilement échapper à la curiosité de son ami.

— Entre, Andrew.

Andrew entra et referma la porte derrière lui. Il traversa le tapis d'Axminster brun et or et s'arrêta devant les carafes de liqueurs.

— On dirait que tu as besoin d'un remontant, décréta-t-il.

Philip leva le verre qu'il avait posé sur son bureau.

— C'est fait.

Il observa Andrew qui se versait un cognac en comptant à rebours : *cinq, quatre, trois, deux, un.*

Comme par un fait exprès, Andrew passa à l'attaque.

— Si je ne m'abuse, la soirée ne s'est pas déroulée comme tu l'avais espéré.

— Au contraire, j'ai trouvé l'orchestre très bon.

— Je ne parlais pas de la musique.

— Ah. Eh bien, la nourriture était acceptable mais les portions un peu petites.

— Je ne me référais pas à la nourriture non plus.

— En revanche, le vin était excellent.

— Ni au vin. Je veux parler de Mlle Chilton-Grizedale, et tu t'en doutes, dit Andrew en faisant tournoyer son cognac dans son verre. Où étiez-vous passés, tous les deux ?

— Vous vous êtes inquiétés ?

— Pas vraiment. Ta sœur a exprimé une légère impatience, mais je l'ai convaincue que vous aviez un tas de choses à vous dire, à propos de ta future fiancée. Ensuite, grâce à mon humour et à mon charme, j'ai réussi à divertir lady Bickley jusqu'à ce que vous reveniez… un peu échevelés, je dois dire.

— Il y avait du vent.

— Oui, mais je ne crois pas que les lèvres de Mlle Chilton-Grizedale aient été rouges et gonflées à cause du vent. Sans oublier ta cravate, qui n'était plus nouée de la même façon…

Philip se sentit soudain mal à l'aise. Bon sang ! il n'aurait pas dû se risquer à l'embrasser dans un lieu public. Pour rien au monde il n'aurait voulu ruiner la réputation de Meredith.

— Est-ce que quelqu'un d'autre l'a remarqué ? Catherine ?

— Non. Vous aviez tous deux l'air parfaitement innocents. Si j'ai noté ces différences, c'est parce que je les ai cherchées... Visiblement, tu n'es pas dans ton état normal.

Philip avala une gorgée de cognac et sentit avec plaisir la brûlure de l'alcool dans sa gorge. Peut-être Andrew pourrait-il l'aider, après tout, l'arracher à cette fascination qu'il éprouvait pour une femme qu'il connaissait à peine.

— La dame de tes pensées... commença-t-il. Depuis quand la connaissais-tu quand tu as compris que tu l'aimais ?

Un rire sans joie échappa à Andrew.

— Je suppose que tu aimerais une réponse du genre : « Je la connaissais depuis des mois, voire des années, et mes sentiments à son égard ont évolué lentement, au fil du temps ». Mais il n'en est rien. J'ai eu l'impression d'être frappé par la foudre. Elle me bouleversait, d'une façon que je n'avais jamais expérimentée avant de poser les yeux sur elle.

Il fixa le fond de son verre, puis reprit d'une voix rude, presque furieuse :

— Tout en elle me fascinait. Chaque détail que j'apprenais la concernant, ne faisait que nourrir mon amour pour elle. Je la désirais à la folie. (Un sourire qui ne monta pas jusqu'à ses yeux étira ses lèvres.) Tu ne peux pas imaginer le nombre de fois où j'ai rêvé à la mort de son mari... De plusieurs manières, fort inventives au demeurant.

— Et s'il venait effectivement à disparaître ?

Un éclair jaillit des pupilles sombres d'Andrew.

— Alors rien ne m'empêcherait de la faire mienne. Rien.

— Et si elle ne partageait pas tes sentiments ?

— Est-ce pour cela que tu es de mauvaise humeur ? Tu crois que Mlle Chilton-Grizedale n'est pas amoureuse de toi ? Parce que si c'est le cas, tu te trompes. Elle sait dissimuler ses sentiments mais ils sont là, tu peux me croire. Il suffit de savoir observer. Pour répondre à ta question, si la dame ne m'aimait pas ou si elle avait besoin de persuasion, je lui ferais la cour.

— La cour ? Comment ?

Andrew s'abîma dans la contemplation des moulures du plafond en hochant la tête.

— Envoie-lui des fleurs. Lis-lui des poèmes. Compose pour elle une poésie intitulée « Ode à Mlle Chilton-Grizedale pendant une nuit d'été ». Je sais que le romantisme n'est pas ton fort, mais si tu veux la conquérir, il faudra t'adapter. Seulement, avant de te lancer, pose-toi les bonnes questions : jusqu'où veux-tu pousser ce flirt ? Et comment te sentiras-tu – et elle aussi – quand ce sera terminé ?

Un nœud se forma dans la gorge de Philip. Embrasser Meredith lui avait procuré un immense plaisir, mais il voulait davantage. S'ils s'étaient trouvés dans un lieu privé, aurait-il eu la force de s'arrêter avant d'atteindre le point de non-retour ? Il n'en savait rien. Elle méritait mieux que de se faire lutiner dans les allées obscures de Vauxhall Gardens. Oui, elle méritait d'être courtisée par un gentleman décent, par… Il serra les dents. À la seule pensée qu'un autre homme pourrait la toucher, l'embrasser ou lui faire la cour, la jalousie l'étouffait. Il n'avait pas prévu qu'il tomberait amoureux de la femme qui était censée lui trouver une épouse.

Andrew toussota, le tirant de ses ruminations.

— Si tu souhaites la courtiser…

— Non. Je ne peux pas. Cela ne servira à rien.

— Pourquoi pas ?

Philip se passa les doigts dans les cheveux.

— Je ne suis pas en mesure de la courtiser. Je suis censé chercher à me marier, avec une femme de ma classe sociale...

Les mots sonnaient creux à ses propres oreilles.

— L'honneur exige que je tienne la promesse faite à mon père, insista-t-il.

Andrew arqua un sourcil moqueur.

— Tu as promis expressément à ton père d'épouser une dame de votre milieu, Majesté ?

— Non, mais c'est ce qui va de soi.

— Et depuis quand fais-tu ce qui va de soi ?

Philip ne put s'empêcher de rire. Il était grand temps de replacer les événements de la soirée dans leur contexte. Meredith avait éveillé sa curiosité et son intérêt. Il avait voulu l'embrasser et avait satisfait ce désir. Elle s'était prêtée au jeu pour décréter ensuite que cela ne se reproduirait plus. Il n'aurait donc qu'à garder ses mains dans ses poches, à l'avenir. Avant qu'il n'ait eu le temps de peser le pour et le contre de cette résolution, Andrew reprit :

— De toute façon, la question du mariage ne se pose pas tant que nous ne serons pas venus à bout de la malédiction. Combien de caisses reste-t-il à fouiller dans l'entrepôt ?

— Douze. Et au musée ?

— Quatre.

Seize caisses. Est-ce que l'une d'elles contenait le morceau perdu de la Pierre des Larmes ? Si oui, Philip épouserait une femme de son milieu ; sinon, il devrait rester célibataire. Et les deux solutions l'emplissaient d'une étrange épouvante.

9

Meredith se tenait à l'écart, dans le salon de lord Greybourne, et observait les festivités. La réception était un succès éclatant. Les deux douzaines d'invitations envoyées par lady Bickley n'avaient pas essuyé un seul refus. La pièce était remplie de jolies filles, toutes dûment chaperonnées, et toutes vivement intéressées par lord Greybourne ou du moins curieuses de le voir de près.

Elle laissa errer son regard alentour; lorsqu'elle aperçut le maître de maison, son cœur manqua quelques battements. Philip était époustouflant dans son habit de soirée égayé d'une cravate immaculée, impeccablement nouée. Son épaisse chevelure châtaine accrochait la lumière du lustre de cristal, portant des douzaines de chandelles. Pour une fois, il avait fait l'effort de se coiffer mais une mèche rebelle glissait obstinément sur son front.

Debout devant la cheminée, il entretenait une conversation animée avec la comtesse de Hickam et sa fille, lady Penelope. Cette dernière faisait partie des jeunes filles les plus courtisées de la Saison. C'était une beauté rare, blonde comme les blés, dotée d'une voix angélique et d'une fortune familiale considérable, qui la mettait au premier rang des candidates au mariage. Elle rappelait lady Sarah que Meredith avait choisie, entre autres, pour les terres dont elle hériterait.

Lord Greybourne semblait fasciné par tout ce que lady Penelope disait... Celle-ci paraissait à son avantage : la lumière des bougies mettait en valeur sa carnation parfaite, tandis que sa robe de soie carmin brochée de ramages blancs soulignait sa poitrine haut placée et sa taille de guêpe. Ses cheveux dorés, coiffés en bandeaux d'où s'échappaient des boucles savamment disposées, encadraient un visage à l'ovale parfait. Ses grands yeux lavande fixaient son hôte avec une sorte d'adoration ingénue.

Sapristi ! Meredith refoula une furieuse envie de traverser la pièce pour aller souffleter la jeune Vénus blonde. Elle détestait ce genre de pulsions, comme elle détestait se mentir à elle-même. Or, elle savait depuis longtemps que les faux-semblants, tolérés et même recommandés en société, s'avéraient parfaitement inutiles lorsqu'il s'agissait de les appliquer à soi-même. La vérité pure et simple sautait aux yeux : elle était jalouse ! Jalouse au point d'imaginer toutes ces poupées de salon entassées dans la soute d'un bateau en partance pour le bout du monde. Parce que, au fond, aucune d'entre elles ne méritait lord Greybourne. Meredith abhorrait leur coquetterie, tous ces battements de cils, gloussements, sourires enjôleurs, frémissements d'éventails.

Elle respira profondément et s'efforça de se ressaisir. Très bien. Elle se sentait comme un chat que l'on caresserait à rebrousse-poil, mais elle était capable de dissimuler sa jalousie et sa frustration, comme elle dissimulait tant d'autres choses. Lord Greybourne était un client. Plus vite il serait marié, plus vite la vie de Meredith reprendrait son cours normal.

Le quadrille venait de se terminer quand Philip aperçut Bakari qui se tenait sur le pas de la porte. Leurs regards s'accrochèrent et Bakari inclina la tête. Philip s'excusa auprès de lady Penelope et alla rejoindre son majordome.

— Que se passe-t-il ?

— Bureau.

Philip étudia la face cuivrée à l'expression impénétrable. Bakari tourna les talons et s'en fut vers le vestibule sans ajouter un mot. Intrigué, Philip longea le couloir, entra dans son bureau et referma la porte derrière lui.

Un verre de brandy à la main, Edward regardait par la fenêtre.

— Edward, comment vas…

Philip s'immobilisa quand son ami se tourna vers lui. Il avait un œil gonflé, une vilaine ecchymose sur la joue, la lèvre inférieure fendue et la main droite bandée.

— Mon Dieu, qu'est-ce qui t'est arrivé, mon vieux ? Je vais appeler Bakari.

— Il s'est déjà occupé de moi. Il a nettoyé mes blessures et bandé ma main et mes côtes… Bon sang ! Ça fait un mal de chien, acheva Edward en grimaçant.

— Que s'est-il passé ? Qui t'a fait ça ?

— Je ne sais pas… Voilà ce qui s'est passé : je ne pouvais pas dormir. Je suis épuisé, mais je n'arrive pas à dormir. Chaque fois que je ferme les yeux, je vois Mary…

La compassion et la culpabilité nouèrent la gorge de Philip.

— Edward, je suis désolé… Je…

Edward leva la main.

— Je sais, reprit-il après avoir absorbé une gorgée de brandy. J'avais décidé de poursuivre les recherches, plutôt que de passer une nuit blanche à faire les cent pas dans ma chambre. Je suis allé à l'entrepôt…

— L'entrepôt ? Comment es-tu entré ?

— J'ai demandé au gardien… Ça n'a pas été un problème.

— Je n'avais pas réalisé que les gardiens anglais étaient aussi confiants… J'en suis étonné.

— Je l'aurais été moi aussi, mais je connaissais ce gars. Il s'appelle Billy Timson et il m'est arrivé de le rencontrer à plusieurs reprises dans un pub. Je travaillais depuis environ une heure quand j'ai entendu un bruit derrière moi. Je me suis retourné et me suis retrouvé en face d'un type avec un couteau.

— Tu l'as reconnu ?

— Non. Il portait une cagoule noire. On ne voyait que ses yeux et sa bouche. Quand je lui ai demandé qui il était, il a répondu : « Je veux ce qu'il y a dans la caisse. »

Edward fixa sur Philip un regard morne.

— Je me suis battu ; j'ai essayé, du moins. J'ai réussi à lui faire lâcher le couteau et à l'expédier d'un coup de pied sous une caisse. Mais il est arrivé à m'assommer et lorsque j'ai repris connaissance, j'étais seul. Visiblement, il avait fouillé dans la caisse que je vérifiais. Des objets étaient cassés, d'autres manquent peut-être, je n'en sais rien. J'ai voulu m'en aller, mais ce salaud m'avait enfermé. J'ai dû casser une vitre pour sortir. Billy n'était plus là… Alors, j'ai couru jusqu'à ce que je trouve une voiture de louage et suis venu ici. Pardonne-moi, Philip…

Philip posa une main réconfortante sur l'épaule de son ami.

— Je t'en prie, ne t'excuse pas. Je suis content que tu t'en sois sorti. Tu te sens bien, n'est-ce pas ?

— D'après Bakari, je devrais. Rien de cassé, paraît-il. Une côte fêlée. Quelques bleus. Un mal de crâne de tous les diables… (Il effleura sa mâchoire bleuie en grimaçant.) Cette ordure a des poings d'acier.

Il sembla sur le point d'ajouter quelque chose mais s'arrêta.

— Quoi ?

Edward secoua la tête.

— Rien… Mais sa voix… m'a paru vaguement familière.

— Est-il possible que ce soit quelqu'un que tu connais ? Peut-être un passager ou un marin du *Dream Keeper* qui savait que les caisses contenaient des objets de valeur ?

— Possible. Mais ce n'est pas tout, dit Edward en plongeant la main dans sa poche pour en tirer un bout de papier froissé qu'il tendit à Philip. J'ai trouvé ça dans ma poche.

Philip parcourut le bref message : *La souffrance commence maintenant.*

— Je n'aime pas ça, Philip, murmura Edward. Ce salopard m'a fait passer un sale quart d'heure, mais je ne puis m'empêcher de penser qu'il y a quelque chose de plus... sinistre là-dessous. Et pourquoi voudrait-il me faire souffrir davantage ? Je n'ai pas d'ennemis, que je sache.

— Je crois, répondit Philip lentement, que ce message ne t'est pas destiné.

— Voilà qui est réconfortant mais en attendant, il était dans *ma* poche, et c'est *moi* qui ai mordu la poussière. À qui veux-tu que ce soit adressé ?

— À moi.

Philip lui parla de la note qu'il avait découverte sous son carnet de voyage.

— J'ai demandé aux domestiques s'ils avaient touché à mes carnets. Tous ont dit que non et je n'ai aucune raison de douter de leur parole. À mon avis, ton agresseur t'a pris pour moi.

Edward acquiesça lentement.

— Tu as probablement raison.

La pointe acérée de la culpabilité égratigna Philip une fois de plus. Edward avait été blessé à cause de lui. Comme le gardien, peut-être. Qui d'autre paierait ses erreurs ? Mary Binsmore était déjà morte. À qui le tour ? se demanda-t-il. Son père ? Catherine ? Andrew ? Bakari ? Meredith ? Et quelle meilleure façon de l'atteindre que de s'attaquer aux personnes qu'il aimait ?

La souffrance commence maintenant.

Il alla à son bureau, sortit du tiroir la première note et compara l'écriture des deux messages.

— Les deux mots ont été écrits par la même personne.

— J'ai eu l'impression qu'il cherchait quelque chose de précis, dit Edward.

— Qu'est-ce qui te fait penser ça ?

Edward haussa les épaules.

— Difficile à dire. Tout s'est passé très vite. Pendant que nous nous battions, je l'ai entendu marmonner des phrases comme : « C'est à moi » et « Quand ce sera à moi, tu es mort »... Désolé, mais je ne me souviens de rien d'autre. Si j'en juge par l'œuf de pigeon que j'ai sur le crâne, il a tapé fort.

— Je suis navré, Edward. Heureusement que tes blessures sont superficielles.

— Oui, ça aurait pu être pire. Écoute, je n'aime pas jouer les oiseaux de mauvais augure mais nous devons nous poser les questions suivantes : parlait-il du fragment de la Pierre de Larmes ? Et que se passera-t-il s'il l'a trouvé ?

L'esprit encore en effervescence, Philip donna à Bakari des instructions, afin qu'Edward soit ramené chez lui.

— Je rapporterai à la police les événements de cette nuit sur le chemin du retour, dit Edward.

— Je ferais mieux de t'accompagner.

— Non. Inutile de délaisser tes invitées. Je m'en occupe et te tiendrai au courant demain matin.

— Bon, concéda Philip à contrecœur. J'irai directement à l'entrepôt après le petit déjeuner. Nous trouverons le coupable, n'aie crainte.

Edward hocha la tête et s'en alla. Sitôt la porte refermée sur lui, Philip se tourna vers Bakari.

— Est-ce que ses blessures sont sérieuses ?

— Non. Sauf bosse sur la tête et bris de verre dans main. Il a mal mais il guérira.

— Tant mieux, dit Philip soulagé. Bakari, il se peut qu'on ait des ennuis. Je voudrais que tu restes sur tes gardes.

Le majordome inclina simplement la tête. Ce genre de recommandation, il l'avait maintes fois entendue lors de leurs aventures ensemble. Bakari avait tiré son maître de plus d'un mauvais pas, et ce dernier lui vouait une confiance illimitée.

L'homme au turban jeta un coup d'œil vers la pièce adjacente, et Philip acquiesça. Il était grand temps de rejoindre les jeunes filles et leurs chaperons.

À peine était-il entré dans le salon que Meredith le rejoignit.

— Ah ! vous voilà ! Où étiez-vous passé ? La valse va commencer et…

S'arrêtant net, elle fronça les sourcils.

— Quelque chose ne va pas ?

Philip se borna à la regarder, la gorge nouée. Personne ne lui ferait de mal. Ni à elle ni aux autres êtres auxquels il tenait. Il y veillerait.

— Juste un petit problème que j'ai dû résoudre.

Elle ne parut pas convaincue.

— M. Stanton va mieux, j'espère. Lady Bickley m'a dit qu'il se sentait un peu…

— Enrhumé, oui. Actuellement, Andrew est confortablement installé dans son lit. Avec les médications de Bakari, il ira mieux dès demain matin, j'en suis persuadé. Est-ce que mon absence a été remarquée ?

— Oui. Tout le monde demandait où vous étiez passé.

Il la scruta au fond de ses yeux aigue-marine.

— Je voulais dire par vous.

Il éprouva un plaisir certain en la voyant rougir et se retint pour ne pas lui caresser la joue.

— Mais oui, naturellement. Lady Bickley et moi étions sur le point de lancer une chasse à l'homme. Il y a ici une ribambelle de jeunes personnes qui attendent votre invitation à la valse.

— Formidable. Puis-je vous prier de m'accorder cette danse ?

— Certainement pas. Je ne suis pas ici pour danser mais…

— … pour faire en sorte que toutes ces jolies ladies voient en moi un fascinant explorateur, tout en coupant l'herbe sous le pied des colporteurs de ragots quant à mon incapacité à remplir… un certain rôle.

Elle arqua les sourcils.

— Vous semblez dire que j'ai eu tort de vous présenter sous votre meilleur jour.

— Pas du tout. Aucun homme ne refuserait d'être admiré par un essaim de jolies filles.

— Exact.

— Et aucun homme ne voudrait qu'on le considère comme inapte à certaines performances.

— Exact aussi.

— Vu ces deux prémisses auxquelles s'ajoute le fait que j'ai encore tous mes cheveux et toutes mes dents, sans oublier que je n'ai aucune tendance à l'embonpoint, je pense que j'ai favorablement impressionné ces jeunes dames.

— En effet.

— En conséquence, j'insiste pour que vous dansiez avec moi.

Avant qu'elle n'ouvre la bouche pour refuser, il l'attira plus près et murmura :

— Vous me rendriez service. Je suis piètre danseur de valse, j'en ai peur. Je préfère m'exercer avec vous, plutôt que d'écraser les pieds de mes fiancées potentielles.

Meredith fronça les lèvres.

— Peut-être avez-vous raison, mais…

— Bien sûr que j'ai raison. Venez. La musique a commencé.

Il coinça la main de Meredith sous son coude et l'entraîna vers la piste de danse.

— La valse est une danse relativement simple, dit-elle. Vous n'aurez qu'à compter. Un, deux, trois, un, deux, trois. Et changer de pied.

Le quatuor des musiciens attaqua un air de Strauss. Philip prit la main de sa cavalière, la leva à la bonne hauteur, posa l'autre main sur son dos, exactement au bon endroit, puis la fit virevolter à pas glissés et rapides. Elle leva le visage vers lui, ses yeux magnifiques plus pétillants que jamais, une délicate rougeur aux joues. Son parfum délicieux l'enveloppa. Les narines de Philip frémirent : tarte. Ce soir, elle sentait la tarte aux mûres sauvages. Son dessert favori. Sa robe turquoise exaltait le bleu extraordinaire de ses prunelles. C'était une toilette modeste, comparée aux tenues somptueuses des autres femmes, mais son corsage échancré offrait une vue coquine sur ses seins. Le regard de Philip y plongea, avant de remonter vers sa bouche pulpeuse. Il avala péniblement sa salive.

Ce n'était pas une bonne idée de l'avoir invitée à danser, reconnut-il, car en une seconde toutes ses bonnes résolutions avaient été anéanties. Il mourait d'envie de la serrer de près, sans réfléchir aux conséquences. À présent, il endurait un doux supplice. Il luttait contre lui-même pour la garder à la bonne distance, alors qu'il brûlait de la broyer dans ses bras, de goûter ses lèvres si tentantes, si douces et... Oh ! mon Dieu ! Il serra les dents et se mit à compter furieusement : « Un, deux, trois, un, deux, trois ».

Peu après, les yeux de Meredith s'étrécirent.

— Vous m'avez raconté n'importe quoi, milord, chuchota-t-elle. Vous êtes un excellent valseur.

Philip en oublia de compter, fit un faux pas et lui écrasa les orteils. Meredith étouffa un cri.

— Terriblement désolé, ma chère. Vous disiez ?

Elle lui lança un regard inquisiteur.

— Si vous cherchez à me duper, *mon cher*, vous serez déçu. Vous ne me mènerez pas longtemps en bateau.

— Je ne vous aurais jamais marché sur le pied délibérément, Meredith... Je dois vous avouer que j'ai appris à danser la valse très récemment.

— C'est-à-dire ?

— Cet après-midi. J'ai prié Catherine de m'enseigner les rudiments de cette danse, afin de ne pas me ridiculiser ce soir.

— Elle ne m'en a rien dit.

— Je lui ai demandé de garder le silence. Je voulais vous faire une surprise.

— Je vois... Eh bien, lady Bickley a accompli un excellent travail. En fait, elle vous a si bien préparé que vous n'avez plus besoin de perdre votre temps avec moi. Lady Penelope est près du bol de punch. Je suggère que vous l'invitiez en premier.

Elle essaya de le diriger vers la jeune fille, mais Philip l'entraîna dans la direction opposée.

— Ce n'est pas à vous de conduire, Meredith. C'est la prérogative des messieurs, si je ne m'abuse.

— J'essaie de nous rapprocher du bol de punch, chuchota-t-elle.

— Je n'ai pas soif.

— Les mauvaises langues vont s'en donner à cœur joie, si vous continuez à danser avec moi.

— Comme je suis la cible des mauvaises langues depuis mon retour, je ne vois donc pas ce que cela changera. Au contraire, quelques potins supplémentaires ne feront que renforcer mon aura de mystère.

— Vous êtes impossible ! Je n'ai rien contre un rapide tour de piste ; il pourrait être interprété comme un signe de confiance de votre part pour mes compétences de marieuse. Point trop n'en faut, cependant. La réalité est la suivante : vous êtes vicomte et je suis votre employée. Dans une minute, nous aurons largement dépassé les limites tolérées par l'étiquette.

— Vous êtes mon invitée, dit-il sombrement.

— Peut-être, mais il y a deux douzaines d'autres invitées qui souhaitent bénéficier de vos attentions... S'il vous plaît.

La douce insistance de sa voix et ses grands yeux implorants en disaient plus long qu'un simple rappel à l'ordre. Ressentait-elle, elle aussi, ce trouble délicieux, alors qu'ils tournoyaient, comme s'ils étaient seuls au monde ? Souffrait-elle également de leur proximité prolongée ?

Tant mieux, se dit-il. Il détestait souffrir seul... Toutefois, il ne pouvait ignorer plus longtemps la requête de Meredith. Son devoir de maître de maison et de futur fiancé lui intimait de danser avec ses prétendantes.

Avec un hochement de tête résigné, il entraîna sa cavalière en direction de lady Penelope.

— Lord Greybourne, dites-nous ce que vous pensez à propos... (La voix de lady Emily chuta d'une octave :) ... de *vous savez quoi.*

Philip la regarda, sûr qu'il avait mal compris.

— Je vous demande pardon ?

— Oui, dites-le-nous, gloussa lady Henrietta. Les autres n'osent pas parler de *vous savez quoi*, mais sûrement pas vous.

Philip lança un coup d'œil incrédule aux deux visages angéliques qui affichaient une expression pleine d'attente. Eh bien, que le diable l'emporte, ces deux innocentes créatures lui demandaient tout simplement de les entretenir de questions de sexualité !

— Il ne serait guère convenable, j'en ai peur... marmonna-t-il en songeant que Meredith serait fière de lui.

— On ne le répétera pas, promit lady Emily.

— Non, pas un mot ! Jamais, renchérit lady Henrietta.

Soudain, une lueur de compréhension se fraya un chemin dans son esprit.

— Vous voulez mon opinion en tant qu'*archéologue* ?

Les deux jeunes filles échangèrent un regard déconcerté, après quoi elles répondirent « oui » à l'unisson. Parfait. Le sujet n'était peut-être pas très convenable, mais du moins montraient-elles un certain intérêt pour les cultures anciennes. Après s'être éclairci la gorge, il commença :

— Le phallus apparaît fréquemment dans les hiéroglyphes comme un symbole de virilité.

Les yeux de lady Emily s'arrondirent comme des soucoupes, tandis que lady Henrietta le scrutait, bouche bée.

— Le pénis en érection, notamment, est souvent dépeint dans les dessins anciens. Lors de mon dernier séjour en Égypte, j'ai découvert de très jolis spécimens...

— Tout va bien ? demanda Meredith en s'approchant du groupe.

Avant qu'il ne puisse répondre, lady Emily lança d'une voix presque inaudible :

— J'ai besoin de m'asseoir, excusez-moi.

— Moi aussi, murmura lady Henrietta. Excuseznous.

Main dans la main, les deux jeunes filles battirent en retraite.

— Pour l'amour du ciel, que leur avez-vous dit ? chuchota Meredith.

— Mais rien... Elles voulaient mon opinion à propos des anciennes coutumes sexuelles et...

— Quoi ?

— J'ai été aussi surpris que vous, croyez-moi, mais elles ont insisté. Elles voulaient un avis d'archéologue.

— Attendez, dit Meredith en lançant alentour un regard furtif et en baissant la voix : Elles ont insisté pour que vous leur parliez de... Qu'ont-elles dit exactement ?

— Elles m'ont demandé ce que je pensais au sujet de « *vous savez quoi* ». Je venais à peine d'entamer mon exposé, qui était purement scientifique, quand vous m'avez interrompu.

Meredith blêmit.

— Oh ! mon Dieu ! Elles faisaient allusion au bal que lady Pickerill donnera à l'occasion de l'anniversaire de son époux.

Stupéfait, Philip dit la seule chose qui lui vint à l'esprit.

— Hein ?

— Lady Pickerill prépare cette réception depuis des mois et c'est l'un des derniers sujets de conversation, à part vous. Dans l'espoir de garder les préparatifs secrets pour en faire la surprise à lord Pickerill, tout le monde se réfère à cette soirée par « *vous savez quoi* ».

La colère flamba dans la tête de Philip.

— Eh bien, « *vous savez quoi* » n'a jamais voulu dire ça ! « *Vous savez quoi* » se réfère à la sexualité. Du moins, c'était le cas lorsque j'ai quitté l'Angleterre, il y a dix ans. Au nom du ciel, qui a fabriqué ces fichues règles ?

Les yeux de Meredith lancèrent des éclairs.

— Posez-vous plutôt la bonne question, milord ! Qu'est-ce qui vous a pris d'évoquer un tel sujet avec des jeunes filles comme il faut ?

— Vous m'avez recommandé de m'occuper de mes invitées, alors je m'en suis occupé. Et vous n'êtes encore pas contente. Vous a-t-on déjà dit que vous étiez bigrement difficile à satisfaire ?

— Je m'attendais à une attitude correcte de votre part…

— Je n'en doute pas.

—… ce qui, malheureusement, semble au-dessus de vos forces.

— Dans ce cas, vous êtes arrivée à temps. Sinon, j'aurais montré les croquis des hiéroglyphes en question à ces deux demoiselles.

Meredith respira profondément.

— Très bien. Restez calme.

— *Je* suis parfaitement calme. Vous, en revanche, vous semblez avoir besoin d'une bonne cuillerée de laudanum.

Elle le foudroya du regard.

— Essayons de voir l'aspect positif de la chose. Sinon, j'imagine déjà la manchette du *Times* : Le vicomte maudit et impuissant, surpris à montrer des croquis indécents à deux jeunes ladies.

Il lui rendit son regard.

— Les croquis des hiéroglyphes n'ont rien d'indécent… Et pour la dernière fois, je ne suis *pas* impuissant.

Sa colère ne démonta pas Meredith, qui leva le menton.

— Trêve de plaisanteries. Il faut coûte que coûte vous racheter aux yeux de lady Emily et lady Henrietta, avant qu'elles ne se mettent à jacasser. Il faut étouffer la rumeur dans l'œuf. Pour ce faire, rien de plus efficace que la flatterie. Couvrez-les de compliments. Louez leur intelligence et leur conversation ô combien stimulante. Applaudissez à leur curiosité… Pouvez-vous faire cela ?

— J'essaierai, bien que je trouve difficile de flatter ces deux péronnelles.

— Lord Greybourne, je vous rappelle que le but de cette soirée consiste à vous trouver une épouse convenable et non à faire peur à chaque jeune lady qui a répondu à votre invitation. Allez-y. Et je vous en conjure, sachez vous tenir.

Sans lui donner le temps de répondre, Meredith s'éloigna, royale, sa robe bruissant contre ses courbes sensuelles. Philip la suivit du regard, les dents serrées. Grand Dieu, quelle mégère ! Sévère, dictatoriale, énervante. Un petit sourire se dessina sur ses lèvres. Il avait hâte que la soirée se termine, afin qu'il puisse lui dire ses quatre vérités.

Lorsque les derniers invités prirent congé et que le salon fut remis en ordre par ses domestiques et ceux que Catherine avait fait venir en renfort, Philip poussa un soupir de soulagement. Suivi par Bakari, il escorta sa sœur jusqu'à son carrosse.

— La réception fut une réussite, dit-elle. Tu as suscité l'admiration et la curiosité de nos charmantes invitées.

— Ce qui est préférable aux rumeurs et aux calomnies.

Catherine émit un petit rire.

— Assurément. Euh... Mlle Chilton-Grizedale m'a mise au courant de... du quiproquo sur *vous savez quoi*, avec lady Emily et lady Henrietta.

— N'aie crainte. Grâce à une montagne de basses flatteries, nous avons évité le désastre.

Une lueur d'amusement éclaira les yeux noisette de Catherine.

— Je me suis laissé dire que certaines de ces demoiselles se sont déclarées « raisonnablement éprises » de toi.

— Comme c'est intéressant...

— Compte tenu des circonstances voici encore quelques jours, j'estime que nous avons progressé à pas de géant. Est-ce que l'une d'entre elles a retenu ton attention ?

— Tu peux me considérer comme « raisonnablement épris » de l'une d'elles.

— Vraiment ? Laquelle ?

Il la chatouilla doucement sous le menton, un geste affectueux de leur enfance.

— Si je te disais son nom, Imp, nous n'aurions rien à nous dire demain.

Elle lui tira la langue.

— Tu es méchant. Je serai morte de curiosité, d'ici à demain !

— Je sais, j'ai toujours été une teigne.

— Oh ! j'étais pire que toi ! Mais je suis heureuse qu'une des jeunes filles te plaise. Père en sera très content. La perspective de ton futur mariage semble lui faire du bien.

— J'en suis ravi.

— Avez-vous résolu vos différends ?

— Pas encore.

— N'attends pas trop, Philip. Même s'il traverse une période de rémission, cela ne durera pas. Je ne voudrais pas que tu aies des regrets, quand il ne sera plus.

La tristesse et le remords pointèrent leurs vilains museaux mais Philip les chassa résolument.

— Ne t'inquiète pas, Imp. Je ferai le nécessaire... Mais j'ai quelque chose à te dire, poursuivit-il, en posant les mains sur les épaules de sa sœur. Quelqu'un s'est introduit dans l'entrepôt, ce soir, et a mis à sac quelques-unes de mes caisses.

— A-t-il volé quelque chose ?

— Je ne sais pas encore. Sans vouloir t'alarmer, il pourrait s'agir d'un acte malveillant qui n'a rien à voir avec un simple cambriolage. Il se pourrait même que cela soit dirigé plus précisément contre moi. Promets-moi que tu seras prudente. Bakari t'accompagnera chez toi.

Elle écarquilla les yeux mais acquiesça.

— D'accord. Je te le promets. Mais toi ?

— Je serai prudent également...

Il l'aida à monter en voiture et agita la main, tandis que le carrosse s'ébranlait. Puis il rebroussa chemin rapidement ; il ne restait plus qu'une invitée dans la maison et il avait hâte de l'affronter. À peine arrivait-il dans le vestibule, que Meredith sortit du salon. Leurs regards s'accrochèrent et le cœur de Philip exécuta un bond absurde dans sa poitrine.

— Je vous raccompagnerai chez vous dès que Bakari aura ramené le carrosse, dit-il en traversant le vestibule de marbre. Puis-je vous offrir un verre, en attendant ? Un peu de sherry ?

— Oui, merci. Nous en profiterons pour comparer nos observations sur la soirée.

— Euh... oui. Comparer nos observations. C'est exactement ce que j'ai envie de faire.

— Êtes-vous parvenu à une conclusion en ce qui concerne les jeunes ladies, alors ?

— Oui, en effet. Venez. Allons dans mon bureau.

Ils s'engagèrent dans le couloir et entrèrent dans le vaste bureau dont Philip referma la porte. Adossé au panneau de chêne, il regarda Meredith avancer dans la pièce, remarquant le léger balancement de ses hanches. Ensuite, ses yeux remontèrent le long de son dos droit, jusqu'à la nuque gracieuse, sous le volumineux chignon grec. Des rubans de gaze turquoise, assortis à sa robe, ornaient ses boucles soyeuses. Philip retint son souffle. Qu'avait-il dit exactement? « Raisonnablement épris » ? Absolument pas. Il n'y avait rien de raisonnable dans sa passion pour cette femme.

Il s'attendait à la voir prendre place sur le canapé, mais elle disparut soudain à sa vue. Craignant qu'elle ne se soit évanouie, il vola à son secours... pour la découvrir agenouillée à côté de Prince. Le chiot frétillait tandis qu'elle lui chatouillait le ventre.

— Ah! voilà donc où tu te cachais toute la soirée, petit diable, roucoula-t-elle.

Prince sauta sur ses pattes en jappant, puis la gratifia d'un coup de langue enthousiaste sous le menton, ce qui lui arracha un son délicieux qui ne pouvait s'apparenter qu'à un gloussement. Ensuite, le chien se laissa tomber à la renverse, les quatre fers en l'air, invitant Meredith à lui caresser le ventre, ce qu'elle fit.

En riant, elle leva les yeux vers Philip.

— Je place Prince dans la catégorie des « plus gentils petits chiens du monde ».

Philip regarda son chien. Il aurait juré que l'animal venait de lui décocher un clin d'œil. Le plus gentil? Il l'aurait plus volontiers catalogué parmi les « cabots les plus malins ou les plus chanceux du monde », songea-t-il, l'œil rivé sur les doigts fins qui continuaient de caresser ce satané animal.

Une image fulgura soudain. Philip se vit à la place du chien, nu, Meredith à son côté lui caressant le ventre. Il serra les dents afin d'étouffer un gémissement puis, très à l'étroit dans ses culottes serrées, mit le cap sur les carafes d'alcools. Là, il se servit une généreuse rasade de cognac, qu'il avala d'un trait. Il remplit son verre à nouveau, non sans avoir servi un sherry à Meredith. Ayant recouvré ses esprits, il la rejoignit. Elle s'était installée sur le canapé. Prince, allongé à son côté, le museau sur ses genoux et la queue frétillante, la regardait avec une adoration toute canine. Philip opta pour la station debout. Il s'accouda à la cheminée et jeta un coup d'œil au chiot qui l'ignora royalement... Bon Dieu ! quelle tristesse qu'un homme soit jaloux de son chien !

Meredith leva son verre en souriant.

— Je porte un toast, milord, au succès de notre réception. Malgré le léger malentendu que vous avez su rattraper, je suis persuadée que les résultats vous satisferont.

— Je l'espère, dit-il sans la quitter des yeux.

Meredith prit une gorgée de sherry puis posa son verre sur la table basse en marqueterie et ouvrit son réticule. Elle en extirpa deux feuilles de vélin qu'elle déplia.

— J'ai pris quelques notes pendant la soirée, en rapport avec celles que j'ai prises l'autre soir.

— Vous êtes très efficace... Je n'ai pas pris de notes mais, ajouta-t-il en se tapotant le front, j'ai emmagasiné mes impressions dans ma mémoire.

— Parfait, murmura-t-elle en parcourant des yeux les deux feuillets déployés sur la table. Il y a quelques jeunes filles qui m'ont paru parfaitement convenables. L'une d'elles, en particulier, a retenu mon...

— Ne me révélez pas votre premier choix. Ce serait moins drôle. Je suggère que vous commenciez par le dernier nom inscrit sur votre liste en remontant vers le haut.

— Très bien. Je commence donc avec lady Harriet Osborn. Je pense qu'elle est une excellente candidate.

— Je ne suis pas de votre avis.

— Pourquoi ? C'est une danseuse accomplie et elle possède une voix adorable ainsi qu'un tal...

— Elle n'aime pas les chiens. À un moment donné, j'ai mentionné Prince. Elle a plissé le nez, signe que, selon elle, l'animal devrait être immédiatement expédié à la campagne.

Comme par un fait exprès, Prince leva la tête avec un grognement. Peut-être était-il vraiment le cabot le plus malin de la terre, après tout, songea Philip, impressionné.

— Voyez, Prince ne voudrait pas d'une maîtresse qui s'empresserait de le chasser de la maison et je suis d'accord avec lui. Quel est le nom suivant sur votre liste ?

— Lady Amelia Wentworth. Elle est...

— Inacceptable.

— Oh ? Elle non plus n'aime pas les chiens ?

— Je n'en sais rien et cela m'est complètement égal. Elle est piètre danseuse, dit-il en levant un pied chaussé d'une botte courte et en le remuant dans tous les sens. Mes pauvres orteils ne s'en remettront jamais.

— Je ne vois pas en quoi ses talents de danseuse vous intéressent, vu que vous avez déclaré que la danse n'entrait pas dans vos activités de prédilection.

— Exact. Mais dans votre liste concernant mes préférences, vous avez sûrement noté que ma future épouse doit être une excellente danseuse, de manière à m'instruire sur ce sujet.

— Je suis convaincue que lady Amelia améliorerait ses aptitudes en prenant quelques leçons. Il suffirait de...

— Impossible. Elle n'a aucun sens du rythme. Suivante !

Meredith baissa le regard sur le vélin.

— Lady Alexandra Rigby.

— Non.

Elle leva les yeux, non sans une certaine impatience.

— Pourquoi ?

— Parce qu'elle ne m'attire pas. En fait, je la trouve répugnante.

L'impatience de Meredith céda le pas à la confusion.

— Mais... pourquoi ? Elle est extrêmement belle et elle danse comme une déesse.

— Oh ! cela remonte à plusieurs années ! Sa famille nous a rendu visite à Ravensly Manor, l'été de mes onze ans. Lady Alexandra en avait deux. Un après-midi, je l'ai surprise dans le potager en train de manger... (Il s'éclaircit la gorge, en quête d'une formulation élégante.)... des crottes de lapin.

— Elle n'avait que deux ans ! se récria Meredith. Beaucoup d'enfants font ce genre de bêtises.

— Pas moi. Et vous ?

— Eh bien, non, mais...

Philip leva la main.

— N'insistez pas. Je ne parviendrai jamais à effacer cet affreux souvenir de mon esprit. J'ai classé lady Alexandra dans la catégorie des « lèvres qui ont touché aux excréments de lapin ne toucheront jamais les miennes ». Suivante, s'il vous plaît.

— Lady Elisabeth Watson.

— Hors de question.

— Vraiment ? Elle aussi mangeait des saletés quand elle avait deux ans ?

— Je l'ignore. Mais elle semble les apprécier en tant qu'adulte. Elle sentait le chou de Bruxelles.

— Et vous détestez le chou de Bruxelles.

— Oui. Tout comme le chou blanc. Ce qui nous amène à éliminer de la compétition lady Berthilde Atkins également.

— Parce qu'elle sentait...

— Le chou blanc. Une horreur. (Il poussa un soupir dramatique.) C'est malheureux car, par ailleurs, elle correspond assez à mes goûts.

— Je suis sûre que lady Berthilde changerait volontiers ses habitudes alimentaires si vous le lui demandiez.

— Je ne pense pas qu'elle puisse renoncer *à vie* à un plat qu'elle semble affectionner tout particulièrement. Suivante ?

Elle le scruta d'un air soupçonneux.

— Avez-vous d'autres aversions de ce genre ?

Il lui dédia un large sourire.

— Pas que je m'en souvienne.

Meredith consulta brièvement sa liste.

— Lady Lydia Tudwell.

Il tressaillit.

— Oh non ! Elle empestait le...

— Je croyais que vos dégoûts alimentaires s'arrêtaient là.

—... punch, ce qui n'est pas une nourriture solide. Mais cette petite boit trop. Suivante.

— Lady Agatha Gateshold.

— Non.

Meredith émit un soupir exaspéré.

— Milord, conformément à la liste de vos préférences, lady Agatha constitue la parfaite candidate.

— Tout à fait d'accord. Sauf pour une chose. Elle porte une tendre affection à lord Sassafras.

— *Sassafras* ? Je n'ai jamais entendu parler de lui.

— C'est un titre étranger. Italien, je crois... Du côté de sa mère.

Le visage de Meredith refléta une combinaison de doute et de dépit.

— Lady Agatha ne m'a pas fait part de cet attachement.

— Vraiment ? Incroyable ! Parce que, durant notre conversation, elle n'a pas cessé de chanter les louanges de ce garçon. Lord Sassafras par-ci, lord Sassafras par-là. Je ne peux pas épouser une femme qui est amoureuse d'un autre homme. Suivante.

— Eh bien, lady Emily et lady Henrietta.

— Que Dieu m'en garde ! Toutes deux se trouvent mal à la simple mention de rapports sexuels.

— Comme n'importe quelle jeune fille bien élevée.

— Ma chère amie, l'aristocratie n'a jamais été pudibonde comme vous semblez le croire. Non, ni lady Emily ni lady Henrietta ne me conviennent. Leur constitution délicate ne supportera pas l'acte amoureux, d'autant que je suis censé procréer, chose que je puis difficilement accomplir tout seul.

Les joues en feu, Meredith le scruta un instant, après quoi elle toussota.

— Vous m'avez dit, je m'en souviens parfaitement, que vous n'étiez guère exigeant, pourvu que votre promise ne soit pas un laideron. Ce furent vos propres mots… Or, vous voilà terriblement pointilleux, tout à coup.

— C'était une façon de parler, répondit-il ingénument. Au fond, je suis plutôt difficile.

— En ce cas, je n'ai plus qu'à remonter directement au sommet de la liste, ne serait-ce que pour gagner du temps.

— Et qui se trouve en haut de votre liste ?

— Lady Penelope Hickam.

— Ah oui… Lady Penelope.

— Cette jeune fille correspond trait pour trait au portrait de la femme idéale que vous m'avez brossé.

Meredith consulta ses notes.

— Elle apprécie la musique, joue du piano, chante comme un ange. L'archéologie l'intéresse, les vieilles reliques ne la rebutent pas, son intelligence combinée à son éducation lui permettent de tenir des conversations passionnantes. Le romantisme la laisse de glace et elle est parfaitement capable de diriger une armada de domestiques. De plus, elle aime les animaux, c'est une danseuse accomplie, parle français couramment et adore la broderie…

Ce disant, elle leva les yeux vers lui d'un air triomphant, comme pour le mettre au défi de trouver un seul défaut.

— Mmm. Vous avez oublié un détail.

Les sourcils froncés, elle parcourut rapidement la liste, puis, avec un rire, elle le regarda de nouveau.

— Mais oui. C'est une beauté blonde tout ce qu'il y a de plus classique. Je ne l'ai pas mentionné, car cela va de soi. Lady Penelope est incontestablement belle à couper le souffle.

— Je la trouve un peu pâlotte.

Les yeux aigue-marine s'écarquillèrent, incrédules.

— Forcément. Elle est *blonde* !

— Et c'est là où le bât blesse. Je préfère les brunes.

Avec un cri de révolte, Meredith repoussa doucement le chien endormi et se leva. Elle alla se planter devant la cheminée, les poings sur les hanches, le menton haut.

— Qu'est-ce que vous me racontez ? Vous ne préférez certainement pas les cheveux foncés.

Philip arbora une expression stupéfaite.

— Mais si. Je vous assure. Vous devriez le savoir.

— Vous vous moquez de moi, lord Greybourne, dit-elle en agitant la liste sous le nez de son hôte. C'est noté ici, noir sur blanc, de ma propre main. L'autre soir, vous avez dit textuellement que vous aimiez... (Du doigt, elle souligna les mots sur le vélin.) ... les beautés blondes classiques.

— En fait, c'est Andrew qui l'a suggéré.

— Mais vous ne l'avez pas contredit.

— Il se trompait, cependant. Les autres hommes ont peut-être un faible pour les blondes, mais moi, je préfère les cheveux noirs, point final.

Il entendit un son répétitif, comme un staccato, s'aperçut que Meredith tapait du talon le parquet, signe qu'elle était à bout de patience.

— L'autre soir, vous n'avez rien dit à ce sujet !

— J'avoue que ma préférence est récente.

Le staccato s'intensifia.

— Vraiment ? Et depuis quand ? Depuis que j'ai organisé un défilé de beautés blondes dans votre salon ?

— Non. Avant cela.

— Quand, alors ?

Il tendit la main, saisit une boucle sombre et brillante et la frotta entre son pouce et son index. Le staccato s'arrêta abruptement et il entendit Meredith déglutir.

— Voulez-vous vraiment savoir, Meredith ? Parce que je peux vous dire très exactement à quel moment j'ai changé d'idéal féminin.

Meredith s'immobilisa. Le son de cette voix rauque la bouleversait. Son cœur cessa un instant de battre puis se remit à cogner sourdement, si fort qu'elle porta la main à sa poitrine, afin d'en comprimer les battements.

— En vérité, une seule femme à cette soirée a su capter mon attention, reprit-il. Je vous serais reconnaissant si vous arrangiez une nouvelle rencontre entre nous.

Elle avala péniblement sa salive.

— Lord Greybourne, je…

— Philip. Je vous en prie, appelez-moi Philip. Voulez-vous que je vous décrive cette personne ?

Elle ouvrit la bouche mais aucun son n'en sortit. Les doigts de son hôte plongèrent dans sa chevelure.

— Ses cheveux sont aussi sombres que la nuit dans le désert. Ils sont doux, brillants comme la soie. Leur couleur rappelle le riche limon noir que la saison des pluies dépose chaque année sur les rivages du Nil. Ses cheveux sont comme les vôtres.

Meredith chercha désespérément à alléger la tension qui la tétanisait.

— Êtes-vous en train d'insinuer que mes cheveux vous rappellent de la boue ?

Au lieu de répondre, Philip ôta ses épingles, libérant les torsades satinées qui se déversèrent sur ses épaules.

— De la boue ? Non. Vos cheveux… ses cheveux… sont d'une couleur vibrante. Ils sont magnifiques.

Lentement, il redessina les contours de son visage. Meredith ferma les yeux, comme fascinée.

— La femme qui a attiré mon attention n'est pas une beauté classique. Ses traits sont un peu trop forts, trop anguleux.

La caresse, légère comme une aile de papillon, se poursuivit. Meredith rouvrit les yeux. Philip l'observait si intensément qu'elle crut qu'elle allait défaillir.

— Sa bouche est trop grande et mobile, ses lèvres trop roses, trop pulpeuses. Mais c'est le genre de bouche qui inspire des fantasmes insensés, qui m'empêchent de penser à autre chose.

Le souffle court, le cœur battant, elle attendait comme si elle était en transe, tandis que les doigts magiques poursuivaient leur exploration.

— Son nez est un rien trop large, sa mâchoire trop volontaire. Pourtant, elle m'attire comme aucune beauté classique ne m'a jamais attiré. Elle a un sourire enchanteur, qui illumine son visage, creusant une petite fossette, là, au coin de la bouche. Sa peau, plus douce que le velours, se colore de pêche ou d'incarnat, suivant son humeur. Et ses yeux... oh ! ses yeux sont extraordinaires ! D'un bleu insondable, changeants comme la mer. Très expressifs mais dissimulant des secrets qui m'intriguent et m'ensorcellent en même temps... Oui, en effet, ses traits sont identiques aux vôtres.

Il l'attira dans ses bras, lui entoura la taille d'un geste qui leur parut à tous deux parfaitement naturel. Lorsqu'il la serra contre lui, elle sentit ses seins se durcir. Son visage devait être tout rouge, songea-t-elle, mais elle était incapable de réagir ou de détourner le regard des yeux bruns qui la dévoraient. Un muscle s'était contracté dans la mâchoire de Philip, signe qu'il s'efforçait de se contrôler mais elle savait que, comme pour elle, la bataille était perdue d'avance.

Il se pencha et l'embrassa dans le cou. Meredith ferma les paupières ; un long soupir lui échappa et elle renversa la tête.

— Son odeur, murmura-t-il, me rend fou. Elle exhale un parfum de gâteau juste sorti du four. Une fragrance chaude, tentante, délicieuse. (Il mordilla la peau délicate de son cou, faisant naître en elle un frisson de plaisir.) Oui, son odeur est semblable à la vôtre. Et son corps, continua-t-il, tandis que ses mains glissaient dans son dos, de ses épaules vers ses hanches, correspond parfaitement au mien. Comme s'il avait été créé pour moi. J'ai dansé avec vingt-quatre femmes, ce soir, mais elle était la seule qui semblait se trouver à sa place entre mes bras… Comme vous maintenant.

Il releva la tête et instantanément, Meredith éprouva une sensation de manque.

— Meredith, regardez-moi.

Elle souleva ses paupières lourdes. Philip la regardait comme s'il voulait la dévorer. Comme si elle était la femme la plus désirable qu'il avait jamais vue… Au lieu de se sentir alarmée, elle n'en fut que plus exaltée. Il l'entourait d'un bras possessif et sa main libre replongea dans ses cheveux.

— Toutes ces poupées blondes que vous m'avez présentées ce soir sont bien fades comparées à vous, Meredith. Je n'ai jamais été aussi attiré, aussi aimanté par une femme. Je ne peux m'empêcher de penser à vous, et Dieu sait si j'ai essayé ! Et après vous avoir embrassée, l'autre soir, j'ai perdu tout espoir de vous oublier.

Se penchant, il lui effleura les lèvres d'un baiser.

— Suis-je le seul à éprouver de tels sentiments ? Ou est-ce que nos baisers vous ont affectée, vous aussi ?

Elle garda un instant le silence. L'haleine chaude, parfumée au cognac, la caressait, la pénétrait comme un élixir enivrant. Son esprit engagea contre son cœur un bref combat, perdu d'avance. Se hissant sur la pointe des pieds, Meredith répondit par un seul mot, tout contre les lèvres de Philip.

— Encore.

Philip se sentit fondre et un frisson lui parcourut l'échine. D'un seul coup, la passion et le désir trop longtemps contenus le submergèrent comme une coulée de lave. Il lui prit les lèvres dans un baiser sauvage, sa langue caressant et explorant les parois satinées de sa bouche, l'étreignant farouchement dans ses bras. Sa voix intérieure lui intimait de reprendre ses esprits mais il ne l'écoutait pas.

Perdu dans un brouillard brûlant, il promena ses mains sur le dos de Meredith, sur ses fesses rondes, tandis qu'il humait la soie odorante de ses cheveux. Bientôt, ses doigts caressèrent le cou gracile, palpitant, la peau veloutée de la gorge, avant de se refermer sur la rondeur d'un sein. Un infime gémissement échappa à Meredith. Il sentit contre sa paume, à travers la fine mousseline de la robe, un téton durci. Une flamme ondoyante darda dans les reins de Philip. Il se mit à maudire cette robe qui l'empêchait de goûter et de caresser cette chair douce. La partie de son cerveau qui fonctionnait encore lui lança alors un sévère avertissement : il fallait s'arrêter maintenant, tout de suite, sinon il ne le pourrait plus.

Il interrompit leur baiser et resta immobile, le front contre celui de Meredith. Les yeux clos, il s'efforça de se calmer, un exploit surhumain, vu qu'elle s'accrochait à lui, les genoux tremblants, les jambes flageolantes.

Au bout d'un moment, il parvint à rouvrir les yeux. Il ne vit que de la buée. Maudites lunettes ! Une petite main douce les lui retira.

— Je peux ?

— Oui, bien sûr.

Meredith posa les lunettes sur le manteau de la cheminée puis se recula et observa le visage de Philip avec une curiosité non dissimulée.

— Je me demandais comment vous étiez sans vos lunettes, dit-elle doucement.

La tête penchée sur le côté, elle l'examinait comme une pièce de musée.

— Eh bien ? demanda-t-il, après un silence.

— Vous cherchez encore des compliments ?

Elle avait adopté un ton léger, sans doute pour refréner la passion qui flamboyait encore dans son regard.

— Oh non ! Simple curiosité.

— Vous avez l'air beaucoup moins studieux. Très juvénile. (Elle tendit la main pour balayer une mèche sur le front de Philip, un geste tendre et familier qui suscita en lui une vive émotion.) Peut-être parce que vos cheveux sont ébouriffés.

— Comme les vôtres. D'une charmante façon, je dois dire.

Elle scruta un instant les yeux bruns, encore brillants de désir, et réprima un ultime frisson. Son solide bon sens revint à la charge, ramenant dans son esprit toutes les raisons pour lesquelles elle devait renoncer à cet homme. Ayant pris une profonde inspiration, elle s'écarta du cercle de ses bras.

— Lord Greybourne...

— Philip. Après ce que nous venons de partager, vous pouvez m'appeler par mon prénom.

Une bouffée de chaleur fit rougir les joues de Meredith. Il avait l'air si tentant, avec ses cheveux dépeignés, sa cravate dénouée, ses yeux sombres et luisants.

Deux pas. Elle n'aurait que deux pas à faire pour se retrouver captive de ses bras puissants. Pour sentir à nouveau son grand corps musclé contre le sien et goûter à ses merveilleux baisers. L'envie de faire ces deux pas était si impérieuse qu'elle prit peur. Cette petite fantaisie n'aurait jamais dû avoir lieu. Or, étant donné qu'elle ne pouvait rien y changer, il était grand temps d'y mettre fin.

Relevant le menton, elle adopta de son mieux un air professionnel.

— Philip, ce qui s'est passé entre nous ce soir était...

Incroyable, intense, merveilleux.

Et impossible.

Meredith s'éclaircit la gorge.

— ... était une erreur de jugement de ma part.

— Permettez-moi de vous corriger. C'était le résultat d'une attirance réciproque.

Il tendit la main mais Meredith se réfugia derrière la banquette, décidée à mettre de la distance entre eux.

S'il la touchait encore une fois, elle était perdue, elle le savait. Philip ne fit aucune autre tentative. Il prit ses lunettes et les remit sur son nez.

Les mains jointes, Meredith le regarda dans le blanc des yeux.

— Je ne puis nier que je vous trouve séduisant, commença-t-elle d'une voix posée.

— Moi aussi. À tel point que…

— Néanmoins, ce qui s'est produit ici ce soir, et à Vauxhall il y a trois jours, pourrait nous amener à commettre une erreur monumentale. Je cite vos propres mots.

— Quand je les ai prononcés, je pensais formuler *votre* point de vue. Je ne le partage pas.

— Simple question de sémantique. Le fait est que nous ne pouvons céder à nouveau à ce… cette attirance.

— Pourquoi ?

— Voyons, Philip, il y a des milliers de raisons !

— Alors, je vous prie de les énumérer, car je n'en vois aucune.

Il s'adossa à la cheminée et croisa les bras sur sa poitrine.

— Je vous écoute.

— Vous vous moquez de moi, une fois de plus.

— Au contraire, je suis très sérieux. Vous avez admis que nous sommes attirés l'un par l'autre. Pour ma part, j'ai hâte de savoir où cette attirance va nous mener.

— Justement, tout est là. Elle ne nous mènera nulle part.

— Pardonnez-moi, mais je ne comprends pas pourquoi.

— Ne soyez pas obtus. Où voulez-vous que cela nous mène ? Vous êtes lié par votre parole de vous marier. Je suis supposée vous trouver une épouse. Soyons honnêtes, Philip : il n'y a aucune place pour moi dans votre vie. Les deux issues possibles sont parfaitement inacceptables. Je ne peux pas être votre femme et je refuse de devenir votre maîtresse.

Un silence pesant suivit, brisé seulement par le tic-tac monotone de la pendule. Une longue minute s'écoula avant qu'il ne réponde :

— Juste par curiosité… Si jamais j'arrive à briser la malédiction, serait-ce une terrible épreuve que de m'épouser ?

L'incertitude dans le ton de sa voix, qui rappelait des blessures passées, alla droit au cœur de Meredith. Elle ravala courageusement la boule d'émotion qui s'était formée dans sa gorge.

— La femme que vous choisirez aura bien de la chance, Philip. Je ne doute pas que vous serez un mari merveilleux et un père exemplaire. Et votre épouse, bien sûr, sera issue d'une grande famille et aura reçu une éducation parfaite. Je ne suis pas cette femme-là. Et même si je l'étais, comme je vous l'ai déjà dit, je n'ai pas l'intention de me marier.

— Voilà une déclaration étrange. Pourquoi répugnez-vous à obtenir un statut que les autres femmes désirent tant ?

Si vous saviez…

— Je suis parfaitement satisfaite de ma vie telle qu'elle est. J'aime mon travail, ainsi que l'indépendance qu'il me procure. De plus, Albert, Charlotte et Hope dépendent de moi et ce sentiment est réciproque. Pour rien au monde je ne briserais la famille que nous avons créée. Quant à la seconde option…

— Devenir ma maîtresse ?

— Oui. Je refuse d'entacher ma réputation, car cela rejaillirait aussitôt sur ma famille. J'ai combattu trop longtemps pour gagner une certaine respectabilité. Je ne me risquerai pas à la perdre.

Les yeux de Philip se firent interrogateurs. Meredith sut qu'elle en avait trop dit. Afin de couper court à d'éventuelles questions, elle s'empressa de poursuivre :

— La vie m'a appris qu'il est vain de regarder en arrière ou de se laisser ronger par les regrets. Nous ne pouvons qu'aller de l'avant et tirer les leçons de nos erreurs passées.

— Voilà une philosophie admirable, mais j'entends aussi la voix de l'expérience, Meredith. Quelles fautes avez-vous donc commises ?

— Nous en commettons tous, répliqua-t-elle d'un ton délibérément léger et évasif. Ma dernière erreur remonte à quelques minutes seulement et je l'ai faite avec vous, ici même.

Philip la considéra longuement, puis exhala un long soupir.

— Très bien. Comme je vous l'ai déjà dit, l'une de vos principales qualités réside dans votre manière claire et nette d'expliquer les choses les plus compliquées. Cette fois-ci, vous vous êtes surpassée.

Il inclina la tête en guise de salut et, aussitôt, Meredith se sentit écrasée par un insoutenable fardeau de culpabilité.

— Je chérirai toujours les moments que nous avons partagés, Philip. Je ne regrette rien. Seulement, nous ne pouvons nous permettre de recommencer.

Menteuse ! lui susurra une petite voix. Parce qu'elle le regrettait. Profondément. D'autant que ces baisers avaient marqué sa mémoire au fer rouge. Jusqu'à la fin de ses jours, elle se rappellerait ces instants magiques. Ces baisers, ces caresses, qui avaient ouvert les portes du désir, la hanteraient à tout jamais. Elle venait de dire que l'on ne devait pas s'abandonner aux regrets. Pourtant, elle savait que ce soir, dans son lit solitaire, elle maudirait le passé qui lui interdisait d'avoir dans sa vie un homme comme Philip.

Afin d'éviter un nouveau tête-à-tête, Philip pria Bakari de ramener Meredith chez elle. Au préalable, il la mit au courant des événements survenus à l'entrepôt et l'exhorta à la prudence. Lorsque les lanternes du carrosse disparurent au coin de la rue obscure, il se laissa tomber sur la banquette, près de Prince qui ronflait. Les coudes sur les genoux, il enfouit son visage dans ses mains.

Seigneur, quelle nuit !

Chassant tant bien que mal l'image de Meredith, il reporta son attention sur les révélations d'Edward. Qui l'avait attaqué ? Est-ce que l'agresseur avait volé quelque chose ? Et si oui, quoi ? Et pourquoi ? Un nœud lui contractait l'estomac. Ce ne pouvait tout de même pas être le seul objet dont il ait besoin !

La souffrance commence maintenant... Bon sang, qu'est-ce que cela voulait dire ? Il n'en savait rien mais il était déterminé à découvrir ce qui se cachait derrière cette énigme. Il décida de se rendre à l'entrepôt le lendemain à la première heure, en espérant qu'Andrew se sentirait assez bien pour l'accompagner.

Philip retira ses lunettes et se frotta le front. D'autres images l'assaillirent. La réception... La valse.... Les jeunes filles avaient été plaisantes, d'un commerce agréable. Indéniablement, elles étaient toutes plus belles les unes que les autres. Malheureusement, aucune n'avait réussi à provoquer la moindre étincelle d'intérêt.

Sauf Meredith.

Qu'avait-elle voulu dire en évoquant ses rudes combats « pour gagner une certaine respectabilité » ? Un frémissement dans sa voix, lorsqu'elle avait évoqué ses erreurs passées, l'avait laissé penser qu'elles n'étaient pas sans gravité mais cela n'avait aucune importance. Meredith Chilton-Grizedale était sans aucun doute la femme qu'il voulait. Il est certaines choses contre lesquelles on peut se battre et d'autres qui vous laissent sans défense. Meredith appartenait à cette dernière catégorie.

« Bon Dieu, que faire ? » se demanda-t-il.

10

Le lendemain, Philip se leva aux aurores. Il venait à peine de terminer son petit déjeuner, quand Bakari apparut à la porte de la salle à manger.

— Votre père.

Le comte entra dans la pièce. Ses joues étaient pâles, de sombres auréoles lui cernaient les yeux, mais il semblait étonnamment en forme et avançait d'un pas presque alerte. Comme toujours, il était vêtu avec un soin minutieux.

— Bonjour, Philip, dit le comte en faisant signe à un domestique. Du café, s'il vous plaît.

— Père ! Comment vous sentez-vous, aujourd'hui ?

— Bien, je te remercie. Mieux, en fait, que depuis de longues semaines.

— Je suis ravi de l'entendre, dit Philip en consultant subrepticement la pendule qui trônait sur la cheminée. Mais peut-être devriez-vous vous reposer. Vous êtes bien matinal.

— Je voulais te voir avant que tu ne sortes. Je savais que tu serais réveillé, tu as toujours été un lève-tôt. Visiblement, je ne te tire pas du lit… (Il considéra son fils d'un œil acéré.) Bien que tu sois mal peigné, ce qui n'a rien de surprenant.

— Je n'ai guère dormi, répondit Philip.

C'était un doux euphémisme. En fait, il n'avait pas dormi du tout. Toute la nuit, il s'était retourné dans son lit, hanté par une question obsédante. Que faire au sujet de Meredith ? Il avait examiné chaque possibilité et pesé les faits, pour parvenir finalement, au petit matin, à la seule conclusion qui s'imposait.

— L'esprit trop tourmenté par toutes ces charmantes jeunes filles, hein, Philip ?

— Quelque chose comme cela, oui.

— C'est pourquoi je suis là. Afin de parler de la soirée avec toi. Y a-t-il eu les résultats espérés ? As-tu rencontré une jeune fille que tu voudrais revoir ?

En d'autres circonstances, Philip aurait réagi brutalement à cette question indiscrète. En l'occurrence, il esquissa une moue amusée.

— Je n'en suis pas sûr…

— Que veux-tu dire exactement ?

— J'ai effectivement rencontré une femme que je désire revoir…

— Ah ! formidable !

— Mais il se trouve qu'elle a émis quelques réserves.

— Foutaises ! Quelle femme ne voudrait pas épouser l'héritier d'un comté ?

— Pour commencer, père, quelqu'un qui n'est pas pressé de rendre son dernier soupir deux jours après ses noces.

Le comte de Ravensly esquissa un geste indolent.

— Qui est cette fille ?

— Je préfère ne pas révéler son nom pour le moment. Il suffit de vous dire que mon choix est fait. À présent, je m'appliquerai à la convaincre.

Il s'était préparé mentalement à épouser une inconnue, à seule fin de tenir ses engagements. Or, depuis, un changement s'était produit : il avait jeté son dévolu sur Meredith. Il pensait qu'ils étaient faits l'un pour l'autre et il devait très certainement y avoir un moyen de la gagner à sa cause. À condition de la protéger contre la malédiction, tout en la persuadant de continuer à le fréquenter, même s'il n'était pas encore en mesure de l'épouser.

Le domestique posa une tasse de café sur la table. Le comte remua distraitement sa petite cuillère dans le riche breuvage odorant.

— Tu n'auras pas beaucoup de temps pour lui faire la cour, Philip. J'ai vu hier le Dr Gibbens. Il ne me donne plus que deux, peut-être trois mois à vivre. Je voudrais te voir marié et, pourquoi pas, avec un héritier en route.

Une vague de tristesse mêlée de regrets submergea Philip, pour tout ce que son père et lui n'avaient pas partagé et ne partageraient jamais. Il se jura qu'il n'érigerait jamais une muraille semblable à celle qui le séparait de son père entre lui et ses enfants.

— Je ferai tout ce qui est en mon pouvoir pour respecter nos accords, père. Mais admettez, de votre côté, la possibilité que je puisse me trouver dans l'incapacité de tenir ma parole.

— Je ne suis pas homme à accepter les échecs, Philip.

— Moi non plus. Surtout maintenant que j'ai rencontré la femme de ma vie.

— Alors je suggère que tu te rendes sans plus tarder à l'entrepôt pour poursuivre tes recherches.

— Oui, père, mais il faut d'abord que je vous dise...

Il relata rapidement les événements de la nuit précédente, puis demanda à son père de rester vigilant.

— Il est clair qu'en dehors de la malédiction, on cherche à me nuire, conclut-il. Mais je découvrirai le coupable, soyez-en assuré.

Il avala sa dernière gorgée de café et se leva.

— Maintenant, si vous voulez bien m'excuser, père, le devoir m'appelle.

À sa surprise, son père se leva lui aussi, l'air déterminé.

— Je t'accompagne. Plus nous serons nombreux, plus vite nous viendrons à bout de ces caisses.

— Mais c'est un travail sale et épuisant !

— Oh ! je ne me fatiguerai pas ! Je me sens mieux aujourd'hui et je n'ai pas l'intention de passer ma journée au lit. Je veux t'aider, Philip.

— Entendu.

Sachant qu'il était inutile d'argumenter quand le comte avait une idée en tête, Philip se dit qu'il lui confierait une tâche facile, comme de pointer les objets dans le registre, par exemple.

— Tu as l'air étonné que j'offre mon assistance, Philip. Je me sens concerné par ton bien-être et je n'apprécie guère le ton menaçant du mot qu'Edward a trouvé. Quant à la malédiction, bien que je ne sois pas convaincu de son authenticité, j'aimerais que tu épouses la femme que tu as choisie, mon fils.

La gorge de Philip se serra. *Mon fils*. Son père ne l'avait plus appelé ainsi depuis la mort de sa mère. Pas une fois, ni lors de leurs entretiens, ni dans sa correspondance. Ces deux mots prirent soudain l'allure d'un rameau d'olivier. Un geste de réconciliation que Philip s'empressa d'accepter avec gratitude.

— Merci, père. Venez, allons rejoindre la compagnie.

Tandis qu'ils sortaient de la salle à manger, il ajouta :

— Comme Andrew ne s'est pas encore montré, je présume qu'il ne se sent pas d'attaque. Il est enrhumé. J'espère qu'il ira mieux tout à l'heure et qu'il se joindra à nous dans la journée.

— Stanton est malade ? Il a dû attraper froid subitement, alors. Il semblait en parfaite forme quand je l'ai aperçu, hier soir.

— Hier soir ? À quelle heure ?

— Pas loin de 22 heures. Je rentrais à la maison en carrosse. Je l'ai vu qui marchait dans Oxford Street.

— Et que faisiez-vous dehors à cette heure ? Votre médecin vous a sûrement interdit les promenades nocturnes.

Deux plaques cramoisies fleurirent sur les pommettes pâles du comte.

— Je me sentais assez bien, hier soir, alors j'ai fait un tour à mon club. Au contraire, mon docteur m'encourage à sortir, à condition que j'en aie la force. Selon lui, cela remonte le moral.

— Je vois. Mais pour ce qui est d'Andrew, vous avez dû vous tromper. Il est monté se coucher peu après 19 heures.

— Tiens, j'étais sûr que c'était lui... Visiblement, j'ai eu tort. En tout cas, ton ami Stanton a un sosie, ici, à Londres.

— On dit que chacun de nous à un double quelque part, dit Philip avec un rire amusé. Que Dieu nous vienne en aide, si deux Andrew Stanton circulent en ville !

Philip tourna lentement sur lui-même et ses bottes chuintèrent sur le vieux plancher de l'entrepôt, tandis qu'il examinait les deux caisses ouvertes par terre. Les traces de la bagarre étaient visibles partout, dans les éraflures sur le bois, les fragments d'objets brisés, éparpillés alentour. Il s'accroupit et ramassa un bout de poterie d'un rouge brillant. Un vase de Samos du IIe siècle après J.-C. dont il avait fait l'acquisition à Rome, chez un antiquaire réputé pour ses pièces rares. La perte d'un objet qui avait survécu pendant des centaines d'années, offrant une vision précieuse du passé, et qui ne pourrait jamais être remplacé, l'emplit d'une rage froide. Encore heureux qu'Edward ait échappé à la vindicte du vandale, songea-t-il. Peut-être qu'avec beaucoup de temps et de patience, il parviendrait à reconstituer le vase.

— Y a-t-il beaucoup de dommages ? demanda le comte.

— Difficile à dire. Quelques pièces, je dirais. J'en saurai plus quand j'aurai comparé les objets restants avec ceux qui sont inscrits dans le registre.

— Peuvent-ils être restaurés ?

— J'essaierai, bien sûr, mais ils ne seront plus jamais les mêmes.

S'agenouillant, il retira un carré de coton d'une mallette de cuir qu'il avait apportée exprès et le déploya par terre.

— Je vais réunir les fragments sur ce tissu, puis je l'enroulerai afin de les protéger... La chaise dans le bureau est très confortable, vous savez.

— Je ne suis pas venu ici pour m'asseoir.

— Je sais, mais cette tâche exige que l'on travaille sur les mains et les genoux.

— Philip, je ne suis pas la ruine que tu penses. Mes mains et mes genoux sont en parfait état.

En dépit des circonstances, un sourire effleura les lèvres de Philip.

— En tant qu'expert en reliques en tout genre, père, je peux vous confirmer que vous n'en êtes pas une. Je pensais à vos habits... Si vous vous agenouillez par terre, même un acte du Parlement ne saurait effacer les taches sur votre pantalon.

— Bah...

Tout doucement, le comte s'abaissa sur les genoux dans un mouvement relativement fluide, avec toutefois une grimace douloureuse qui fit sourire Philip.

— Et voilà, dit le comte avec fierté.

— Excellent. Faites attention de ne pas écraser mes fragments.

Pendant qu'ils ramassaient les fragments de poteries pour les placer sur le tissu, le comte bombarda Philip de questions. Il voulait savoir ce que son fils avait rapporté de l'Orient – tapis, meubles, soies – pour renflouer leur affaire d'import-export. Plus d'une heure s'écoula ainsi quand, soudain, le comte s'exclama :

— Regarde ce que j'ai trouvé sous cette caisse ! C'est trop neuf pour faire partie de tes objets... Oui, presque identique à celui que je porte sur moi.

Philip se retourna. Un couteau brillait dans la main de son père. Il tendit la main, saisit le manche.

— Ce doit être l'arme de notre visiteur de la nuit. Edward m'a dit que son agresseur l'avait perdue pendant qu'ils se battaient.

Ce disant, il examina la lame luisante : aucun signe distinctif. C'était un couteau ordinaire. La plupart des hommes qu'il connaissait en portaient un semblable dans leur botte, y compris lui-même : Andrew, Edward, Bakari et même son père, comme il venait de l'apprendre.

Il déposa le couteau dans sa mallette en disant :

— Je le remettrai à la police.

Ils en avaient presque fini avec les morceaux de poteries quand le grincement de la porte annonça l'arrivée de quelqu'un.

— Lord Greybourne, êtes-vous là ?

Tous les muscles de Philip se tendirent au son de cette voix voilée et féminine. Il ravala un soupir. Quelle défense pouvait-il mettre au point contre une femme qui avait le don de l'affecter juste avec le son de sa voix ?

— Par ici ! cria-t-il, puis se tournant vers son père : C'est Mlle Chilton-Grizedale. (Il entendit un pas bancal, plus lourd, derrière les pas rapides et légers et ajouta :) Accompagnée de son majordome, Albert Goddard.

Qui l'aime.

Philip et son père se relevèrent. Les culottes du comte portaient aux genoux des auréoles poussiéreuses et il se sentait perclus de courbatures, mais la satisfaction du travail accompli faisait briller ses yeux pâles.

Une seconde plus tard, Meredith suivie de Goddard apparut au coin de l'aile. Philip aperçut dans son regard une flamme fugitive aussitôt remplacée par une froide indifférence. Goddard, derrière elle, arborait un air fermé et protecteur.

Philip le présenta à son père qui s'inclina ensuite poliment devant Meredith.

— Je vous félicite, mademoiselle Chilton-Grizedale. La réception d'hier soir a donné les résultats espérés.

— Je ne suis pas sûre d'avoir compris, monsieur le comte.

— Mon fils m'a avoué ce matin qu'il a remarqué une jeune lady parmi les prétendantes. Je suis convaincu que le mariage aura lieu le 22, comme prévu.

Un voile incarnat colora les joues de Meredith. Elle jeta à Philip un regard de biais, trop rapide pour qu'il puisse en déchiffrer le message. Confusion ? Intérêt ? Dépit ?

— Je suis ravie de l'apprendre, monsieur.

Son regard dériva vers les objets broyés qui gisaient sur le carré de tissu.

— Oh ! mon Dieu... Ils ont été cassés hier soir ?

— Oui, répondit Philip.

— J'en suis désolée. Cela me rend malade de voir ces dégâts. Vous devez être désespéré.

Sa compassion fit à Philip l'effet d'une pluie fraîche sur une terre desséchée. Il refoula l'envie de la prendre dans ses bras ; il ne pouvait se le permettre, bien sûr, et pas seulement à cause de la présence de son père. L'austère Goddard le corrigerait à coups de poing s'il se laissait aller à un tel geste.

— Comment pouvons-nous aider ? demanda-t-elle.

— Nous avons réuni presque tous les fragments, expliqua Philip. Finissez cela, puis nous fouillerons dans les caisses afin de déterminer si des objets ont été dérobés.

Il se dit en même temps que Goddard aurait du mal à travailler à quatre pattes avec sa mauvaise jambe, bien qu'il eût préféré mourir plutôt que l'admettre. Se tournant vers lui, il ajouta :

— Je n'ai pas encore eu le temps de faire le tour de l'entrepôt. Je voudrais m'assurer qu'on n'a pas touché aux autres caisses... Voulez-vous vous joindre à moi ?

Un muscle se contracta dans la mâchoire du jeune homme et Philip put presque lire dans ses pensées. Il devait maudire son infirmité et avoir compris pourquoi Philip lui proposait de l'accompagner. Finalement, il acquiesça de la tête.

Philip ouvrit la marche à travers le labyrinthe formé par les caisses empilées. Lorsqu'ils furent assez loin pour que son père et Meredith ne puissent les entendre, il reprit :

— Vous avez quelque chose à me dire, n'est-ce pas ?

C'était une constatation, pas une question.

Une grimace tordit la bouche du jeune homme. Il reporta son poids sur sa bonne jambe et se redressa de toute sa hauteur.

— J'aime pas la façon dont vous la regardez.

Philip ne fit pas semblant de ne pas comprendre. Il était le premier à savoir comment il regardait Meredith et ne pouvait en vouloir à Goddard. Au fond, il éprouvait de la sympathie à son endroit. Lui aussi s'était senti diminué, humilié, lorsqu'il n'était qu'un adolescent empoté.

Il connaissait également les sentiments que Meredith nourrissait à l'égard de Goddard. Elle n'était pas amoureuse de lui. Ce n'était pas le genre de femme qui se serait laissé embrasser si elle avait appartenu à un autre homme. Quelle était exactement la nature de leurs relations ? Philip soutint fermement le regard du jeune homme avant de déclarer calmement :

— Je peux dire à la manière dont *vous* la regardez que vous l'aimez.

— Et comment ! D'ailleurs cela me donne certains droits. Par exemple, celui de la protéger des lords qui meurent d'envie de manger le gâteau et de le recracher quand ils sont rassasiés.

— Je n'ai pas cette intention.

— Non ? dit Goddard d'une voix belliqueuse. Quelles sont vos intentions, alors ?

— C'est personnel. Mais sachant l'affection que vous lui portez, je peux vous assurer que je ne ferai jamais rien qui puisse la blesser.

— Vous lui avez déjà fait du mal, monsieur, avec votre fichue malédiction. Sa réputation est tout pour elle. Vous avez déjà ruiné son travail. Et à la façon dont vous la dévorez des yeux, j'ai l'impression que vous allez la ruiner, elle aussi... Vous autres, aristocrates, poursuivit-il avec un rictus méprisant, vous croyez que toutes les filles sont à votre disposition. Mais Mlle Merrie est trop intelligente pour tomber dans le piège. Mlle Merrie n'est pas une victime. Toute sa vie, elle l'a prouvé.

— Que voulez-vous dire par là ?

Une lueur traversa le regard de Goddard qui réalisa qu'il en avait trop dit. Philip comprit qu'il n'en saurait pas davantage mais demanda :

— Et comment savez-vous que *vos* sentiments ne vous amèneront pas à la compromettre ?

Le jeune homme garda un instant le silence. Visiblement, il hésitait sur la manière de répondre. Enfin, il murmura :

— Je l'aime, mais pas de la manière que vous insinuez. Elle est pas assez âgée pour être ma mère, mais elle m'a sorti du caniveau. Elle m'a élevé. Et je l'aime, oui, comme on aime ses parents. Et maintenant que j'ai grandi, c'est à mon tour de prendre soin d'elle. Je ferais n'importe quoi pour Mlle Merrie. *N'importe quoi !*

Ses yeux n'étaient plus que deux fentes. Il avait au moins le mérite d'être clair. Si Meredith lui disait : « Apporte-moi la tête de lord Greybourne sur un plateau », Goddard affûterait aussitôt sa hache.

— Qu'entendez-vous quand vous dites que vous l'aimez comme on aime ses parents ?

— Je n'avais ni père ni mère, répondit Goddard après un silence. J'avais personne à part Taggert, le ramoneur. Je faisais partie de son équipe de petits grimpeurs. On dormait tous dans une minuscule pièce sale. Un jour, je suis tombé en nettoyant une cheminée. J'ai dû me cogner la tête car tout ce que je me rappelle, c'est que quand j'ai repris connaissance, j'ai vu les yeux bleus d'un ange. Je me suis dit : « Albert, t'es mort et t'es au paradis ». Mais l'ange, c'était Mlle Merrie. Elle m'a tiré du fossé où Taggert m'avait jeté, vu que je lui servais plus à rien.

— Oh ! Seigneur ! murmura Philip, écœuré par tant de cruauté. Quel âge aviez-vous ?

Il haussa les épaules.

— J'sais pas. Peut-être huit ans, enfin c'est ce que Mlle Merrie a pensé. Comme j'ai pas d'anniversaire, nous le fêtons le jour où elle m'a trouvé... Nous le fêtons tous les ans, monsieur. Elle fait un gâteau et m'offre des cadeaux.

— Qu'est-il arrivé à ce Taggert ?

Une lueur haineuse brûla les yeux du garçon.

— J'en sais rien. J'espère qu'il est en enfer.

— Ainsi, Meredith vous a ramené chez elle où vous avez vécu avec sa famille ?

— Il y avait pas encore les autres. Juste nous. Elle était comme une mère pour moi. Elle m'a nourri, habillé, elle m'a appris à lire et à écrire. Charlotte est arrivée cinq ans plus tard. Et Hope est née peu après, chez nous.

— Elle vivait seule, quand elle vous a adopté ? Elle ne devait pas avoir plus de quinze ou seize ans. Comment...

— Vous occupez pas ! grommela Albert en serrant les poings. C'est pas important. Ce qui compte, c'est que vous sachiez que Mlle Merrie est une grande dame. Gentille. Respectable. Tout ça... Je lui dois la vie et je jure devant Dieu que je laisserai personne, vous ou un autre, lui porter préjudice.

Philip sentit la honte embraser son visage. Les pauvres menaient une existence rude, alors qu'il avait passé une enfance et une adolescence dorées. Ses ennuis étaient presque insignifiants en comparaison des épreuves que ce jeune homme avait traversées.

— Je ne lui porterai pas préjudice, dit-il. Jamais. J'ai toujours su que Meredith était gentille et respectable.

— Mais vous la voulez.

— Je ne nie pas qu'elle me plaît, mais ce n'est qu'une partie des émotions qu'elle m'inspire. Vous portez un jugement unilatéral, Albert. Vous êtes-vous demandé si elle éprouvait, elle aussi, des sentiments à mon endroit ?

— J'ai pas pensé à ça, admit Albert non sans réticence. Si... si Mlle Merrie pense qu'elle sera heureuse avec vous... eh bien, je ne veux que son bonheur.

Philip hocha la tête.

— Vous êtes un homme très courageux, Goddard. Vos souffrances vous ont insufflé une force morale hors du commun. Aucun enfant ne devrait être traité avec une telle cruauté... Je vous admire infiniment pour avoir réussi à surmonter toutes ces épreuves et je vous remercie de m'avoir confié quelque chose d'aussi personnel et pénible. Votre loyauté vis-à-vis de Meredith force l'admiration.

Les traits crispés d'Albert se détendirent.

— Je remercie Dieu tous les jours de m'avoir mis sur le chemin de Mlle Meredith. J'ai de la chance.

Philip lui tendit la main.

— Elle a de la chance, elle aussi.

Les deux hommes se toisèrent un instant du regard puis, avec un hochement de tête, Albert saisit la main de Philip et la serra d'une poigne ferme.

— Merci. Vous n'êtes pas exactement comme je vous imaginais. Vous n'êtes pas mauvais... pour un aristocrate, je veux dire.

— Merci. À présent, voyons si nous aurons tous la chance de retrouver la pièce manquante que nous cherchons.

Ils retournèrent vers l'endroit où Meredith et le comte travaillaient, en passant du côté des fenêtres. Soudain, Philip s'arrêta si brusquement qu'Albert, qui le suivait, faillit le heurter. Le sol était jonché de bris de verre sur lesquels les rayons du soleil miroitaient.

— Mlle Merrie m'a dit qu'il y a eu un cambriolage, hier soir, dit Albert. Le voleur a dû casser la vitre pour entrer.

— D'après ce que m'a dit Edward, j'ai pensé que le voleur devait avoir soudoyé le gardien. C'est Edward qui a cassé la vitre, parce que son agresseur l'avait enfermé.

Le bruit de la lourde porte qui s'ouvrait les interrompit ; des pas pressés résonnèrent sur le parquet. Peu après, M. Danpry, le directeur de l'entrepôt, fit son apparition. C'était un homme solidement charpenté que Philip avait rencontré le jour où il lui avait fait livrer ses caisses.

— Lord Greybourne. J'ai appris ce qui s'est passé ici hier soir, dit-il en contemplant d'un air désolé les débris. La police ne tardera pas à mettre ce fumier sous les verrous... Le juge veut qu'il soit arrêté au plus vite et le propriétaire de l'entrepôt a engagé un détective.

— Parfait. J'ai fait un tour, mais je n'ai constaté aucun autre dégât. Il semble que le voleur s'en soit pris seulement à deux de mes caisses.

— Vous étiez donc la cible de ce cambriolage, milord. Un cambriolage pas ordinaire, au demeurant.

— Non, bien sûr. Mon ami a été blessé, et sans doute votre gardien aussi.

— Billy Timson, le gardien, est plus que blessé, milord. On l'a trouvé il y a une heure ; son corps flottait dans la Tamise. Nous avons affaire à un meurtre, à présent.

Ils s'étaient divisés en deux groupes. Meredith et Albert s'occupaient d'une caisse, pendant que Philip et son père vidaient l'autre.

Pendant plus de deux heures, la conversation se limita à nommer les objets qu'ils inventoriaient. Il faisait une chaleur étouffante. À un moment donné,

Meredith s'épongea le cou avec son mouchoir. Sans le vouloir, elle jeta un coup d'œil du côté de Philip. Une statuette entre les mains, il lui tournait le dos. Des traînées poussiéreuses maculaient sa chemise de lin blanc, tandis qu'une grosse tache de sueur en forme de T courait le long de ses larges épaules et de sa colonne vertébrale.

Philip se retourna alors et Meredith détourna vivement les yeux, non sans avoir noté qu'il avait les cheveux trempés, le front moite, et que ses lunettes avaient glissé sur son nez. Il avait défait sa cravate et déboutonné le col de sa chemise, découvrant ainsi la peau tannée de son cou et le haut de son torse où brillait un éclat métallique. La chaîne portant la pièce d'or qu'il lui avait montrée à Vauxhall Gardens et qui était nichée contre sa peau chaude... Une force invisible l'incita à baisser les yeux sur les larges mains bronzées qui manipulaient délicatement la statuette. Des mains magiques dont les longs doigts calleux démentaient son statut aristocratique. Ces doigts qui l'avaient caressée... qui avaient plongé dans ses cheveux.

Son regard descendit, aimanté par le ventre plat et, plus bas, par les culottes moulantes qui soulignaient une partie de son anatomie qui la fascinait plus qu'elle ne l'aurait voulu... Au prix d'un effort surhumain, Meredith s'arracha à sa contemplation. Il était sale, échevelé, en sueur. Elle ne devrait pas le trouver attirant, se dit-elle. D'ailleurs, il n'était pas séduisant. En fait, il était *terriblement* séduisant. *Dangereusement* séduisant. Ses vêtements souillés ne la rebutaient pas. Elle aurait aimé les lui retirer un par un et lui proposer de lui donner un bain.

Déroutée par cette pensée incongrue, elle sentit une chaleur insupportable l'inonder, sans rapport avec la température ambiante. Son imagination enfiévrée lui renvoya l'image d'un Philip nu dans son bain, tandis qu'elle le savonnait... Se secouant mentalement, elle leva les yeux... et croisa le regard de l'objet de ses pensées.

— Avez-vous chaud, mademoiselle Chilton-Grizedale ? demanda-t-il d'une voix de velours.

Oui, par votre faute.

— Je crois que nous souffrons tous de la température qui règne dans cette pièce.

Il la scruta un instant et Meredith retint une grimace. Elle devait ressembler à un épouvantail, se dit-elle.

— Je vous prie de me pardonner. J'étais tellement concentré sur mon travail que je n'ai pas réalisé l'inconfort que je vous impose. J'apprécie votre aide, mais les conditions, ici, ne conviennent pas à une dame. Je serai heureux de vous raccompagner chez vous.

— Je ne suis pas une fleur fragile, milord. Je vous remercie de penser à mon confort, mais je tiens à participer aux recherches. Le temps presse et il est dans mon intérêt que vous découvriez le morceau manquant de la Pierre des Larmes.

— Quand vous parlez de votre intérêt, vous voulez dire que, sans ce morceau, vous ne pourriez pas me marier à l'une de ces « fleurs fragiles » que vous m'avez fait rencontrer hier soir ?

— Je préfère les appeler « des jeunes filles bien élevées ».

— J'en suis persuadé.

— Et oui, vous marier fait partie de mes projets. Nous aurons beaucoup à perdre, tous les deux, si vous ne parvenez pas à triompher de la malédiction.

Quelque chose qu'elle ne put deviner passa dans les yeux de Philip.

— Là-dessus, il n'y a rien à ajouter.

— Je suis ravie que nous nous comprenions.

Albert les interrompit soudain, et Meredith eut envie de l'embrasser pour avoir mis fin à leur joute oratoire.

— Pardon, dit-il. Je viens de vérifier le contenu de la caisse, lord Greybourne. Tous les objets consignés sont bien là.

Philip parut soulagé – un sentiment que Meredith partageait.

— Excellente nouvelle ! s'exclama-t-il.

— Peut-être pas, intervint le comte. Je viens de terminer avec notre caisse, Philip, et il manque quelque chose.

Ce disant, il tapota du doigt le registre.

— D'après tes bordereaux, un « vaisseau en gypse » devrait se trouver parmi ces objets.

Philip posa délicatement la statuette et parcourut la page du registre. Il pâlit soudain et se passa les mains sur le visage.

— Bon sang, j'aurais dû faire le rapprochement !

— Quel rapprochement ? demanda Meredith avec inquiétude.

— Quand j'ai relu cette liste, je n'ai accordé aucune importance à cet objet particulier. En effet, j'ai lu « vaisseau » et j'ai pensé « bateau ». Un bateau sculpté dans du gypse. Or, ce terme a plusieurs significations... Il désigne aussi une sorte de boîte... Ah ! J'aurais dû également faire attention à « gypse ».

— Que veux-tu dire ? demanda son père.

— Le gypse est un minéral communément appelé pierre à plâtre ; il sert à façonner des vases, des coffrets, etc. Et l'albâtre est une variété de gypse... comme la boîte qui contenait la Pierre des Larmes.

Il exhala un long souffle.

— Il s'agirait donc d'une boîte en albâtre. Et maintenant, elle a disparu.

11

Il restait neuf caisses.

Ils en avaient fouillé encore trois, sans succès. Découragé, Philip avait donné le signal de départ vers 18 heures. Il était fourbu, sa chemise trempée collait à son corps comme une deuxième peau, et il avait l'estomac dans les talons. Leurs recherches se seraient arrêtées plus tôt si Meredith n'avait eu la bonne idée d'apporter un panier de victuailles contenant biscuits, scones, fromage, jambon, cidre.

Il avait envie de se laver, de changer de vêtements. De toute façon, il ne pourrait plus rien tirer de son père ni de Goddard ou de Meredith, qui semblaient aussi épuisés que lui. Ils avaient travaillé toute la journée sans relâche. Philip avait eu beau exhorter son père au repos, le comte n'avait rien voulu entendre.

À présent, Philip avait hâte de retrouver Andrew. Celui-ci ne s'était pas montré, signe qu'il était encore mal en point ; à moins qu'il ne soit allé au musée.

Le comte et Goddard s'engagèrent dans le long couloir menant vers la sortie. Meredith s'apprêtait à leur emboîter le pas quand Philip la retint :

— Puis-je vous dire un mot ?

Aussitôt, Goddard ralentit l'allure pour jeter un coup d'œil interrogateur par-dessus son épaule.

— Ça va aller, Albert, dit-elle avec un sourire fatigué. Je te rejoins dans un instant.

Avec un hochement de tête, Goddard poursuivit son chemin. Meredith était essoufflée, à bout de forces.

Une traînée noirâtre maculait sa pommette, de la poussière s'accrochait à ses cheveux et à sa robe brune. Elle était en sueur mais, même ainsi, Philip la trouva plus attirante que toutes les femmes qu'il avait rencontrées jusqu'alors. Il en éprouva un picotement au bout des doigts mais se retint de la toucher.

— Je voudrais vous dire un grand merci pour votre aide et celle de Goddard, dit-il. Merci aussi d'avoir pensé à la nourriture. J'ai une fâcheuse tendance à oublier ce genre de détails, pourtant importants. Votre prévoyance vous classe dans la catégorie des « purs génies ».

Elle le récompensa d'un charmant sourire.

— Merci, mais je pencherais plutôt pour « excellent instinct de conservation ». J'ai supposé que nous resterions ici tout l'après midi et que personne ne songerait au déjeuner, jusqu'à ce que nous mourions tous de faim et de soif. Et comme je ne voulais pas être la première à réclamer une pause, sous peine d'être classée...

— Dans la catégorie des « fleurs fragiles » ?

— Exactement. Donc, j'ai anticipé. Le stratagème a fonctionné, puisque vous m'avez taxée de génie, au lieu de me considérer comme une faible femme.

— En tout cas, j'ai apprécié le repas. C'était délicieux.

— Parce que vous aviez faim. Je vous aurais servi des boulettes de sciure, vous les auriez dévorées sans un murmure de protestation.

— Mmm... vous avez peut-être raison, mais il n'empêche : grâce à vous, nous avons pu travailler sans nous arrêter. J'aimerais vous rendre la politesse. Accepteriez-vous de dîner avec moi demain soir ?

L'inquiétude assombrit les yeux aigue-marine.

— Dîner avec vous ?

— Oui. Ne prenez pas cet air horrifié ! Je ne vous servirai pas de boulettes de sciure.

Avant qu'elle ne puisse refuser, il ajouta :

— À cette occasion, j'espère faire plus ample connaissance avec quelques-unes des jeunes ladies de votre liste.

Meredith battit des cils. Une expression de soulagement, que Philip trouva bien décevante, se répandit sur ses traits, immédiatement suivie d'un encourageant éclair de dépit.

— Oh ! Vous comptez inviter d'autres personnes ?

— J'écrirai moi-même les cartons. Huit est le nombre idéal. Vous, moi, et six autres jeunes filles. J'ai consulté la liste hier soir et j'ai fait mon choix. Puis-je compter sur vous ?

— Oui. Avec plaisir.

— Excellent. J'enverrai Bakari vous chercher en carrosse vers… disons 20 heures ?

— Ce sera parfait…

Après un bref silence, elle reprit :

— Je suis ravie que vous essayiez de vous rapprocher de ces jeunes candidates au mariage. N'importe laquelle d'entre elles ferait une épouse aussi respectable qu'admirable.

— Mais bien sûr, Meredith. Nous voulons tous deux que je choisisse une épouse admirable et respectable. Vous pouvez être sûre que je veillerai à ce que nos vœux communs soient exaucés.

Lorsque Philip rentra chez lui, Bakari l'informa qu'Andrew avait passé la journée au musée et qu'il n'était pas encore revenu. Philip demanda qu'on lui prépare un bain et, en attendant que les domestiques remplissent la baignoire, il calma son appétit, dans son bureau, avec quelques tranches de pain et du fromage.

Il mit son majordome au courant des événements de la journée.

— J'ai un mauvais pressentiment, Bakari. Je crains que ce « vaisseau en gypse » soit l'objet que nous recherchons. Et comme tu le sais, mes pressentiments s'avèrent souvent...

Bakari tressaillit.

— Tempête de sable à Thèbes, ouragan au large de Chypre, pilleurs de tombes au Caire... Bakari se souvenir.

— Je trouve étrange que le voleur n'ait pris qu'un objet et je ne crois pas aux coïncidences, tu le sais. Je n'ai rien dit pour ne pas alarmer les autres. Cela dit, je refuse de baisser les bras. Il reste encore neuf caisses à vérifier à l'entrepôt. Le *Sea Raven* avec la nouvelle cargaison accostera dans quelques jours. Peut-être que ce « vaisseau en gypse » était bel et bien un bateau. (Il passa les doigts dans ses cheveux.) Je ne peux que prier de ne pas avoir commis la pire erreur de mon existence.

— Bakari prier aussi, dit le majordome gravement. Bakari beaucoup prier.

Après avoir avalé la dernière bouchée de pain, Philip reprit :

— Il y a une autre question que je voudrais te soumettre, mon ami. Je souhaiterais que tu prépares un dîner intime pour demain soir. De la cuisine méditerranéenne.

Les yeux noirs de Bakari brillèrent comme des escarboucles.

— Intime ?

— Oui.

Sachant que Bakari suivrait ses instructions à la lettre, Philip lui expliqua ce qu'il désirait puis se leva.

— À présent, je vais prendre mon bain. Le temps que je termine, Andrew devrait être rentré... L'heure du dîner approche et il n'est pas homme à manquer un repas.

En effet, quarante-cinq minutes plus tard, lorsque Philip entra dans la salle à manger, il trouva Andrew en train de déguster un bol de potage. Il fit signe à un valet de le servir, puis s'attabla en face de son invité.

— Ravi de voir que tu te sens mieux.
— Pas autant que moi...
Philip attendit que le valet pose devant lui un bol de soupe fumante et qu'il ressorte. Les deux amis mangèrent pendant quelques minutes en silence, après quoi Philip déclara :
— Comme tu ne m'as rien dit au sujet de la pierre, j'en déduis que tes recherches au musée n'ont rien donné ?
— Non, malheureusement. Il ne reste plus que trois caisses. Edward m'a aidé, malgré sa main blessée, et m'a raconté ce qui lui est arrivé hier soir. Sale affaire... Il a eu de la chance. Il m'a dit qu'il y a eu des objets cassés ?
— Oui, cinq. Cela aurait pu être pire.
— Quelque chose a été volé ?
Philip lui fit un rapport en bonne et due forme sur le gypse dérobé et la mort du gardien.
— Bon sang, Andrew ! J'aurais dû faire le rapprochement, bougonna-t-il.
— Moi aussi j'ai parcouru les registres, tout comme Edward, et aucun de nous n'a été frappé par cette appellation. Cesse donc de te faire des reproches.
— Il est clair, de toute façon, que le voleur et l'auteur des menaces sont une seule et même personne. Il faudra découvrir son identité avant qu'une nouvelle agression ne soit commise. J'ai l'intention d'embaucher un sergent de police et de lui confier l'enquête. À mon avis, le coupable a voyagé à bord du *Dream Keeper* avec nous... puisqu'il connaît l'existence des objets et de la malédiction.
— Laisse-moi mener l'enquête, dit Andrew. Edward peut s'occuper seul des caisses qui restent au musée. Je connais tous les passagers et les membres d'équipage du *Dream Keeper*. Je suis sûr que je parviendrai à leur extorquer les informations nécessaires.
— Oui, tu as prouvé tes talents de détective lors de la disparition de la statue d'Aphrodite à Athènes, et tu

es très certainement capable de te défendre en cas de besoin. Mais es-tu sûr de vouloir te charger de cette mission périlleuse ?

— Oh oui ! J'ai autant envie que toi que ce type soit arrêté. Je commencerai demain matin.

— Parfait. Merci, répondit Philip. Ah ! j'oubliais... J'ai eu une conversation intéressante avec Albert Goddard, l'ami et majordome de Meredith.

Il narra brièvement à son ami ce qu'il avait appris.

— Goddard a eu la chance de survivre à une enfance malheureuse, convint Andrew. Ta Mlle Chilton-Grizedale semble avoir plus d'une corde à son arc...

— Oui, cette femme est une énigme. Et tu sais combien je prends plaisir à résoudre les énigmes.

— Est-ce là ton intention ? Prendre du plaisir avec elle ?

— En fait, j'ai décidé de suivre ton conseil.

— Tu le devrais, car j'ai rarement tort. Mais quelle partie du conseil as-tu choisi de suivre ?

Par-dessus son verre de vin, Philip jeta une œillade complice à son ami.

— Je lui ferai la cour. Avant de rencontrer Meredith, je m'étais psychologiquement préparé à épouser une femme que je ne connaissais pas, rien que pour satisfaire mon père. Maintenant, tant qu'à faire, je préfère choisir une épouse qui me plaît et que je désire.

— Sage décision. Je ne pourrais jamais me marier avec une femme que je n'aurais pas choisie. Bien sûr, il aurait été mieux que tu éprouves des sentiments plus profonds à l'égard de Mlle Chilton-Grizedale.

— Je la connais à peine.

— Tu sais déjà pas mal de choses. Cela dit, l'attirance et le désir, c'est déjà un bon début. Et comme le romantisme n'est pas franchement ton fort, je serai heureux de te faire quelques suggestions.

Philip plissa les yeux.

— Contrairement à ce que tu penses, j'ai déjà eu des gestes romantiques.

Mensonge. Aucun, lui repartit sa voix intérieure. Enfin, pas encore...

— Je l'ai invitée à dîner ici, demain soir.

— Un dîner ? Je serai heureux d'y participer.

— Pas de chance ! Tu n'es pas invité.

— Ah ! je vois. Eh bien, je passerai la soirée à la salle de boxe, comme hier soir... Rien de tel que de taper dans un sac de cuir pour évacuer ses frustrations. Ou de mettre un concurrent K-O sur le ring. Une bonne bagarre me réjouit.

— Hier soir ? demanda Philip en remarquant les ecchymoses sur les phalanges de son ami. Je te croyais au lit.

— Je me suis endormi grâce au breuvage de Bakari, mais je me suis réveillé... en pleine forme, peu après. L'inaction me pesait. Je t'avais déjà entendu parler du gymnase de Gentleman Jackson et j'ai pris la décision d'y faire un petit tour.

— Mon père a cru t'apercevoir vers minuit dans Oxford Street et je l'ai convaincu que ce ne pouvait être toi. Je me demande pourquoi Bakari ne m'a rien dit.

— Je me suis éclipsé par l'escalier de service. Je ne voulais pas perturber ta réception.

— Tu aurais été le bienvenu.

— Très généreux de ta part, vieux frère, mais j'avais peur que toutes ces jeunes filles succombent à mon charme américain. Je ne voulais pas te voler la vedette.

— Oh ! je n'aurais pas vu d'inconvénient à ce que tu les séduises toutes, sauf une.

— Mmm... Mlle Chilton-Grizedale, bien sûr. Ce n'est pas la première fois que tu jettes ton dévolu sur une dame, mais je sens que cette fois-ci, c'est différent.

Philip hocha lentement la tête.

— Oui, très...

— La courtiser sera un drôle de défi, d'autant qu'elle s'est mis en tête de te trouver une épouse.

Un sourire se dessina sur les lèvres de Philip, qui leva son verre comme pour porter un toast.

— Eh bien, elle n'aura plus de souci à se faire, puisque j'ai fait mon choix. Et tu sais que j'adore les défis...

Il jeta un regard à la pendule puis reprit :

— À propos de défi, te sens-tu d'attaque pour continuer les recherches à l'entrepôt ce soir ?

— Bien sûr.

— Excellent. Sur le chemin du retour, nous ferons une halte dans un pub.

— Très intéressant. Pour y chercher quoi, à part des ennuis ?

— Des informations.

— À quel sujet ?

— Un ramoneur nommé Taggert.

Le lendemain matin, les yeux rougis par le manque de sommeil, Meredith regardait droit devant elle d'un air absent cependant qu'Albert maniait les rênes de son cabriolet. Il paraissait perdu dans ses pensées, et tant mieux, car elle avait ses propres préoccupations.

Une seule et unique préoccupation à vrai dire : Philip. Seigneur ! elle devait cesser de penser à lui. Mais comment ? La nuit précédente, il avait occupé jusqu'au moindre recoin de son esprit, ce qui était déjà assez déconcertant en soi. Le pire est que cet homme suscitait dans son imagination des images absolument inconvenantes.

Des images érotiques. Pendant sa longue insomnie, elle s'était vue explorant ce corps masculin, nu et chaud sous ses doigts, tandis que Philip lui retournait ses caresses de la bouche et des mains, après l'avoir dénudée. Enfin, ils faisaient l'amour lentement, langoureusement...

Les images avaient dansé dans sa tête toute la nuit, puis envahi ses rêves, lorsqu'elle avait enfin réussi à somnoler un peu. Elle s'était réveillée seule, naturellement, le cœur battant, le corps tendu, avec une sensation de manque. Jadis, lorsque ce genre de rêverie sensuelle l'assaillait, lorsqu'elle se languissait de l'étreinte d'un amant, celui-ci n'avait ni visage ni consistance ; il lui était donc facile d'oublier.

Or, Philip n'était pas un produit de son imagination. C'était un homme en chair et en os, un homme qui lui plaisait infiniment, dans tous les sens. Elle aimait son sourire, son air décontracté, ses yeux bruns intelligents. Sa passion de l'archéologie, aussi. Sans parler de son courage qui l'avait poussé à voler au secours d'un chiot sans défense, de sa gentillesse vis-à-vis de la petite Hope. Elle appréciait sa compréhension et la façon délicate dont il avait traité Albert, en lui assignant des tâches compatibles avec son infirmité. Comble de surprise, elle aimait même son obstination, sa désinvolture, son mépris de l'argent et des titres de noblesse. Depuis qu'elle le connaissait, Philip avait su l'intriguer, aiguiser son humour et – que Dieu la protège ! – réveiller ses sens. Si elle avait cherché un mari, elle n'aurait pas eu besoin de regarder plus loin.

La réalité lui retomba dessus brutalement. Elle ne cherchait *pas* de mari ! De toute manière, même si cela avait été le cas, lord Greybourne était un choix impossible. Pourquoi oubliait-elle systématiquement cela ?

Dieu merci, après leur discussion à la suite de la réception, il avait enfin réalisé qu'elle n'était pas la femme qui lui fallait. Le dîner qu'il projetait en fournissait la preuve puisque, selon lui, il avait réexaminé la liste des prétendantes et que six d'entre elles l'intéressaient. Meredith en était ravie.

Une brusque nausée lui souleva l'estomac. Ravie ? Elle n'était qu'une fieffée menteuse. Elle se sentait malheureuse, aigrie, jalouse, et avait envie d'arracher les yeux à ses rivales. À la seule pensée qu'il puisse faire l'amour à l'une de ces ravissantes blondes, elle avait envie de hurler.

Le ressentiment la submergea. Ressentiment parce qu'elle n'avait pas le droit de rêver à un homme comme Philip. Parce qu'elle ne pouvait se permettre de lui dire la vérité. Parce que des décisions, prises des années auparavant, sans elle, affecteraient sa vie jusqu'à la fin de ses jours. Enfin, parce qu'elle ne serait jamais pour lui qu'une maîtresse potentielle. Certes, si un tel arrangement pouvait éventuellement la satisfaire sur un plan purement physique, il la détruirait émotionnellement en la privant de cette respectabilité si chèrement gagnée. Meredith ne connaissait que trop bien le destin des maîtresses laissées pour compte. Un destin que, pour rien au monde, elle ne voudrait vivre. Pas après s'être battue avec autant d'acharnement pour l'éviter.

Très certainement, après le dîner de ce soir, Philip arrêterait son choix sur l'une des prétendantes et, dès que le problème de la malédiction serait réglé – ce qui ne saurait tarder –, le mariage aurait lieu. Ce n'était plus qu'une question de jours. Ensuite, elle ne le reverrait plus.

Oh! tant mieux! songea-t-elle. Son cœur blessé tenta de s'insurger mais son esprit intransigeant écrasa aussitôt cette velléité de rébellion. Pendant le dîner, elle assurerait son rôle de marieuse; elle veillerait à ce que la conversation soit animée, intéressante, tout en restant dans l'ombre.

Elle prit une profonde inspiration et se redressa. Maintenant que la question était résolue, elle se sentait en paix avec elle-même. Il était grand temps, d'ailleurs, car ils arrivaient à l'entrepôt.

— J'apprécie ton dévouement et ton aide, Albert.

— De rien, mademoiselle Merrie. Je ne fais que mon devoir. Depuis le cambriolage, le mal rôde par ici et lord Greybourne m'a demandé de garder l'œil ouvert.

Peu après, Meredith entra dans l'air tiède et moite de l'entrepôt, bien résolue à se concentrer sur son travail et à ignorer Philip. Il était là, bien sûr. Son cœur, comme toujours réfractaire aux commandements de son esprit, accéléra ses battements mais elle serra les dents et salua poliment lord Greybourne.

Il devait être là depuis pas mal de temps, déjà. Une pellicule de sueur lui laquait le front, ses cheveux étaient en bataille et ses lunettes avaient glissé sur l'arête de son nez. Il avait retiré sa jaquette et sa cravate, enroulé les manches de sa chemise jusqu'aux coudes. Il était absolument magnifique !

Oh ! mon Dieu ! Encore une longue journée à passer... songea-t-elle.

La matinée s'écoulait lentement. Meredith s'était immergée dans l'inventaire des objets anciens, vases, statuettes, lampes funéraires, petites amphores, dont la splendeur tempérait la tension familière générée par la présence de Philip.

Environ une heure plus tard, un gentleman arriva. Il fut présenté comme M. Edward Binsmore. Meredith reconnut le nom du malheureux qui avait perdu son épouse bien-aimée à cause de la malédiction. Il semblait fatigué. Ses yeux sombres évoquaient deux lacs de misère et sa tristesse presque palpable forçait la sympathie. La mort de sa femme l'avait visiblement ébranlé.

Ayant jeté un regard alentour, Binsmore fronça les sourcils.

— Où est Andrew ?

— Il enquête sur le cambriolage, répondit Philip.

— Oh ! A-t-il fait des progrès ?

— Il vient de commencer. S'il découvre quelque chose, tu seras le premier informé.

— En parlant de découverte, j'en ai terminé avec les caisses du musée, dit Edward en secouant la tête. Rien ne manque.

La mâchoire de Philip se contracta.

— Tout espoir n'est pas perdu. Nous continuerons nos recherches dans ces caisses, puis dans celles du *Sea Raven*.

Philip paraissait si anxieux que Meredith dut se retenir pour ne pas lui caresser le front ou lui prendre la main pour le réconforter.

Rapidement, deux groupes se formèrent. Meredith et Albert d'un côté, Philip et Edward Binsmore de l'autre. À présent, Meredith était capable d'identifier la plupart des pièces, les vases, les bols, les gobelets. Elle saisissait délicatement chaque objet puis, fermant les yeux, elle essayait d'imaginer leur propriétaire, la vie que celui-ci avait menée des siècles plus tôt, au sein d'une civilisation ancienne, dans un pays lointain.

Sentant soudain la présence de Philip dans son dos, elle se raidit.

— Je fais la même chose, dit-il tandis qu'elle se retournait pour lui faire face. Je touche ces choses et mon esprit se met à vagabonder, à remonter le temps.

Meredith lui rendit son sourire.

— Regardez cette cuillère et cette louche. Elles appartenaient très certainement à une princesse égyptienne qui passait ses journées à se prélasser, vêtue de lin et de soie, et dont chaque souhait était immédiatement exaucé.

— Intéressant, murmura-t-il. Est-ce que cela ne refléterait pas vos propres désirs ?

Meredith sentit une gouttelette de sueur perler sur son visage et pas seulement à cause de la chaleur.

— Nous avons tous plus ou moins envie de nous faire dorloter, sans aucun doute, répondit-elle précautionneusement. Les femmes aussi bien que les hommes, je pense.

— Sûrement. Surtout par une princesse.

Un rire spontané échappa à Meredith. Voyant que M. Binsmore les regardait avec une curieuse expression, elle indiqua un objet, sur le coin de la couverture, non sans avoir recouvré son sérieux.

— J'ai mis ceci à part, expliqua-t-elle. Je ne sais pas ce que c'est.

S'agenouillant, il prit l'instrument métallique, qui avait la forme d'un point d'interrogation.

— C'est un strigile, dit-il. Les anciens Grecs et Romains l'utilisaient comme racloir pour nettoyer l'humidité sur leurs corps, après le bain.

Leurs yeux s'accrochèrent et quelque chose passa entre eux. Un message silencieux, privé et secret, comme s'ils avaient été seuls au monde. Meredith se rappela ses rêveries érotiques de la veille pendant lesquelles elle s'était vue en train de savonner Philip, ses mains passant et repassant sur son corps nu et glissant. La chaleur lui monta aux joues.

— Les anciens Romains étaient réputés pour leurs thermes, poursuivit-il. Ils croyaient également aux pouvoirs thérapeutiques de certaines eaux, une habitude typique de leur culture. Le strigile était un accessoire tout ce qu'il y a de plus courant, à l'époque. Dans le bain, on se le passait sur la peau comme ceci.

Il lui prit la main, lui fit tendre le bras, posa le strigile sur sa manche, au-dessus du coude et le fit glisser vers le poignet.

— Voilà comment ils s'en servaient pour retirer l'huile dont ils s'enduisaient. Les femmes, surtout. Elles se faisaient masser avec de l'huile puis, le strigile aidant, elles avaient la peau lisse et parfumée.

Sur ce, il lui caressa du pouce le dos de la main.

Immédiatement, les images ressurgirent, obsédantes. Meredith était dans les thermes de Rome, avec Philip. Nus, dans l'eau fumante, se touchant, se massant mutuellement avec de l'huile parfumée. S'embrassant. S'allongeant ensuite, enlacés, sur les tuiles chaudes.

— Vous les imaginez ? s'enquit-il à mi-voix, afin qu'elle fût seule à l'entendre.

Elle déglutit péniblement.

— Qui ? demanda-t-elle d'une voix affreusement enrouée.

— Eux. Les Romains. Ou pensiez-vous à autre chose ?

La lueur coquine dans ses yeux bruns semblait prouver qu'il avait lu dans ses pensées. Meredith adopta un ton froid.

— Merci pour cette conférence édifiante, lord Greybourne. Je m'en vais de ce pas cocher ce strigile sur le bordereau.

Elle lui tourna le dos et fut soulagée de l'entendre retourner vers Edward. Bien. Elle allait pouvoir se concentrer à nouveau sur sa tâche.

Du moins l'aurait-elle pu si elle n'avait entendu la voix profonde de Philip qui discutait avec Binsmore. Il y avait aussi la brûlure de sa main sur la sienne, le picotement sur sa peau, là où le pouce de Philip l'avait touchée. Meredith pria de toutes ses forces que cette journée se termine, mais une envie de rire monta en elle ; elle avait failli oublier qu'elle passerait également la soirée en sa compagnie ! Eh bien, elle ne s'était pas trompée : ce jour-là allait être terriblement long.

En fin d'après-midi, épuisés et déçus, ils cessèrent les recherches. Leurs efforts n'avaient abouti à rien. Aucun d'eux n'avait pu découvrir la moindre trace du fragment de la Pierre des Larmes. Dissimulant tant bien que mal son abattement, Philip s'essuya les mains sur un chiffon, avant d'approcher d'Albert Goddard.

— Auriez-vous un moment à me consacrer ? demanda-t-il en indiquant du menton le bureau.

Une lueur de surprise traversa les yeux d'Albert, mais il acquiesça. Une fois à l'intérieur du cagibi, Philip referma la porte. Le jeune homme boitilla vers lui.

— Eh bien ?

— J'ai appris quelque chose qui pourrait vous intéresser.

Une expression inquiète se peignit sur le visage d'Albert.

— Qu'est-ce que vous en savez ?
— Parce que cela concerne un dénommé Taggert.
Soulagement, amertume et frayeur se succédèrent sur les traits du jeune homme.
— Taggert ? grommela-t-il. La seule chose qui pourrait m'intéresser, ce serait d'apprendre qu'il est mort et enterré.
— Il l'est. Il est décédé l'an dernier, dans la prison où il a passé les deux dernières années de sa vie. Il y avait été expédié pour dettes.
Le sang déserta le visage de Goddard.
— Comment pouvez-vous en être sûr ?
— J'ai posé les bonnes questions aux bonnes personnes.
— Les bonnes personnes ? Quelles relations un homme comme vous peut entretenir avec les crapules qui fréquentait Taggert ? À moins qu'il n'ait volé vos élégants amis…
— Je n'ai pas interrogé mes amis. J'ai rencontré quelques vieilles connaissances de Taggert dans une taverne près des quais.
Les yeux d'Albert s'étrécirent.
— Pourquoi leur avez-vous posé des questions sur Taggert ?
— Parce que j'ai pensé à vous. À votre place, j'aurais voulu savoir ce qu'il est devenu. J'aurais eu du mal à l'imaginer en train de rôder dans la ville et si jamais je l'avais rencontré par hasard, j'aurais eu envie de l'étrangler. Il aurait hanté toutes mes pensées, et je ne voulais pas qu'il ait ce pouvoir sur vous. Il est mort, Goddard. Il ne peut plus vous faire du mal, ni à vous ni à aucun autre enfant.
— Comment le saviez-vous ? demanda Albert intrigué.
— Parce que c'est exactement ce que j'aurais éprouvé.
Les poings du jeune homme se crispèrent le long de son corps et sa pomme d'Adam tressauta. Une buée de

larmes brouilla ses yeux. Il les essuya d'un revers de manche.

— Oui, murmura-t-il. J'avais envie de savoir. Mais l'idée qu'il pourrait apprendre que je me renseignais sur lui me terrorisait. Il aurait été capable de se venger sur Mlle Merrie, sur Charlotte ou Hope. C'était une brute de la pire espèce et je ne voulais pas prendre le risque de l'attirer dans notre sillage. Mais ça me rongeait ; j'y pensais sans cesse. M'attendait-il au coin d'une rue ? Me reconnaîtrait-il ? Oui, je me le demandais, Dieu en est témoin.

— Vous n'avez plus besoin de vous poser ces questions. Vous êtes libre, Goddard.

Albert hocha la tête. Il ne fit rien pour arrêter les larmes qui s'étaient mises à couler sur ses joues et Philip fit semblant de ne pas les voir.

— Je ne sais pas quoi vous dire, lord Greybourne, sauf merci.

— Il n'y a pas de quoi.

Pivotant sur ses talons, Philip se dirigea vers la sortie mais la voix d'Albert l'arrêta.

— Pourquoi avez-vous fait ça ? Pourquoi avoir pris des risques en allant dans des endroits mal famés pour moi... pour quelqu'un que vous connaissez à peine ?

Philip l'étudia quelques instants. Il se livra à un bref débat intérieur, à l'issue duquel il estima qu'il lui devait la vérité.

— Parce que l'histoire que vous m'avez racontée sur Taggert et votre enfance m'a profondément affecté. Les horreurs que vous avez endurées m'ont fait comprendre que les humiliations que j'ai pu subir quand j'étais enfant n'avaient qu'une importance relative.

Goddard haussa les sourcils.

— Qui vous a fait souffrir ?

— Peu importe. Mais j'avais une autre raison de me mêler de vos affaires, Goddard.

— Laquelle ?
— Vous comptez pour Meredith. Et elle compte pour moi.

Meredith s'était composé un masque d'indifférence lorsque, plus tard dans la soirée, elle tendit son chapeau et son châle de cachemire à Bakari. Elle savait ce qu'elle avait à faire : garder ses distances, veiller à ce que le repas se déroule dans une atmosphère détendue et enfin, s'éclipser dès que possible.

Elle suivit Bakari le long du couloir, surprise qu'ils passent devant les portes closes du salon et de la salle à manger. L'homme au turban s'arrêta devant le bureau de Philip.

— C'est ici que nous allons dîner ? s'étonna-t-elle.

— Oui. Bakari espère ça vous plaira.

Avant qu'elle puisse exprimer sa surprise, le petit homme frappa à l'épais panneau de chêne et ouvrit la porte.

— Mlle Chilton-Grizedale, annonça-t-il solennellement en s'effaçant pour la laisser passer.

Meredith entra et s'immobilisa. La pièce n'avait plus rien d'un bureau. On eût dit qu'elle venait de pénétrer dans une tente de soie et de satin formant un dais à partir du plafond et tapissant les murs. Tendant la main, elle effleura la soie bordeaux drapée sur la cloison près de la porte. En dehors de la boutique de Mme Renée, elle n'avait jamais vu une telle profusion d'étoffes précieuses.

Lentement, son regard balaya la pièce : un somptueux tapis aux motifs mystérieux ornait le sol. Un feu pétillait dans la cheminée, jetant alentour des reflets d'or. De petits guéridons polis portaient des bougies de toutes les tailles et une table basse en malachite était dressée pour le dîner devant le feu. Elle était garnie de plats couverts de cloches d'argent, de verres en cristal et flanquée, en guise de sièges, de gros coussins joufflus, capitonnés de soieries scintillant comme des joyaux : saphir, topaze, émeraude, rubis...

Il n'y avait que deux autres meubles dans ce décor inattendu : un paravent sculpté dans un coin et un splendide fauteuil dans l'autre.

— Bonsoir, Meredith.

La voix profonde la fit tressaillir. Bien qu'elle fît des efforts surhumains pour répondre, la stupéfaction l'emporta sur la politesse. Philip émergea de l'ombre avec une grâce féline. Il portait un costume bizarre, une chemise flottante qui semblait taillée dans de la soie, largement ouverte sur la poitrine, des pantalons bouffants bleu nuit froncés aux chevilles et à la taille, et des babouches de cuir souple. Ses cheveux ébouriffés et sa peau hâlée lui donnaient une allure sauvage, voire dangereuse, un air menaçant qui fit courir furieusement le sang de Meredith dans ses veines. Sans ses lunettes, on aurait pu le prendre pour un prince oriental ou un aventurier des *Mille et Une Nuits*.

Il s'arrêta devant elle et s'inclina légèrement. Puis il lui prit la main et, se penchant, posa un baiser sur ses doigts. Le contact de sa bouche propagea à travers le corps de Meredith une chaleur étonnante, comme un long éclair incandescent.

Les joues en feu, elle retira sa main et battit en retraite. Elle ne put reculer que de deux pas car son dos heurta la porte fermée. Philip n'hésita pas à se rapprocher d'elle, au point de la toucher presque et de l'envelopper de cette fragrance masculine et entêtante qu'elle connaissait déjà... Une sensation proche de la panique, à laquelle se mêlait de l'indignation, s'empara de Meredith.

— Pour l'amour du ciel ! Qu'est-ce que vous faites ? murmura-t-elle. Pour quelle raison votre bureau est-il décoré d'une façon aussi... aussi décadente ? Et pourquoi portez-vous ces habits extravagants ? Seigneur ! Que vont penser vos invitées ?

Elle ajouta, après un coup d'œil alentour :

— D'ailleurs, où sont-elles ?

— Que de questions ! Procédons par ordre. Si « qu'est-ce que vous faites » se réfère au baisemain, c'était une manière galante de vous saluer. Quant à la pièce, elle est décorée comme une tente orientale, semblable à celle d'un riche marchand égyptien que j'ai rencontré lors de mes voyages. Pour ce qui est de mon costume, je m'y suis habitué pendant mon séjour au Proche-Orient et je vous assure qu'il est infiniment plus confortable que les vêtements occidentaux. En ce qui concerne l'opinion de mes invitées, j'attends impatiemment que vous me donniez la vôtre.

— C'est scandaleux ! Scandaleux et désastreux. Quelqu'un d'autre a-t-il vu ceci ?

— Non.

— Merci, mon Dieu ! Allez vite vous changer avant que vos invitées n'arrivent.

— Elles sont toutes là.

Le soulagement de Meredith s'éteignit comme une flamme de bougie soufflée par le vent.

— Seigneur ! Si jamais l'une de ces jeunes filles vous apercevait dans cette tenue… inconvenante, je crains le pire.

Elle ferma un bref instant les yeux, puis les rouvrit et soupira.

— Bon, tout n'est pas perdu. Où sont-elles ? Je vais les occuper pendant que vous vous changez, ensuite…

Philip lui posa un index sur les lèvres pour la faire taire.

— Meredith, la seule et unique invitée que j'attendais est ici, dans cette pièce.

12

Il y eut quelques instants de silence puis, d'un seul coup, l'impact des mots frappa Meredith de plein fouet. Effarée, elle se figea comme une statue de sel. Enfer et damnation ! À quel jeu jouait-il ?

Le menton haut, elle croisa les bras sur sa poitrine et le toisa en tapotant de la pointe du pied sur l'opulent tapis persan.

— Personne d'autre ne vient ?

— Non.

— Personne n'a accepté votre invitation ?

— Non.

Elle cessa de taper du pied, tandis qu'un élan de sympathie tempérait sa confusion.

— Pour l'amour du ciel, que se passe-t-il avec ces jeunes filles ? Elles étaient toutes ravies de votre soirée. Ou alors l'affaire de « *vous savez quoi* » a eu plus de retombées que nous ne l'avions pensé ?

— Je ne saurais le dire.

Meredith plissa les yeux, soudain soupçonneuse.

— Peut-être leur avez-vous indiqué le thème de ce dîner ?

— Pas du tout.

Perplexe, elle fronça les sourcils.

— Alors, quelque chose m'échappe. Qu'une ou deux refusent l'invitation, passe encore. Mais toutes les six ?

— Il y a une explication parfaitement logique.

— Ah ! Laquelle ?

— Elles n'ont jamais reçu les invitations.

— Comment est-ce possible ? Vous m'avez dit que vous écririez les cartons vous-même.

— C'est ce que j'ai fait.

— Alors comment savez-vous qu'elles ne les ont pas reçus ?

— Parce que je ne les ai pas envoyés.

— Vous ne les... oh ! mais...

Philip se rapprocha davantage. Meredith sentait le bois de la porte contre son dos ; impossible de reculer davantage. Philip posa une main sur le chambranle, à côté de la tête de Meredith, avant de se pencher vers elle. Il était maintenant si près qu'elle pouvait apercevoir les reflets ambrés dans ses prunelles ; si près, qu'elle sentait sa chaleur l'envelopper. Il prit une profonde inspiration, puis relâcha lentement son souffle.

— Voulez-vous savoir pourquoi je n'ai pas envoyé ces fichus cartons d'invitation, Meredith ?

Son souffle lui caressait le visage et elle eut l'impression que ses nerfs se tendaient à craquer. L'envie de le toucher fut si impérieuse qu'elle crispa les mains sur les volants de sa jupe en mousseline pour les immobiliser.

— Parce que je ne voulais pas qu'elles viennent, poursuivit-il. Je ne voulais que vous. Seulement vous.

Meredith déglutit péniblement. Seigneur ! Qu'était-il advenu de sa dignité ? Pourquoi ne se révoltait-elle pas ? Ne se sentait-elle pas outrée ? Elle chercha frénétiquement dans son esprit la moindre étincelle d'exaspération ou de colère, sans succès. À la place de l'indignation que toute femme honnête aurait dû éprouver, elle ressentait un millier de sensations inquiétantes : obscure satisfaction, excitation incongrue, curiosité malvenue, ainsi qu'une sorte d'impatience parfaitement déplacée à l'idée de passer une soirée dans ce décor exotique et luxueux. Pire que tout, sa vanité était flattée car Philip avait expressément exprimé ses intentions : *Je ne voulais que vous. Seulement vous.*

Un long frisson la secoua, une sorte de frémissement de peur. Peur parce qu'elle voulait rester, tout en se demandant si elle serait capable de lui résister, et peur, surtout, parce qu'elle n'avait nulle envie de lui résister.

— Philip, je ne peux pas rester.

— Ne dites pas cela. Je suis sans doute présomptueux, mais je souhaitais que vous partagiez avec moi l'ambiance des cultures que j'ai connues. Je pensais que vous auriez plaisir à goûter à la nourriture et à l'atmosphère d'un pays lointain.

— Oui, mais…

— Restez, Meredith. Ne serait-ce que par courtoisie pour Bakari. Il s'est donné beaucoup de mal pour décorer la pièce et préparer le menu. Il faut que vous mangiez, sinon vous le vexeriez.

Ces mots, chuchotés tout contre son oreille, eurent le don de faire voler en éclats les résolutions déjà vacillantes de Meredith.

Sa raison lui criait toutes sortes d'avertissements : elle était la marieuse et Philip son client ; leurs rapports devaient à tout prix rester professionnels sinon elle ruinerait à jamais sa réputation. Son cœur avançait des arguments opposés : lord Greybourne lui avait témoigné une grande gentillesse, à elle et aussi à Albert. Il serait injuste de se montrer ingrate. Après tout, Bakari et les autres domestiques vaquaient à leurs occupations dans la maison ; donc, elle n'était pas vraiment *seule* avec son hôte. De plus, elle se sentait parfaitement capable de se contrôler. Là-dessus, une voix intérieure lança un « Ha, ha ! » incrédule et moqueur qu'elle décida d'ignorer.

Philip la regardait ; ses yeux sombres paraissaient graves, suppliants. Il semblait craindre de la voir refuser l'invitation. L'idée qu'un homme aussi fort et courageux puisse redouter ses réactions l'émut plus que de raison.

En lui dédiant un sourire qui se voulait détendu mais qui devait être embarrassé, elle dit :

— Compte tenu des efforts considérables fournis pour cette réception, il serait grossier de ma part de ne pas déguster les plats.

Un immense soulagement détendit les traits de Philip. La prenant par la main, il l'entraîna vers la table. La chaleur de sa paume irradia celle de Meredith qui, sans le vouloir, lui serra les doigts. Il accentua la pression de sa main, tandis qu'un large sourire illuminait son visage. Ses yeux bruns brillaient d'excitation. Meredith retint un gloussement.

— Qu'est-ce qui est si drôle ? demanda-t-il.

— Vous. Votre expression me rappelle celle d'Albert quand, à l'âge de onze ans, il m'a surprise en train de lire l'un de ses poèmes dans lequel il chantait mes louanges... Le pauvre garçon avait un air si...

Elle s'interrompit brusquement en réalisant qu'elle venait de révéler par inadvertance qu'elle avait connu Albert quand il n'était encore qu'un gamin. Charlotte exceptée, nul ne savait qu'elle l'avait recueilli. Cela ne regardait personne et Meredith n'avait guère envie de s'étendre sur le sujet. Elle espérait que Philip n'avait pas remarqué ce lapsus mais il dit :

— Ne vous inquiétez pas. Je sais tout de l'enfance malheureuse d'Albert, en tant que petit ramoneur. Je sais aussi comment vous l'avez aidé et qu'il vit chez vous depuis lors.

Un frisson glacé passa sur l'échine de Meredith. Comment pouvait-il connaître un détail aussi intime ? S'il avait eu vent du passé d'Albert, se pourrait-il qu'il connût aussi le sien ? Elle chassa promptement l'image d'un Philip se renseignant sur elle avec sa minutie d'archéologue. Le passé qu'elle avait si soigneusement enfoui représentait une source constante de soucis. Tel un monstre tapi dans les profondeurs, il menaçait toujours de rejaillir et de la rattraper.

— Comment avez-vous obtenu cette information ? s'enquit-elle avec un calme qu'elle était loin d'éprouver.

— Mais... par Albert.

Meredith hocha la tête, à la fois soulagée et incrédule. Albert n'évoquait jamais les horreurs de son enfance.

— Quand ? Et pourquoi vous a-t-il raconté quelque chose d'aussi personnel ?

— Nous en avons discuté l'autre jour, à l'entrepôt. Je crois que ses raisons résident dans l'affection qu'il vous porte. Il voulait me faire comprendre que vous étiez quelqu'un de gentil, de généreux et de compatissant. C'est-à-dire pas du tout le genre de femme futile.

— Oh… je vois…

Cher Albert… Il avait consenti à se confesser à un inconnu à seule fin de la protéger.

— Ne le jugez pas mal. Il n'arrive pas toujours à surmonter son passé misérable.

Aucun de nous n'y arrive, aurait-elle voulu ajouter.

— Pensez-vous vraiment cela de moi, Meredith ? Me croyez-vous capable de mal juger un jeune homme sous prétexte qu'il a été brutalisé pendant son enfance ?

Il paraissait blessé et le cœur de Meredith se serra. Bien sûr que non. Philip était un homme intègre. Un homme décent. Il l'avait maintes fois prouvé.

— Oh non ! Pas du tout, murmura-t-elle. Mais avouez que la plupart de gens feraient montre de moins d'indulgence. Je suis très protectrice avec Albert.

Philip lui serra la main.

— C'est un jeune homme loyal et courageux. J'admire sa force intérieure, mais il n'avait pas besoin d'énumérer vos qualités. Je les connaissais déjà.

Sentant son émotion, il sourit :

— Mais en quoi vous ai-je fait penser à Albert lorsqu'il avait onze ans ?

Elle haussa les épaules.

— Quand je l'ai rencontré, il était complètement illettré, répondit-elle d'une voix douce. Je lui ai appris à lire et à écrire, et son premier exploit fut de me dédier un poème... Eh bien, votre expression, tout à l'heure, quand je vous ai dit que je restais dîner, m'a fait penser à la sienne, quand j'ai lu ses vers.

— Je parie que vous vous souvenez de chaque mot.

— Oh oui ! Je les ai emmagasinés parmi mes plus précieux souvenirs... Voudriez-vous les entendre ?

À peine avait-elle posé la question qu'elle le regretta. Elle n'avait jamais raconté cette histoire à personne. Pas même à Charlotte.

— J'en serais très honoré.

Trop tard pour faire marche arrière. Ayant pris une profonde inspiration, elle commença :

— « À Mlle Merrie. Ses joues sont comme les roses, ses yeux comme des saphirs. Son sourire est un soleil. Elle m'a offert un toit. Je ne suis plus seul dans la nuit. »

Un silence tomba entre eux pendant un instant, comme une bénédiction. Une boule obstruait la gorge de Meredith. Ces simples mots, écrits en son honneur par un petit être brisé, l'émerveillaient encore.

— Très beau témoignage, murmura enfin Philip, sincèrement ému lui aussi. Très joliment tourné pour un enfant de onze ans. Il a su vous cerner en quelques phrases. Je comprends pourquoi ce poème vous est si cher. Merci de l'avoir partagé avec moi.

— De rien, dit-elle en s'empourprant.

— Maintenant, venez. Laissez-moi vous faire découvrir les délices méditerranéennes et proche-orientales. Bakari est un cordon-bleu.

Il l'escorta vers la table basse devant la cheminée, puis s'assit en tailleur sur l'un des coussins. Il tapota le coussin voisin en souriant.

— Je vais attraper un torticolis, si vous ne vous asseyez pas.

Meredith contempla un instant le coussin avec inquiétude. Si se tenir debout près de cet homme lui créait des problèmes, adopter une position à *demi couchée* à son côté tombait dans la catégorie des « imprudences ».

— Je ne vous mordrai pas, Meredith. Je vous en donne ma parole.

Se sentant ridicule d'hésiter ainsi, elle s'installa sur le coussin émeraude.

— Cela peut vous paraître inconfortable au début, mais croyez-moi : quand vous aurez fini le repas, les salles à manger classiques auront perdu tout leur attrait à vos yeux.

Il tourna son attention vers les plats disposés sur la table et elle en profita pour croiser les jambes sous la corolle de sa jupe. Cela fait, elle dut admettre que le coussin moelleux était bien plus confortable qu'une chaise au dossier rigide.

— Puis-je vous offrir un verre ? demanda-t-il en lui tendant un gobelet en cristal contenant un liquide rouge foncé.

— Oui, merci.

Il cogna doucement le bord de son propre verre contre le sien, faisant jaillir un son mélodieux.

— À une mémorable soirée !

Meredith but une gorgée.

— Mmm, délicieux ! soupira-t-elle en sentant sur ses papilles une saveur douce et fraîche. On dirait du vin... mais non. Qu'est-ce ?

— Je n'en sais rien. Une recette de Bakari dont il garde farouchement le secret. Une fois, j'ai essayé de l'épier pendant qu'il la préparait mais il m'a vu. Et il m'a puni.

— Puni ? Comment ?

— Il a refusé de me servir sa mixture pendant un mois. Je n'ai plus jamais essayé de savoir.

En riant, il ôta le couvercle d'une petite marmite qui laissa échapper un fumet appétissant totalement inconnu. L'estomac de Meredith gargouilla. Elle mourait de faim, s'aperçut-elle. Philip se pencha en avant et elle le regarda servir un potage crémeux dans deux bols en porcelaine.

— Qu'est-ce que c'est ?

— De l'avgolemono. Une soupe grecque à base d'œufs et de citron.

La première cuillerée fit cligner des yeux à Meredith, tandis que la saveur subtile lui baignait le palais.

— Mmm, c'est bon !

Lorsqu'elle eut terminé, son anxiété avait disparu, laissant la place à une agréable expectative. Le plat suivant était un chef-d'œuvre d'aromates et d'épices inconnus sur des filets de poisson poché, accompagné d'asperges à la vapeur. Meredith ponctua chaque bouchée d'un soupir de délectation.

— Vous êtes une femme passionnée, Meredith.

Philip la regardait avec un air amusé.

— Pourquoi dites-vous cela ?

— Parce que seule une personne dotée d'une nature passionnée prendrait un aussi grand plaisir à manger.

Elle se tortilla sur le coussin. Grand Dieu ! Dans ce décor oriental, elle s'était laissée aller.

— Ne soyez pas gênée, reprit-il, ce qui ne fit qu'augmenter l'embarras de Meredith. Votre enthousiasme constitue le plus beau des compliments pour Bakari, comme pour moi. Je suis flatté de vous voir aussi détendue.

Détendue ? Elle faillit pouffer de rire. Il plaisantait ! Quoique, à la réflexion, elle ne pouvait nier que tout en se sentant constamment sur ses gardes, elle éprouvait une sorte de relaxation suspecte. Cet homme la mettait à la fois à l'aise et au supplice. Elle aimait sa compagnie, le son de sa voix, son rire spirituel et ne pouvait s'empêcher de se dire que si la situation avait été différente, ils auraient pu être amis.

Amis ? Avec l'héritier d'un comté ? Décidément, elle déraisonnait. La voix de Philip la tira de ses pensées.

— L'expression de votre visage m'intrigue. À quoi pensez-vous ?

Elle hésita un instant puis décida de se lancer :

— Je pensais à quel point nous sommes différents.

— Vraiment ? Je trouve, au contraire, que nous avons un tas de points communs.

— J'ignore comment vous êtes arrivé à cette conclusion, alors que nous avons reçu une éducation absolument opposée.

— Peut-être pas tant que cela. Parlez-moi de la vôtre.

La main glacée de la peur étreignit le cœur de Meredith. Son regard remonta vers Philip. Rien dans sa voix ou dans son expression n'indiquait pourtant le moindre soupçon.

Détends-toi. Quoi de plus normal qu'il se pose cette question ? Cela arrive dans une conversation banale.

Avec un petit rire nerveux, elle répondit :

— Vous avez grandi dans un château, vous hériterez du titre de comte. Je ne peux en dire autant.

— Peut-être, dit-il en haussant les épaules. Mais la fortune et la position sociale ne garantissent pas le bonheur.

Quelque chose dans sa voix indiquait qu'il parlait d'expérience. Or, en dépit de sa curiosité, elle s'abstint de poursuivre une discussion qui, fatalement, l'entraînerait sur une pente glissante. Pour la première fois de sa vie, elle détesta devoir mentir.

En baissant les yeux, elle remarqua que l'ourlet de sa jupe reposait sur le genou de Philip. La mousseline bouton-d'or contrastait sur le sombre pantalon bouffant. Il y avait quelque chose d'intime dans ce contact, d'excitant, même…

— Comment étiez-vous, Meredith ?

De nouveau elle leva les yeux et fut happée par le regard brun qui la scrutait avec une attention soutenue.

— Je vous demande pardon ?

— Comment étiez-vous, quand vous étiez enfant ? Quels projets d'avenir aviez-vous ? Comment était votre famille ?

Un demi-sourire retroussait le coin de sa bouche, mais ses yeux étaient attentifs.

— Ne vous croyez pas obligée de satisfaire ma curiosité, ajouta-t-il.

Un flot de souvenirs qu'elle avait combattus farouchement des années durant submergea Meredith. Elle détestait l'idée de lui mentir, mais n'avait pas le choix. Avec un effort surhumain pour chasser un terrible sentiment de culpabilité, elle s'appliqua à raconter, d'une voix posée, l'histoire forgée au fil des années.

— Mon enfance fut normale et heureuse. Nous étions aisés, sans être riches. Nous avons souvent déménagé, car mon père était précepteur. Après son décès, ma mère a trouvé une place de gouvernante dans une famille noble à Newcastle. J'ai vécu avec elle jusqu'à sa mort, puis je suis venue à Londres où je me suis établie comme marieuse. J'avais eu déjà quelques succès qui m'ont aidée dans ce métier.

— Vous n'aviez pas de frères et sœurs ?

— Non, malheureusement.

Elle lui sourit, soucieuse de changer de sujet de conversation.

— Contrairement à vous ! J'ai toujours rêvé d'avoir une sœur.

— En effet, j'ai eu de la chance. Sans Catherine, mon enfance aurait été un désert...

La voyant surprise, il ajouta :

— Le confort matériel n'est pas toujours synonyme de bonheur, Meredith.

Elle décela dans ses yeux bruns une lueur de désespoir qui la bouleversa. Pourquoi n'avait-il pas été heureux ? Elle avait passé sa vie à rêver de ce que Philip avait eu : une famille normale, une vie respectable, une maison décente. Pourquoi ne s'en contentait-il pas ?

— Je... je suis désolée, bredouilla-t-elle.

— Et étonnée. Vous vous demandez comment on peut grandir dans un décor aussi opulent et se sentir triste.

— J'ai du mal à l'imaginer, en effet.

Posant son verre, il pencha le buste et appuya ses coudes sur ses genoux.

— Est-ce que vous vous êtes déjà sentie seule au monde ? Même parmi une foule de gens ?

Les réminiscences qu'elle s'était pendant si longtemps appliquée à oublier refirent surface. Seigneur ! C'était exactement ce qu'elle éprouvait : un profond sentiment de solitude. Elle détourna la tête afin qu'il ne voie pas le chagrin dans ses yeux.

— Quand j'étais petit, reprit-il, j'avais l'impression de regarder le monde à travers une vitre. J'étais gauche, empoté, timide, obligé de porter de grosses lunettes. Je n'avais pas d'amis. Mon père passait le plus clair de son temps à visiter ses domaines. Ma mère était très belle, mais d'une santé fragile. Après sa mort, quand j'avais douze ans, mes rapports avec mon père se sont détériorés…

Il s'interrompit brusquement. Sans réfléchir, Meredith posa sa main sur la sienne. Il tressaillit et poursuivit d'une voix dépourvue d'émotion, qui contrastait étrangement avec son visage tourmenté.

— C'était ma faute, vous savez. J'avais promis à mon père que je resterais auprès d'elle jusqu'à ce qu'il revienne d'un rendez-vous avec son avoué. Maman s'est sentie mieux. Père m'avait bien recommandé de ne pas la laisser sortir jusqu'à son retour et je lui avais donné ma parole, mais…

Il s'interrompit et déglutit péniblement.

— Mais je me suis endormi, alors qu'elle me lisait un livre. Maman est sortie pour se promener dans le parc. La pluie s'est mise à tomber, et elle a pris froid. Elle est morte trois jours plus tard.

— Oh ! Philip ! s'exclama Meredith, émue aux larmes. Vous n'étiez qu'un enfant…

— Qui n'a pas tenu sa parole. Sinon, elle ne serait pas morte.

— C'était une femme adulte, qui a commis une imprudence. Une imprudence qu'elle a décidé de commettre.

— Elle ne l'aurait pas commise si j'avais été fidèle à ma promesse ! Quand mon père a appris ce qui s'était passé, il m'a dit qu'un homme ne valait que par sa parole. Qu'un homme qui n'honore pas ses engagements ne valait pas grand-chose. Depuis lors, j'ai toujours tenu parole. J'ai parfois échoué dans d'autres domaines, mais plus de cette façon. Et je n'ai pas l'intention de recommencer.

Meredith hocha la tête. Soudain, l'acharnement de Philip à briser la malédiction lui apparut sous un jour différent. Il avait fait à son père la promesse de se marier et il devait s'y conformer, avant que le comte ne succombe à sa maladie.

— La mort de ma mère a creusé un fossé insondable entre mon père et moi, continua-t-il. Il se blâmait et me blâmait. Je me sentais coupable. Il n'y avait rien à faire pour combler le gouffre qui nous séparait. Catherine a essayé de nous aider, de nous réconcilier. Combien de fois ne nous a-t-elle pas rappelé qu'avant ce jour fatidique, le mal dont souffrait maman ne laissait déjà plus aucun espoir... Nous le savions, mais n'y pouvions rien. Père et moi avons assisté à son agonie, alors qu'elle s'escrimait à respirer... Il ne lui restait pas beaucoup de temps à vivre, mais elle est morte plus tôt que prévu.

Après un silence, il exhala un long soupir.

— Père a recommencé à visiter ses domaines en me laissant sous la garde de différents tuteurs. Ensuite, il m'a envoyé à Eton. J'étais renfermé et mes camarades se moquaient de moi. J'étais à la fois bon élève et mal dans ma peau. La présence de Catherine lors des vacances en ces années noires fut mon seul et unique rayon de soleil. Finalement, j'ai trouvé l'oubli dans les merveilles du passé et je me suis mis à étudier passionnément la vie et les mœurs des peuples anciens.

Il marqua une pause pendant laquelle il parut secouer mentalement les vestiges du passé.

— Père, tout comme moi d'ailleurs, ressentait le besoin d'échapper à la tension constante qui régnait entre nous. Il m'a offert la possibilité de poursuivre mes études à l'étranger et je me suis empressé de la saisir. Nous étions convenus qu'en échange de son soutien financier, je reviendrais en Angleterre pour me marier. J'étais à la fois ravi et terrifié quand j'ai quitté mon pays ; je me trouvais toujours affreusement empoté, gros et maladroit.

L'ombre d'un sourire lui effleura les lèvres.

— J'étais mieux à l'étranger. Personne ne savait rien de moi, personne ne connaissait mes échecs passés. La liberté m'a rendu un semblant de confiance. L'activité physique exigée par les voyages et les fouilles, l'air vivifiant, m'ont rendu plus fort. Pour la première fois de ma vie, j'ai eu la sensation d'appartenir à une famille – celle que j'avais choisie. J'ai connu Bakari, puis Andrew. Celui-ci est un excellent boxeur doublé d'une fine lame. Il m'a enseigné la boxe et les feintes de l'escrime ; je lui ai appris à déchiffrer les textes anciens. En dehors de Catherine, Bakari et Andrew furent mes premiers véritables amis.

Un silence suivit. Meredith chercha à dire quelque chose, mais que pouvait-elle répondre à un homme qui venait de mettre son âme à nu, alors qu'elle l'avait abreuvé de mensonges ?

Ne sois pas naïve. L'honnêteté fonctionne lorsque l'on n'a rien à cacher.

Des sentiments contradictoires l'envahirent. Sympathie, culpabilité, compassion. Une sorte d'affection profonde, immuable.

Le besoin de le toucher et de le réconforter s'empara d'elle, mais elle réussit à rester immobile. À la place, elle lui serra simplement la main.

— Je suis désolée, Philip.

— Merci, dit-il, quelque peu consolé. Pendant toutes ces années, père et moi avons échangé une nombreuse correspondance. Nos lettres étaient plutôt neutres, au début. Peu à peu, nous avons pu mieux communiquer par écrit que lorsque nous étions face à face. Or, notre bonne entente a disparu quand, il y a trois ans, il m'a intimé dans l'une de ses lettres de revenir en Angleterre. Il avait arrangé un mariage pour moi. J'ai refusé. Je ne me sentais pas prêt à fonder une famille et j'estimais avoir le droit de choisir mon épouse. Il a insisté. Je me suis révolté contre son autorité. Je ne suis pas venu et le mariage a été annulé. Comme vous pouvez l'imaginer, nos rapports en ont pâti. Enfin, j'ai reçu la lettre dans laquelle il m'annonçait qu'il était mourant. J'ai réalisé alors qu'il était temps de rentrer. J'espérais que mon retour et mon mariage combleraient le fossé entre nous deux… C'est alors que j'ai découvert la Pierre des Larmes.

— Vous n'avez pas eu de chance ! fut tout ce que Meredith trouva à dire.

— C'est vrai. Et le décès de Mary Binsmore n'a fait que rendre les événements plus tragiques. Cela dit, la malédiction n'a pas eu que des aspects négatifs, loin de là.

Meredith haussa les sourcils.

— Comment pouvez-vous dire une chose pareille ? Vous avez perdu lady Sarah à cause de…

— Peut-être, l'interrompit-il en se penchant pour lui effleurer la main d'un baiser. Mais la malédiction m'a conduit à vous.

13

Le cœur de Meredith s'arrêta pendant une fraction de seconde, puis se mit à cogner sourdement. *La malédiction m'a conduit à vous…*

Avant qu'elle pût trouver une réponse – pour la bonne raison qu'il n'y en avait pas – Philip sourit.

— Je vous prie de m'excuser. Je n'avais pas l'intention de peupler notre soirée de fantômes. Goûtons aux plats suivants. Bakari m'en voudrait si je ne vous servais pas ses chefs-d'œuvre dans l'ordre !

Visiblement, il avait hâte de changer de sujet.

Les deux mets suivants, du canard finement coupé et un ragoût de mouton, furent un pur délice. Arrivée à satiété, Meredith se sentait lasse, détendue. Les coussins contre lesquels elle s'appuyait formaient comme un cocon de velours.

— Je n'arrive pas à décider quel plat était le plus succulent, dit-elle, tandis que Philip soulevait un dernier couvercle. Bakari est un chef de grand talent. À votre place, je l'aurais consigné à la cuisine plutôt que dans le vestibule.

Philip eut un petit rire.

— Attendez d'avoir goûté ça !

Il tenait un petit bol de porcelaine contenant une mixture de crème anglaise, de fines tranches de cake, le tout agrémenté de noix hachées et enrobé dans un sirop doré. Philip en prit une cuillerée qu'il tendit à Meredith. Un parfum de miel et de cannelle fit palpiter ses narines ; sa gourmandise lui intimait de déguster la bouchée mais elle hésitait. Partager un repas avec lord Greybourne était une chose, accepter la becquée de sa main en était une autre.

— Goûtez, Meredith. Vous allez adorer.

Elle entrouvrit les lèvres et il y glissa la cuillère. Les saveurs et les textures avaient été combinées pour ravir le palais. Meredith sentit sur sa langue tour à tour la crème onctueuse, le cake moelleux, les noix craquantes, la suavité du miel, la pointe de cannelle. Elle mastiqua lentement, puis déglutit en s'efforçant d'ignorer le subit affolement de son cœur car, à nouveau, un sentiment de gêne l'avait envahie.

Comble de misère – et de fascination – Philip se rejeta sur le côté en prenant appui sur les coussins qui l'entouraient. Ainsi, à demi allongé, il exposait au regard son cou bronzé, une partie de son torse à travers l'échancrure de soie, et ses longues jambes musculeuses.

— Cela vous plaît ?

Il l'étudiait d'un air concentré. Il parlait du dessert, naturellement, mais Meredith retint un sourire.

Si cela me plaît ? Plus que tout ce que j'ai déjà vu en ce bas monde.

— Oui… délicieux… Vous n'en prenez pas ?

Il se redressa et lui tendit le bol ; leurs genoux se touchèrent. Un drôle de picotement se propagea aussitôt dans le corps de Meredith. Elle regarda le bol et la cuillère. On ne pouvait se méprendre sur le sens de ce geste. La voix de la sagesse lui intimait de se lever et de prendre ses jambes à son cou, mais sa curiosité féminine réclama le droit de savoir à quoi cela ressemblerait de nourrir un homme. *Cet* homme.

Elle obtempéra et l'observa, fascinée, tandis qu'il happait la bouchée qu'elle lui présentait. Il avait une bouche sensuelle, ne put-elle s'empêcher de penser. Une bouche qu'elle aimerait sentir sur sa peau.

Soudain, Philip allongea le bras et essuya du bout du doigt la lèvre inférieure de Meredith.

— Une goutte de crème, murmura-t-il en portant l'index à ses propres lèvres pour y lécher la gouttelette onctueuse.

Elle eut l'impression qu'un feu liquide courait dans ses veines. Philip reprit le bol et la cuillère, les posa sur la table. Ensuite, il saisit un plateau en céramique rempli d'un assortiment de fruits découpés, d'olives et de noix.

Il prit un morceau de fruit.

— La figue est très populaire chez les Grecs depuis l'Antiquité. Goûtez...

Comme elle esquissait un mouvement de recul il ajouta :

— C'est une coutume ancienne. Les invités acceptent de la main de leur hôte une offrande, signe qu'ils ont apprécié le repas. Il s'agit également d'un geste qui symbolise la fin harmonieuse d'un dîner.

— Je vois...

Meredith s'efforça de se dire qu'il n'y avait aucun mal à honorer une coutume ancestrale...

« Pur mensonge », lui rétorqua rageusement une petite voix intérieure. Les us et coutumes n'avaient aucun rapport avec la situation : l'invitée, à demi renversée sur des coussins comme une odalisque, les lèvres tendues vers une figue charnue et luisante.

Obnubilée par les doigts si proches de sa bouche, elle avala la bouchée sucrée.

— L'invitée peut rendre à l'hôte la politesse si elle le souhaite, poursuivit-il, afin d'indiquer qu'elle a trouvé sa compagnie plaisante.

Oh ! plus que plaisante ! Tentante... Excitante...

Incapable de refuser, elle cueillit entre le pouce et l'index un quartier d'orange. Philip lui prit le poignet et guida sa main. Meredith étouffa un cri en sentant autour de ses doigts les lèvres de Philip.

— Mmm... délicieuse, dit-il avant de saisir une grosse olive d'un noir brillant dont le noyau avait été retiré. Après le sucré, le salé, expliqua-t-il. Signe que l'hôte porte à l'invitée une grande estime.

Meredith mordit dans l'olive.

— Après quoi, l'invitée peut rendre la pareille à l'hôte, si elle le désire, dit-il sans la quitter des yeux.

Elle s'exécuta et vit les yeux bruns s'assombrir derrière les lunettes ; un frisson fit trembler sa main. Cette fois encore, il lui prit le poignet pour grignoter l'olive au bout de ses doigts.

La vague de désir qui couvait déferla. Meredith sentit les pulsations de son cœur s'accélérer et l'envie de sentir cette bouche contre la sienne la consuma.

— Enfin, voici pour finir cette dégustation.

Il lui présentait un fruit rond, de la grosseur d'une orange.

— Qu'est-ce que c'est ?

— Une grenade.

— J'en ai entendu parler.

— On l'appelle également « fruit du paradis ». Au cours des siècles, la grenade a joué un rôle plus ou moins important dans différents mythes et légendes, comme dans l'art et la littérature.

— La première citation qui me vient à l'esprit se trouve dans *Roméo et Juliette*. Le chant de l'alouette prévient Roméo que le jour va poindre mais Juliette le retient en disant : « Il chante chaque nuit sous le grenadier. Crois-moi, mon bien-aimé, c'était le rossignol. »

— Je me rappelle ce passage... Vous aimez Shakespeare ?

Parle, parle. Dis quelque chose. Dis n'importe quoi pour dissiper cette tension insoutenable !

— Oh oui ! *Roméo et Juliette* est ma pièce préférée. J'ai toujours aimé lire. Quand j'étais petite, l'adorais me plonger dans une histoire qui me transportait dans un autre endroit et un autre temps.

Elle se revit soudain à douze ans. Quelqu'un avait oublié un livre à la maison. *Roméo et Juliette*. Elle l'avait ouvert et avait été immédiatement ensorcelée par l'intrigue. Nuit après nuit, elle s'enfermait dans le débarras exigu sous l'escalier et, à la lueur de la chandelle, elle suivait, haletante, les étapes d'un amour impossible. Les mots résonnaient comme une musique grâce à laquelle la petite fille parvenait à s'évader de la triste réalité.

— Meredith ? Est-ce que ça va ?

Elle cligna des yeux et l'image disparut.

— Oui, je vais bien.

— Vous semblez si triste…

Elle se força à sourire.

— Eh bien, l'histoire des deux infortunés amants de Vérone est bien triste, vous ne trouvez pas ?

Délibérément, elle reporta son attention sur le fruit.

— Comment mange-t-on la grenade ? Comme une orange ?

— Non. Il faut la couper en deux et manger les pépins.

Il lui présenta une petite coupe remplie de minuscules perles rouges translucides.

— Regardez. Les pépins de grenade étaient considérés comme un symbole de fertilité, de bonheur et de vie éternelle. Les anciens égyptiens se faisaient enterrer avec des grenades dans l'espoir de renaître.

Il saisit délicatement un pépin, et le porta vers les lèvres de Meredith.

— Goûtez.

Après une infime hésitation, elle accepta l'offre. Ses lèvres effleurèrent les doigts de Philip qui réprima un tressaillement. Tremblante, Meredith absorba la petite graine rouge. Un minuscule flot de jus lui baigna la langue et elle écarquilla les yeux.

— Trompeur n'est-ce pas ? demanda-t-il avec un sourire.

— En effet. Je ne m'attendais pas à ce qu'un aussi petit pépin ait tant de saveur, à la fois aigre et douce.

Il lui donna une deuxième graine.

— Vous aimez, Meredith ?

Son prénom, prononcé par cette voix rauque, la toucha comme une caresse. En elle-même la question était simple, n'eût été la flamme dans le regard brun. On ne pouvait toutefois s'y tromper : il ne faisait pas vraiment allusion au fruit. Il voulait savoir si elle aimait être avec lui, nourrie par lui, le nourrir à son tour. Toucher ses lèvres du bout des doigts, être touchée en retour. Et bien qu'elle eût souhaité qu'il en soit autrement, il n'y avait qu'une seule réponse à toutes ces questions.

Fallait-il pour autant l'admettre ? Elle pourrait faire semblant de n'avoir pas saisi le sens caché de la question. Elle le devrait, oui. Pourtant, l'intimité qui s'était créée entre eux dans ce décor opulent, le repas délicieux, le vin, les confessions qu'il lui avait faites sur sa vie, leur désir réciproque, tout tendait à tisser une toile envoûtante autour de Meredith. Incapable de discerner le vrai du faux, la sagesse de l'imprudence, elle répondit :

— Oui, Philip, j'aime.

Les yeux bruns s'assombrirent davantage. Sans un mot, il lui prit le bol rempli de pépins de grenade et le posa sur la table. Ensuite, il se redressa.

Elle pensa avec soulagement que le repas était terminé mais Philip alla s'asseoir derrière elle.

— Allongez vos jambes, Meredith.

La requête, chuchotée au creux de son oreille, la fit frissonner. Elle s'exécuta, le dos et les épaules raides, craignant de l'encourager… ou de le décourager, elle n'aurait su le dire.

La prenant doucement par les épaules, il ajusta sa position, l'adossa contre sa poitrine et étendit les jambes, lui aussi, de part et d'autre des hanches de Meredith. Inexplicablement, elle frissonna, bien qu'il ne fît pas froid. Elle se sentait glacée, mais la chaleur de Philip l'enveloppait comme une couverture de velours.

— Après le repas, murmura-t-il, la relaxation s'impose.

Il se mit à lui masser doucement les épaules.

— Vous êtes très tendue, Meredith. Détendez-vous.

Se détendre ? Alors qu'il était collé à elle ? Impossible ! Cependant, à mesure que les mains de Philip poursuivaient leur rotation, elle éprouva un étrange relâchement.

— Beaucoup mieux, dit-il. Voilà comment une princesse vêtue de soie se prélasse… en se faisant masser jusqu'à ce que toute trace de fatigue quitte son corps.

Les mains remontaient maintenant le long de sa nuque. Du pouce et de l'index, il se mit à lui retirer ses épingles à cheveux. Meredith leva la tête, prête à protester, mais aucun son ne franchit ses lèvres. Libérée des épingles, sa chevelure ruissela sur ses épaules et dans son dos.

— Vous ressemblez à la reine Nefertiti, chuchota-t-il tout contre son cou, faisant jaillir une multitude de petits frissons. Savez-vous ce que signifie Nefertiti ?

Comme si elle avait perdu l'usage de la parole, elle se borna à secouer la tête.

— Cela veut dire : « La belle femme est venue ». Les anciens Égyptiens rendaient grâce à la beauté féminine en composant des chants. J'en ai traduit quelques-uns, au cours de mes voyages. L'un d'eux est particulièrement joli. Voulez-vous l'entendre ?

À nouveau, elle hocha la tête puis, le sentant se pencher, elle ferma les yeux pour mieux l'entendre murmurer :

Elle est comme l'étoile du matin,
À l'aube d'une année de bonheur,
Éblouissante et blanche de peau ;
Le regard est doux dans ses yeux,
Douce la parole sur ses lèvres…
Ses pas légers ne touchent pas terre
Sa grâce a capturé mon cœur,
Tous les hommes se retournent
Pour l'admirer ;

Mais celui qu'elle embrassera,
Sera heureux comme un roi.

Les bras de Philip lui encerclèrent la taille, l'attirant en arrière, tandis que ses lèvres brûlantes effleuraient son cou.

— Meredith…

Il l'embrassa gentiment sur la nuque. Le désir et la passion se répandirent dans les veines de Meredith pour réveiller les besoins obscurs si longtemps refoulés. Puis la confusion s'empara de son esprit. Comment parvenait-il à lui procurer des sensations aussi fortes sans même la toucher ? Pour elle, depuis sa plus tendre enfance, les rapports entre les hommes et les femmes, d'après ce qu'elle avait vu ou entendu, se résumaient à des tâtonnements maladroits dans le noir ou des mots vulgaires. Des choses auxquelles elle n'avait aucun mal à résister.

Mais cette douce caresse, cette tendresse voluptueuse avaient le don de fissurer la muraille protectrice qu'elle avait érigée. Avec un soupir d'abandon, elle renversa la tête. Balayant une mèche de cheveux lustrée, Philip promena le bout de sa langue sur la peau sensible de son cou. Un haut-le-corps secoua Meredith qui se cambra dans le vain espoir d'apaiser la brûlure qui la ravageait.

Encore une caresse, encore un baiser… puis je l'arrêterai.

Philip entendit son soupir, sentit sa vibration intérieure. Il savait que dans une seconde il ne pourrait plus se contrôler. Il avait imaginé ce dîner dans le but de lui faire la cour, pas de la séduire. À présent, la sentant si proche, si excitante, il en fut embrasé.

Encore une caresse… encore un baiser… puis j'arrête.

Il la débarrassa de son fichu de dentelle, révélant une parcelle de peau douce et parfumée. Il embrassa l'épaule ainsi dénudée, tandis qu'il lui caressait les seins à travers le tissu mince du corsage.

— Philip, murmura-t-elle avec un soupir rauque et passionné.

Il sut alors que le combat qu'il livrait contre ses sens était perdu. Avec un gémissement, il l'enlaça. Meredith tourna la tête et leurs bouches s'unirent en un baiser d'abord tendre, puis de plus en plus brûlant et fougueux. Philip glissa les doigts dans le corsage de Meredith et s'empara d'un sein nu et pigeonnant. Tandis qu'il goûtait le miel de sa bouche, ses doigts exploraient la douceur de sa gorge. Il buvait son souffle comme un assoiffé boit l'eau claire d'une source et, peu à peu, toute sensation disparut au profit d'une seule : un besoin brûlant, douloureux.

Plus. Il voulait plus !

Il se détacha un instant d'elle, notant avec satisfaction son petit cri plaintif, pour retirer ses lunettes qu'il jeta sur la table basse. Le souffle court, il la contempla, abandonnée dans ses bras. Du bout des doigts, il caressa le cou gracieux là où palpitait furieusement le pouls.

— Comme tu es belle ! Tu me rends fou.

Il la fit se retourner, lui prit la main et l'obligea à la poser contre son cœur, qui battait à une vitesse folle.

— Il bat pour toi, Meredith. Chaque fois que je te vois. Ou que je pense à toi...

Pressant la petite main tremblante sur sa poitrine, il ferma les yeux.

— Touche-moi, implora-t-il.

Une hésitation infime. Puis elle obtempéra. Philip frissonna. Son désir pour elle avait atteint son paroxysme. Il tira sur le corsage, exposant un sein pâle à l'aréole corail et, se penchant, il se mit à sucer doucement la pointe dressée.

— Oooh, murmura-t-elle, ébahie.

Meredith cambra inconsciemment les reins et plongea les doigts dans la chevelure de Philip pour le presser contre elle.

À présent, il la voulait tout entière. Délaissant la peau satinée dont il se délectait, il reprit ses lèvres. Elle lui rendit son baisser avec une passion égale à la sienne et se mit à trembler quand elle sentit la large main de Philip se glisser sous sa robe et se poser sur sa cuisse.

Elle avait une peau douce comme de la soie, des seins magnifiques. La résistance de Philip s'évaporait comme la rosée sous l'ardent soleil du désert. Sans cesser de l'embrasser, il défit les porte-jarretelles qui maintenaient ses bas.

Je la veux. J'en ai besoin.

Les mots résonnèrent dans son esprit, lui martelant les tempes. Une longue flamme darda dans son corps.

Besoin de la toucher. Maintenant.

Ses doigts repartirent à l'assaut. Meredith s'arc-bouta sous la caresse et il leva la tête pour la contempler. Elle était exquise ainsi, les cheveux défaits, les yeux clos, les joues embrasées par le désir, les lèvres gonflées par les baisers. Baignée dans la lumière dorée de l'âtre, elle ressemblait à quelque tentatrice sauvage, à une reine d'un autre temps. Elle rouvrit les yeux et leurs regards s'accrochèrent.

— Écarte les jambes, chuchota-t-il.

Meredith obéit sans un mot. Il toucha alors la douce corolle de chair humide, brûlante, prête à l'accueillir. Elle referma les yeux avec un murmure inintelligible, alors qu'il imprimait à sa main un mouvement circulaire. Il regarda les multiples expressions qui se succédaient sur ses traits, à mesure que la caresse se précisait. Sous l'exquise torture qu'il lui infligeait, elle se mit à onduler des hanches. Un nouveau baiser les réunit, plus brûlant, plus exigeant encore et Philip fit aller et venir sa langue comme il aurait voulu le faire avec son corps. Elle s'accrocha à lui, enfonçant ses ongles dans ses épaules.

Il était sur le point d'exploser, la sueur perlait à son front, il l'imaginait empalée sur son sexe mais il continua à la caresser jusqu'à la volupté. Meredith laissa échapper un cri de plaisir, puis retomba sur les coussins, pantelante.

Peu à peu, la brume sensuelle se dissipa et Meredith émergea lentement de l'abîme. De sa vie elle n'avait eu cette expérience inimaginable, inconcevable. Elle se força à rouvrir les yeux et regarda Philip. Il était allongé sur le côté, immobile, appuyé sur un coude. Dans ses pupilles brillait la sombre flamme du désir inassouvi. Il lui prit la main et posa un baiser ardent dans sa paume, avant de la reposer sur son torse où son cœur battait à tout rompre.

Meredith laissa errer son regard sur l'homme étendu à son côté, les cheveux ébouriffés, la chemise froissée, bâillant sur ses pectoraux et, plus bas, sur la bosse révélatrice qui se dessinait sous le pantalon bouffant. L'espace d'un instant, elle faillit céder à une envie insensée : le déshabiller, explorer avec lui l'univers sensuel dont il avait ouvert les portes, le sentir en elle. Visiblement, la même envie le taraudait. Pourtant, il n'avait rien tenté. La vérité frappa Meredith comme une gifle : elle ne l'aurait pas arrêté s'il avait voulu la prendre. Pire, si elle avait été capable de parler, elle lui aurait même demandé de le faire !

Elle sentit les remords l'assaillir. Qu'avait-elle fait ? En l'espace d'un instant, elle avait renoncé à sa respectabilité et il s'en était fallu de peu qu'elle ne succombe complètement.

S'arrachant à l'étreinte de Philip, elle batailla pour s'asseoir. Les joues embrasées par la honte, elle remonta son corsage sur ses seins nus et rabattit rageusement sa jupe en mousseline sur ses jambes. La vision d'elle-même, offerte, jambes écartées, fulgura dans son esprit encore embrumé. Le passé qu'elle avait combattu de toutes ses forces, qu'elle avait cru vaincre, revint soudain à la charge. Elle aurait dû être reconnaissante à Philip de n'avoir pas franchi l'ultime limite mais elle s'en sentait incapable.

Partir ! Elle devait partir immédiatement, avant de s'humilier davantage. Parce que même maintenant, alors qu'elle mesurait avec stupéfaction les conséquences de sa faiblesse, elle ne demandait qu'à retomber dans les bras de Philip pour succomber de nouveau à la magie de ses caresses. Des caresses qui l'avaient envoûtée au point de lui faire perdre toute sa dignité.

Des larmes brûlantes montèrent à ses yeux et elle pressa la main sur sa bouche pour contenir un sanglot. Désespérée, elle essaya de rassembler ses cheveux en chignon et chercha frénétiquement ses épingles.

— Meredith, arrêtez.

Il lui saisit les poignets pour l'empêcher de se relever.

— Je vous en prie, laissez-moi m'en aller, implora-t-elle. Je veux partir.

— Non, ne partez pas. Pas comme ça. Nous devons parler.

— Il n'y a rien à dire. Sauf que je suis désolée.

— Mais pour quelle raison ?

— Pour mon comportement, murmura-t-elle sans le regarder.

Philip lui relâcha les poignets et balaya gentiment une boucle rebelle sur sa joue.

— Meredith, il ne faut pas être désolée. Vous avez été merveilleuse. Si quelqu'un devait s'excuser, c'est moi ; mais pourquoi renier quelque chose d'aussi beau ? Mon seul regret, c'est de savoir que vous regrettez les fabuleux moments que nous avons partagés.

— Comment pourrait-il en être autrement ? Ce fut une erreur.

— Non, Meredith. C'était inévitable, compte tenu de notre attirance réciproque. Peut-être était-ce un peu précipité, je vous l'accorde, ajouta-t-il avec un sourire tendre en lui effleurant la joue. Bien que je meure d'envie de vous faire l'amour, je n'avais pas l'intention de vous séduire ce soir.

Elle lança autour d'elle un regard significatif.

— Non ? Alors pourquoi vous êtes-vous donné toute cette peine ?

— Pour vous faire la cour. Proprement.

— Il n'y a rien de propre dans tout ça, Philip.

Elle le savait. Elle l'avait su dès l'instant où elle avait franchi le seuil de cette pièce. Malgré cela, elle était restée. S'il fallait blâmer quelqu'un, ça ne pourrait être qu'elle. Seigneur ! Elle aurait aimé avoir quelque chose à reprocher à Philip, ou au vin. Or, Philip n'avait pris que ce qu'elle lui avait accordé et elle n'avait bu qu'un verre ou deux.

— Je vous le jure, mes intentions étaient honorables. Seulement, une fois que je vous ai prise dans mes bras, j'ai oublié tout le reste. Vous m'avez ensorcelé, Meredith. Tout en vous est captivant. Oui, j'ai envie de vous faire l'amour, mais je veux plus encore.

Meredith se figea, effrayée. Les paroles de Philip, la gravité de son visage, sa déclaration selon laquelle il avait monté cette mise en scène uniquement pour la courtiser… Non. Ce n'était pas possible. Quoique… Oh ! mon Dieu ! Avait-il l'intention de lui demander sa main ?

14

Dissimulant de son mieux sa panique, Meredith se leva vivement et chercha des yeux son réticule. Chaque muscle, chaque fibre de son corps lui intimait de prendre la fuite… avant qu'il ne formule une impossible proposition.

Se levant à son tour, Philip la prit par les épaules.

— Meredith, Je…

— Ne dites rien.

Une ombre de déception passa dans les yeux bruns.

— Pourquoi pas ?

Parce que je sais qu'un simple « non » ne vous suffira pas, que vous me demanderez des explications. Et dans l'état de confusion où je me trouve, je suis incapable d'inventer un mensonge vraisemblable. Je ne peux pas non plus vous dire la vérité. Sans compter avec votre ténacité…

— Parce que… je ne suis pas prête à en entendre plus. J'ai besoin de temps pour réfléchir. Seule. Votre présence me… m'empêche de me concentrer.

Philip parut se détendre un peu.

— Je ressens la même chose quand vous êtes là. C'est pourq…

— Non ! se récria-t-elle tandis qu'une nouvelle vague de panique la submergeait. Je vous en prie, Philip. Je vous en supplie ! Ne dites rien de plus. Pas maintenant.

Il se contenta de la scruter d'une façon qui acheva de l'irriter.

— Alors, vous savez ce que je veux vous demander, dit-il.

Inutile de feindre le contraire.

— Oui. Mais pas ici. Pas maintenant. Je... j'ai besoin de réfléchir.

Il l'étudia un instant.

— Très bien. Mais il faudra bien que nous en parlions, Meredith.

Elle acquiesça.

— Mais pas tout de suite.

Pas avant que j'aie rassemblé mes esprits, pas avant que j'aie remis en place mon mécanisme de défense contre vous.

— Je vais chercher le carrosse. Je reviens.

Philip quitta la pièce en refermant doucement la porte derrière lui. Lorsqu'elle fut seule, Meredith enfouit son visage dans ses mains.

Grand Dieu ! Qu'avait-elle fait ?

Albert écarta la lourde tenture de velours bleu et jeta un coup d'œil par la fenêtre du salon. Il ne vit que son propre reflet sur la vitre derrière laquelle régnait une obscurité opaque, sans le moindre rayon de lune. La pendule sonna les douze coups de minuit. Mlle Merry n'allait plus tarder à rentrer de sa soirée mondaine... Albert se demanda si lord Greybourne choisirait une épouse parmi ses jolies prétendantes ou s'il suivrait l'élan de son cœur.

Il pensa soudain à Charlotte. Fermant les yeux, il appuya le front sur la vitre froide en exhalant un souffle laborieux. Après être montée pour mettre Hope au lit, elle n'était pas redescendue. Sans doute s'était-elle retirée pour la nuit.

Une image lui apparut alors. Charlotte était allongée sur son lit, ses cheveux blonds répandus sur l'oreiller, sa peau dorée dans les lueurs orangées du feu de cheminée. Albert sentit tout son corps se raidir. Il serra les dents et s'efforça de chasser l'image sensuelle, sans résultat. L'apparition lui tendait les bras en l'appelant par son prénom. Un gémissement langoureux lui échappa.

— Albert… est-ce que ça va ?

Il sursauta, rouvrit les yeux… et la vit dans le sombre miroir de la fenêtre, debout, sur le pas de la porte.

Le rouge lui monta aux joues. Ravalant un juron, il s'efforça de dissimuler son érection, mais comment ? Il avait laissé sa jaquette dans sa chambre et n'avait rien sous la main pour se couvrir.

— Je vais bien, grommela-t-il d'une voix enrouée sans se retourner.

Il priait de toutes ses forces pour qu'elle s'en aille. Mais le reflet de Charlotte dans la vitre parut hésiter, après quoi elle s'avança, les sourcils froncés.

— Tu n'es pas dans ton assiette. Je t'ai entendu gémir… Tu t'es fait mal ?

— Non.

Il eut l'impression que ce mot lui écorchait la gorge. Son cœur s'emballait à chaque pas que Charlotte faisait vers lui. Lorsqu'il perçut son parfum fleuri, il serra les dents et crispa les poings. Dieu merci, elle portait encore sa robe grise. Parce que si elle avait été en chemise de nuit…

Bon sang, arrête de l'imaginer en chemise de nuit !

Elle était à côté de lui, à présent. Albert continua de fixer la fenêtre d'un air buté mais cela ne servait strictement à rien. La vitre lui renvoyait le profil gracieux de Charlotte, ses lèvres pleines, ses cheveux soyeux. Les courbes féminines de son corps…

« Doux Jésus, aidez-moi », songea-t-il. S'il ne lui prêtait pas attention, peut-être s'en irait-elle avant de s'apercevoir de l'effet qu'elle produisait sur lui.

— Je vais faire du thé. Tu veux une tasse ?

— Non, répondit-il plus abruptement qu'il ne l'aurait voulu.

Il la vit tressaillir comme si elle avait reçu une gifle, tandis qu'une expression peinée altérait ses traits fins. Bon Dieu ! Pourquoi fallait-il toujours qu'il la brusque ? Il fallait qu'il s'éloigne. Maintenant. Il se retourna vite. Trop vite. Comme cela lui arrivait souvent, il trébucha sur son fichu pied. Il serait tombé si Charlotte ne l'avait pas attrapé par les bras.

Albert se redressa lentement. Ils se faisaient face et les mains de Charlotte reposaient toujours sur le haut de ses bras. La gêne causée par sa maladresse se changea aussitôt en désir. En besoin sauvage. Quelque part dans son subconscient, une voix lui intimait de déguerpir. Au lieu de cela, il regarda Charlotte dans les yeux.

Elle avait de beaux yeux gris qui le scrutaient avec une expression qu'il n'aurait su définir mais qui lui coupa le souffle. Les paumes de la jeune femme à travers le tissu de la chemise l'irradiaient d'un feu liquide. Elle était si près de lui ! Elle sentait si bon ! Et il l'aimait tellement...

Il avait pourtant essayé de reculer. Oh oui ! il avait voulu battre en retraite de toutes ses forces. Cependant, le désir inassouvi, trop longtemps contenu, fut le plus fort. Albert fit un pas en avant. Il posa une main hésitante sur la joue de Charlotte et l'enlaça de son bras libre. Enfin, il l'embrassa avec tout l'amour qu'il portait dans son âme. Le baiser dura quelques secondes euphoriques... puis, soudain, il réalisa qu'il était le seul à participer. Il leva la tête.

Charlotte ressemblait à une statue de marbre ; ses grands yeux reflétaient une sorte de consternation... et rien d'autre. Pas de chaleur, pas de désir, aucune tendresse.

Il la relâcha brusquement, comme s'il s'était brûlé, et recula de deux pas. Finalement, une autre expression monta dans les yeux gris.

De la pitié.

Oh non ! Tout mais pas cela ! Il voulait bien affronter la colère, la haine, le dégoût, mais pas la pitié pour le pauvre infirme qui venait de se ridiculiser et qui avait détruit stupidement des années d'amitié. Comment avait-il pu se montrer aussi stupide ?

— Charlotte, pardonne-moi. Je... suis désolé.

Elle ne répondit rien et se contenta de le fixer, le corps rigide, les mains crispées l'une sur l'autre, avec cette horrible expression de pitié qui lui fit l'effet d'un coup de poignard en plein cœur.

Albert pivota sur lui-même et quitta la pièce aussi vite que sa mauvaise jambe le lui permettait. Il ne s'arrêta que lorsqu'il fut dans sa chambre. Là, il se laissa tomber sur le bord du lit, les coudes sur ses genoux tremblants, le visage dans ses mains.

Dieu que cela faisait mal ! Plus mal que les coups de poing de Taggert, que sa jambe, que toute sa misérable enfance. Des larmes lui piquèrent les yeux ; il n'avait pas pleuré depuis qu'il était gosse. Ce n'étaient pas des larmes de douleur mais de tristesse.

Un chapelet de jurons lui échappa. Il avait tout gâché. Ce baiser, la façon dont Charlotte l'avait rejeté, l'humiliation qu'il en avait éprouvée, tout cela venait de creuser un fossé insondable entre eux. Il n'arriverait plus à la regarder en face : il avait trahi sa confiance. Elle devait le considérer comme un profiteur, comme tous ces hommes qui s'étaient servis d'elle des années durant.

Il releva la tête et se frotta les yeux. Il avait deux possibilités : trouver les mots pour se faire pardonner et essayer de continuer à vivre comme si rien ne s'était passé, ou alors quitter la maison de Mlle Merrie.

Son cœur se serra lorsqu'il réalisa qu'en fait, le dernier choix était le seul possible.

Charlotte contempla la porte ouverte en émergeant lentement de sa stupeur. Levant une main tremblante, elle pressa ses doigts sur ses lèvres.

Une bouffée de chaleur l'embrasa. Ses sens, un instant glacés par la surprise, se remirent à vibrer. Les yeux fermés, elle s'autorisa à revivre ces quelques merveilleuses secondes. Jamais un homme ne l'avait embrassée aussi gentiment, avec une aussi incroyable douceur. Malgré son expérience, elle ne savait pas qu'un baiser pouvait être aussi... beau. Non, elle n'avait jamais imaginé qu'un baiser pourrait lui couper le souffle, l'empêcher de bouger, la laisser pantelante, émerveillée et muette.

Oh ! elle aurait dû se douter qu'Albert embrassait de cette façon ! Il n'était que bonté, gentillesse et tendresse. Eh bien, ces trésors, Charlotte les voulait pour elle. Oui, elle voulait Albert. Et après leur brève et fugace étreinte, après avoir vu ses yeux brûlants comme des braises, elle avait compris que lui aussi la voulait.

Au début, un sentiment de pitié l'avait envahie à la pensée qu'un aussi gentil garçon ait pu jeter son dévolu sur une femme de son espèce. Pourquoi voudrait-il perdre son temps avec quelqu'un comme elle ? Peut-être que sa passion ne s'adressait pas directement à elle. Peut-être était-elle juste arrivée au mauvais moment, alors qu'il pensait à une autre femme, une femme honorable qu'il désirait vraiment. Les hommes étaient ainsi faits, Charlotte le savait. Quand le désir les taraudait, n'importe qui faisait l'affaire.

Toutefois, sitôt que le doute pénétra son esprit, son cœur le rejeta. Albert n'était pas n'importe quel homme ; il était sincère. Il l'avait embrassée parce qu'il la voulait, *elle*. Ce n'était pas seulement son corps qui trahissait son désir ; ses yeux parlaient le même langage.

Oui, mais cela ne répondait pas à sa question. *Pourquoi ?* Pourquoi un jeune homme décent désirerait-il une ancienne prostituée flétrie.

Mais parce qu'il a envie d'une galipette, pauvre imbécile ! Pendant cinq ans, tu n'as pas voulu qu'un homme te touche. Maintenant, tu es d'accord. Pourquoi ne pas lui accorder ce qu'il demande ? Puisque ça vous démange tous les deux...

Non ! Charlotte se boucha les oreilles pour ne plus entendre la voix gutturale venue du passé. La voix qu'elle avait réussi, avec l'aide de Meredith, à reléguer aux oubliettes. Elle n'était plus une prostituée. Elle avait refait sa vie et menait une existence honorable, avec sa fille. Et Albert n'était pas du genre à la culbuter pour son propre plaisir. Albert ne l'aurait pas embrassée s'il ne...

S'il ne tenait pas à elle. Comme elle tenait à lui.

Un calme extraordinaire remplaça tout à coup son tumulte intérieur. Seigneur ! Était-ce possible ? Elle avait longtemps refusé de croire au miracle. Charlotte se revit, inerte comme une bûche, dans les bras d'Albert, et songea à son expression blessée. Il avait dû penser qu'il lui répugnait.

Il fallait qu'elle sache ce qu'il éprouvait. Tout de suite. S'il ne l'aimait pas, elle encaisserait le choc, comme elle l'avait déjà fait tant de fois. Mais s'il l'aimait... Charlotte posa la main sur son cœur, qui battait la chamade. De toute façon, sa vie allait changer.

Ayant inspiré profondément, elle gravit les marches. Devant la porte fermée d'Albert, elle fit une halte. En entendant le bruit de ses pas irréguliers, elle se dit qu'il devait arpenter la chambre. Rassemblant tout son courage, elle frappa.

Une minute s'écoula avant qu'il ne vienne ouvrir. Leurs regards se croisèrent ; celui d'Albert était fermé, impénétrable. Charlotte franchit le seuil en disant :

— Albert, je...

Sa voix se fêla lorsqu'elle aperçut la malle de cuir usé sur le lit refait. Elle jeta un coup d'œil autour d'elle et son cœur se serra. Aussi loin que son regard portait dans la clarté vacillante de l'unique chandelle, elle ne vit que du vide. Tous les effets personnels d'Albert avaient disparu. Sa brosse. Son nécessaire de rasage.

Les dessins de Hope qu'il avait encadrés et suspendus aux murs aussi fièrement que s'il s'était agi de toiles de Gainsborough. L'armoire ouverte était vide.

Un silence pesant les enveloppa. Charlotte humecta ses lèvres sèches et s'efforça de retrouver sa voix.

— Qu'est-ce que tu fais ?

— Je pars, Charlotte.

Trois petits mots. Une petite phrase banale qui souleva néanmoins une tempête dans la tête de Charlotte.

— Pourquoi ?

Le chagrin flamba un instant dans les yeux d'Albert. Il baissa le regard sur la malle.

— J'ai... j'en ai besoin.

Il semblait si malheureux qu'une étincelle d'espoir jaillit dans la poitrine de Charlotte. Il n'aurait sûrement pas été aussi accablé s'il ne tenait pas à elle. Battant le rappel de son courage, elle demanda :

— Est-ce que tu pars à cause de moi ?

Comme il ne répondait pas, elle reprit :

— À cause de ce qui est arrivé ce soir ?

Il devint rouge comme une pivoine.

— Je suis désolé, Charlotte. Je te dem...

— Je ne cherche pas des excuses, Albert. Je veux une explication. Pourquoi m'as-tu embrassée ?

— J'ai perdu la tête... Je ne sais pas à quoi je...

— Pensais-tu à moi, ou à quelqu'un d'autre ?

— Quelqu'un d'autre ? Que veux-tu dire ? s'enquit-il, étonné.

Elle pressa ses mains l'une contre l'autre.

— C'est moi qui t'ai inspiré ce baiser ou avais-tu simplement envie d'une femme ?

Confusion, compréhension, puis colère se succédèrent sur le visage d'Albert.

— Jamais je ne t'utiliserai comme un objet, Charlotte !

Elle sentit ses genoux flageoler et la flamme de l'espoir brilla plus fort.

— Ce baiser...

— C'était une terrible erreur.

— Pourquoi ?

Il la scruta, comme si elle était devenue folle. Enfin, il émit un son lugubre.

— Ta réaction était on ne peut plus claire. Tu étais horrifiée. Je ne te blâme pas, bien sûr. Je n'avais pas le droit de te toucher.

Charlotte sentit son cœur se serrer.

— Je n'étais pas horrifiée, Albert. J'étais surprise. Choquée, en fait. Je n'ai jamais imaginé que tu m'embrasserais... surtout de cette manière.

— De cette *manière* ? Tu veux dire comme un blanc-bec pitoyable ?

— Non. Je veux dire comme un homme embrasse une femme qu'il... aime.

Albert ne souffla mot. Il aurait voulu que le sol s'ouvre sous ses pieds pour l'engloutir à jamais. Ce baiser maladroit causerait sa perte, il le savait.

— C'est comme ça que tu m'as embrassée, Albert ? insista-t-elle d'une voix douce.

Les épaules du garçon se voûtèrent. Il ne voulait pas de sa pitié, mais comment la convaincre d'une chose aussi évidente ? De toute façon, il ne subirait plus sa pitié bien longtemps. Dans quelques heures, il serait loin d'ici.

— Oui, Charlotte. C'est exactement comme ça que je t'ai embrassée.

— Parce que tu m'aimes ?

Il hocha la tête.

— Oui. Ce soir, mes sentiments m'ont dépassé. Et vu que je ne peux pas te promettre que ça n'arrivera plus, je dois partir. Pour notre bien à tous les deux.

— Oh ! Albert... Ce baiser fut le plus merveilleux cadeau que j'aie jamais reçu.

— Merveilleux ? répéta-t-il incrédule. Tu veux dire que... que tu as aimé ?

— Oui, Albert, j'ai adoré. Mais comme j'ai été surprise, je n'ai pas réagi comme il fallait. Eh bien, si tu réessayais maintenant, je ne serais plus du tout pareille.

Il la regarda, certain qu'il avait mal compris.

— Tu… tu veux que je t'embrasse ?

— Plus que tout au monde.

Albert en resta bouche bée. La moitié de son esprit ne demandait pas mieux que de saisir l'opportunité qu'elle lui offrait, tandis que l'autre réclamait des garanties. L'assurance que son ouïe ne l'avait pas trahi.

— Pourquoi voudrais-tu que je t'embrasse ? demanda-t-il avec précaution, terrifié par l'espoir fou qui lui étreignait le cœur.

Elle lui rendit son regard, avec un sourire plein de tendresse.

— Je le veux parce que je t'aime.

Seigneur ! Il avait vraiment perdu la tête. Ou il était frappé de surdité. Ou il entendait des voix. Il finirait très certainement à l'asile de Bedlam.

— Albert, tu m'as entendue ?

— Je n'en suis pas sûr. Je n'en crois pas mes oreilles. Tu peux le répéter ?

Charlotte s'éclaircit la gorge, puis déclara d'une voix claire et haute :

— Je veux que tu m'embrasses parce que je t'aime.

Doux Jésus ! Il n'était donc pas fou ! Se penchant, il encadra le visage de Charlotte avec ses paumes. Elle se rapprocha, leva le visage, et lui passa les bras autour de la taille.

— Oh ! Charlotte…

Il posa doucement ses lèvres sur celles de Charlotte, comme s'il avait peur de la casser ou de se réveiller brutalement pour découvrir qu'il rêvait et que tout cela n'était que le fruit de son imagination. Pourtant, c'était bien réel. Les lèvres de Charlotte s'entrouvrirent sous les siennes et ses bras resserrèrent leur étreinte autour de lui.

Craignant que les exigences de son corps ne l'emportent sur son jugement, Albert se força à mettre fin au baiser. Il releva la tête... et contempla la plus belle chose qu'il eût jamais vue : Charlotte dans ses bras, les lèvres humides, rougies par son baiser, les joues roses d'excitation, son regard tendre et plein d'amour... pour lui.

Il cligna des yeux deux fois, sûr qu'elle allait disparaître comme un fantôme, mais elle resta là.

— Tu es sûre, Charlotte? Tu veux vraiment un homme comme moi? murmura-t-il en jetant un regard éloquent à sa mauvaise jambe. Je suis une marchandise endommagée, tu sais.

— Moi aussi. Je ne peux pas changer mon passé, Albert.

— Personne ne peut changer le passé, dit-il en effleurant sa joue satinée, émerveillé de pouvoir le faire. Je ne m'intéresse qu'à ton présent et à ton avenir.

— Je suis ton aînée de cinq ans.

— Ça m'est égal.

Il lui prit la main et la porta à ses lèvres.

— J'y crois pas, dit-il en souriant. Je n'arrive pas à croire que tu es là, que je peux te toucher, que tu m'aimes. Mais je n'ai pas l'intention de laisser passer l'occasion. Charlotte, veux-tu m'épouser?

Elle écarquilla les yeux. Alarmé, Albert vit une larme rouler sur sa joue.

— Oh non! Non, je ne voulais pas te faire pleurer! s'écria-t-il en essuyant la larme de ses doigts.

D'autres larmes jaillirent aussitôt.

— Je ne pleure pas.

— Alors il y a une fuite quelque part, parce que tu as de l'eau dans les yeux.

Un son, mi-rire mi-sanglot, roula dans la gorge de Charlotte. Elle noua ses doigts tremblants autour du cou d'Albert et enfouit son visage contre sa poitrine. Il lui tapota le dos, lui caressa les cheveux, l'embrassa sur la tempe.

— Charlotte, s'il te plaît. Je supporte pas de te voir pleurer.

Enfin, elle leva vers lui son visage ruisselant.

— C'est le trop-plein d'émotion, Albert. Je n'aurais jamais pensé que tu voudrais m'épouser.

— Mais qu'est-ce que tu crois que je voulais ? Je ne t'aurais jamais déshonorée, Charlotte.

— Je ne suis pas le genre de femme que l'on épouse.

— Tu parles ! Moi, je veux que tu sois ma femme. Je veux que Hope soit ma fille... Et toi ? Est-ce que tu es d'accord pour que je devienne ton mari et le papa de Hope ?

— Si tu veux de nous...

— C'est ce que je veux depuis toujours.

— Alors oui, dit-elle d'une voix tremblante. Oui, je le veux, moi aussi.

On eût dit que le soleil venait tout à coup de crever un épais rideau de nuages. Albert serra Charlotte contre lui, l'embrassa à nouveau, avec fougue, puis appuya son front contre le sien.

— Il y a une chose que tu dois savoir, dit-il lorsqu'il eut repris son souffle. Je... j'ai jamais été avec une femme.

— J'aurais voulu pouvoir te dire la même chose, Albert. Mais si cela peut te rassurer, je n'ai jamais *aimé* un homme avant toi.

Il sourit.

— C'est vrai ? Tu veux vraiment te marier avec moi ?

Elle sourit à son tour.

— Bien sûr. Et toi ?

— Oh oui ! Le plus vite sera le mieux. Je... euh... j'espère que tu ne tiens pas à de longues fiançailles.

— Albert, il n'est pas nécessaire d'attendre le mariage pour...

Il la fit taire d'un baiser.

— Si. Tu mérites tout le respect dû à une dame. Je n'attenterai pas à ton honneur. Oh ! Charlotte, je n'ai jamais pensé que je t'aurais ! Maintenant que tu es à moi, je peux attendre.

L'amour, la gratitude illuminèrent les yeux gris.

— Et moi, j'ai hâte d'annoncer la bonne nouvelle à Hope et à Meredith. Elle sera sûrement surprise d'apprendre que pendant qu'elle cherche l'épouse idéale pour lord Greybourne, nous avons eu la chance de trouver l'amour tout seuls.

— Eh oui. J'espère que, de son côté, Mlle Merrie a eu autant de chance que nous.

15

Le lendemain matin, Philip sortit de sa chambre et descendit les marches avec la ferme intention de prendre rapidement son petit déjeuner et de partir pour l'entrepôt.

Bakari se tenait dans le vestibule et Philip remarqua sur son visage les signes subtils d'une nuit d'insomnie.

— Mauvaise nuit ? demanda-t-il.

Une lueur fugace traversa les yeux noirs comme l'obsidienne de l'homme au turban.

— Sommeil dur à trouver, marmonna-t-il.

— Je sais exactement ce que tu veux dire, mon ami, répondit Philip, qui n'avait pas fermé l'œil. Merci pour le dîner d'hier soir.

Il posa la main sur l'épaule de son majordome qui tressaillit.

— Désolé. Est-ce que je t'ai fait mal ?

— Mal aux articulations après suspendre tissu au plafond de bureau.

— Ah ! oui. Tu as fait du beau travail, Bakari. Hier soir, après avoir raccompagné Mlle Chilton-Grizedale chez elle, je t'ai cherché mais tu n'étais plus là. (Il sourit.) Je croyais que tu m'attendrais, mais avec toutes les corvées supplémentaires dont je t'ai chargé, j'ai supposé que tu étais parti te coucher.

À nouveau, la lueur mystérieuse apparut dans les yeux noirs. Bakari inclina la tête.

— Corvées supplémentaires épuisantes. Elle avoir aimé ?

— Oui. Ce fut une délicieuse soirée…

Jusqu'à ce qu'il ait perdu la tête. Meredith avait eu peur, comme une souris face à un cobra. Ensuite, ils avaient effectué le trajet de retour dans un silence inconfortable.

Bakari le scrutait attentivement.

— Vous l'épouser ?

— Je l'espère.

— Qu'est-ce qu'elle a dit, quand avoir demandé ?

— Je ne lui ai pas demandé. Mais je le ferai la prochaine fois que je la verrai.

— Prochaine fois peut-être trop tard.

Philip faillit lui demander d'expliciter ce commentaire sibyllin mais y renonça. Connaissant Bakari, il savait qu'il n'en dirait pas plus. Il s'était borné à exprimer tout haut ce que Philip lui-même pensait tout bas.

Il s'était incliné quand Meredith l'avait prié de remettre à plus tard sa demande en mariage, mais il craignait qu'après réflexion, elle ne lui oppose un refus catégorique, sous des prétextes fallacieux.

Pourtant, Philip soupçonnait la vérité. Il l'avait découverte incidemment, alors qu'il se renseignait sur Taggert auprès d'un tavernier. Sans doute aurait-il dû le dire à Meredith, mais il avait préféré lui laisser la possibilité de parler elle-même de son passé. De lui faire confiance. Il avait vainement essayé de l'interroger la veille au soir ; elle s'était esquivée habilement. Peut-être, maintenant qu'il avait évoqué son propre passé douloureux, se confierait-elle à lui.

Bakari lui tendit un billet.

— Juste arrivé.

Philip prit le vélin, le déplia et le parcourut brièvement.

— Les gardes côtiers ont aperçu le *Sea Raven* au large. Il accostera ce soir. Nous commencerons dès demain matin à ouvrir les caisses qui sont à bord, dit-il en glissant le vélin dans la poche de son manteau. Où est Andrew ?

— Salle à manger.

Philip le remercia d'un signe de la tête avant de se diriger vers la salle à manger. La vue d'Andrew, attablé, lui causa un véritable choc. D'habitude plein d'entrain, son ami était avachi sur son siège. Un énorme bleu ornait sa mâchoire et sa lèvre inférieure était enflée.

— Oh ! Est-ce que cela fait aussi mal que cela en a l'air ?

Andrew grimaça.

— J'éprouve quelques difficultés à manger, mais ce n'est rien à côté de mes côtes fêlées.

— Est-ce là le résultat de ton enquête ?

— Je n'en suis pas sûr... Assieds-toi, mon vieux. L'effort de te parler à travers la pièce m'épuise.

Philip alla vers la desserte où il se servit des œufs brouillés et de fines tranches de jambon, après quoi il s'installa en face de son ami.

— Je t'écoute.

— D'abord, raconte-moi ta soirée avec Mlle Chilton-Grizedale, dit Andrew en faisant semblant d'examiner le visage de Philip. Manifestement, elle ne t'a pas frappé.

— Non. Du moins pas physiquement.

— Voilà qui est bon signe.

— Pas tant que ça... Au début tout s'est bien passé, jusqu'au moment où elle s'est aperçue que j'avais l'intention de la demander en mariage. Elle a pris peur, m'a supplié de ne rien dire et de lui donner le temps de réfléchir.

— Curieuse réaction, tu ne crois pas ?

Philip haussa les épaules.

— Elle est prudente... Avec cette épée de Damoclès suspendue au-dessus de nos têtes, plus les rumeurs sur mon compte largement répandues dans les journaux, je ne représente pas précisément le mari idéal. Contrairement à toi.

Une ombre de tristesse assombrit les traits d'Andrew.

— Oh ! J'aurais renoncé à mon statut de célibataire avec joie si je pouvais avoir la femme que j'aime.

L'amour constituait l'un des sujets sur lesquels Philip s'était interrogé durant sa longue nuit blanche. Andrew était, justement, l'homme qui pourrait l'aider à y voir plus clair.

— Tu dis que tu aimes cette femme, dit-il. Comment sait-on qu'on aime quelqu'un ?

Andrew ne se départit pas de son air sérieux.

— On le sait, répondit-il d'un air rêveur. On a le cœur qui bat dès qu'on l'aperçoit. Quand elle est là, on n'arrive plus à réfléchir et quand elle n'est pas là, quoi qu'on fasse, on pense sans cesse à elle. Lorsqu'on est ensemble, on est complètement *conscient* de sa présence. On ferait n'importe quoi pour l'avoir. Pour la conquérir. Et quand on envisage l'existence sans elle, les années à venir ne sont plus qu'un immense vide noir.

Philip s'adossa à sa chaise, abasourdi. Il éprouvait exactement toutes ces choses pour Meredith. Et cela n'entrait pas dans la catégorie de « elle m'attire », ou « nous formons un joli couple » ou encore « j'apprécie sa compagnie ». Non. C'était très différent.

— Alors, je suis amoureux, murmura-t-il.

Andrew éclata de rire.

— Bien sûr que tu l'es ! Cela te surprend-il ?

Philip le regarda.

— Tu le savais ? Avant moi ?

— Évidemment, mon pauvre ami. Cupidon t'a décoché une sacrée flèche. Je m'en suis rendu compte dès la première fois que je t'ai vu avec elle.

De mieux en mieux. Ou il était devenu transparent ou Andrew avait un sixième sens particulièrement développé. Quoi qu'il en soit, autant en profiter.

— Puisque tu es si perspicace, pourrais-tu me dire si Meredith a reçu une flèche semblable de Cupidon ?

Andrew se frotta le menton et retint une grimace en effleurant l'ecchymose sur sa mâchoire.

— Mlle Chilton-Grizedale n'est pas une personne facile à cerner. Visiblement, tu l'attires et elle se fait beaucoup de souci pour toi. Mais il est difficile de prédire si elle suivra les diktats de ses sentiments. Cela dit, je suis sûr que tu parviendras à la convaincre… Je t'envie, Philip, ajouta Andrew avec un petit sourire triste. Tu es libre de tout faire pour conquérir la femme que tu aimes.

— Oui, mais dans quel but ? Si je ne me débarrasse pas de la malédiction, je ne pourrai jamais l'épouser.

Un silence lugubre suivit. Philip repoussa son assiette. S'il ne parvenait pas à conjurer le mauvais sort, il perdrait son seul amour, sans oublier qu'il se verrait obligé de trahir la parole donnée à son père.

— À propos, j'ai reçu de bonnes nouvelles, reprit-il en sortant le billet de sa poche et en le passant à Andrew. Le *Sea Raven* arrive ce soir. J'irai au port, afin de superviser le déchargement de la cargaison. Nous pourrons commencer à fouiller les caisses dès demain, à la première heure.

Andrew acquiesça et lui rendit le vélin.

— Maintenant, raconte-moi tes aventures, dit Philip.

— J'ai passé la journée et la soirée sur les quais à poser des questions aux membres d'équipage du *Dream Keeper*. Malheureusement, je n'ai rien appris d'intéressant. À mon retour, j'ai fait une halte au gymnase de Gentleman Jackson dans l'espoir d'évacuer ma frustration.

— Connaissant tes aptitudes à la boxe, je trouve bizarre que ton visage soit couvert de bleus.

— En fait, j'ai mis K-O plusieurs dandies sur le ring, sans la moindre égratignure. C'est après que j'ai récolté ces tristes souvenirs.

Philip scruta son ami par-dessus sa tasse de café.

— Après ?

— Oui. Une minute après avoir quitté le club, j'ai été attaqué. Mon assaillant m'a frappé par-derrière, expliqua-t-il en touchant précautionneusement l'arrière de son crâne. Il n'a pas réussi à m'assommer, mais il a cogné assez fort pour me déséquilibrer et je suis tombé.

Ce bâtard était en train d'enfoncer sa botte dans mes côtes, quand un groupe de gens est venu à mon secours. Le voyou a pris ses jambes à son cou avant de m'amocher davantage.

Une sensation de malaise envahit Philip.

— Tu l'as vu ?

— Non. Mes sauveurs m'ont ramené au gymnase où j'ai reçu des soins. Ensuite, j'ai loué un carrosse et je suis revenu ici.

— Bon sang, Andrew, pourquoi ne m'as-tu rien dit hier soir ?

— Je n'ai pas vu Bakari en rentrant. J'en ai déduit qu'il était parti se coucher. J'ai supposé que tu étais… euh… occupé avec ton invitée et je n'ai pas voulu te déranger. Je suis monté directement. De toute façon, tu n'aurais rien pu faire.

— Je n'aime pas ça, Andrew. D'abord Edward, puis toi…

Les menaces du deuxième message anonyme flottèrent soudain devant ses yeux : *La souffrance commence maintenant.*

— Ce n'est sûrement pas une coïncidence, dit-il. En fait…

L'apparition de Bakari l'interrompit.

— M. Binsmore.

Le majordome s'éclipsa pour laisser entrer le visiteur.

— Bonjour, Philip, Andrew… lança Edward en se dirigeant péniblement vers la chaise la plus proche.

Philip remarqua la démarche incertaine de son ami.

— Est-ce que ça va, Edward ?

— Oui, bien sûr. Pourquoi me le demandes-tu ?

— Tu boites.

— Vraiment ? Eh bien, j'ai dû garder des séquelles de l'agression de l'autre soir.

— Ah… Je suis navré que tu souffres encore et soulagé en même temps que tu n'aies pas reçu d'autres coups depuis.

— D'autres coups ? demanda Edward en s'asseyant à côté d'Andrew. Que veux-tu dire ?

— Andrew a été agressé hier soir.

Les yeux écarquillés, Edward se tourna vers Andrew.

— Mon Dieu ! Comment te sens-tu ?

— J'ai quelques courbatures.

— Tu as été volé ?

— Cette ordure n'a pas eu le temps, si telle était son intention. Il a dû déguerpir avant d'en avoir l'opportunité.

Philip serra les poings, accablé d'un sentiment d'impuissance.

— Bakari va vous soigner, tous les deux.

— C'est fait, dit Andrew. Il m'a bandé les côtes ce matin. Je ressemble à une oie bardée de lard, en route vers le four.

— Je vais bien, ajouta vite Edward. À part une raideur dans le dos, et ceci, dit-il en levant sa main bandée. J'ai enlevé le bandage hier, mais il restait encore deux ou trois éclats de verre dans le dos de ma main. Je les ai retirés et j'ai refait le pansement. Aujourd'hui, ça va déjà mieux.

— D'accord, dit Philip. Mais tu ne m'as pas dit, Andrew. Est-ce que ton agresseur n'a pas laissé un mot dans ta poche, comme il l'a fait avec Edward ?

— Non, rien.

Edward haussa les sourcils.

— Tu penses qu'il s'agit de la même personne ?

— J'en ai peur.

Bakari fit alors son entrée et interrompit leur conversation. Il arborait un air qui parut de mauvais augure à Philip.

— Bureau, dit-il. Vite.

Les trois amis échangèrent un bref regard, puis suivirent Bakari dans le couloir.

Philip entra le premier. La pièce avait repris son aspect familier. Le décor du dîner – les tentures opulentes, les coussins moelleux, les guéridons et les bougies parfumées – avait cédé la place aux souvenirs. Le regard de Philip tomba sur son bureau et il réprima un juron.

Un poignard à manche d'argent était planté dans le bois poli, à travers une feuille de vélin pliée en deux.

— Que diable… murmura Edward tandis que tous se penchaient sur la trouvaille.

— Bakari, quand l'as-tu trouvé ? demanda Philip en balayant la pièce des yeux à la recherche d'autres indices.

— Maintenant.

— Il n'y avait rien, ce matin, quand tu as nettoyé cette pièce ?

— Moi nettoyé hier soir. Après vous partir avec la dame.

— À quelle heure as-tu fini ?

— Trois.

— Et ensuite, tu t'es retiré ?

Bakari hocha la tête.

— Ce qui veut dire que ceci a été fait entre 3 heures du matin et maintenant.

Philip empoigna le manche du poignard et le dégagea du bureau. Il leva ensuite le couteau pour l'examiner.

— C'est le même que celui que nous avons trouvé à l'entrepôt, constata-t-il.

— Oui, admit Edward. Cela n'a rien de remarquable ; il s'agit d'un couteau ordinaire.

Philip prit le vélin et le déplia.

Ceux que tu aimes souffrent. Comme tu souffriras.

Son sang se glaça dans ses veines.

— Qu'est-ce qu'il dit ? voulut savoir Andrew.

Philip lui tendit la note.

— C'est la même écriture que les deux autres.

— Tu la reconnais ? demanda Andrew.

— Non.

— Ce qui veut dire que tu ne connais pas l'auteur, dit Edward.

— Ou qu'il déguise son écriture, murmura Philip, songeur. *Ceux que tu aimes souffrent...* D'abord Edward, puis toi, Andrew. Bon sang qui sera sa prochaine victime ?

Il s'interrompit un instant, avant de s'écrier :

— Il faut absolument que je prenne des nouvelles de mon père, de Catherine et de Meredith !

Le heurtoir de bronze cogna contre le battant de la porte d'entrée. Tous échangèrent un regard puis se ruèrent hors de la pièce. Philip ouvrait la marche. Il traversa en quelques enjambées le vestibule et ouvrit la porte en grand. Catherine se tenait sur le porche, blanche comme un linge. Dès qu'elle eut franchi le seuil, Philip la prit par les épaules.

— Catherine, tu vas bien ?

— Oui.

Toutefois, sa lèvre inférieure tremblante et ses yeux embués démentaient ses propos.

— Mais quelque chose est arrivé ! s'exclama Philip, l'estomac noué.

— Oui, Philip. Est-ce que père t'a envoyé un mot ?

— Non.

Il jeta un coup d'œil interrogateur à Bakari, qui secoua la tête.

— Il a dû penser que tu étais à l'entrepôt, dit-elle. Je me suis arrêtée ici, en me rendant chez père, dans l'espoir que tu ne serais pas encore parti. Philip, père a été attaqué hier soir en rentrant de son club.

Philip contrôla sa colère au prix d'un effort surhumain.

— A-t-il été blessé ?

— Il a un bras cassé. Le docteur l'a plâtré mais il a encore très mal. Il a aussi une bosse de la grosseur d'un œuf à l'arrière de la tête. D'après le mot qu'il m'a envoyé ce matin, il a été agressé en sortant du White's. Il a été frappé par-derrière. Tout ce dont il se souvient, c'est d'une douleur aiguë, puis plus rien. Il s'est réveillé sur un sofa. Un gentleman l'a trouvé inconscient dans la rue. Il l'a ramené au club et ils ont appelé son médecin.

Son menton se mit à trembler.

— Avec sa santé fragile, nous avons de la chance qu'il ait survécu.

Philip jeta un coup d'œil à Andrew, dont les lèvres ne formaient plus qu'une ligne mince. Edward et Bakari semblaient sous le choc, eux aussi.

— Ce n'est pas tout, j'en ai peur, reprit Catherine. Hier soir, un intrus est entré dans ma chambre.

La rage tétanisa Philip. Avant qu'il ne puisse réagir, sa sœur poursuivit :

— Un bruit sur mon balcon m'a réveillée. Au début, j'ai cru que c'était le vent. Puis j'ai aperçu une silhouette vêtue de noir, qui entrait dans ma chambre par la porte-fenêtre.

Si tu me cherches, viens me trouver, espèce de lâche !

— Qu'est-ce que tu as fait ? demanda-t-il.

— J'ai bondi hors du lit, j'ai attrapé le tisonnier et j'ai frappé. Il faisait nuit noire ; je ne sais pas où je l'ai atteint, peut-être au bras. En tout cas, il a filé. Il a sauté par-dessus la balustrade, a atterri dans le jardin et disparu du côté des écuries.

Elle se tut un instant et posa la main sur la joue de son frère.

— Ne prends pas cet air inquiet, Philip. Il ne m'a fait aucun mal. Vraiment.

En dépit de la colère qui bouillonnait en lui, l'ombre d'un sourire étira les lèvres de Philip.

— Tu l'as frappé avec le tisonnier ? Tu es merveilleuse, Imp. Tu as toujours été courageuse.

Catherine eut un rire nerveux.

— À ce moment-là peut-être. Mais l'instant d'après, je me suis effondrée. J'ai même pleuré. La peur rétrospective : qu'aurait-il fait si je ne m'étais pas réveillée ?

Un frisson la parcourut. Philip la serra dans ses bras et posa un baiser sur son front.

— Tu sais, les plus grands guerriers pleurent, quelquefois, après la bataille.

— Vous êtes sûre que vous n'avez rien, lady Bickley ? demanda Andrew d'une voix tendue.

Catherine se tourna vers lui.

— Oui, je... Oh ! mon Dieu ! monsieur Stanton. J'aurais pu vous poser la même question.

— Andrew a été agressé hier soir lui aussi, dit Philip.

Il mit brièvement Catherine au courant des dernières menaces. À peine avait-il fini son récit que, de nouveau, le heurtoir de bronze résonna contre la porte. Bakari alla ouvrir et revint presque aussitôt avec une missive. Philip la décacheta et une expression de soulagement se peignit bientôt sur son visage.

— C'est un mot de Meredith. Elle m'avise qu'elle sera ici dans une heure. Goddard l'escortera, ce qui veut dire qu'elle est saine et sauve.

Se tournant vers Andrew, Edward et Bakari, il reprit :

— Allez tous les trois à l'entrepôt. Je racompagnerai Catherine chez notre père et j'en profiterai pour lui rendre visite. Je vous rejoindrai là-bas après avoir parlé avec Meredith. Lorsque nous aurons terminé, j'irai au port attendre l'arrivée du *Sea Raven*.

— Le *Sea Raven* ? questionna Edward.

— Oui. J'ai reçu un mot ce matin. Le bateau arrive ce soir.

Tandis qu'ils enfilaient leurs manteaux, Philip proposa :

— Prenez donc mon carrosse. Je louerai une voiture après avoir ramené Catherine.

L'hôtel particulier du comte de Ravensly se trouvait à un jet de pierre. Durant le court trajet, Philip garda la main de sa sœur dans les siennes en remerciant le ciel qu'elle ne fût pas blessée ou pire.

Une fois chez leur père, Catherine fut immédiatement conduite par un laquais à la chambre du blessé.

Philip prit le temps de bavarder un peu avec le majordome du comte.

— Dites aux domestiques que personne, en dehors de lady Bickley et moi-même, ne doit entrer dans cette maison, Evans. Absolument personne. Sous aucun prétexte. Et je ne veux pas que père ou lady Bickley sortent sans que j'en sois avisé.

Le visage mince d'Evans pâlit.

— Vous croyez qu'ils sont en danger, monsieur le vicomte ?

— Je ne le crois pas, Evans. J'en suis sûr.

Il lui narra brièvement les deux autres agressions, ainsi que l'intrusion dans la chambre de sa sœur.

Evans se redressa de toute sa hauteur.

— Soyez tranquille, milord. Je ne permettrai pas que Monsieur votre père ou Madame votre sœur soient de nouveau importunés.

— Je le sais, Evans, et je vous en remercie. Maintenant, je monte voir père.

Comme le majordome faisait mine de l'escorter, il ajouta :

— Je connais le chemin. Mettez plutôt les autres employés de maison au courant et revenez à votre poste, près de la porte.

— Bien, Monsieur.

Philip gravit les marches et longea le couloir en direction de la chambre de son père. Il frappa à la porte. Une voix étouffée l'invita à entrer. Il pénétra dans la pièce, referma la porte et traversa l'immense tapis Axminster bleu roi vers le lit à baldaquin. Assise dans un fauteuil au chevet du blessé, Catherine lui tenait la main.

Le cœur serré, Philip s'approcha. Un bandage blanc entourait la tête de son père, cependant que son bras plâtré était soutenu par une attelle. La douleur se reflétait dans ses yeux mais un sourire éclaira son visage émacié.

— Je suis content de te voir, mon fils.

Philip parvint à surmonter sa culpabilité et sa colère.

— Moi aussi, père. Comment vous sentez-vous ?

— Un peu plus mal que d'habitude mais le Dr Gibbens m'a assuré que cela passera. (Le comte fronça les lèvres.) Quel homme impertinent, ce Gibbens ! Savez-vous ce qu'il m'a dit ? « Encore une chance que vous ayez la tête aussi dure, milord », vous rendez-vous compte ? Sous-prétexte que nous nous connaissons depuis des lustres, il a l'audace de se permettre des familiarités inadmissibles. Mais je n'ai pas dit mon dernier mot ! Dès que j'irai mieux, je lui infligerai une partie d'échecs dont il se souviendra.

Philip s'efforça de sourire. Visiblement, son père faisait de son mieux pour porter beau devant ses enfants.

— Je parie que le bon docteur a rétorqué qu'il vous attendait au tournant.

— Ce furent, en effet, ses propres mots.

— Eh oui ! Je lis dans les pensées. Un talent que j'ai développé à l'étranger, ne vous l'ai-je pas dit ?

— Non. Et je voudrais souligner que je n'ai pas la tête dure.

— Bien sûr que non, dirent Philip et Catherine en même temps.

Le comte grimaça soudain de douleur, réduisant à néant cet instant de légèreté.

Philip saisit sa main entre les siennes et lui raconta les derniers événements.

— Il existe indéniablement un lien entre ces agressions et mes recherches concernant la Pierre des Larmes, conclut-il. Quelqu'un essaie de me faire souffrir à travers mes proches. Malheureusement, il a réussi... jusqu'à maintenant. Mais je trouverai le coupable et le mettrai hors d'état de nuire, ajouta-t-il en fixant le comte dans les yeux. Je vous en donne ma parole, père.

Les deux hommes échangèrent un regard appuyé, puis le comte hocha la tête.

— Tu es un homme honorable, mon fils. J'ai toutes les raisons de penser que tu tiendras ta promesse.

Philip exhala le souffle qu'il avait inconsciemment retenu. Un souffle qui emporta un morceau du lourd fardeau qui pesait sur son cœur depuis la mort de sa mère. Ni lui ni son père n'étaient des hommes de communication, et cela avait contribué à creuser le fossé qui les avait séparés des années durant. Or, grâce à ces simples mots que son père venait de prononcer, Philip eut l'impression qu'ils avaient jeté les fondations d'un pont qui leur permettrait de se retrouver enfin.

— Père, au sujet de mon mariage, sachez que je suis plus déterminé que jamais à vaincre la malédiction, parce que j'ai rencontré la femme que je veux épouser. Ne pas me marier avec elle me paraît tout simplement impensable.

Avec un rire joyeux, Catherine porta les mains sur son cœur.

— Oh ! Philip, j'en suis ravie !

— Excellente nouvelle, approuva le comte. La réception de l'autre soir a manifestement porté ses fruits. Je savais que Mlle Chilton-Grizedale aurait gain de cause. C'est une fille intelligente, bien que son premier arrangement ait coulé comme un roc. Eh bien, quel est donc le nom de l'heureuse élue ? Le livre des paris du White's penche nettement en faveur de lady Penelope.

— En fait, il s'agit de Mlle Chilton-Grizedale.

— Que veux-tu dire ?

— *Elle* est la jeune femme que j'ai choisie.

— La jeune femme que tu as choisie comme *marieuse*.

— Non. La jeune femme que je voudrais épouser.

Un silence de plomb tomba dans la chambre. Catherine se leva, contourna le grand lit et vint près de son frère.

— J'ai une question à te poser, dit-elle doucement, les yeux soucieux. Est-ce que tu l'aimes ?

— Profondément.

— Est-ce qu'elle t'aime aussi ?

— Cela fait *deux* questions, Catherine.

— Pardonne-moi.

Elle posa sa main fine sur la joue de Philip avant d'ajouter à mi-voix :

— Je ne voudrais pas que tu fasses la même erreur que moi en épousant quelqu'un qui ne t'aime pas.

Philip eut une pensée amère pour son beau-frère. Sitôt que ses problèmes seraient résolus, il aurait une discussion en tête à tête avec ce goujat.

— Ne t'inquiète pas, Imp, répondit-il à voix basse. Elle me rend heureux et je la rendrai heureuse. Et nous te ferons plein de neveux et de nièces.

Catherine lui dédia un sourire éblouissant – un sourire qui l'aurait délivré de toutes ses angoisses si le mystérieux agresseur n'avait pas pénétré dans sa chambre en pleine nuit.

— En ce cas, mes félicitations. Je vous souhaite à tous les deux beaucoup de bonheur.

Il la chatouilla sous le menton.

— Merci.

Depuis le lit, leur père toussota pour s'éclaircir la gorge.

— Je dois dire, Philip, que ton annonce m'a pris au dépourvu. Catherine, veux-tu nous laisser un instant ?

— Je serai au salon.

Elle serra affectueusement le bras de son frère et quitta la chambre en refermant doucement la porte derrière elle.

— Père, je n'ai pas le temps de discuter maintenant. D'ailleurs, il n'y a rien à discuter. Ma décision est prise. J'épouserai Meredith.

Un flot de sang colora la face jaunâtre du comte, faisant ressortir la blancheur du bandage.

— Comment peux-tu envisager un seul instant cette mésalliance ? Philip, tu m'as donné ta parole…

— De me marier. Et je le ferai. Dès que la malédiction sera rompue.

Les lèvres minces du comte se serrèrent en une ligne droite et désapprobatrice. Le lien ténu qui, l'espace d'un instant, les avait réunis, fut brisé.

— Elle n'est pas de notre milieu, Philip. Pour l'amour du ciel, cette femme est une *roturière* ! Que sais-tu de sa famille ? D'où sort-elle ? Qui sont ses parents ?

Sans attendre la réponse de son fils, le comte continua :

— Oh ! mais je sais qui ils sont ! Ils ne sont *rien*. Des gens ordinaires, sans importance.

— Cela m'est égal. Meredith n'est peut-être pas fille de lord, elle n'en est pas moins respectable. Elle est gentille, généreuse, intéressante, intelligente, comme vous l'avez dit vous-même, et elle me rend heureux.

— Elle est sûrement délicieuse. Alors prends-la comme maîtresse et marie-toi proprement.

Philip retint un grognement irrité.

— Par « proprement », vous devez faire allusion à une femme qui nous apportera fortune, prestige et terres.

— Précisément.

— Je ne veux pas sacrifier mon bonheur au coffre-fort déjà bien rempli de notre famille, père.

— Tu as changé, Philip. Toutes ces années à l'étranger t'ont transformé. Je n'aurais jamais cru que tu déshonorerais ton héritage.

— Il n'y a pas de déshonneur à contracter un mariage d'amour au lieu d'un mariage de raison. À présent, sans vouloir vous offenser, je suis pressé. Le sujet est clos. Je suis navré que vous ayez été blessé et très soulagé que vous vous sentiez mieux.

— Crois-moi, le sujet est loin d'être clos !

— Il l'est, et définitivement. Vous n'avez aucun droit de regard sur le choix de ma future épouse. Certes, j'aurais souhaité obtenir votre bénédiction, mais si vous n'êtes pas d'accord, je me résoudrai à m'en passer. Je vous rendrai visite aussi vite que je le pourrai. Au revoir, père.

Il quitta prestement la chambre, dévala les marches et prit rapidement congé de Catherine. Il répéta à Evans ses instructions et reprit sa canne. Peu après, de retour chez lui, il attendit Meredith.

Plaise à Dieu que ce bâtard ne l'approche pas ! pria-t-il.

Sinon, je te suggère de bien profiter de la vie, parce que tu vis tes derniers instants, espèce de saligaud.

Assise sur un banc de pierre, dans l'allée ombragée de Hyde Park qu'elle aimait tant, Meredith respirait l'air frais du matin chargé du lourd parfum des roses tardives. Les oiseaux gazouillaient dans les arbres. Un peu plus loin, Charlotte, Albert et Hope examinaient un essaim de papillons qui survolait un parterre fleuri.

Des larmes perlèrent au coin de ses yeux. Larmes de joie pour le bonheur d'Albert et de Charlotte. Visiblement, ces deux-là s'aimaient profondément... Et larmes de peine... parce qu'elle ne connaîtrait jamais cet amour-là.

Quand, ce matin, ils lui avaient annoncé qu'ils allaient se marier, elle s'était figée un instant. Charlotte et Albert ? Qui l'eût cru ? Un instant plus tard, elle se disait qu'ils étaient faits l'un pour l'autre. Ils avaient un tas de points communs, chacun acceptait le passé de l'autre et Albert n'aurait pas aimé Hope davantage si elle avait été sa propre fille.

Meredith se rappela que, parfois, une tension bizarre régnait entre ses deux amis mais, à l'époque, elle l'avait mise sur le compte de la fatigue ou de différentes préoccupations... Elle ne s'était pas doutée, pas une fois, qu'ils étaient préoccupés l'un par l'autre. Seigneur ! Quelle sorte de marieuse était-elle donc pour ne pas avoir vu l'amour entre deux êtres éclore sous son propre nez ?

Un petit rire sans joie lui échappa, tandis qu'elle clignait des yeux pour refouler ses larmes. Oh ! elle était piètre marieuse, de toute évidence, car une bonne professionnelle n'aurait pas été stupide au point de tomber amoureuse de l'homme auquel elle était censée trouver une épouse convenable.

On dit que la nuit porte conseil et, en effet, durant son interminable insomnie, elle avait froidement examiné les derniers événements. Il était inutile de se cacher la vérité ou de se retrancher derrière des échappatoires ou des banalités.

Le fait est qu'elle était tombée sottement amoureuse. Qui plus est d'un vicomte, héritier d'un comté, ce qui la classait dans la catégorie des « personnes particulièrement stupides ».

Philip avait besoin d'une épouse. D'après les événements de la veille, il semblait prêt à passer outre les différences de classes et à lui demander sa main. Impossible. Meredith aurait donné dix ans de sa vie pour pouvoir accepter. Or, et elle le savait avec une douloureuse lucidité, des choses autrement plus graves la séparaient de Philip. Malgré ses réticences, elle se devait de lui avouer que, malédiction ou pas, elle ne pourrait jamais devenir sa femme.

Meredith se leva puis, entourée d'Albert, Charlotte et Hope, retourna vers le cabriolet qu'ils avaient laissé près de l'entrée de Park Lane, presque en face de la résidence londonienne de Philip. Elle n'aurait plus qu'à traverser…

— Nous vous attendrons ici, si vous voulez, dit Albert en installant Hope dans la voiture.

— Non, merci, répondit-elle avec un sourire qu'elle espérait chaleureux. Je ne sais pas combien de temps durera mon entretien avec lord Greybourne.

— Mais comment tu vas rentrer à la maison, tante Merrie ? demanda Hope.

— Lord Greybourne me fera raccompagner par son cocher.

Comme Albert semblait sur le point de formuler une objection, Meredith s'empressa d'ajouter :

— Il va sûrement passer la journée à l'entrepôt. Il se peut que je l'accompagne.

Mensonge. Elle savait pertinemment qu'après cette mise au point, elle ne reverrait plus Philip.

Ses amis montèrent dans le cabriolet et Albert prit les rênes.

— À plus tard, alors ! lança Charlotte, le visage rayonnant.

— Salut, tante Merrie ! cria Hope en agitant sa petite main.

— Salut, ma poupée, parvint-elle à articuler en soufflant un baiser en direction de la fillette.

Le cabriolet s'ébranla. Meredith le suivit du regard jusqu'à ce qu'il soit hors de vue. Elle resta un instant immobile, inconsciente des passants, à regarder la maison de Philip, à rassembler son courage, tentant désespérément d'ignorer la petite voix intérieure qui lui susurrait que tout ce qu'elle voulait au monde se trouvait là, entre ces murs. Tout ce qu'elle n'aurait jamais. À quoi bon faire durer le supplice plus longtemps ? Il était grand temps de trancher les liens qui la rattachaient à Philip.

Les yeux toujours fixés sur la maison, elle prit une profonde inspiration et se mit en marche. À peine avait-elle fait quelques pas qu'une voix, à la fois familière et dénaturée par la peur, cria :

— Meredith !

Surprise, elle s'arrêta net. Philip courait dans sa direction. Son visage évoquait un masque de panique.

— Attention !

Un martellement fracassant de sabots couvrit sa voix. Meredith risqua un coup d'œil par-dessus son épaule ; un carrosse tiré par quatre chevaux noirs lancés au galop fonçait droit sur elle. Son cerveau lui intima l'ordre de courir, mais la terreur la paralysa. Comme à travers un voile qui se déchire, elle comprit que l'heure de sa mort avait sonné.

16

Philip courait comme il n'avait jamais couru. Il vit la terreur dilater les yeux de Meredith ; elle s'était figée au milieu de la chaussée pendant quelques secondes fatidiques. Trop tard... trop tard...

Il fondit sur elle, l'attrapa par la taille et la propulsa en avant. Ils s'abattirent dans le caniveau, sur le pavement rugueux, tandis que l'attelage des chevaux noirs les frôlait dans un vacarme de roues.

Le cœur battant, le souffle court, Philip se dégagea de Meredith. Il avait essayé de se tourner sur le côté, afin de la protéger de l'impact, mais n'avait pas réussi à amortir la chute. Encore sous l'emprise d'une violente émotion, il la retourna doucement sur le dos.

Une traînée de boue mêlée de sang maculait la joue de Meredith ; un filet rouge s'écoulait d'une coupure sur son front et son menton portait déjà les traces d'une ecchymose. Sa robe, déchirée en plusieurs endroits, était couverte de crasse et de poussière. Elle le regarda, effarée. Ses yeux, d'habitude clairs comme le cristal, paraissaient vitreux. Par bonheur, elle était consciente.

— Oh ! mon Dieu ! Meredith...

La partie lucide de son esprit lui dictait les gestes à accomplir : tâter les membres de la jeune femme, vérifier si elle n'avait rien de cassé, la relever et lui prodiguer les soins élémentaires. L'autre partie était tétanisée par la peur et la fureur. Le carrosse avait disparu. Philip ferma les yeux. Une seconde de plus, et elle serait morte sous ses yeux, piétinée par les chevaux, écrasée sous les roues.

— Dites quelque chose, implora-t-il.

Elle cligna des yeux.

— Philip...

— Je suis là, ma chérie.

Un homme courut vers eux

— Est-ce que ça va, monsieur ?

— Moi, oui. Elle, je n'en sais rien encore.

Les passants commençaient à s'agglutiner autour d'eux en murmurant. On déplorait l'insécurité dans les villes ; on s'étonnait de ce que le carrosse avait surgi de nulle part ; on se félicitait de l'issue heureuse de l'incident.

— Meredith, ne bougez pas. Je vais voir si vous n'avez rien de cassé.

Philip lui palpa les bras, puis les jambes, avant d'appuyer doucement sur ses côtes.

— Non, rien, constata-t-il, soulagé.

Puis il la souleva dans ses bras en s'efforçant de conserver son calme. En temps normal, *sa* Meredith aurait fustigé la façon scandaleuse dont il l'avait secourue. Elle l'aurait accusé de l'avoir empoignée comme un sac de pommes de terre, et en public, de surcroît. Eh bien, il aurait accueilli avec joie ses réprimandes ; cela l'aurait rassuré sur son état.

— Elle va bien, annonça-t-il à la cantonade.

Un soupir de soulagement collectif s'éleva mais Philip ne perdit plus une minute. Chargé de son léger fardeau, il traversa rapidement Park Lane, gravit la volée de marches et ouvrit la porte de sa maison d'un coup de pied. Un jeune valet du nom de James accourut aussitôt.

— Hé ! qu'est-ce...

Il s'interrompit en voyant Philip franchir le seuil.

— Mlle Chilton-Grizedale est blessée. Faites chauffer de l'eau et apportez des bandages, cria Philip en longeant le couloir en direction de son bureau. Ah !

Bakari conserve un bol d'onguent dans la cuisine. La cuisinière vous dira où exactement. Apportez-le aussi. Et préparez un bain dans ma chambre.

— Dois-je aller chercher le médecin, Monsieur ?

— Pas encore. Apparemment, il n'y a pas d'urgence et j'ai une certaine expérience de ce genre de blessures. Je vous ferai savoir si nous avons besoin d'un médecin.

James ouvrit la porte du bureau avant de se précipiter aux cuisines. Philip se dirigea vers le sofa, devant la cheminée, et déposa doucement Meredith sur les coussins. S'agenouillant près d'elle, il repoussa une mèche de cheveux de sa joue ensanglantée.

— Bougez vos bras et vos jambes. Est-ce que vous avez mal ?

Elle obtempéra puis secoua la tête.

— Non... pas trop.

Levant les yeux sur lui, elle lui toucha le menton.

— Vous saignez, là, murmura-t-elle.

Il soupira. De sa vie il n'avait eu aussi peur.

— Je vais bien, assura-t-il d'une voix râpeuse.

— Et vos lunettes... Elles sont toutes tordues.

— J'en ai une autre paire.

— Je vous dois des remerciements. Vous m'avez sauvé la vie.

— De rien. Ce satané carrosse fonçant sur vous me hantera pendant les dix prochaines années.

Il lui prit la main et posa un baiser fervent sur ses doigts.

— Je revenais de chez mon père quand je vous ai aperçue de l'autre côté de la rue... Je croyais que Goddard devait vous accompagner. Que faisiez-vous toute seule devant le parc ?

— Je n'étais pas seule. Je venais de renvoyer Albert, Charlotte et Hope à la maison. Je m'apprêtais à traverser pour vous rendre visite... Je voulais vous parler, Philip.

Ils échangèrent un long regard. L'expression grave des yeux aigue-marine ne laissait aucun doute quant au sujet qu'elle comptait aborder mais lui aussi avait des choses à lui dire. Il commença par évoquer les agressions contre Catherine, son père et Andrew.

— Meredith, ce n'était pas un accident! Le conducteur, qui que ce soit, savait l'importance que vous avez pour moi. C'est pourquoi il a essayé de vous tuer.

Elle ouvrit la bouche pour répondre, mais un coup à la porte l'interrompit.

— Entrez! cria Philip.

James entra avec un plateau chargé de deux récipients d'eau tiède, d'un assortiment de pansements, et d'un bol de céramique bleue recouvert d'un mouchoir propre.

— Les domestiques préparent le bain que vous avez commandé. Avez-vous besoin d'aide, Monsieur?

— Non, merci.

Le valet quitta la pièce. Philip remonta les manches de sa chemise sale et déchirée et rajusta ses lunettes tordues. Il trempa ensuite un linge propre dans l'un des récipients et se mit à nettoyer le visage de Meredith.

— Un bain vous fera du bien, dit-elle avec une grimace quand le linge passa sur l'éraflure de son front. Vous êtes crasseux.

— Merci, mais le bain est pour vous.

Meredith écarquilla les yeux.

— Pour moi? Mais je ne peux pas me baigner... chez vous.

Il retint un sourire. Enfin, sa bouillante Meredith était de retour!

— Bien sûr que vous le pouvez. L'eau chaude soulagera vos courbatures.

Elle pinça les lèvres.

— Je n'ai pas de courbatures.

— Vous en aurez plus tard. Et puisque vous avez insinué que j'étais sale, je vous répondrai que l'hôpital se moque de la charité.

— Parce que je suis...

— Terriblement crasseuse, ma chère, j'en ai peur.

Lorsqu'elle essaya de s'asseoir, il la repoussa gentiment sur les coussins.

— Ne bougez pas. Il faut que je nettoie vos égratignures. Après le bain, je vous poserai des pansements… Et pendant que vous vous laverez, je veillerai à ce que votre robe soit nettoyée et raccommodée.

Elle fit mine de protester mais Philip lui scella les lèvres de ses doigts.

— Pas d'objections ! Laissez-moi prendre soin de vous.

Meredith scruta les yeux bruns, tellement sincères et sérieux, et en même temps si coupables qu'elle n'osa refuser. À vrai dire, elle se sentait faible ; sa joue et son front lui cuisaient.

Laissez-moi prendre soin de vous. Personne, jamais, ne lui avait dit ces mots. Quelle merveilleuse sensation que de s'en remettre à quelqu'un qui vous veut du bien ! Elle s'autorisa à différer de quelques précieuses minutes l'explication qui la priverait à jamais de Philip.

Partagée entre le plaisir d'être soignée en fermant les yeux et celui de les garder grands ouverts, afin de mémoriser les traits de l'homme qu'elle aimait désespérément et qu'elle ne reverrait plus, elle laissa sa tête retomber sur les coussins.

Philip nettoya puis examina les écorchures sur le visage de Meredith. Il avait le geste sûr, méthodique, l'œil attentif. Une mèche glissa sur son front, mais elle se retint de la repousser. Son regard se posa sur le menton écorché de Philip et son cœur se serra. Il avait risqué sa vie pour la sauver ! La même force héroïque l'animait, la première fois qu'elle l'avait vu, devant la boutique de Madame Renée… Quelques jours plus tôt… une semaine ?

Non, c'était impossible. Meredith avait l'impression de connaître Philip depuis toujours. Elle l'avait peut-être attendu, sans le savoir, pendant toute sa vie. À nouveau, elle s'interdit de lui effleurer la joue. Son regard se fixa sur sa bouche. Cette grande bouche sensuelle qui l'avait embrassée avec tendresse et passion. Un flot de réminiscences l'envahit, des souvenirs précieux qu'elle ne pourrait jamais effacer de sa mémoire. L'envie de l'embrasser la submergea. Là encore, elle resta immobile.

Le linge tiède se posa sur sa lèvre inférieure, la tirant de sa rêverie. Leurs regards s'accrochèrent. En voyant un muscle se contracter dans la mâchoire de Philip, Meredith comprit que lui aussi avait du mal à se contenir. Elle aurait dû s'étonner mais, curieusement, une vague de vanité toute féminine l'inonda.

Une minute plus tard, il reposa les linges usagés sur le plateau. Il nettoya son propre visage, après quoi il passa sur son menton une pommade qu'il prit dans le bol de céramique. Lorsqu'il se retourna vers elle et que, de nouveau, leurs regards se croisèrent, le cœur de Meredith s'affola.

— J'ai fini, dit-il d'une voix rauque. Vos blessures ne sont pas sérieuses, Dieu merci.

Il leva le petit bol de céramique bleue.

— C'est une préparation de Bakari. Elle possède des pouvoirs de cicatrisation extraordinaires.

Toujours agenouillé près du sofa, il entreprit d'appliquer un peu d'onguent sur les égratignures. Cela piquait un peu mais, très vite, une sensation de fraîcheur remplaça la brûlure.

— Comment vous sentez-vous ?

— Beaucoup mieux, merci, répondit-elle avec un sourire. Mais vous ? Votre menton…

— Je vais bien. Je…

Il exhala un lourd soupir et se passa les doigts dans les cheveux.

— Non, je ne vais pas bien ! J'enrage que vous ayez été blessée, que vous ayez failli mourir. Je suis furieux à l'idée que quelqu'un essaie de m'atteindre en s'attaquant à ceux que j'aime. Pire, j'ai peur qu'il fasse encore plus de mal, avant que je ne puisse l'arrêter.

Il lui prit les mains et la força à presser ses paumes contre sa poitrine.

— J'ai failli vous perdre aujourd'hui, Meredith, avant même d'avoir pu vous dire ce qui me tient à cœur. Nous ne savons pas ce que l'avenir nous réserve. Chaque minute est un précieux cadeau. Nous devrions vivre le présent comme s'il devait durer éternellement. Je refuse de gaspiller une seconde de plus.

Philip la scruta au fond des yeux.

— Je vous aime, Meredith Chilton-Grizedale. Je vous aime éperdument. Me feriez-vous l'honneur de devenir ma femme ?

17

Sachant depuis la veille que Philip avait l'intention de demander sa main, Meredith avait préparé sa réponse en conséquence. Or, elle ne s'était pas attendue à une déclaration d'amour. *Je vous aime, Meredith.* Ces mots, formulés d'une voix profonde, gravement, lui donnaient le vertige.

Des larmes brûlantes montèrent à ses yeux et elle se mordit l'intérieur des joues pour se maîtriser. Elle aurait voulu maudire à voix haute la fatalité qui, ajoutée aux circonstances, allait lui ravir l'homme qu'elle aimait. Un homme qui, incroyablement, l'aimait en retour.

Il ne t'aime pas vraiment, Merrie, lui susurra sa voix intérieure. *C'est impossible. Il ne sait pas que tu es une menteuse, une tricheuse et une voleuse. Il ne voit que l'aspect respectable de ton masque de marieuse. Dis-lui la vérité et son amour fondra comme neige au soleil.*

Eh bien, c'était justement ce qu'elle allait devoir faire : dire la vérité. Le mince espoir qu'elle pourrait le convaincre de leur incompatibilité sans être obligée de lui révéler son passé, s'était évanoui. Elle connaissait suffisamment Philip pour savoir que, tant qu'il croirait l'aimer, il ne renoncerait pas. Or, si son cœur n'était pas libre, il ne courtiserait jamais une autre femme. Elle devait lui apporter la preuve qu'il ne l'aimait pas, après tout. Lui restituer son cœur de telle sorte qu'il puisse l'offrir à une autre.

— Je voudrais m'asseoir, s'il vous plaît, dit-elle.

Il s'empressa de l'aider. Calée sur les coussins, elle jeta un regard à sa robe vert mousse. L'étoffe était salie, tachée, déchirée, à l'image du chaos qu'était devenue sa vie. Elle regarda Philip, assis à côté d'elle sur le sofa. Il avait l'air sérieux et rivait sur elle des yeux pleins d'espoir. Elle prit une profonde inspiration et se lança.

— Philip, je ne peux pas vous épouser.

— Puis-je vous en demander la raison ?

Nous y voilà. Meredith exhala un souffle tremblant. Incapable de rester en place, elle se leva.

— Je n'ai pas été tout à fait honnête avec vous. Il existe des choses sur moi, sur mon passé, que vous ignorez. Des choses qui m'interdisent d'envisager le mariage.

— Quelles choses ?

— Nous ne sommes pas seulement issus de classes différentes... Si mon passé devait être percé à jour, notre union apporterait la honte et le scandale à votre famille. Je... J'ai quitté la maison de mes parents à un âge tendre ; j'étais trop malheureuse pour rester plus longtemps. Je me suis établie à Londres où, hélas ! je n'ai pas réussi à réaliser mes projets. Mon maigre bas de laine s'est très vite épuisé. Il ne me restait que deux options : vivre ou mourir. J'ai choisi de vivre. Mais comment ? J'aurais pu me prostituer, chose que je refusais catégoriquement. Restait le vol. C'est ce que j'ai fait.

Elle se mit à arpenter le tapis aussi vite que le lui permettaient ses muscles endoloris, les mains crispées l'une sur l'autre, comme deux petits animaux apeurés.

— Je volais n'importe quoi. Argent. Bijoux. Nourriture... Au début, je manquais d'adresse mais la police n'a jamais pu m'arrêter parce que je courais vite. J'ai appris rapidement ; je n'avais pas le choix. Parfois, j'avais si faim que je risquais ma vie pour un quignon de pain.

Elle ralentit le pas, poursuivie par les souvenirs qu'elle s'était efforcée d'oublier pendant des années : les ruelles sombres, la peur, les refuges de fortune.

— Je suis devenue un pickpocket très habile, reprit-elle, pressée maintenant d'en finir. Je déménageais sans arrêt, j'économisais le moindre sou. Je voulais m'en sortir, quitter cette existence sordide. Quand j'ai eu assez d'argent, je me suis offert une garde-robe décente et j'ai cherché un emploi. J'ai eu la chance de croiser le chemin de Mme Barcastle, une riche veuve qui cherchait une dame de compagnie pour ses déplacements.

Meredith cessa de faire les cent pas, se retourna et regarda Philip droit dans les yeux.

— En voyageant avec Mme Barcastle, entre Brighton et Bath, Bristol et Cardiff, j'ai continué pendant un an à subtiliser tout ce qui me tombait sous la main.

Quelque chose qui pouvait être de la sympathie éclaira les yeux de Philip.

— Et vous ne vous êtes jamais fait attraper? demanda-t-il.

— Jamais. J'étais très habile. Et invisible. Dans les milieux où évoluait Mme Barcastle, personne ne faisait attention à moi. Je n'étais qu'une employée. Un point blanc sur un mur blanc.

Après un silence, elle poursuivit :

— Grâce à Mme Barcastle, j'ai perfectionné mon éducation. J'ai amélioré mon vocabulaire et appris les bonnes manières. Le temps de revenir à Londres, j'avais assez d'économies pour abandonner les larcins et commencer à mener une existence respectable. Je me suis ainsi forgé une nouvelle personnalité. Comme je possédais un certain talent en matière de mariage, j'ai opté pour le métier que vous savez. Mme Barcastle fut ma première cliente. Ravie de mes services, elle m'a recommandée à ses amies. Peu à peu, je me suis fait une réputation. J'ai pu acheter une maison et mener une vie confortable. Votre mariage avec lady Sarah constituait l'apogée de quinze années de dur labeur, le rêve d'une vie entière.

Elle marqua un nouveau silence.

— Je pensais être à l'abri de mon passé. Je croyais que j'avais enterré toutes ces années pénibles... mais je n'étais pas naïve au point d'espérer que les autres me le pardonneraient. Surtout les membres de la société londonienne. Maintenant que vous connaissez la vérité, vous pouvez comprendre que je ne peux donner suite à votre proposition... Une proposition que vous ne m'auriez jamais faite si vous aviez été au courant depuis le début.

Meredith se tut enfin, épuisée. Quelque part dans son esprit, la petite voix fielleuse lui rappela que Philip n'était pas encore au courant de *toute* la vérité, mais elle estima qu'il valait mieux lui épargner le reste.

Sans cesser de la regarder, il se leva. Ils étaient face à face, à présent, mais il n'esquissa pas un geste vers elle; cela n'avait rien d'étonnant, mais elle en fut tout de même blessée. S'armant de courage, Meredith se prépara aux reproches qui allaient venir. Un silence s'abattit sur eux, si oppressant, qu'elle aurait voulu hurler.

— Merci de m'avoir dit la vérité, Meredith, dit-il enfin. Je ne peux qu'imaginer à quel point cela a dû être difficile pour vous.

Seigneur! il n'avait pas idée à quel point cela avait été difficile.

— Je vous en prie.

— Vous avez eu tort sur un point, néanmoins.

— Lequel?

— Que je n'aurais pas demandé votre main si j'avais su...

Il la saisit gentiment aux épaules.

— J'étais au courant de tout, Meredith.

Elle réprima un haut-le-corps. Sans doute avait-elle mal compris.

— Pardon ?

— Je savais tout sur votre passé de pickpocket.

Elle le contempla, stupéfaite. Les seules personnes qui savaient, Albert et Charlotte, n'auraient jamais révélé ses secrets à personne. Pas même sous la torture.

— C... comment ? parvint-elle à bredouiller.

— Par le plus grand des hasards. La nuit où j'ai mené ma petite enquête sur Taggert, j'ai parlé avec un tavernier nommé Ramsey qui avait connu Taggert. Il me l'a décrit comme un odieux personnage et m'a raconté son histoire, y compris un épisode auquel il avait assisté par la fenêtre de son établissement. Ramsey avait vu le ramoneur jeter par terre un de ses petits ouvriers, comme un vulgaire sac d'ordures. Après le départ de Taggert, le tavernier sortit pour secourir le petit garçon mais il fut devancé par une jeune fille, presque une enfant. Celle-ci se précipita vers le blessé, s'agenouilla près de lui, puis le souleva dans ses bras...

— Mon Dieu ! Je m'en souviens... Un homme est arrivé ; il m'a demandé si le garçon allait bien. J'ai répondu qu'il était blessé et que j'allais le ramener à la maison. Il a voulu savoir si c'était mon petit frère. J'ai répondu que oui parce que je craignais, en disant la vérité, qu'on me le reprenne. J'avais peur qu'on le laisse mourir dans le caniveau ou qu'on le rende au monstre qui l'avait abandonné là.

— Ramsey m'a dit que le visage de la fille ne lui était pas inconnu. Il avait mis un moment à se le rappeler, parce qu'il ne l'avait pas revue depuis longtemps et qu'elle avait grandi, mais ses yeux bleu vif l'ont aidé à la situer. C'était la petite voleuse des rues qui dérobait de la nourriture dans sa taverne ou soulageait ses clients de leur portefeuille.

Un demi-sourire souleva un coin de sa bouche.

— Si j'ai bien compris, vous avez empoisonné l'existence de ce brave homme pendant plusieurs mois.

Meredith s'était mise à trembler comme une feuille.

— Alors… vous étiez donc au courant… quand vous m'avez invitée à dîner.

— Oui.

— Quand vous m'avez reçue dans ce surprenant décor oriental et m'avez fait goûter toutes sortes de mets élaborés.

— Oui.

— Et vous ne m'avez rien dit.

— Non.

— Pourquoi ?

Ses jambes la trahirent soudain et elle se laissa retomber sur le sofa.

— J'espérais que vous me le diriez vous-même, dit-il en se rasseyant près d'elle et en lui encadrant le visage de ses paumes. Je suis très honoré que vous m'ayez fait confiance, Meredith. Vous devez nourrir quelques sentiments pour moi, sans quoi vous ne m'auriez pas raconté quelque chose d'aussi personnel.

Seigneur ! Il n'avait pas réagi comme elle s'y attendait. Se dégageant, elle détourna la tête.

— Il ne s'agit pas de sentiments, Philip. J'ai fait cette confession parce que je savais que vous ne vous contenteriez pas d'un simple refus. Et parce qu'il fallait bien que vous compreniez à quel point nous sommes mal assortis.

— Vous voulez dire que nous sommes mal assortis dans votre esprit, et cela sous prétexte que vous vous êtes battue par tous les moyens pour survivre quand vous n'étiez qu'une enfant. Permettez-moi d'objecter. Je sais à quelles extrémités la pauvreté, la peur et la faim poussent les gens. Non seulement je ne vous méprise pas d'avoir survécu, mais je vous admire. Rares sont les personnes qui, après tant d'épreuves, deviendraient comme vous : gentilles, intelligentes, décentes. Oui, j'admire la compassion que vous êtes capable de témoigner à ceux qui ont connu eux aussi l'adversité. C'est une force de l'esprit, Meredith. L'une des innombrables qualités que je chéris en vous. Maintenant, je vais reposer ma question : Me ferez-vous l'honneur de devenir ma femme ?

Grand Dieu ! Il insistait. Or il ne savait pas encore tout.

— Ce n'est pas tout, Philip. Je vous ai raconté que mon père était précepteur et ma mère gouvernante, vous en souvenez-vous ?

— Oui, bien sûr.

— C'était un autre mensonge et...

Elle humecta ses lèvres sèches avant de poursuivre.

— C'est difficile à expliquer, alors je vais le dire simplement. J'ignore qui est mon père et ma mère n'en savait rien non plus. C'était l'un des nombreux clients de la maison close où elle était pensionnaire. La maison close où j'ai grandi et que j'ai quittée à treize ans pour échapper à la prostitution. La maison que ma mère a refusé de quitter, parce qu'elle pensait qu'elle n'était bonne qu'à cela, et où elle est morte de la syphilis.

Des larmes roulaient sur ses joues mais les mots continuèrent à jaillir, comme la sanie quand on a crevé l'abcès.

— Après m'être installée à Londres, j'y suis retournée une fois. J'ai tout fait pour la convaincre de venir vivre avec moi, mais elle n'a rien voulu entendre.

Meredith ferma les yeux brièvement, chassant la dernière image qu'elle gardait de sa mère, hagarde, livide sous l'épais maquillage. Comme elle détestait cet endroit ! Les rires gras, les odeurs d'alcool, de tabac, de parfum bon marché et de corps souillés...

— Je ne l'ai pas revue. Six mois plus tard, elle m'a envoyé une lettre, la dernière. Elle avait demandé à l'une des filles de me l'apporter. Cette fille, c'était Charlotte.

— Votre amie, Mme Carlyle, dit Philip d'une voix neutre.

— Oui. Elle n'est pas veuve. Charlotte, qui était enceinte, a été agressée en venant chez moi. Elle est arrivée battue et couverte de bleus. Albert et moi l'avons soignée. Elle a recouvré la santé et ne nous a plus quittés. Quand elle a donné naissance à sa fille, nous avons trouvé, tous les trois, que Hope[1] était un nom parfait pour cette enfant.

Meredith marqua une pause, prit une inspiration, puis reprit :

— La raison pour laquelle mon entreprise de marieuse compte tant à mes yeux réside dans mon enfance. Je me cachais dans le petit débarras, sous l'escalier, et je me disais que si maman avait été mariée, nos vies auraient été complètement différentes, comme celles des autres filles. Si elles avaient rencontré un homme décent et l'avaient épousé…

Elle secoua la tête, chassant les vestiges du passé.

— Vous comprenez à présent que toute sorte d'association entre nous, y compris le mariage, est exclue. Je vous l'ai dit à plusieurs reprises : je n'ai pas l'intention de me marier. Je ne peux pas exiger d'un homme qu'il pardonne toutes ces erreurs, les miennes et celles de mes proches, car je n'abandonnerai jamais Albert, Charlotte et Hope. Voyez ce Ramsey le tavernier… Que se passerait-il s'il me reconnaissait, de nouveau, à votre bras ? Une femme comme moi, Philip, pourrait vous coûter très cher : votre standing social, votre fortune, tout !

Le silence tomba. Meredith baissa la tête, à bout de souffle. Cette fois-ci, il savait tout. Il ne restait plus qu'à lui dire au revoir, un mot qui ne se décidait pas à franchir ses lèvres.

Finalement, au bout d'une éternité, Philip prit la parole.

---

1. Hope : espérance. *(N.d.T.)*

— Vous avez présenté vos explications à la façon claire et précise qui est la vôtre, Meredith. Pourtant, je voudrais vous poser trois questions, si vous n'y voyez pas d'inconvénient.

— Allez-y.

— Voici la première : en dehors de ces omissions ayant trait à votre passé et à celui de vos amis, m'avez-vous jamais menti ?

— Non, répondit-elle avec un rire morne. Encore heureux, vous ne trouvez pas ? Quelle est la seconde question ?

— M'aimez-vous ?

L'espace d'un instant, les yeux aigue-marine s'embuèrent et Meredith s'abîma dans la réflexion. À quoi cela servirait-il qu'il sache ses sentiments ? Dans quel but ?

— Cela n'a pas d'importance, Philip.

— Cela en a pour moi.

Il lui prit la main et la porta à ses lèvres. Son souffle réchauffa les doigts glacés de la jeune femme.

— C'est une question simple, Meredith.

— Elle n'est pas du tout simple.

— Mais si, vu que vous pouvez répondre par oui ou par non. Est-ce que vous m'aimez ?

Elle baissa le regard sur leurs mains enlacées.

— Oui, murmura-t-elle.

Philip lui serra les mains, les lui fit poser contre son torse. À travers sa chemise, son cœur battait à tout rompre. Ensuite, il lui prit le menton et l'obligea à relever la tête. Leurs regards s'accrochèrent. Dans celui de Philip brillait une flamme qui n'avait rien à voir avec le dégoût auquel elle s'attendait.

— Ma troisième question est la suivante : voulez-vous m'épouser ?

Meredith se leva soudain, le visage grave.

— Vous n'avez donc pas entendu ? s'exclama-t-elle d'une voix incrédule. Je suis une *bâtarde*. J'ai grandi dans un *bordel*. Ma mère était *prostituée*. J'ai passé des années à *voler* !

Philip se leva à son tour.

— Vous m'avez dit aussi que vous aviez fait la paix avec votre passé. Pourquoi ne tournez-vous pas la page ?

— Oui, j'ai fait la paix avec mon passé. Cela ne veut pas dire pour autant que les autres m'accepteront, s'ils savent la vérité. J'ai fait des choses inacceptables. La société et votre famille me rejetteront. Vous le savez parfaitement.

— Vous n'êtes pas responsable des circonstances de votre naissance, ni des actions de votre mère. Ce que vous considérez comme un obstacle insurmontable est une raison supplémentaire pour admirer votre force de caractère. Quant à la société, oui, elle vous rejetterait si les gens avaient vent de vos confidences. Mais qui leur en parlera ? Pas moi. Et de toute façon, je n'ai que faire de ce que mes pairs penseront. Je ne sacrifierai pas la femme que j'aime aux faux-semblants d'une classe que je méprise. Quant à ma famille, Catherine m'a déjà donné sa bénédiction. Elle a épousé un homme de notre milieu social, un baron titré et fortuné, mais ils ne s'aiment pas et elle n'est pas heureuse. Elle ne voudrait pas que je sois malheureux, moi aussi.

Se rapprochant davantage, il l'enlaça.

— En rentrant en Angleterre, j'étais prêt à épouser une inconnue, à seule fin de faire plaisir à mon père. Je ne veux plus me plier à cette injustice. L'idée que je pourrais me marier à une autre femme que vous me répugne. Les autres peuvent ne pas vous accepter, mais moi si. Je vous aime et vous veux exactement comme vous êtes. Et cela seul compte.

Meredith se mit à trembler et il dut la soutenir, car ses jambes fléchissaient.

— Que se passera-t-il si vous n'arrivez pas à vaincre la malédiction, Philip ?

— Alors, je vous demanderai humblement de devenir l'épouse de mon cœur, Meredith. Je ne vous ferai pas l'affront de vous forcer à vivre avec moi en Angleterre sans être mariés – je comprends parfaitement votre aversion pour ce genre de situation. Nous partirons. Nous voyagerons et nous nous présenterons comme mari et femme.

Il envisageait les choses sous leur aspect le plus simple, comme si tout cela n'avait rien d'extraordinaire. Meredith n'avait plus qu'un argument à faire valoir. Elle s'échappa de ses bras et s'éloigna de quelques pas.

— Euh… j'ai une autre confession à vous faire. Il y a quelques minutes, je vous ai subtilisé votre montre.

Tout en parlant, elle plongea la main dans les plis de sa robe, à la recherche de la montre volée.

— Chassez le naturel, il revient au galop, ajouta-t-elle dans l'ultime but de le dissuader. Voyez comme nous sommes mal assortis, Philip : un vicomte et une voleuse. Je…

Sa voix se fêla, tandis que ses doigts fouillaient frénétiquement sa poche.

— C'est cela que vous cherchez ?

Meredith écarquilla les yeux en le voyant avec sa montre à la main.

— C… comment…

Il ouvrit négligemment le couvercle ouvragé en or, regarda l'heure, puis remit sa montre à sa place avec nonchalance.

— J'ai appris quelques tours à l'étranger, dit-il. Par exemple, à pêcher des choses dans les poches d'autrui. Bakari m'a enseigné l'art et la manière de survivre. J'ai même développé ces aptitudes au point de le battre parfois sur son propre terrain.

Meredith en resta bouche bée.

— Vous avez… volé des objets ?

— Je préfère parler de « récupération d'effets personnels ». Il s'agissait d'objets qui m'avaient été dérobés. La plupart des endroits que j'ai visités étaient infestés de pickpockets et de voleurs... Je les laissais me délester, puis je récupérais mon bien, et ni vu ni connu.

Elle hocha la tête, non sans admiration.

— Incroyable ! Vous êtes très efficace. Je n'ai rien senti.

— Merci. Cela fait plaisir de savoir que je n'ai pas perdu mon doigté. Mais puisque nous en sommes aux confidences, sachez qu'il m'est arrivé de dérober quelque chose qui ne m'appartenait pas. Nous étions en Syrie, Bakari, Andrew et moi. À la suite d'événements qu'il serait trop long d'expliquer, nous nous sommes retrouvés emprisonnés dans un donjon. J'ai volé la clé au gardien et nous nous sommes évadés.

Meredith le scruta, l'œil rond.

— Emprisonnés dans un donjon ? Vous vous êtes enfermés accidentellement ?

— Pas exactement. Je me ferai un plaisir de vous narrer cette aventure plus tard. Pour le moment, nous avons des sujets plus importants à évoquer.

Il l'enlaça à nouveau.

— Auriez-vous par hasard d'autres confidences à me faire ?

Comme elle secouait la tête, il conclut :

— Excellent. Moi non plus. Maintenant, Meredith, répondez à ma troisième question : voulez-vous devenir ma femme ?

Philip la regardait d'un air enjôleur. Amour, tendresse et désir se succédaient dans ses prunelles brunes. Tout ce dont elle rêvait se tenait là, à portée de main : le bonheur inaccessible. Émerveillée, elle lui rendit son regard puis, comme dans un rêve, elle leva les mains et lui encadra le visage de ses paumes.

— Philip, je vous aime de tout mon cœur. Oui, je veux bien vous épouser. Et je vous promets que je serai une bonne épouse.

Il poussa un soupir, comme si la tension désertait son corps d'un seul coup.

— Merci, mon Dieu ! J'avais peur que vous répondiez non.

— Vous avez été très persuasif.

— C'est parce que je vous aime tant…

Il lui effleura les lèvres d'un baiser tendre et plein de promesses, qui se transforma vite en étreinte passionnée. Meredith plongea les doigts dans la chevelure de Philip, pendant qu'il s'emparait de ses hanches pour l'attirer à lui. Soudain très à l'étroit dans ses culottes serrées, il émit un son guttural. D'un geste impatient, il ôta ses lunettes et les posa sur une table d'angle.

Meredith le regardait, les lèvres humides, entrouvertes, les joues rosies par le désir. Philip savait que s'il l'embrassait encore une fois, ils seraient perdus.

— Meredith, si nous n'arrêtons pas maintenant, je crains de ne plus pouvoir m'arrêter du tout.

Elle lui dédia un sourire éblouissant.

— Je ne me souviens pas de vous avoir demandé d'arrêter…

18

Cette phrase fit jaillir un feu liquide dans les veines de Philip.

— Vous avez dit aujourd'hui que vous avez failli me perdre, poursuivit Meredith d'une voix posée. Il en est de même pour moi. Vous avez dit aussi que chaque minute qui passe est un don du ciel, parce que nul ne sait ce que l'avenir nous réserve.

Sans une ombre d'hésitation, Philip la souleva dans ses bras. La serrant étroitement sur son cœur, il se dirigea vers la porte.

— Vous ai-je déjà fait compliment sur votre mémoire ? J'adore votre façon de répéter mes discours, presque mot pour mot.

Un sourire étira les lèvres de Meredith.

— Non, vous ne l'avez jamais fait.

— Mmm… impardonnable négligence de ma part ! Mais il y a tant d'aspects que j'admire chez vous qu'il me faudra des années pour tous les énumérer.

Il déboucha dans le couloir en s'efforçant de ne pas se mettre à courir comme un fou. Alors qu'ils traversaient le vestibule, James s'enquit nerveusement :

— Mademoiselle se porte bien, milord ?

Philip adressa un radieux sourire au jeune valet.

— En fait, James, Mlle Chilton-Grizedale est une femme extraordinaire. Elle deviendra très bientôt vicomtesse de Greybourne, car elle a accepté de m'accorder sa main. Vous serez le premier à nous féliciter.

— Oh ! fit James, décontenancé… Tous mes vœux de bonheur, Mademoiselle… Monsieur.

— Merci, James.

Philip gravit les marches quatre à quatre puis il se dirigea précipitamment vers sa chambre en serrant contre lui son précieux fardeau.

— Mon Dieu, murmura Meredith en rougissant. Que va penser ce jeune homme en nous voyant monter comme ça ?

— Que je suis l'homme le plus chanceux du monde, ce qui est vrai !

— L'annonce de nos fiançailles l'a choqué. On partage ce genre de nouvelles avec sa famille, avant de les transmettre aux domestiques. Et on n'emporte pas sa fiancée dans sa chambre où un bain vient d'être préparé.

Elle poussa un soupir exagéré.

— Décidément, vous manquez à tous vos devoirs.

— C'est vrai, je suis devenu un vrai sauvage. Mais croyez-vous que James ait vraiment été choqué ? Il m'a plutôt semblé lire de l'envie, dans son regard.

Ils étaient arrivés à destination. Philip ouvrit la porte de sa chambre avec le pied, la referma de la même manière, puis reposa doucement Meredith devant une énorme baignoire de cuivre. Il retourna sur ses pas et poussa le verrou, qui se glissa dans la gâche avec un déclic métallique.

Lorsqu'il revint vers elles, il lui prit les mains et en baisa les paumes. L'odeur délicieuse de scones fraîchement sortis du four se mélangea aux effluves de roses qui émanaient du bain fumant.

Philip se mit à retirer les épingles à cheveux, l'une après l'autre, les laissant tomber sur le tapis Axminster. Les torsades noires et lustrées ruisselèrent entre ses doigts.

Doucement, se dit-il. Il devait y aller doucement. Pourvu qu'il ne cède pas aux exigences de ses sens enflammés… ce qui n'allait pas être facile, si elle continuait à le regarder avec ces grands yeux empreints d'amour, de confiance et de désir, avec juste un soupçon d'impatience.

— Nerveuse ?

— Oui, avoua-t-elle dans un soupir.

— N'ayez pas peur, murmura-t-il en balayant une bouclette de la joue de Meredith. Je ne vous ferai jamais de mal.

— Bien sûr.

— Nous serons bien ensemble, Meredith.

— Je le sais, Philip. Je n'ai pas peur.

— J'en suis ravi.

Un demi-sourire retroussa un coin de sa bouche.

— Si cela peut vous rassurer, je suis très nerveux moi aussi.

— Sûrement pas pour les mêmes raisons, répondit-elle sans chercher à dissimuler son étonnement.

— Non. Enfin, pas exactement, puisque je ne suis pas vierge. Mais rien ne m'avait préparé à cela. Je veux dire à faire l'amour à une femme que j'aime… Une femme que je désire tellement… et à qui je veux donner du plaisir. Sans parler de ma longue abstinence ces derniers temps…

Il la sentit soudain plus détendue.

— En ce cas, dit-elle avec un sourire, j'essaierai être gentille avec vous.

Philip lui rendit son sourire.

— Meredith, ma chérie, vous comblez toutes mes attentes.

Sans la quitter des yeux, il défit les boutons de son corsage, puis fit glisser l'étoffe sur l'arrondi des épaules, révélant la clavicule délicate, la peau de porcelaine teintée d'un voile couleur pêche.

— La première fois que je vous ai embrassée, à Vauxhall, je n'ai eu qu'un regret. Il faisait si noir… Je ne pouvais voir votre peau, votre corps, vos yeux. À présent que vous êtes en pleine lumière…

Il tira sur la robe, qui dégringola par terre où elle composa une flaque vert mousse aux pieds de

Meredith. Elle était presque nue, en chemise, chaussures et bas. Philip posa un genou à terre.

— Appuyez-vous sur mes épaules.

Meredith s'exécuta. Il lui fit lever un pied après l'autre et la débarrassa délicatement de ses chaussures... Quand ses doigts remontèrent le long de ses jambes pour défaire ses bas, il leva les yeux.

— La première fois que nous nous sommes rencontrés, quand vous vous êtes évanouie à la cathédrale Saint-Paul...

— Je préfère appeler cela « un léger étourdissement ».

— Toujours est-il que je vous ai promis de ne pas toucher à vos jarretières sans votre permission.

— Si ma mémoire est bonne, vous avez ajouté : « probablement ». J'ai pensé alors que vous étiez incorrigible.

— Je le suis.

— Je vous avais assuré, de mon côté, que vous n'auriez jamais une telle permission.

— C'est vrai. Puis-je toucher vos jarretières, Meredith ?

— Oui, murmura-t-elle. Faites.

Il dénoua les rubans et fit glisser les bas.

Enfin, se redressant, il souleva l'ourlet de la chemise, la fit passer par-dessus la tête de Meredith et la laissa tomber sur le tapis. Son regard se promena sur elle comme une langue de feu. Les seins de la jeune femme se durcirent, sa respiration se précipita. Il entrecroisa ses doigts avec les siens.

— Meredith... tu es belle. Si belle... souffla-t-il en lui embrassant le poignet et en faisant naître dans son bras une incroyable série de frissons.

Alors qu'elle aurait dû se sentir embarrassée, elle n'éprouva qu'une sorte d'exaltation étrange. Elle avait hâte de le dénuder, de l'admirer, de sentir son corps nu contre le sien.

Elle tendit le bras et s'attaqua aux boutons de sa chemise.

— L'un de nous porte trop de vêtements, déclara-t-elle.

Une lueur de passion et d'amusement dansa dans les yeux bruns de Philip. Il tira la chemise hors de ses culottes, puis resta immobile, les bras le long du corps.

— Madame, je suis à votre disposition.

Meredith ne se le fit pas dire deux fois. Quand la chemise fut ouverte, elle en écarta les pans avant de la faire glisser le long des bras robustes. Sans fausse honte, elle s'autorisa à passer en revue le large torse recouvert de duvet brun et la fascinante ligne noire qui disparaissait dans la ceinture des culottes en daim. Ensuite, elle posa les mains sur la poitrine de Philip, explorant les muscles qui roulaient sous la peau d'une texture incroyablement fine. Fascinée, elle voulut poursuivre ses caresses. Il lui attrapa les poignets.

— Pas encore. N'oublie pas que ton bain t'attend. Je vais t'aider à t'y installer. L'eau chaude te détendra.

— Et toi ? demanda-t-elle en osant timidement le tutoiement pour la première fois. Tu en as autant besoin que moi.

— Mais je prendrai mon bain en même temps que toi !

Cette promesse, ponctuée par la lueur gourmande des yeux, fit rougir Meredith. Elle jeta un regard vers la vaste cuve de cuivre brillant qui pouvait en effet recevoir deux personnes, à condition toutefois qu'elles soient assises *très* près l'une de l'autre.

— Je n'ai jamais vu de baignoire aussi grande.

— Je l'ai commandée en Italie. Je n'aime pas me plier en quatre pour me laver… Je suis sûr qu'elle te plaira.

Il lui tendit le bras. Meredith s'y appuya, enjamba le rebord et se laissa sombrer dans l'eau parfumée.

Philip l'embrassa légèrement sur la bouche.

— Ferme les yeux et détends-toi. Je reviens tout de suite.

— Où vas-tu ?
— Chercher mon strigile.
Il s'éclipsa vers une pièce adjacente et Meredith s'adossa à la paroi lisse et chaude. Le strigile.... Elle se remémora les explications de Philip à propos de la façon dont les Grecs et les Romains se servaient de cet instrument. Elle se souvint aussi des images lascives qui avaient envahi alors son imagination : elle et lui, nus dans un bain... Qui eût cru que la rêverie deviendrait réalité ?
Les volutes de vapeur montaient dans l'air mais la chaleur qui la gagnait était d'une autre nature. La porte se rouvrit et Philip parut, vêtu d'une robe de chambre en soie bleu sombre, lâchement ceinturée. Il était pieds nus. Le cœur de Meredith bondit quand elle comprit qu'il ne portait rien sous l'étoffe soyeuse. Il tenait deux draps de bain repliés dans une main. Dans l'autre, elle aperçut un strigile en tout point identique à l'instrument de cuivre qu'ils avaient examiné ensemble dans l'entrepôt, à ceci près que celuici, bien astiqué, scintillait de mille feux.
Philip posa les serviettes et le strigile à côté de la baignoire, s'assit sur le rebord et trempa les doigts dans l'eau. Meredith frémit en sentant sa main masculine sur sa cuisse.
— Comment est l'eau ? demanda-t-il.
— Exquise. Chaude... et solitaire.
Les yeux bruns étincelèrent. Sans un mot, il se leva et défit la ceinture de sa robe de chambre. Un instant plus tard, son corps brilla dans la lumière comme une statue de bronze pâle. Sa passion pour elle ne faisait aucun doute et, à en juger par le feu de ses yeux, il devait lutter comme un forcené pour se maîtriser.
— Pousse-toi donc un peu, dit-il doucement, comme s'ils prenaient leur bain ensemble depuis toujours.
Elle obéit. Philip enjamba le rebord de la cuve et s'installa derrière Meredith. Le niveau de l'eau monta

d'un seul coup au risque de déborder sur le tapis. Les longues jambes musclées s'étendirent alors de part et d'autre des siennes, tandis qu'il l'attirait en arrière, tout contre lui, en refermant les bras autour de sa taille.

Un flot de sensations l'assaillit : le contact du grand corps nu, les bras puissants autour d'elle, leur peau glissante, les battements désordonnés d'un cœur contre son dos. Le sexe durci de Philip se nichait contre ses reins. Avec un soupir, Meredith posa sa tempe contre la joue de son compagnon puis, les yeux clos, elle huma profondément le parfum de roses qui les enfermait dans une bulle sensuelle d'où elle ne voudrait plus jamais sortir.

Au moment où elle pensait qu'il serait impossible d'éprouver plus de volupté, les mains de Philip se mirent à bouger sous l'eau. Meredith battit des cils, étonnée. Magiques, attentives, les mains passèrent sur ses seins, jouèrent un instant avec ses tétons érigés. Un doux gémissement roula dans la gorge de la jeune femme, qui renversa la tête.

— Lève les bras, mets-les autour de mon cou, murmura-t-il.

Le souffle coupé, elle s'exécuta puis s'abandonna à la caresse.

— Tu aimes ? chuchota-t-il.

— Oui…

Il recommença doucement à promener les doigts sur le corps vibrant de Meredith. Elle se sentit partir à la dérive, se cambra désespérément comme pour éteindre le brasier qui flambait en elle. Il lui baisait la nuque, le cou, la pommette, tout en la pressant contre son sexe. Elle tourna la tête. Leurs bouches s'unirent, se dévorant mutuellement, et soudain la jeune femme s'immobilisa. Les mains magiques remontaient le long d'une cuisse jusqu'à la toison noire entre ses jambes. Meredith s'arc-bouta pour mieux s'offrir à l'exquise torture et Philip s'enivra de l'effluve érotique qui semblait émaner de sa peau douce et crémeuse.

— Philip…

C'était un cri de reddition, une longue plainte. Le sang battant à ses tempes, il la fit pivoter vers lui.

— Chevauche-moi, chuchota-t-il.

Elle s'accroupit au-dessus de lui puis s'abaissa très lentement. Elle n'avait plus peur. Son corps était prêt à l'accueillir. Ses hanches ondulèrent et, dans cette danse serpentine, elle le frôla. Philip étouffa un gémissement. Meredith rouvrit les yeux. Leurs regards se croisèrent un instant, puis, n'en pouvant plus, il la pénétra d'un coup de reins.

Il vit les grands yeux bleus s'agrandir.

— Je t'ai fait mal ? s'inquiéta-t-il.

Elle secoua la tête. Il fit l'effort de rester immobile, afin qu'elle s'habitue à le sentir en elle. Une minute s'écoula avant qu'elle ne bouge timidement, lui arrachant un long soupir. Il voulut l'arrêter mais elle accentua la cadence. Le plaisir enflait en eux comme un bourgeon incandescent qui s'épanouit lentement au soleil. Sachant qu'il ne pourrait plus se contrôler davantage, Philip agrippa ses hanches rondes pour la faire aller et venir plus vite, pour s'enfoncer plus profondément en elle. Meredith ferma les paupières. Ses ongles se crispèrent sur les épaules de Philip. Dès qu'il la sentit se resserrer et palpiter autour de lui, il laissa libre cours à sa passion. L'extase les transperça d'un seul coup, comme un glaive éblouissant. Philip se rejeta en arrière, haletant, en serrant Meredith contre son cœur.

Lorsque, enfin, leurs frissons s'apaisèrent, il rouvrit les yeux. Meredith gisait abandonnée dans ses bras, la tête penchée comme si elle était trop lourde à porter.

— Ma chérie…

Elle releva la tête ; ses paupières frémirent. Enfin, elle le dévisagea dans un silence émerveillé.

— Je ne savais pas, dit-elle enfin d'une voix calme. Merci de m'avoir montré que l'acte amoureux peut être aussi beau.

Il fut surpris de la vague de tendresse qui l'envahit.

— Je ne le savais pas non plus.

En souriant, il tira sur les cheveux noirs, l'obligeant à relever la tête pour l'embrasser à pleine bouche.

— Tu crois que cela peut devenir encore plus beau ? demanda-t-elle d'un air malicieux lorsqu'il la relâcha.

— Voilà une hypothèse intéressante qui exige une expérimentation immédiate. Comme l'eau refroidit, je suggère que nous poursuivions nos passionnantes recherches dans mon lit.

Un dernier baiser, un rire partagé, puis Philip l'aida à sortir de la baignoire. S'emparant du strigile, il se mit à la frotter à l'aide de l'instrument, balayant méthodiquement les gouttelettes d'eau diamantées sur sa peau. Il s'apprêtait à passer le strigile sur son propre bras quand elle le lui prit des mains.

— Tu permets ?

À son tour elle le frotta. Peu après, debout devant le feu de cheminée, ils achevèrent de se sécher avec les draps de bain. Philip caressa doucement les longs cheveux humides de Meredith. Elle lui adressa un sourire charmant, un sourire plein d'amour.

— Cela t'ennuierait si je te disais une fois de plus que je t'aime ?

Il fit mine de réfléchir un instant.

— Je suppose que non, si tu en éprouves le besoin.

— Eh bien oui, j'en éprouve le besoin, dit-elle en se hissant sur la pointe des pieds et en passant les bras autour du cou de son amant. Je t'aime, Philip.

— Moi je t'aime plus encore, déclara-t-il en la serrant de toutes ses forces. Mais tu sembles soucieuse, tout à coup.

— Je me demandais... et si nous avons fait un enfant ?

Il s'immobilisa.

— Eh bien… si c'était le cas, je serais transporté de joie.

Les yeux brillants, elle se blottit dans le cercle de ses bras.

— Je vois déjà notre fils, murmura-t-elle. Fort, intelligent, avec des yeux bruns et des cheveux noirs.

— N'oublie pas notre fille, répliqua-t-il en riant. Belle, déterminée, avec des yeux bleus et un cœur généreux… Mais quel genre de mariage désires-tu ? Une cérémonie grandiose à Saint-Paul ?

— Quelque chose de plus simple. Ici, peut-être, chez toi.

Philip lui prit la main et l'entraîna vers le lit.

— Vos désirs sont des ordres, madame. Je demanderai une licence spéciale dès que j'aur…

Sa phrase resta inachevée. Meredith venait de trébucher. Il sentit sa petite main quitter la sienne et la vit tomber en avant. Elle atterrit sur les genoux et amortit sa chute de ses paumes. Il s'agenouilla à côté d'elle, lui entourant les épaules d'un bras protecteur. Enfin, elle put s'asseoir par terre.

— Comment te sens-tu ?

— B… bien. J'ai trébuché sur quelque chose.

Philip jeta un regard alentour mais ne vit rien sur le tapis. Il allait lui demander si elle se sentait capable de se relever, quand elle laissa échapper un cri de douleur et pressa les mains sur ses tempes.

— Meredith ?

Elle ferma les yeux en exhalant un long souffle.

— Ma tête ! gémit-elle. J'ai mal à la tête.

Un frisson glacé courut dans le dos de Philip. Une chute… des maux de tête… Les mots gravés sur la Pierre de Larmes fulgurèrent dans sa mémoire.

Car le souffle du véritable amour
Est conçu pour s'éteindre.
Elle trébuchera, elle tombera,
D'un infernal mal de tête elle souffrira.

Si vous avez prononcé du mariage les vœux,
Elle trépassera avant que vous n'échangiez un baiser
Ou deux jours après votre nuit de noces,
Ta fiancée, maudite, mourra.
Lorsque ta promise aura été aim…
Rien ne pourra la sauver de…

Oh ! Seigneur ! quels étaient les mots manquants de la pierre ? « Lorsque ta promise aura été *aimée* ? »

Le malaise de Philip se mua en effroi. Meredith était tombée et elle avait mal à la tête. En demandant sa main, en lui déclarant sa flamme et en lui faisant l'amour, l'avait-il exposée à la malédiction ? Ou bien la chute et la migraine n'étaient-elles que pures coïncidences ? Philip ne croyait pas aux coïncidences.

Meredith gémit de nouveau et il eut l'impression que son sang se figeait dans ses veines. Non, ce n'était pas un hasard. Son amour était maudit ; il avait attiré sur Meredith la colère du jeteur de sort. À moins qu'il ne trouve le moyen de briser la malédiction… elle mourrait dans deux jours.

19

La tête entre les mains, Meredith gémissait. À genoux près d'elle, Philip s'efforçait pour la énième fois d'apaiser l'horrible soupçon qui le tourmentait.

Non, non ! cria-t-il silencieusement. Le cri ricocha dans son esprit enfiévré. La chute, le mal de tête, la malédiction... C'était incroyable. Impensable. Oh non ! pas maintenant, alors qu'ils venaient de se trouver. Pas maintenant, alors que leur amour venait à peine d'éclore.

Il défit mentalement les griffes de la peur, souleva Meredith dans ses bras et la porta vers le lit où il la déposa doucement, après avoir retiré la courtepointe grenat. Elle était d'une pâleur cireuse et une indicible souffrance marquait ses traits.

— Je n'ai jamais eu si mal, murmura-t-elle. Oooh... c'est infernal. Ma tête va exploser.

D'un infernal mal de tête elle souffrira...

Philip remonta les couvertures. Désemparé, il s'assit près de la malade et lui tint la main en priant les forces divines d'intervenir. De la sauver. De l'aider à retrouver le morceau égaré de la Pierre des Larmes.

S'il vous plaît, ne me la prenez pas !

Se penchant, il posa un baiser sur le front pâle et moite.

— Je vais te donner quelque chose qui te soulagera.

Il se leva et alla vers l'armoire sculptée d'où il sortit un vieux sac de cuir élimé ; il en extirpa une petite fiole qui contenait l'une des mystérieuses médecines de Bakari. Il savait qu'il s'agissait d'un puissant sédatif, sans en connaître toutefois la composition. Il prit un verre d'eau, y ajouta quelques gouttes de la potion puis retourna vers le lit.

— Bois, dit-il en aidant Meredith à relever la tête.

Elle but l'eau d'une traite et se laissa retomber sur l'oreiller.

— Philip, pardonne-moi. Je ne voulais pas contrarier nos recherches sur le plaisir, mais je ne sais pas ce qui m'arrive...

— Je crains que tu ne souffres pas d'un mal de tête ordinaire.

— Que veux-tu dire ?

— Reprenons tout depuis le début. Nous nous avouons notre amour. Je demande ta main. Tu me l'accordes. Nous faisons l'amour. Tu tombes et maintenant tu as mal à la tête.

La compréhension, mêlée de confusion, fulgura dans les yeux de Meredith.

— La malédiction... Mais nous ne sommes pas mariés !

— Les deux dernières lignes disaient : « Quand ta promise aura été *aim...* » Et la suivante : « Rien ne pourra la sauver de... » Je crois que « aim » veut dire « aimée ». Tu es ma promise. Je t'ai dit que je t'aimais. Nous nous sommes aimés ensuite... Mon Dieu ! Je crois que j'ai attiré la malédiction sur toi.

Elle le dévisagea, consternée et incrédule.

— Cela veut dire que dans deux jours... je vais *mourir* ?

Philip prit ses mains glacées entre les siennes.

— Cela veut dire qu'il me reste deux jours pour déjouer le mauvais sort.

— Et si tu n'y arrives pas ?

Ils échangèrent un long, un silencieux regard.

— J'y arriverai, Meredith. Ta vie en dépend et rien ne m'est plus précieux que toi, ma chérie.

Meredith le regarda un instant sans rien dire. Sa lèvre inférieure tremblait mais une lueur de détermination éclairait ses yeux.

— Ma vie m'est à présent d'autant plus précieuse que je tiens à la vivre avec toi, dit-elle. Je ne resterai pas sans rien faire. Comment puis-je t'aider ?

— En restant ici. Dans ce lit.

— Sûrement pas ! Tu ne peux pas me demander de rester couchée alors que...

— Meredith, coupa-t-il. Je voudrais que tu restes ici... pour le moment. De manière que je sache que tu es en sécurité. Andrew, Bakari et Edward m'assisteront. Nous fouillerons les caisses qui restent à l'entrepôt, plus celles qui arrivent avec le *Sean Raven*.

— Non. Je veux t'aider. Tu auras besoin du plus grand nombre de personnes possible. Quant à ma sécurité... je risque davantage loin de toi que si nous sommes ensemble.

En soupirant, Philip se passa les mains sur le visage. Elle n'avait peut-être pas tort ; elle serait sûrement plus en sécurité s'il gardait un œil sur elle.

— Mais... te sens-tu assez forte...

— Oui. Ma tête me fait encore souffrir mais un peu moins.

Il effleura du bout des doigts sa joue blême.

— Je suis désolé, Meredith. Je ne savais pas...

— Bien sûr que non, répondit-elle en lui embrassant la paume. Nous réussirons. Ensemble. Tu verras.

Une boule d'émotion obstrua la gorge de Philip. Quelle femme extraordinaire ! Au lieu de l'accabler, de lui reprocher de l'avoir entraînée dans le malheur ou de céder à la panique, elle faisait preuve d'un courage hors du commun.

— Ensemble, répéta-t-il. Il ne t'arrivera rien, mon amour. Je ne le permettrai pas.

Elle lui sourit.

— J'avais besoin de te l'entendre dire.

Le cœur de Philip se serra. Il espéra de toutes ses forces qu'elle n'avait pas placé sa confiance en la mauvaise personne.

— D'accord. Habillons-nous. Nous n'avons pas une minute à perdre.

La voiture de louage cahotait à un demi-mille de l'entrepôt, quand Philip renifla l'air, les sourcils froncés.

— Ça sent la fumée.

Meredith acquiesça.

— Oui, je l'ai sentie, moi aussi.

Ils échangèrent un regard consterné et une frayeur singulière rampa sur l'échine de Philip. Quand l'entrepôt fut en vue, ils poussèrent un soupir de soulagement. L'incendie, où qu'il fût, n'avait pas touché le vaste hangar. Ne voyant nulle part son carrosse privé, il appela le cocher.

— Attendez-nous ici, intima-t-il.

Ils descendirent du véhicule, pénétrèrent dans l'entrepôt et se frayèrent un chemin parmi les caisses empilées. L'endroit était désert. Une feuille de vélin clouée sur l'une des caisses attira leur attention. Philip saisit la missive.

Nous avons fini de fouiller. Aucune trace de la pièce manquante. Rendez-vous au port pour l'arrivée du Sea Raven.

Il lui sembla qu'un nœud coulant se resserrait autour de sa gorge.

Plus que quarante-huit heures ! songea-t-il, épouvanté. Il prit la main de Meredith et l'entraîna vers la sortie. Lorsqu'ils poussèrent la lourde porte, une âcre odeur de fumée les suffoqua. Le cocher pointa le pouce en direction d'une sombre colonne de fumée qui s'élevait dans les airs.

— On dirait que ça vient des quais, dit-il d'un ton grave.

Une fois de plus, la main glacée de la peur empoigna le cœur de Philip. Il poussa Meredith à l'intérieur du véhicule.

— Emmenez-nous vite au port ! ordonna-t-il.

Le vieux carrosse s'ébranla. Philip s'empara de la main de sa compagne, tandis qu'ils roulaient à travers un dédale de ruelles sordides.

— Comment te sens-tu ?

— Mieux.

— Mais tu as toujours mal.

— Oui.

Elle s'efforçait de porter beau, mais l'ombre de la peur hantait ses yeux. Il aurait voulu la calmer, la réconforter, mais ne savait que dire. Quinze jours plus tôt, il ignorait jusqu'à l'existence de cette femme. À présent, elle était tout pour lui et lui, il tenait sa vie entre ses mains.

Il l'attira dans ses bras et elle se blottit contre lui en posant la tête sur son épaule. Philip ferma les yeux. Il sentait contre sa joue la douce caresse des cheveux de Meredith.

Je ne veux pas la perdre. Je ne peux pas la perdre !

Une déflagration assourdissante retentit soudain et le carrosse s'arrêta dans une secousse. Meredith se redressa.

— Qu'était-ce ?

L'estomac de Philip chuta dans ses talons.

— On aurait dit une explosion.

Il relâcha la jeune femme, sauta hors du carrosse. Un épais panache de fumée noire s'élevait rapidement sur une bande de ciel clair. Le cheval hennit et commença à s'agiter.

— Je pourrai pas aller plus loin, monsieur, déclara le cocher. Ma jument a pris peur à cause de ce bruit et de l'odeur du feu. Je la connais, cette bête, elle ne voudra plus bouger d'un pouce.

— Nous ferons le reste du chemin à pied, annonça Meredith en descendant de la voiture.

Elle était toujours aussi pâle… et aussi déterminée. Philip cueillit quelques pièces de monnaie au fond de sa poche et paya le cocher. Puis, main dans la main, ils se mirent en marche.

Il ne restait plus qu'un vieil immeuble élisabéthain à contourner. Sitôt qu'ils se furent engagés dans une rue latérale, un spectacle d'apocalypse s'offrit à eux. Effarés, ils ralentirent l'allure. Un épais rideau de flammes enveloppait un bateau qui dérivait sur le fleuve. De toute évidence, on l'avait détaché du quai afin d'empêcher le feu de se propager. Des hommes couraient partout sur les embarcadères, munis de baquets d'eau qu'ils déversaient sur de minuscules incendies causés par les flammèches incandescentes que transportait le vent.

Meredith agrippa le bras de Philip.

— C'est horrible ! s'écria-t-elle.

Il suspecta qu'elle n'avait pas encore réalisé à quel point car le bateau enflammé n'était autre que le *Sea Raven*. Ils prirent la direction des quais noirs de fumée et, peu après, Philip distingua une figure familière dans la cohue.

— Viens. Je vois Andrew, là-bas.

Lorsqu'ils arrivèrent près d'Andrew, Philip posa la main sur l'épaule de son ami. Celui-ci se retourna, la face sombre.

— Que s'est-il passé ?

— Je n'en sais rien. Le *Sea Raven* venait d'accoster. Il y avait un monde fou. Bakari, Edward et moi avons été séparés. Tout à coup, le bateau a pris feu, puis il y a eu une explosion.

— La poudre à canon… murmura Philip. Il y en avait une bonne douzaine de barriques à bord.

— Oui. Je n'arrive pas à imaginer que ce cargo ait pu traverser les mers en toute sécurité depuis l'Égypte pour être détruit de fond en comble à son arrivée à bon port.

— Des victimes ?

— Quelques-unes. Des brûlures bénignes, une jambe cassée, mais rien de bien grave. Si la poudre avait explosé plus tôt, avant que l'équipage n'ait débarqué, ç'aurait été une hécatombe... Malheureusement, rien n'a pu être sauvé, Philip. Toute la cargaison est perdue.

— Où sont Edward et Bakari ?

— Je ne sais pas, dit Andrew avec un vague geste de la main. Pas loin, je pense.

Une pression sur son avant-bras fit se retourner Philip. Il rencontra le regard apeuré de Meredith.

— Philip, murmura-t-elle. C'était... le *Sea Raven* ?

— Oui...

— Je vois, dit-elle d'une voix sans timbre. Je vais donc mourir dans moins de quarante-huit heures.

— Que dites-vous là, mademoiselle Chilton-Grizedale ? s'étonna Andrew. Philip, de quoi parle-t-elle ?

Avant que Philip ne puisse répondre, Edward et Bakari émergèrent du voile de fumée. Comme Andrew, ils avaient des marques noires sur le visage.

— Quelle tragédie ! s'exclama Edward en secouant la tête. Dieu merci, personne n'a été tué !

Il regarda Andrew.

— Où étais-tu passé ? Je t'ai perdu de vue dès l'instant où nous sommes arrivés ici.

Andrew haussa les sourcils.

— Je peux te dire la même chose.

— Beaucoup monde. Beaucoup confusion, dit Bakari. Regardez.

Tous se tournèrent vers le navire en feu qui commençait à sombrer inexorablement. Un silence de mort régnait sur les quais.

— Tout ce travail... tous ces objets, murmura Edward. Quelle perte terrible pour toi, Philip !

— C'est sans importance. L'important est de trouver le moyen de briser la malédiction avant qu'il ne soit trop tard... Avant...

Philip s'interrompit et scruta tour à tour ses trois amis.

— Meredith est victime de la malédiction.

— Comment est-ce possible ? s'exclama Edward. Tu ne l'as pas épousée !

— Non. Je lui ai *demandé* de m'épouser. Peu après, elle a fait une chute et depuis elle a mal à la tête.

Le regard de trois hommes se reporta sur Meredith. Leur expression oscillait entre peur et compassion. Personne n'osa parler de coïncidence.

— Comment pouvons-nous vous aider ? demanda calmement Andrew.

— Ramène Meredith à la maison et reste auprès d'elle.

Andrew hocha la tête.

— Souhaitez-vous passer d'abord chez vous, mademoiselle ?

— Non, répondit-elle, pas maintenant. Je ne voudrais pas alarmer Charlotte et Albert. Bien sûr, j'aurai besoin de les revoir… bientôt.

Philip pressa ses mains entre les siennes.

— Tu les reverras. Et tu les verras encore tous les jours, pendant des années.

Il fit signe à Bakari de s'approcher.

— Va chez mon père et garde un œil sur lui et sur Catherine. Toi, Edward, essaie de te renseigner auprès des autorités sur les causes de l'incendie.

— Et toi ? voulut savoir Meredith.

— Je vais repasser à l'entrepôt et vérifier une dernière fois les registres. Peut-être avons-nous négligé un détail… Je vous retrouverai à la maison. Ne sortez sous aucun prétexte.

Edward s'en fut le premier. Philip et Meredith suivirent Andrew et Bakari vers le carrosse frappé des armoiries des Greybourne, qui attendait à quelques pâtés de maisons plus loin. Dès que ses deux amis tournèrent au coin d'une rue, Philip prit Meredith dans ses bras. Avant qu'elle ne puisse réagir, il l'embrassa avec fougue, en mettant dans son baiser toute la peur et le désespoir qui l'habitaient. Elle répondit à son étreinte avec un désespoir égal puis elle recula, un sourire courageux aux lèvres.

— M'embrasser en public ! jeta-t-elle en prenant un air offusqué. Quel manque de respect, lord Greybourne ! Décidément, vous n'avez aucune éducation.

— J'ai bien l'intention de te manquer de respect pendant le prochain demi-siècle ! Je veux t'aimer sous les étoiles des jardins anglais, sous les cieux ardents de l'Adriatique... Partout. Pour te montrer, chaque jour, combien je tiens à toi.

Meredith cligna des yeux, chassant un voile étincelant de larmes.

— Oui, Philip. Je l'espère.

Il lui reprit la main et ils tournèrent dans la rue où le carrosse attendait. Philip congédia le valet de pied d'un geste. Il ouvrit la porte lui-même et aida Meredith à prendre place en face d'Andrew et de Bakari.

— Soyez prudents.

Sur ces mots, il referma la porte et fit signe au cocher. Quand le carrosse disparut, il empoigna fermement sa canne et reprit le chemin de l'entrepôt.

Depuis son plus jeune âge, la marche avait le don d'apaiser ses nerfs, de lui permettre de rassembler ses idées et de les analyser de façon logique, méthodique. Et Dieu seul savait qu'il avait besoin de calme en ce moment. En longeant les ruelles étroites, Philip entreprit de mettre de l'ordre dans le tumulte de ses pensées.

Nul doute que l'incendie du *Sea Raven* fût délibéré. L'incendiaire avait agi dans un but précis : nuire à Philip. Un tel acte prouvait que l'ennemi ne reculerait devant rien pour parvenir à ses fins.

Mais qui était-il, cet ennemi ? Et pourquoi tenait-il tant à le faire souffrir ? Malheureusement, l'enquête menée par Andrew n'avait pas abouti.

Une vingtaine de minutes plus tard, il entra dans l'entrepôt et se dirigea directement vers le bureau. Là, il ouvrit le tiroir dans lequel il rangeait ses registres. Son sang ne fit qu'un tour : une feuille de vélin reposait sur le livre du dessus. Une seule phrase barrait la surface grenue.

J'ai la pierre que tu cherches. Tu souffriras.

20

Philip regarda le message ; il était rédigé de la même écriture heurtée que les précédents. Un peu d'espoir s'insinua dans sa fureur... Pourvu que l'ennemi invisible dise la vérité ! *J'ai la pierre que tu cherches*. Il ne pouvait s'agir que du morceau manquant de la Pierre des Larmes. Ce fragment existait donc bel et bien. Son persécuteur l'avait effectivement dérobé lors du fameux cambriolage. Cela prouvait aussi que la malédiction constituait la principale raison de toutes les agressions.

« Tu ne la garderas pas longtemps, songea-t-il. Je vais te traquer et je reprendrai mon bien. Et je ferai de toi l'homme le plus malheureux d'Angleterre. »

Le coupable n'était pas un étranger, puisqu'il ne s'en était pris qu'aux caisses appartenant à Philip. C'était quelqu'un qui le connaissait, qui savait où il stockait ses possessions. Quelqu'un qui était au courant de la valeur de ce bout de pierre. Il n'ignorait rien non plus de ses amis, de sa famille ni des personnes qu'il aimait. Alors qui ? Un homme qui aurait été à bord du *Dream Keeper* ? Tous, sur le bateau, savaient qu'il considérait Andrew, Edward et Bakari comme des frères. Tous l'avaient entendu parler de son père et de Catherine, tous avaient su que les caisses seraient entreposées au musée et dans ce vaste hangar près des quais. Pourtant...

La porte d'entrée grinça.

— Hé ! cria une voix d'adolescent. Y a-t-il un lord Greybourne, ici ?

— C'est moi, dit-il en se dirigeant vers la porte.

Un garçon d'une douzaine d'années, vêtu de haillons, se tenait sur le seuil.

— Une lettre pour vous.

Ses yeux malins s'étrécirent.

— Ça vous coûtera un demi-pence. Le type qui m'a demandé de vous l'apporter me l'a promis.

Philip pêcha une piécette dans sa poche et la jeta en l'air. Le garçon l'attrapa au vol de sa petite main crasseuse. Il lui remit la lettre et s'enfuit, comme s'il craignait que le lord ne l'oblige à restituer la récompense.

Ayant brisé le cachet de cire, Philip parcourut la missive.

Je viens de parler au juge ; selon lui, un marin négligent, peut-être ivre, a mis le feu aux barils de poudre avec son cigare. Il n'y a pas eu de témoins oculaires, mais l'enquête continue. J'ai réservé une chambre au Denby Arms, au cas où tu aurais besoin de moi cette nuit.

Edward

Philip contempla la lettre d'un air absent. Il n'était pas d'accord avec les déductions du magistrat ; il ne croyait pas que le responsable du désastre fût un membre d'équipage. L'incendiaire n'était autre que l'individu qui avait provoqué les incidents des derniers jours... Et cet homme n'était certainement pas arrivé aujourd'hui à bord du *Sea Raven*.

Il replia le feuillet et l'enfouit dans sa poche puis se mit à faire les cent pas. Méthodiquement, il passa en revue les noms des passagers qui avaient effectué le voyage en même temps que lui. Il ne s'était pas fait d'ennemi parmi eux. Peut-être avait-il un adversaire acharné à l'étranger, dans l'un des nombreux pays qu'il avait visités ? Quelqu'un qui l'aurait suivi en Angleterre ?

L'image du carrosse noir fonçant sur Meredith fulgura et Philip ralentit le pas. Le fait que Meredith comptait énormément pour lui était récent et peu de gens le savaient. Les seules personnes au courant…

Il s'arrêta net tandis qu'un affreux soupçon s'emparait de lui. Non ! Cela ne se pouvait. C'était impossible ! Cependant, plus il y réfléchissait, plus la vérité se faisait jour. Les pièces du puzzle se mettaient en place peu à peu, jusqu'à la révélation effrayante. Les agressions, la vitre brisée, les absences bizarres, les menaces… oui, tout concordait. Philip se passa les mains sur le visage. Bon Dieu ! Quel imbécile il avait été ! Son sang se glaça dans ses veines. À quel danger avait-il exposé Meredith par excès de confiance ?

Le temps pressait ; il fallait faire vite. Philip courut vers le bureau où il écrivit rapidement trois billets ; il les cacheta puis se rua hors du hangar. Comme il s'y attendait, le garçon qui venait de lui délivrer le message d'Edward était encore là. Appuyé négligemment à la façade d'un entrepôt voisin, il bavardait avec un autre gamin de son âge. Nul doute que le petit messager traînait exprès dans les parages, dans l'espoir que Philip lui confierait une réponse au courrier qu'il lui avait apporté.

— Hé ! vous, là-bas ! cria-t-il. J'ai un travail pour vous.

Les garçons échangèrent un regard de connivence avant d'approcher en roulant des épaules.

— Quelle sorte de travail ? demanda celui que Philip connaissait.

— Des lettres à porter.

— Là, tout de suite ? Combien vous donnez ?

Philip extirpa deux pièces de monnaie de sa poche.

— Un shilling pour chacun maintenant, et un supplément à votre retour.

— Ça va faire deux, calcula le deuxième garçon, l'air soupçonneux. Rien que pour porter des lettres ?

— Exactement. Comment vous appelez-vous ?

Les deux lascars s'approchèrent, non sans s'être concertés du regard.

— Moi, c'est Will, répondit le plus grand. (Puis il balança le menton vers son compagnon :) Lui, c'est Robbie.

— Eh bien, Will et Robbie, voici ce que j'attends de vous.

Il donna deux lettres à Will et une à Robbie, en même temps que les adresses des destinataires.

— Des questions ?

— Où est notre blé ? demanda Robbie.

Philip leur donna les sommes promises et les deux larrons se mirent en route. Il compta jusqu'à cinq, puis appela :

— Hé ! les garçons !

Ils se retournèrent en même temps.

— Je considère que nous avons passé un marché, dit-il froidement. J'honorerai ma part et j'attends de vous que vous fassiez pareil. Si toutefois l'idée de vous enfuir avec les deux shillings et de détruire mes lettres vous traversait l'esprit, sachez que je vous retrouverais et que je vous ferais passer un sale quart d'heure.

Il tira négligemment sa montre de gousset de son gilet et consulta l'heure en feignant de ne pas avoir remarqué l'expression atterrée des deux voyous en herbe.

— C'est compris ?

Ils regardèrent tour à tour Philip et la montre.

— Oui, m'sieur, dit Will.

— Moi aussi, renchérit Robbie en hochant si vigoureusement la tête que Philip crut entendre un craquement de cervicales.

— Alors, partez. Vite.

Il les regarda caracoler sur les pavés comme s'ils avaient le diable aux trousses et regagna l'entrepôt avec un sourire satisfait. Ses lettres allaient être délivrées en un temps record. Ses pensées voguèrent vers

Meredith. Quelqu'un qu'il aurait cru incapable d'une telle traîtrise essayait de le priver de ce qu'il avait de plus cher au monde ! Quelqu'un qui avait abusé de son amitié et de sa confiance…

Si tu veux me nuire, tu devras venir et laisser tranquilles ceux que j'aime. Tu ne pourras plus jamais leur faire de mal. Je sais qui tu es, espèce de salaud !

Résolument, il s'empara de sa canne.

Je n'ai plus qu'à attendre que tu viennes à moi.

Meredith souffrait le martyre. Assise sur le canapé dans le salon de Philip, elle sirotait lentement une tasse de thé. Elle buvait par petites gorgées, en essayant d'oublier le martèlement infernal qui battait à ses tempes. La tête de Prince reposait sur sa cuisse. Distraitement, elle laissa courir les doigts sur la robe soyeuse du petit chien, tout en observant Andrew Stanton qui faisait les cent pas devant la cheminée. Depuis qu'il avait reçu cette lettre, un quart d'heure plus tôt, il n'avait cessé d'arpenter la pièce d'un air préoccupé. Quel était le problème ? se demanda-t-elle.

Sa curiosité s'était réveillée mais elle n'osait poser la question à Andrew ; il n'avait pas mentionné le nom de l'expéditeur. Sans doute le lui aurait-il dit s'il s'était agi de Philip…

N'y tenant plus, elle s'éclaircit la gorge.

— J'espère que Philip ne tient pas trop à ce tapis.

Andrew s'immobilisa, perplexe.

— Quel tapis ?

— Celui que vous piétinez depuis quinze minutes.

Il baissa les yeux sur le somptueux Axminster et esquissa une grimace.

— Oh ! *ce* tapis…

— Vous vous faites du souci pour Philip.

Après une hésitation, Andrew finit par hocher pensivement la tête.

— Il devrait être revenu.

— Je suppose que vous voulez vous rendre à l'entrepôt.

— Oui.

— Mais vous restez parce que vous avez promis à Philip de me surveiller.

Un bref sourire éclaira le visage las d'Andrew.

— Il ne m'avait pas dit que vous étiez extralucide, mademoiselle Chilton-Grizedale !

— Nul besoin de l'être pour voir que vous êtes inquiet. Je crois que vous devriez y aller.

— Je lui ai promis de ne pas vous laisser.

— Alors emmenez-moi avec vous. Moi aussi, je m'inquiète.

Il l'étudia pendant quelques secondes puis sourit à nouveau.

— Oui. Excellente idée. Cela pourrait marcher à merveille.

Au Denby Arms, Edward ouvrit la porte de sa chambre à laquelle on venait de frapper. Un laquais en livrée lui tendit un plateau argenté supportant une lettre cachetée de cire rouge.

— Pour vous, monsieur… Délivrée il y a un instant par le gamin le plus crasseux que j'aie jamais vu, dit-il avec un reniflement méprisant.

En fronçant les sourcils, Edward prit la lettre, referma la porte et brisa le cachet.

Catherine se dirigea vers le vestibule où Bakari parcourait fébrilement une feuille de vélin.

— J'ai entendu frapper.

L'homme au turban sursauta et s'empressa de faire disparaître le papier dans un pli de ses pantalons bouffants.

— J'espérais que ce serait Philip, insista-t-elle.

— Lui, pas venu.

— Qui était-ce alors ?
— Garçon livreur.
Comme il n'ajoutait rien, elle demanda :
— Et qu'a-t-il apporté ?
— Lettre. Pour moi.
Visiblement, le contenu de cette lettre avait bouleversé Bakari qui paraissait agité. Avant que Catherine n'ait l'occasion de le questionner, il marmonna une vague excuse dans son charabia habituel puis disparut dans le couloir menant aux cuisines.

Le carrosse filait à tombeau ouvert à travers les rues de Londres. Assis sur la banquette rembourrée, il se remémora les mots que Greybourne avait tracés sur le vélin et, à nouveau, la rage l'aveugla.
J'ai compris comment briser la malédiction sans avoir recours à la pièce manquante. Viens me rejoindre à l'entrepôt.
Briser la malédiction ?
Pas question, Greybourne ! Je ne te laisserai pas faire. Oh non ! Tu n'as pas encore commencé à souffrir. Mais tu souffriras, espèce de salaud. Aussi sûrement que je suis en route.

21

Lorsque Will et Robbie, leur mission accomplie, revinrent à l'entrepôt, Philip poussa un soupir de soulagement. Il leur remit les deux shillings promis, plus une livre à chacun pour les remercier de leur diligence. Leurs yeux faillirent jaillir de leurs orbites à la vue d'un tel magot et la pitié submergea Philip. Il avait vu tant d'enfants semblables à ces deux-là, à Londres comme à l'étranger ! Des gosses des rues obligés de survivre comme ils le pouvaient. Des enfants crasseux, affamés, livrés à eux-mêmes. Des petits mendiants aux yeux dilatés par la peur. Sachant maintenant que Meredith avait traversé les mêmes épreuves et qu'elle en était sortie victorieuse, il n'en éprouvait que plus de respect et d'admiration pour elle.

Avant de renvoyer les deux garçons, il dit :

— Si vous cherchez un travail honnête, venez me voir.

Puis il leur indiqua l'adresse de son domicile.

— Mais c'est là que j'ai porté une de vos lettres ! s'écria Will, les yeux ronds. Elle est à vous cette grande maison ?

— Oui, répondit-il en les fixant d'un regard pénétrant. J'ai du travail pour vous, mais que les choses soient claires : je ne tolérerai ni mensonge ni vol. Pas une fois. À présent, la décision vous appartient. Allez, acheva-t-il en les congédiant d'un geste de la main. Allez vous acheter quelque chose à manger.

Ils l'étudièrent l'espace de quelques secondes avant de filer à toutes jambes. Philip les suivit du regard jusqu'à ce qu'ils soient hors de vue. Certes, on ne pouvait sauver tous les gamins des rues mais si chacun se comportait comme Meredith l'avait fait avec Charlotte et Albert, il y avait une petite chance de soulager la misère humaine.

Seul à nouveau, Philip se planta devant le bureau en s'efforçant de rester calme. Il jeta un coup d'œil à l'endroit où il avait posé sa canne, contre une caisse. Tout était en place pour confondre l'ennemi.

Son ennemi. Un rire sans joie lui échappa.

Et dire que pendant tout ce temps, j'ai cru que tu étais mon ami...

Le grincement de la porte se fit entendre. Une voix familière cria :

— Es-tu là, Philip ?

— Oui. Près du bureau.

Des pas rapides retentirent sur le vieux plancher. Quand son visiteur arriva près de lui, Philip plongea un instant les yeux dans le regard sombre de l'homme qu'il avait pendant si longtemps considéré comme un ami. Une multitude d'émotions bouillonnèrent en lui : colère, déception, sensation de perte... et une incommensurable tristesse. Chassant ces sentiments malvenus, il s'exclama :

— Je suis content de te voir ! Il y a quelque chose dont il faut que nous parlions.

— C'est ce que je me suis dit en lisant ta lettre. Ainsi, tu as trouvé le moyen de briser la malédiction ? C'est formidable ! Dis-moi comment tu as fait.

— Je t'expliquerai. Mais comment vont tes blessures ?

Il le vit rouler ses épaules et fléchir son poignet.

— Beaucoup mieux.

Rapide comme l'éclair, Philip s'empara du bras d'Edward et le tordit. Edward poussa un cri de douleur, se dégagea et recula de quelques pas.

— C'est un miracle que Catherine ne t'ait pas cassé le bras avec le tisonnier, hier soir, dit Philip froidement. Ma sœur est une femme forte.

Ils se toisèrent en silence pendant quelques secondes. Un calme inquiétant se répandit sur les traits d'Edward, formant un contraste étonnant avec ses yeux brûlants de haine.

— Alors, tu sais, dit-il en haussant les épaules. Il était inévitable que tu découvres la vérité, tôt ou tard. Si tu n'y étais pas parvenu par toi-même, je me serais fait un plaisir de te la révéler… après t'avoir regardé souffrir comme un damné en perdant ceux que tu aimais. Mais satisfais donc ma curiosité : comment es-tu arrivé à cette brillante déduction ?

— Plusieurs détails concernant ton histoire de cambriolage m'avaient gêné, mais je ne savais pas lesquels au juste… Le lendemain de l'incident, j'ai remarqué les débris de verre par terre. On aurait dit que quelqu'un avait brisé la vitre pour entrer. Or, tu as prétendu l'avoir brisée pour sortir… Si tel avait été le cas, les morceaux de verre auraient dû se trouver à l'extérieur. En fait, le gardien ne t'a pas laissé entrer, comme tu l'as dit. Tu as cassé la vitre afin de pénétrer dans l'entrepôt, d'où ta blessure.

Il baissa les yeux sur la main bandée d'Edward, avant de poursuivre :

— Mon erreur a été de croire aveuglément à ta version des événements, qui n'était qu'un tissu de mensonges.

Il lança à Edward un regard méprisant.

— Le gardien t'a surpris ici. Vous vous êtes battus, d'où tes nombreuses ecchymoses. Tu l'as tué. C'est toi qui as volé le fragment de la pierre. Dès l'instant où j'ai conçu les premiers soupçons, le mystère s'est éclairci.

Edward inclina la tête.

— Félicitations. Tu es brillant, Greybourne. Malheureusement pour toi, tu ne vivras pas assez longtemps pour raconter cette histoire aux autres.

Malgré sa colère, Philip ne put s'empêcher d'éprouver une profonde compassion pour Edward. La mort injuste de son épouse bien-aimée l'avait fait sombrer dans la folie.

— Edward, je suis désolé pour ce qui est arrivé à Mary. Je ne voulais pas que quiconque à part moi connaisse l'existence de la Pierre des Larmes. C'était pourquoi je la cachais constamment dans ma cabine...

— Tu crois que je ne m'en étais pas aperçu ? rétorqua sèchement Edward. Ah ! je me doutais que tu cachais quelque chose. Quelque chose de valeur que tu ne voulais pas partager. J'étais déterminé à le trouver. Pendant la tempête, pendant que tu es allé sur le pont, j'ai pu fouiller ta cabine. Très astucieuse la cachette – dans ta botte – mais pas assez.

Une nausée souleva l'estomac de Philip. Il avait donc bien caché la pierre avant de se ruer hors de sa cabine ! Dans la confusion occasionnée par la tempête, il ne s'en était plus souvenu. Une bonne partie de sa culpabilité et de sa pitié fut balayée par cette brutale constatation.

— Tu as attiré toi-même la malédiction sur toi et sur Mary ! Je n'essayais pas de dissimuler un trésor, mon pauvre ami ! Je m'efforçais d'empêcher mon entourage de lire et de traduire cette pierre infernale. Je la cachais dans ce but, mais ta cupidité t'a perdu.

— Tu oses me reprocher la mort de Mary ? C'est toi qui as trouvé la pierre. Sans toi, ma femme serait encore vivante.

— Elle le serait également si tu ne t'étais pas mêlé de fouiller dans mes affaires.

— Arrête ! Tout est ta faute. Et tu vas me le payer.

Edward jeta un regard circulaire alentour.

— Cela n'a aucune importance, vu que tu ne seras plus qu'un cadavre dans moins d'une minute, mais je suppose qu'Andrew ou Bakari, ou même les deux, ne vont pas tarder à arriver...

— Non. Tout ceci est entre toi et moi.

— Dommage ! J'en aurais profité pour me débarrasser d'eux aussi, mais tant pis. Je m'en occuperai plus tard. Leurs heures sont comptées.

D'un geste vif, il tira un pistolet de sa ceinture et le braqua sur Philip. Ses yeux flamboyaient au milieu de sa figure blême.

— Malheureusement, tu ne les verras pas mourir mais toi, tu mourras en sachant que ceux que tu aimes te suivront en enfer.

Philip secoua la tête.

— Je t'empêcherai de poursuivre tes méfaits, Edward.

L'autre émit un rire dément.

— Ah oui ? Tu ne peux pas m'arrêter !

Philip ne bougea pas un cil ; il devait gagner du temps.

— Je suis navré pour Mary, commença-t-il.

— Navré ? ricana Edward. Cela ne la ramènera pas, n'est-ce pas ? Rien ne peut la ramener. Ni ta pitié ni tes largesses. Comment as-tu pu penser que l'argent pourrait remplacer Mary ? Qu'est-ce qui peut remplacer la femme que tu aimes, Philip ?

— Rien, si toutefois j'étais amoureux d'une femme.

— Ne mens pas ! Tes sentiments pour Mlle Chilton-Grizedale ne font aucun doute. Tu as dit devant moi que tu lui as demandé de t'épouser. Qui eût cru que cela activerait la malédiction ? Je n'aurai même pas besoin de la tuer, tu t'en es chargé toi-même !

Un rire haut perché le secoua.

— Oh ! c'est trop drôle !

— Tu ne nuiras plus à personne, répéta Philip d'une voix cassante.

Edward jeta un coup d'œil amusé au pistolet qu'il tenait entre ses mains.

— Mais si, mon cher.

— Meredith ne mourra pas parce que je vais briser la malédiction.

— C'est ce que tu m'as écrit. Et comment comptes-tu faire, sans l'autre partie de la pierre ?

Philip sourit.

— Je l'aurai, puisque tu me la donneras.

— Une fois de plus, tu te trompes.

— Tu as le fragment. Tu l'as très clairement proclamé dans ton dernier message. Tu l'as volé la nuit où tu as mis en scène le prétendu cambriolage. Il se trouvait dans une boîte en albâtre.

La démence brilla dans les yeux d'Edward.

— Oui. Je l'ai lu. Moi seul connais la réponse que tu cherches, mais tu ne l'auras pas. Jamais.

Ainsi, c'était vrai ! Le soulagement faillit faire fléchir les genoux de Philip. Le moyen de neutraliser la malédiction existait et il était à sa portée. Il ne lui restait plus qu'à mettre la main sur le fragment perdu, et à survivre à cette confrontation. Il se déplaça légèrement, de manière à se rapprocher de sa canne.

— Montre-moi la pierre, Edward.

L'autre ricana.

— Je comptais bien le faire, mon cher. Quelle torture tu endureras, sachant que je possède la chose que tu n'auras jamais ! C'est comme si je te laissais mourir de soif dans le désert, non loin d'une oasis.

Il glissa la main dans la poche de sa redingote et en retira une pierre, grande comme la moitié de sa paume. Le cœur de Philip se mit à battre la chamade. C'était le morceau manquant de la Pierre des Larmes !

— Tu veux savoir ce qu'il dit, hein ? Eh bien, non. Tu vas prendre le chemin du tombeau, Greybourne, l'endroit où tu as envoyé Mary. Et pense que tes proches n'en ont plus pour longtemps.

— Tuer ma famille ne te rendra pas ta femme.

— Mais cela te fera souffrir. Bien sûr, ta famille est moins importante que Mlle Chilton-Grizedale…

Un sourire déplaisant retroussa ses lèvres.

— Œil pour œil, Philip.

— Tu ne t'en sortiras pas. Si tu me tues, tu seras pendu.

— Je m'en fiche. Ma vie est terminée à cause de toi et de ta pierre maudite.

Sans quitter Edward des yeux, Philip ébaucha un pas en avant.

— Donne-moi la pierre, Edward.

— Ne t'approche pas !

Philip avança un peu plus.

— Pourquoi pas ? Puisque tu me tueras de toute façon.

Soudain, il regarda par-dessus l'épaule d'Edward en écarquillant les yeux.

— Qu'est-ce...

À l'instant où Edward jeta un regard derrière lui, Philip attrapa la canne. Réalisant qu'il avait été dupé et que personne ne venait au secours de sa victime, Edward se retourna. La canne l'atteignit en pleine poitrine. Pendant une fraction de seconde il parut étonné puis la folie meurtrière flamboya de nouveau dans ses prunelles noires. Il esquiva le deuxième coup puis, avec un rugissement inhumain, se jeta sur son adversaire.

La haine et la rage décuplaient les forces d'Edward qui projeta Philip contre les caisses. La canne lui échappa des mains et tomba par terre avec un bruit fracassant. Il essaya de se dégager mais le poids de son adversaire l'écrasait. Soudain, il sentit le canon du pistolet dans ses côtes et s'immobilisa. D'une seule pression du doigt, Edward pouvait lui ôter la vie. Celui-ci appuya son avant-bras sur la gorge de Philip, lui coupant la respiration. Des points noirs se mirent à voltiger devant ses yeux. Dans une tentative désespérée, il se pencha brutalement en avant. Surpris, Edward recula un peu et Philip en profita pour lui saisir les poignets. L'une de ses mains tenait le pistolet, l'autre la pierre.

Un terrifiant corps-à-corps s'engagea alors entre les deux hommes qui luttèrent férocement. Philip banda les muscles de ses bras en bataillant pour écarter de lui la main qui serrait l'arme, tout en repoussant son adversaire de toutes ses forces. Rejeté en arrière, Edward chancela.

— Tu crois que tu gagneras, peut-être ! hurla-t-il. Quoi qu'il arrive, tu as perdu, Greybourne.

Il jeta la pierre sur le plancher et l'écrasa d'un coup de talon.

— La pierre est détruite, ricana-t-il. Et toi aussi. J'espère que tu brûleras en enfer !

Il y eut une détonation.

Au moment où le carrosse s'immobilisait devant l'entrepôt, un coup de feu déchira l'air. Affolée, Meredith saisit le bras d'Andrew.

— Oh ! mon Dieu !

— Restez ici, intima-t-il en sautant à terre.

— Non. Philip est en danger. Je peux aider.

Andrew tira un couteau de sa botte.

— Aider ? Comment ?

Meredith sauta à terre à son tour et fit tournoyer son réticule lesté de pierres.

— Je suis armée, affirma-t-elle avec force. Et déterminée. Vous n'irez nulle part sans moi.

— Que comptez-vous faire avec ce sac ?

— Voulez-vous une démonstration ?

Avec un soupir, Andrew hocha la tête.

— C'est bon. Venez. Mais restez derrière moi et, pour l'amour du ciel, ne vous faites pas tuer !

Ils avancèrent silencieusement. Après quelques pas, Meredith serra la main de son compagnon et chuchota :

— Il y a quelqu'un, là, dans l'obscurité.

Bakari émergea de la pénombre, un long couteau incurvé à la main.

— Que faites-vous ici ? murmura Andrew.

— Même chose que vous. Espérer sauver sa vie.

Andrew balança le menton en direction de l'entrepôt. La porte était grande ouverte. Ils se glissèrent tous les trois à l'intérieur. Meredith s'appliquait à respirer lentement, calmement, pour combattre sa peur croissante. Si quelque chose était arrivé à Philip…

Ils progressèrent à pas feutrés dans l'ombre des caisses. Meredith avait beau prêter l'oreille, elle n'entendait rien, sinon les battements précipités de son cœur. Lorsqu'ils arrivèrent à l'angle formé par les caisses de Philip, Andrew s'arrêta. Pas un souffle, pas un bruit ne troublait l'air immobile. Enfin, Andrew contourna précautionneusement le mur de caisses.

Elle l'entendit déglutir bruyamment et émettre une exclamation angoissée.

— Philip… Bon sang!

22

Meredith se rua derrière Andrew. À quelques mètres de là, parmi les ombres, un homme gisait face à terre dans une mare sombre – du sang, visiblement. Un autre homme leur tournait le dos, accroupi près du corps inanimé.

— Philip… murmura-t-elle, terrifiée.

L'homme accroupi se leva, se retourna. Leurs regards se croisèrent et Meredith porta la main à sa bouche. Philip avait les cheveux en bataille, la cravate défaite, les lunettes de travers et des taches rougeâtres maculaient ses vêtements et son visage… Et c'était le plus beau spectacle qu'elle eût jamais vu.

— Meredith.

Il lui ouvrit les bras ; elle courut s'y blottir en étouffant un sanglot. Philip la serra contre lui, mais son soulagement fut de courte durée. Meredith était sauve, mais jusqu'à quand ? Avec la mort d'Edward et la pierre brisée, comment pouvait-il espérer la sauver de la malédiction ?

— Tu vas bien ? demanda Andrew qui avait retrouvé son flegme habituel.

— Oui.

Andrew baissa les yeux sur la silhouette immobile.

— Il est mort ?

Philip contempla le corps d'Edward et frissonna. Il regrettait d'avoir perdu son ancien ami, comme il regrettait la folie qui avait consumé Edward. À cela s'ajoutaient les remords, car il avait bel et bien contribué à ce gâchis. Le gâchis qui lui coûterait peut-être l'amour de sa vie.

— Oui.

— Que s'est-il passé ? s'enquit Meredith.

Il leur narra brièvement comment il avait compris qui était le coupable, comment il était parvenu à le débusquer, et ce qu'Edward lui avait dit.

— Nous nous sommes battus et le coup est parti brusquement. C'est un miracle que la balle l'ait atteint. J'aurais pu être à sa place.

Il sentit Meredith trembler entre ses bras. Elle leva la tête et le scruta de ses grands yeux bleus qui reflétaient un immense amour.

— Nous avons entendu le coup de feu. J'ai eu si peur...

Philip sentit l'air déserter ses poumons. Si la malédiction n'était pas neutralisée, il ne lui restait qu'un jour à vivre et elle se faisait du souci pour lui ! Elle posa la main sur sa joue.

— Je sais que la mort de M. Binsmore te bouleverse, tout comme sa trahison. Tu le plaignais et le détestais en même temps, et tu te rends responsable de la mort de sa femme.

Il hocha lentement la tête, sans pouvoir détacher son regard des grands yeux saphir empreints de sagesse. Meredith avait tout compris, tout ce qu'il éprouvait, sans qu'il ait dit un mot.

— Philip, l'avidité de M. Binsmore les a tués, lui et sa femme. Tu n'y es pour rien... Il te voulait du mal. Il est mort, maintenant. Ne te sens pas coupable d'être vivant !

Il posa un baiser sur ses doux cheveux noirs puis se tourna vers Andrew.

— Je ne m'attendais pas à te voir ici, Andrew.

— Je me suis dit que tu pouvais avoir besoin d'un garde du corps.

— J'en avais besoin, oui, mais pour Meredith.

— Je ne l'ai pas quittée des yeux.

— Tu étais censé la surveiller chez moi, pas ailleurs. L'un de vous aurait pu être blessé. Ou pire.

Son regard se porta sur Bakari.

— Il en est de même pour toi.

L'homme au turban brandit la lame incurvée.

— Grand couteau. Bon couteau. Toi avoir peut-être besoin.

Philip eut un soupir résigné.

— Merci. Mais il va falloir éclaircir la signification de « ne quittez la maison sous aucun prétexte ».

Andrew posa la main sur l'épaule de Philip.

— Mon cher ami, si tu te crois capable de détourner cette femme d'un but qu'elle s'est fixé, tu es dans l'erreur. J'ai essayé, figure-toi, et elle a menacé de m'assommer avec son sac dans lequel il semble y avoir une enclume.

— Des pierres, corrigea Meredith. Bien que l'enclume soit une excellente suggestion !

— À propos de pierres… dit Philip en indiquant les fragments de la pierre, par terre. Andrew, pourras-tu mettre le juge au courant de ce qui s'est passé ?

— Bien sûr.

— Pendant ce temps, Meredith et moi allons ramasser ces morceaux. Ensuite, nous n'aurons plus qu'à les rassembler et à suivre les indications, ajouta-t-il s'efforçant de sourire.

Meredith se contenta d'opiner mais Philip déchiffra parfaitement la question muette qu'elle se posait.

Et s'ils n'y arrivaient pas à temps ?

Tous deux connaissaient la réponse : Meredith mourrait.

Lorsque Andrew et Bakari furent partis, Meredith et Philip rassemblèrent les petits bouts de pierre éparpillés sur le sol et les mirent dans une bourse de cuir. La colère et la frustration de Philip n'avaient fait qu'augmenter. Il allait lui falloir des jours pour recoller les morceaux, et il ne disposait que de quelques heures…

— Philip, regarde !

Agenouillée à même le bois rugueux, Meredith tendait vers lui une pâle sphère de la taille d'un œuf de caille qu'elle tenait entre le pouce et l'index. Il s'approcha.

— Où l'as-tu trouvée ?

Elle ouvrit son autre main.

— Entre ces deux fragments de pierre. Elle devait y être encastrée.

Philip se pencha sur les deux morceaux qui, remis ensemble, semblaient sertir parfaitement l'objet translucide.

— On dirait une perle, remarqua Meredith.

— Oui, ça en a tout l'air.

Il examina la sphère en faisant courir le bout de son doigt sur sa surface dure et brillante. Il la leva ensuite à la lumière pour en apprécier l'orient.

— Je ne crois pas me tromper en affirmant que c'est bel et bien une perle, dit-il, intrigué. Elle est magnifique !

— Mais elle doit valoir une fortune…

— Exact. Le fait qu'elle ait été dissimulée à l'intérieur de la pierre veut dire qu'elle participe à la malédiction. Viens, ramassons les morceaux qui restent.

Un quart d'heure plus tard, alors qu'ils avaient pour ainsi dire terminé, Andrew et Bakari revinrent avec le juge. Philip répondit aux questions du magistrat, puis il confia à ses amis le soin des formalités concernant le corps d'Edward et s'en alla avec Meredith.

Il n'avait pas besoin de consulter sa montre pour savoir que le temps pressait et qu'il aurait besoin de chaque seconde.

En arrivant chez lui, Philip incita Meredith à se reposer. Elle souffrait toujours de maux de tête mais refusa d'aller s'allonger.

— J'aurai une vie entière pour me reposer auprès de toi… du moins je l'espère, dit-elle avec un regard farouche. Et au cas où ce bonheur me serait refusé, je préfère passer le peu de temps qu'il me reste avec toi.

Il n'insista pas et tous deux s'enfermèrent dans le bureau. Philip ouvrit les rideaux et la lumière inonda la pièce. Ils se mirent aussitôt à examiner et à rassembler les fragments.

— Il faudrait que j'envoie un mot à Charlotte et à Albert pour leur annoncer nos fiançailles et leur faire savoir que je reste ici pour t'aider, dit-elle tandis que ses mains agiles alignaient les bouts de pierre sur le plateau d'acajou. Je ne mentionnerai pas la malédiction, à moins d'y être obligée. Si demain après-midi nous avons échoué, je… je les ferai quérir… J'aimerais leur parler avant… avant de…

Sa voix se fêla et elle détourna les yeux.

Philip lui prit les mains et les serra.

— Ne perds pas espoir, mon amour. Tu les enverras chercher, oui, pour qu'ils assistent à notre mariage.

Il se pencha et l'embrassa sur la bouche. Un baiser bref, qui avait le goût amer de la peur et celui, suave, de l'espoir. Pendant que Meredith écrivait à ses amis, Philip rédigea une note rassurante à l'intention de Catherine et de son père. Il adressa une autre missive à son avoué et chargea James d'aller porter les lettres. Ensuite, ils se remirent au travail ; les douzaines de morceaux qu'ils avaient ramassés dans l'entrepôt constituaient un véritable puzzle.

Les heures passèrent et la lumière commença à décliner. Philip alluma des chandelles et fit du feu dans la cheminée. Il savait que Meredith souffrait car elle portait fréquemment les doigts à ses tempes et était plus pâle que jamais.

Andrew et Bakari vinrent leur proposer leur aide, mais Philip refusa catégoriquement.

— Je ne veux pas vous exposer à la malédiction.

Ils ne s'arrêtèrent que le temps de prendre une légère collation, après quoi Philip insista pour que Meredith se repose. Elle avala docilement l'une des mixtures de Bakari et, peu après, s'endormit sur le canapé avec Prince blotti contre elle.

Philip continua seul. L'aube allait poindre lorsqu'il mit en place le dernier morceau. C'était on ne peut plus clair : la perle avait été encastrée dans la pièce qu'il venait de reconstituer – il ne la remit pas dans la pierre mais la laissa sur son bureau. Quelques fragments manquaient encore à l'ensemble, mais le texte était lisible.

Le cœur battant d'exaltation, Philip se précipita dans sa chambre, sans tenir compte de sa fatigue et de ses innombrables courbatures. Après avoir extirpé l'autre moitié de la Pierre des Larmes du vieux sac de cuir usé enfoui au fond de son armoire, il retourna en courant à son bureau. Là, il posa les deux moitiés, l'ancienne et celle qu'il avait reconstituée, côte à côte. Puis il déchiffra le langage millénaire :

Comme ma promise m'a trompé avec un autre
La tienne connaîtra le même sort
Jusqu'aux confins de la terre
Tu es le maudit
Condamné aux flammes de l'enfer.
Le souffle de l'amour
Est conçu pour s'éteindre.
Elle trébuchera, tombera
Puis un mal de tête infernal elle aura
Si vous êtes déjà mariés
Elle trépassera avant que vous vous embrassiez.
Sinon, deux jours après les noces
Ta fiancée, maudite, mourra.
Car après que ta promise sera aimée
Rien ne peut la sauver de cette destinée
Une seule clé
Peut la délivrer de ma malédiction.

Une beauté qui offre un festin risqué
Prouve qu'elle n'est pas des moindres à son amant.
Et fait montre d'une grande témérité.
Faites de même et alors l'amour et pas la mort va l'emporter.

Il passa les mains sur ses joues rugueuses de barbe naissante. Enfin il connaissait les mots. Restait à comprendre leur signification... Il jeta un coup d'œil à la pendule ; il disposait de moins de vingt-huit heures pour percer le mystère.

Plus que douze heures.

Philip se passa nerveusement les doigts dans les cheveux. La panique gonflait dans son cœur comme une houle. Aidé par Meredith, il avait passé la journée à chercher le sens des mots gravés dans la pierre, consultant ses carnets, ses notes, en quête d'un indice, si infime fût-il. Sans résultat.

Il avait refusé de révéler la teneur exacte du texte à Andrew et Bakari mais avait accepté qu'ils aillent au British Museum, afin de parcourir les textes ayant trait aux perles, aux festins ou au prix du véritable amour.

Puis il avait suggéré à Meredith de faire venir ses amis de manière à les préparer au pire. Elle avait refusé.

— Non, pas encore ! Cela voudrait dire que j'ai perdu espoir, et ce n'est pas le cas. Je veux devenir ta femme, Philip.

Elle s'était exprimée d'une voix ferme et il détourna les yeux, de crainte de se trahir. La peur, la terreur resserraient leurs hideux tentacules autour d'eux.

Au fil des minutes, Philip sentait la spirale du désespoir l'aspirer de plus en plus.

Il ne regardait plus la pendule, mais la petite sonnerie qui retentissait tous les quarts d'heure lui rappelait constamment la fuite éperdue du temps. Fébrilement, il prit un autre de ses carnets en étouffant un juron, en ébauchant une prière. Mon Dieu ! la réponse devait être là ! Il le faut...

Mon Dieu ! aidez-moi !

— Je crois que nous n'avons pas pris ceci suffisamment en considération, dit soudain Meredith.

Philip leva les yeux sur la grosse perle qu'elle tenait.

— D'après son poids et son lustre, ce joyau devait appartenir à un personnage important.

Il remonta ses lunettes sur l'arête de son nez.

— Oui, sûrement, approuva-t-il, l'encourageant à poursuivre son raisonnement.

— À une princesse. Une reine, peut-être...

— Une reine comme Nefertiti ou Cléopâtre... les deux ayant été des beautés...

Un souvenir fulgura soudain, se mêlant aux dernières phrases du message gravé sur la pierre.

— Qu'y a-t-il ? demanda Meredith.

— Je ne suis sûr de rien, mais tu viens de me donner une idée.

Il se leva et se rua vers la bibliothèque où il se mit à fouiller parmi les volumes reliés en cuir se trouvant sur l'étagère du bas.

— Voyons... une histoire que j'ai lue il y a des années...

Il trouva le livre qu'il cherchait et le prit.

— Un instant...

Il revint devant le bureau, posa le volume et le feuilleta. Enfin, il tomba sur le chapitre qu'il cherchait. Son cœur se mit à cogner sourdement ; ses mains tremblaient.

— Je crois que j'ai trouvé quelque chose !

Meredith se pencha par-dessus son épaule.

— Quel est ce livre ?

— Un de mes plus vieux carnets. Il contient les notes que j'ai prises quand je lisais l'*Histoire naturelle* de Pline l'Ancien. Lorsque tu as associé la perle à une reine, le tout comparé aux dernières lignes de la malédiction, j'ai eu la réminiscence d'une scène familière.

— Qui était Pline l'Ancien ?

— Un procurateur romain du Ier siècle, auteur de plusieurs traités et notamment de l'*Histoire naturelle*, une vaste encyclopédie des connaissances de son temps. C'est là-dedans qu'il relate une anecdote où les perles jouent un rôle prépondérant, lors d'un des plus célèbres banquets de l'Histoire. Il semble que Cléopâtre ait fait un pari avec Marc Antoine : lui offrir le dîner le plus cher de l'Histoire. Un banquet jusqu'alors inégalé.

Meredith hocha pensivement la tête.

— Une « beauté » et un « festin risqué ».

— Oui. D'après Pline, la reine d'Égypte voulait prouver aux Romains que son pays possédait un héritage millénaire et d'immenses richesses et qu'il était impossible de le conquérir... Et cela correspond également au texte du jeteur de sort. Antoine était son « amant » mais elle essayait de le convaincre que l'Égypte – et donc elle-même – était forte et « pas des moindres ».

Il continua à feuilleter ses notes, en proie à une excitation qui frisait l'exaltation.

— Le festin fut luxueux, mais pas plus que les repas habituels que Cléopâtre avait donnés en d'autres occasions. Marc Antoine pensa qu'il avait gagné le pari. Alors, la reine, qui portait aux oreilles de grosses perles, en retira une, l'écrasa, versa la poudre dans sa coupe de vin et la vida d'une traite. Après quoi, le juge chargé de proclamer les résultats du pari lui accorda la victoire. Marc Antoine avait perdu.

Meredith sursauta.

— Elle a fait « montre d'une grande témérité », murmura-t-elle.

— Exact. Comme dans les termes de la malédiction, répondit Philip dont le cœur battait la chamade.

Il bondit sur ses pieds, convaincu qu'ils tenaient enfin la clé de l'énigme.

— Voici la dernière ligne de la pierre : « Faites de même et alors l'amour et pas la mort va l'emporter... »

L'espoir s'était mis à briller dans les yeux de Meredith. Elle regarda la perle nichée dans sa paume.

— Tu crois que cette perle pourrait être celle qui ornait l'autre boucle d'oreille de Cléopâtre ?

— Je le crois, oui.

Elle exhala un long soupir.

— Seigneur ! Combien pourrait valoir aujourd'hui un tel joyau ?

— Moins que ta vie, Meredith.

— Mais s'il appartenait à Cléopâtre, c'est un objet inestimable. Et détruire quelque chose d'aussi rare... d'aussi...

Il lui scella les lèvres de ses doigts.

— Tu es encore plus inestimable que cette perle, mon amour. Viens. Il est temps de mettre fin à la malédiction.

Tout en parlant, il l'entraîna vers la table où s'alignaient les carafes de liqueurs et remplit une coupe de vin rouge.

Comme dans un rêve, Meredith le vit broyer la perle, la réduire en poussière et la verser dans le vin.

— Oh ! Philip... si tu te trompais...

Il goûta le breuvage et lui tendit la coupe de cristal.

— Bois.

Meredith obéit.

Ils restèrent là, debout, à se regarder en silence. Une minute passa. Le cœur de Meredith cognait comme un fou tandis qu'elle attendait un signe, un indice prouvant que la malédiction était enfin levée.

Une autre minute s'écoula. Rien. L'espoir se mua en panique. Le visage de Philip reflétait maintenant une inquiétude proche du désespoir.

Bonté divine ! pensa-t-elle. Si cela n'avait servi qu'à détruire un joyau hors de prix...

À mesure que l'attente se prolongeait, une détresse abyssale les engloutissait. Puis, soudain, une étrange sensation envahit Meredith. Les yeux écarquillés, elle se toucha le front et les tempes.

— Qu'y a-t-il ? demanda Philip affolé.

— Mon mal de tête… murmura-t-elle. Il est parti.

Un staccato en provenance du bureau attira leur attention. Ils se retournèrent en même temps et Meredith agrippa la main de Philip. La Pierre des Larmes s'était mise à tressauter sur le plateau en acajou poli. Comme poussée par une main invisible, elle tomba du bureau et vola en éclats qui, lentement, se ratatinèrent pour ne plus former qu'un petit tas de sable sur le plancher.

— Tu as vu ça ? s'exclama-t-elle, incapable de comprendre vraiment ce qui venait de se passer.

— Oui. Et cela tombe dans la catégorie « des plus beaux spectacles que j'aie jamais vus ».

Un sourire se dessina sur ses lèvres, tandis qu'il l'attirait dans ses bras.

— Meredith, ma chérie, cela veut dire que nous avons brisé la malédiction, au propre comme au figuré ! Nous sommes libres !

— Est-ce vraiment fini ? voulut-elle savoir, les jambes tremblantes.

— Oh non ! Tout ne fait que commencer… Dieu du ciel, comme j'ai eu peur ! J'en étais terrifié.

— Pas plus que moi, je t'assure.

— J'ai détesté Edward, mais une partie de mon esprit comprenait ses motivations : si la mort t'avait emportée, je serais devenu fou… Heureusement, grâce à toi je vais bien, ajouta-t-il en souriant. Tu as eu une brillante idée, juste à temps.

— Une idée inspirée par toi.

— Nous formons un couple complémentaire, n'est-ce pas ?

— Oui, finalement. Mais j'avais besoin de m'en convaincre.

Il lui baisa le front, les joues, les lèvres. Puis, délaissant sa bouche, il promena sa langue sur sa mâchoire et plus bas, sur son cou.

— C'est la deuxième fois que tu me sauves la vie, dit-elle en renversant la tête pour lui faciliter l'accès. Cela mérite une récompense.

— Oh oui !

Philip la regarda. La vue de ses lunettes embuées arracha un rire à Meredith.

— Combien de fois m'as-tu reproché de mal me conduire ?

— Je préfère « allusions discrètes » à « reproches ».

— J'en suis sûr. Je te suggère néanmoins de faire preuve d'indulgence car dès que nous serons dans ma chambre, j'ai l'intention de très mal me conduire, en effet.

Un frisson brûlant parcourut l'échine de Meredith.

— Encore heureux que je ne sois pas encline aux évanouissements !

— Oui, tant mieux. Montons vite.

Il l'embrassa encore une fois et courut ensuite vers son bureau où il griffonna un mot sur un bout de papier.

— Pour Andrew et Bakari, expliqua-t-il. Je leur annonce l'heureuse issue de nos recherches.

Il revint vers elle et la souleva dans ses bras. Avant même qu'elle puisse protester, il se précipita dans le couloir et déboula dans le vestibule où James les accueillit placidement.

— Milord… Mademoiselle…

Philip lui mit le billet dans la main.

— Apportez ceci à M. Stanton, au British Museum, James.

— Bien, Monsieur.

— Et faites en sorte que personne ne me dérange.

— Bien, monsieur.

Philip gravit les marches quatre à quatre, avec Meredith qui se trémoussait en riant.

— Tu es vraiment incorrigible !

— Encore un reproche, dit-il avec un soupir exagéré.

Il entra en trombe dans la chambre, referma la porte d'un coup de pied et poussa le verrou. Ensuite, il fit basculer Meredith sur la courtepointe grenat et se laissa tomber au-dessus d'elle.

— Es-tu prête à constater à quel point je peux être incorrigible ?

Elle lui sourit et noua les doigts autour de sa nuque.

— Philip, mon chéri, cela tombe dans la catégorie « oh que oui ! ».

Note de l'auteur

Chères lectrices,

J'espère que vous avez eu plaisir à lire ce roman. Je me suis beaucoup amusée en l'écrivant. J'ai aussi appris un tas de choses fascinantes sur les civilisations anciennes. Par exemple, le stratagème qui a valu à Cléopâtre de gagner son pari contre Marc Antoine est relaté par Pline l'Ancien dans son *Histoire naturelle*, une œuvre née de ses observations sur le monde de son époque et comprenant des sujets variés tels que l'agriculture, la géographie, la botanique, la zoologie, la médecine et, bien sûr, l'Histoire.

Gaius Plinius Secundus (mieux connu sous le nom de Pline l'Ancien) aimait à observer les phénomènes en prenant des notes. Malheureusement, sa méthode entraîna sa mort en 79 après J.-C. En effet, il s'était approché trop près du Vésuve afin d'étudier l'éruption qui détruisit Pompéi.

Le poème que Philip récite à Meredith pendant le dîner méditerranéen est traduit d'un papyrus égyptien.

Découvrez les prochaines nouveautés
de la collection

Aventures et Passions

Le 1er février

Au cœur des montagnes

de Susan King (n° 7529)

Écosse, XIXe siècle. Catriona, fille du pasteur, aime parcourir les montagnes, rencontrer les gens et récolter des chansons. Un soir de brume, elle découvre un homme inconscient au pied d'une paroi. Elle l'emmène et le soigne du mieux qu'elle peut, ignorant que cet homme n'est autre qu'Evan Mackenzie, fils du comte propriétaire de ces terres. Autant dire l'ennemi de la population !

Le 9 février

Ennemis à jamais ?

de Jo Beverley (n° 7530)

Genova s'apprête à fêter Noël en compagnie de deux vieilles filles, Thalia et Calliope. En route vers le domaine des Rothgar, elles rencontrent près d'un fiacre accidenté une jeune femme et son fils. La mère leur demande de prendre soin de son enfant, puis elle disparaît. Arrive alors le marquis d'Ashart, le soi-disant père, qui nie être lié de quelque manière que ce soit à l'enfant et refuse de le prendre !

Le 16 février

Le Dragon Noir

de Penelope Williamson (n° 4850)

Angleterre, XIIe siècle. Les Normands s'abattent sur le pays de Galles, qu'ils dévastent. À leur tête, le plus sauvage d'entre tous, Robert le Bâtard dit le Dragon Noir. Ce chevalier sans terre a jeté son dévolu sur Rhuddlan, un fief appartenant au seigneur de Gwynedd. Cet homme, Arianna le hait. Pour l'instant, ligotée et bâillonnée au fond de la tente du conquérant, elle est réduite à l'impuissance. Soudain, la porte de la tente s'ouvre et le Dragon Noir se dresse devant elle…

Le 24 février

Le naufragé de la passion

de Shari Anton (n° 7531)

Angleterre, XVIIe siècle. Leah, confuse, rentre chez elle. Partir avec cet homme en France, quelle erreur ! Mais un terrible orage éclate et le navire qui la ramène en Cornouailles fait naufrage. Heureusement, aidée d'un inconnu, la jeune femme trouve une place à bord d'un canot de sauvetage. Cet étranger, Geoffrey, est blessé et amnésique suite à un choc violent. Leah décide alors de le ramener chez son père afin de le soigner et… de le faire passer pour son mari !

ainsi que les titres de la collection

Escale Romance

De nouveaux horizons pour plus d'émotion

Le 3 janvier
Un piano sur l'Amazone
de Nina Roma (n° 7515)
Mathilde, jeune biologiste du CNRS, est membre d'une équipe scientifique internationale, chargée d'étudier la forêt amazonienne. Abasourdie, elle apprend l'implantation imminente, au cœur de la jungle, d'une multinationale à la recherche de filons d'or. Tout ce pour quoi elle se bat sera bientôt détruit. Au côté d'Arturo, marginal défenseur de la cause indienne, Mathilde mènera le grand combat pour sauver la nature, les indigènes… et imposer son amour pour cet homme hors du commun.

7493

Composition Chesteroc Ltd
Achevé d'imprimer en France (La Flèche)
par Brodard et Taupin
le 3 décembre 2004. 27201
Dépôt légal décembre 2004. ISBN 2-290-34303-X

Éditions J'ai lu
84, rue de Grenelle, 75007 Paris
Diffusion France et étranger : Flammarion